GLANZEND GELUK

Ook verschenen van Charlotte Jacobi bij Xander Uitgevers

De patisserie (2022)

Op zoek naar geluk (2022)

Een nieuw begin (2023)

De parelfamilie (2024)

Marian

Charlotte Jacobi

Glanzend geluk

XANDER

Uitgegeven door Xander Uitgevers
www.xanderuitgevers.nl

Oorspronkelijke titel: *Das Haus der Perlen – Glanz des Glücks*
Oorspronkelijke uitgever: Piper Verlag GmbH, München
Vertaling: Rosalyn van Moorselaar
Omslagontwerp: zero-media.net, Munich
Omslagbeeld: FinePic® Munich
Auteursfoto: © Fotohaus Kerstin Sänger
Zetwerk: Mat-Zet bv, Huizen

Eerste druk 2024

ISBN 978 94 0162 320 9 | NUR 302

Deel 1

Juli 1888 tot maart 1889

1

DE UNIEKE SCHITTERING VAN KOSTBARE PARELS en van goud in de eerste stralen van de ochtendzon had een magische aantrekkingskracht op de jonge vrouw. De zeventienjarige Henriette Julia Schmerler, die door iedereen Henya genoemd werd, was de ochtend van die laatste maandag in juli 1888 in alle vroegte opgestaan om bij de bakkerij broodjes voor haar en haar vader te kopen. De straten van Frankfurt am Main waren op dat tijdstip, zoals wel te verwachten was, nog volkomen verlaten en de beroemde juwelier Robert Koch was nog gesloten. Henya stond voor de etalage en keek dromerig naar de mooie juwelen met parels achterin. Onderwijl scheurde ze een stukje van het nog warme broodje af en stak het in haar mond. In de spiegeling van de ruit zag ze haar eigen gezicht, omgeven door goudblonde lokken. Ze was een vrouw geworden. Hoe zou zij eruitzien met zo'n mooi parelsnoer om haar hals?

De uurwerkmaker en juwelier noemde zijn zaak 'het Cartier van Duitsland, dat tiara's leverde aan de koninklijke familie en de adel'. Al drie keer had Henya zich aangeboden als verkoopster bij de parelafdeling, maar tot nu toe was er geen positie vrij geweest.

In plaats daarvan deed ze, naast school, kantoorwerk voor haar vader Valentin, die advocaat was. Deze activiteit stond natuurlijk ver af van haar droom om met parels te werken.

Parels zagen er zowel elegant als mysterieus uit. Haar fascinatie ervoor was een familietrekje: haar grootvader, opa Cornelius, kwam uit een familie die in opdracht van de Saksische vorst op rivierparels had gevist. Toen ze voor het eerst naar school ging, had hij haar een prachtige armband van de glanzende bolletjes gegeven, die ze nog steeds koesterde als haar grootste bezit.

'Ik ben zelf nooit goed geweest in het parelvissen,' zei haar grootvader destijds tegen haar. Waarschijnlijk was dat de reden dat hij uiteindelijk advocaat was geworden. 'Maar mijn jongere broer, je oudoom Moritz, is in Australië rijk geworden door parelmoer.'

'Komt hij eens op bezoek?' had Henya destijds gevraagd.

Cornelius had zijn hoofd geschud met een enigszins droevige uitdrukking op zijn gezicht. 'Australië ligt erg ver weg, helemaal aan de andere kant van de wereld.'

Vervolgens had hij Henya's afwezige blik richting de parels aan de armband gevolgd, en ze herinnerde zich vandaag, ruim tien jaar later, nog steeds de woorden van Cornelius Schmerler: 'Parels zijn een fascinerend geschenk van de natuur en ze worden al vele eeuwen op waarde geschat, als sieraad en als symbool van aanzien. Dit was vierduizend jaar geleden al het geval in China, in de tijd van Cleopatra bij de oude Egyptenaren en vervolgens in het oude Griekenland en in het Romeinse Rijk. Julius Caesar zou door Britse parels zijn overgehaald om Engeland binnen te vallen. In de middeleeuwen waren de kostbare bolletjes een symbool van de liefde voor God. Ze worden zelfs in het Nieuwe Testament genoemd: "En de twaalf poorten waren twaalf paarlen, een iedere poort was elk uit een paarl; en de straat der stad was zuiver goud; gelijk doorluchtig glas." Zo staat het in het boek Openbaring. Christelijke heersers gebruikten daarom parels ook wel als symbool van hun macht.'

'Ik heb gehoord dat Napoleon ook van parels hield,' had Henya gezegd, en haar grootvader had bevestigend geknikt.

'Dat klopt. Na de geboorte van zijn zoon schonk de vijandelijke keizer zijn tweede vrouw, Marie-Louise van Oostenrijk, een exclusieve parel. Haar naam was La Régente. De beroemde juwelier Fabergé heeft dit Franse kroonjuweel onlangs op een veiling aangeschaft. Inmiddels zou de parelverzamelaar prinses Yusupova die van hem hebben gekocht. Ongetwijfeld voor veel geld. La Régente is een van de grootste parels ter wereld. Napoleon bezat ook nog een ander zeer beroemd exemplaar: La Peregrina, die tweehonderd jaar geleden in Panama werd gevonden. Eerst behoorde deze toe aan de Spaanse kroon, daarna schonk prins Filips II de parel aan Maria Tudor, de toenmalige koningin van Engeland. Waarschijnlijk is deze van Napoleon naar koningin Victoria gegaan.'

'Ik zal mijn parels nooit opgeven, opa Cornelius,' had Henya beloofd, en tot nu toe was ze haar belofte trouw gebleven.

'Nou, Henya, ben je een roof aan het beramen?' Een mannenstem rukte haar uit haar herinneringen en ze draaide zich geschrokken om.

'Carli,' riep ze blij toen ze de zeer lange man met bruin haar van achter in de twintig herkende. Hij was elegant gekleed en droeg een hoge hoed op zijn hoofd.

Ze liet zich warm omhelzen, er was niemand die het zag, en bovendien was Carl Thomass junior als een grote broer voor haar.

'Je bent nog meer gegroeid,' zei ze, hoewel hij vast al volgroeid was geweest toen ze elkaar vier jaar geleden voor het laatst ontmoetten. Henya was op dat moment op bezoek bij de familie in München ter gelegenheid van de zestigste verjaardag van Carli's vader.

Wethouder van Handel Georg Carl Thomass, een oude vriend van haar grootvader, was niet alleen een bekende juwelier in de Beierse metropool, maar ook een belangrijke politicus: hij zat in het parlement als lid van de links-liberale Vooruitgangspartij en diende bij de magistraat van München. Hij was ook een van de medeoprichters van de plaatselijke trammaatschappij en de stoomschipmaatschappij Würmsee in Starnberg.

Als kind bracht Henya menig vakantie door in het huis van Carl Thomass aan de Marienplatz. Van de vier juwelierszonen was de oudste – en meest verlegen –, die nu hier voor haar stond, degene op wie ze het meest gesteld was geraakt. Carl Otto August Thomass werd altijd Carli genoemd om zijn voornaam te kunnen onderscheiden van die van zijn vader.

'En je wordt steeds mooier,' zei hij enigszins schuchter.

Henya kon niet goed met vleierij omgaan, dus stelde ze er snel een vraag overheen om hem af te leiden: 'Wat brengt jou naar Frankfurt?'

'Jij,' antwoordde Carli tot haar verbazing. 'Ik was al bij je thuis, de huisknecht zei dat je naar de bakker was gegaan, dus ik ging naar je op zoek. Ergens moet het nog steeds goed tot me doordringen dat je nu oud genoeg bent om in je eentje door de stad te dwalen.'

'Dat is lief,' zei Henya, en ze vertrokken naar het huis van haar vader.

'Stond je weer een beetje over parels te dromen?' raadde Carli, terwijl hij over zijn schouder naar Kochs juwelierszaak wees.

'Betrapt,' gaf Henya toe. 'Hoe heb je de drie jaar reizen ervaren?'

'Het was echt een avontuur. Ik heb zoveel gezien en meegemaakt, laten we het allemaal in alle rust bespreken,' stelde hij voor. 'Maar ik ben eindelijk meester.'

'En nu wil je je eigen goudsmederij in Wenen openen?' vroeg Henya. 'Dat was je altijd al van plan.'

Haar jeugdvriend schudde zijn hoofd. 'Dat gaat niet door. Vader wil uiterlijk volgend jaar met pensioen. Mijn broers hebben me gesmeekt om in München te blijven en hem op te volgen als juwelier. Zij hebben daar helemaal geen zin in. Geen van drieën!'

Dat verbaasde Henya wel een beetje. 'Het moet fantastisch zijn om zo'n prachtig bedrijf over te mogen nemen!'

De tot meester geslagen goudsmid schudde zijn hoofd. 'Eugen en Ludwig hebben maar weinig op met de kunst van het sieraden maken. Ze zijn nu meesterbrouwers en hebben hun vak geleerd in Pilsen. Mijn derde broer Fritz heeft eveneens de opleiding tot goudsmid afgerond, maar hij is veel te onrustig voor zoiets, dus ben ik de enige die overblijft als bedrijfsopvolger. Daarom heb ik een verzoek voor jou.'

Henya keek verbaasd naar hem op. 'Voor mij?'

'Ik weet dat je ervan droomt om met sieraden te werken. Vaders vorige verkoopster, Elise Kolb, wil met pensioen. Ze is midden zestig en verdient het echt. Wij denken allebei dat jij een geschikte opvolgster zou zijn.'

Henya keek hem verbaasd aan.

'Natuurlijk zou je op de tweede verdieping een eigen kamer met kleedkamer hebben,' voegde hij er snel aan toe.

'Wat geweldig!' bracht Henya uit.

Wat een prachtig aanbod! Ze kon haar geluk nauwelijks op, ook al zou het niet makkelijk zijn om in de voetsporen van het verkoopgenie Elise Kolb te treden. Bovendien was er helaas een nog ernstiger probleem.

'Het zal niet makkelijk zijn om mijn vader ervan te overtuigen mij te laten gaan.'

'Uitgerekend in deze moeilijke tijd!'

De drieënveertigjarige advocaat Valentin Schmerler fronste zijn wenkbrauwen toen zijn dochter Henya aan de ontbijttafel, in aanwezigheid van Carli Thomass, haar verzoek uiteenzette. Ze wist dat de politiek actieve advocaat zich op dit moment vaak zorgen maakte, omdat het tot nu toe een turbulent jaar was geweest voor het Duitse Rijk. Op 9 maart was keizer Wilhelm I op bijna eenennegentigjarige leeftijd overleden in Berlijn. Zijn oudste zoon, kroonprins Friedrich Wilhelm, was hem opgevolgd, maar was zelf ernstig ziek geweest. Hij had keelkanker en kon niet praten. Na een luttele negenennegentig dagen op de troon stierf hij op 15 juni, slechts zesenvijftig jaar oud. Zijn zoon Wilhelm II werd vervolgens in 1888 op negenendertigjarige leeftijd de derde keizer. Er heerste echter nog steeds een gevoel van onzekerheid in het rijk. Overal sluimerde de onrust. Het was dus geen wonder dat Valentin Schmerler zijn dochter liever dicht bij zich had.

'Mijn vader, mijn broers en ik zullen allemaal voor Henriette zorgen,' probeerde Carli de advocaat gerust te stellen.

Hij legde zijn broodje met vruchtengelei neer en keek zijn dochter zuchtend aan. 'Ik wist eigenlijk dat deze dag ooit zou komen. Maar ik hoopte stiekem dat je met een knappe man uit Frankfurt zou trouwen en dichtbij zou blijven. Het zal vreemd zijn om je maar zo zelden te zien. Bovendien moet ik natuurlijk een opvolger gaan zoeken voor mijn kantoor.'

De vrouw van Valentin Schmerler was in 1872 overleden aan cholera. Ze was tweeëndertig jaar geweest. Henya was toen nog maar een jaar oud, dus zelf had ze geen herinneringen aan haar moeder. Haar vader was nog niet hertrouwd, wat betekende dat hij zijn dochter vast heel erg zou missen, want afgezien van de huisknecht en de kokkin zou hij na het vertrek van Henya alleen zijn. Dit gaf haar een schuldgevoel, maar misschien zou de eenzaamheid Valentin Schmerler juist ertoe aanzetten om actiever op zoek te gaan naar een nieuwe partner.

'Jij moet het recht hebben om je droom te volgen,' gaf hij toe, tot Henya's grote opluchting. 'Mijn adoptievader heeft vroeger een flinke strijd moeten leveren om rechten te mogen studeren. Volgens de familietraditie moest de eerstgeborene parelvisser worden.'

'Dus ik mag gaan?' vroeg Henya voorzichtig, alsof haar vader van gedachten zou veranderen als ze te luid zou praten.

'Ja, je mag gaan,' antwoordde hij met een milde glimlach. Toen ze van vreugde om zijn nek viel, pinkte Valentin Schmerler heimelijk een traantje weg.

Henya keek stralend naar Carli, die er ook erg opgelucht uitzag. Nu zouden ze binnenkort samen verantwoordelijk zijn voor de voortzetting van de bekende juwelierszaak in München. Wat een prachtige uitdaging!

Twee dagen later naderde de trein met Carli Thomass en Henya Schmerler aan boord München. Na het afscheid op het perron waren de ogen van de jonge vrouw mistig geworden van de tranen. Het viel haar heel moeilijk om haar vader, de huisbediende en de voormalige voedster, die nu kokkin was in huize Schmerler, achter te laten. Maar ondanks de melancholie keek ze uit naar haar nieuwe leven in de Beierse metropool.

'Het is jammer dat het nieuwe treinstation van Frankfurt pas over een paar weken klaar zal zijn,' zei Carli spijtig. Doordat het aantal reizigers in de afgelopen jaren drastisch was toegenomen, voldeden de drie westelijke treinstations van Frankfurt, waarvandaan ze vandaag waren vertrokken, niet meer. Altijd wanneer Henya met haar vader ergens naartoe moest reizen, was het er verschrikkelijk druk geweest. Vijf jaar lang was er gebouwd om van het nieuwe centraal station aan het voormalige Galgenfeld een kopstation te maken en dit zou op 18 augustus worden geopend.

'Dat klopt, het moet het grootste van Europa worden,' zei Henya, 'maar het is nu al duidelijk dat het niet groot genoeg zal zijn.'

'Hoe weet je dat?' vroeg Carli.

'De Berlijnse architect Schwedler is een klant van mijn vader,' legde ze uit. 'Hoewel meneer Schwedler de architectuurwedstrijd zeven jaar geleden niet heeft gewonnen, werd zijn ontwerp tweede van de ruim vijftig inzendingen.'

'En wie was de winnaar?'

'O, een architect van de Universiteit van Straatsburg, uit de Elzas. Hij kreeg uiteindelijk de opdracht voor de tekening en bouw van de centrale hal. Maar meneer Schwedler mocht als staalbouwspecialist de drie stationshallen bouwen. De openstelling wordt ongetwijfeld een groot feest. Ik had er heel graag bij willen zijn.'

'Nou, als we in München aankomen, is het daar in ieder geval feest,' troostte Carli haar. 'Eergisteren is de viering van de honderdste geboortedag van koning Lodewijk I begonnen. De inwoners van

München wilden eigenlijk twee jaar geleden al een feest houden, aangezien Lodewijk I in 1786 werd geboren. Maar in 1886 kon het natuurlijk niet doorgaan.'

'Omdat Lodewijk II destijds in de Starnberger See verdronken is?' vroeg Henya.

Carli knikte. 'Precies, door dat voorval werd het feest uitgesteld. Het zal nu nog grootser gevierd worden. Het hoogtepunt vandaag is een optocht.'

Henya voelde de spanning kriebelen in haar buik. Als ze in München arriveerden, zou de stad zich van zijn meest opwindende kant laten zien.

Carli had geen woord te veel gezegd. Toen hij en Henya vanaf het treinstation van München te voet de anderhalve kilometer aflegden naar de woning van zijn familie aan de Marienplatz, wemelde het van de mensen, die allemaal in een feestelijke stemming waren.

Er woonden nu een kwart miljoen mensen in de 'prachtige streek aan de Isar', zoals Henya had gelezen. Duizenden van hen hadden zich vandaag verzameld voor de drie kilometer lange processie naar de Odeonsplatz. Het leek wel carnaval: acteurs en studenten waren gekleed in historische kostuums, ruiters zaten op kamelen, verenigingen en ondernemers reden rond met themawagens en drankproducenten hadden voor een enorme, dampende schaal met punch gezorgd.

Plotseling hoorde Henya een dierlijk getrompetter, waar ze in eerste instantie van schrok. Ze keek waar het exotische geluid vandaan kwam en zag voor het eerst in haar leven echte olifanten. In de parade liep een groep kooplieden en handelaars mee met een praalwagen waar acht van deze grote dieren voor liepen. Een stierolifant liep voorop, met een artistieke vrouw op zijn rug.

'Dat zijn olifanten uit India, dat kun je zien aan hun oren. Die zijn namelijk kleiner,' legde Carli uit. 'Ze zijn geleend van het circus van Carl Hagenbeck.'

Ten slotte paradeerden de dieren in de Ludwigstrasse voor een man van midden zestig met een volle baard en vele medailles op zijn borst. Hij glimlachte welwillend naar de dieren.

'Is dat prins-regent Luitpold?'

Carli knikte. 'Ja, hij is nog maar twee jaar aan de macht in Beieren, maar je merkt nu al dat niet alleen economische ontwikkeling voor hem telt. Hij hecht ook belang aan cultuur.'

Henya wist dat prins Luitpold over Beieren regeerde omdat de feitelijke troonopvolger van koning Lodewijk II, die twee jaar geleden stierf, zijn broer Otto, al sinds zijn jeugd geestesziek was en daarom niet in staat was om te regeren.

Voor de Overwinningspoort verscheen nu een nieuwe wagen in de stoet: een stoomtrekker in de vorm van een draak.

Carli schudde grijnzend zijn hoofd. 'Dat ding is van de ijzerindustrie in München en zou ervoor symbool staan dat mensen de krachten van de natuur onder controle hebben.'

'Wat is er veel moeite in gestoken,' zei Henya bewonderend.

Plotsklaps begon de 'draak' echter vuur te spuwen in de vorm van stoom. De olifanten schrokken. De bange reuzen verhieven zich op hun achterpoten en begonnen te trompetteren. Instinctief pakte Henya Carli bij de arm en ze schrok ervan ook bij hem angst in zijn ogen te zien. Door het gedrag van de olifanten raakten veel andere toeschouwers in paniek en her en der weerklonk geschreeuw. Deze onrust deed de dieren echter nog meer schrikken. Ze hadden vastgezeten met kettingen aan hun voorpoten, maar in hun angst trokken ze die los. De olifanten renden wild trompetterend door de Ludwigstrasse. Binnen de kortste keren lagen er talloze toeschouwers op de grond en de rest van de vluchtende mensen buitelde over hen heen. En toen rende een van de olifanten recht op Carli en Henya af, die geen kant op konden in de paniekerige menigte. Dit kon onmogelijk Gods plan zijn, dacht ze wanhopig, dat ze eerst haar droom om met parels te werken in vervulling zag gaan en dan vervolgens vertrapt werd door een wild dier uit het verre India!

2

'WAT PRACHTIG, DE KLEUR VAN DEZE parels heeft wel iets weg van cacao.'

Alice Joas klonk enthousiast toen ze dat zei. Haar meisjesnaam was Derbishire en ze sprak Engels. Haar negentienjarige zoon Jakob keek liefdevol toe terwijl zijn moeder gefascineerd naar een paar oorbellen staarde met twee zacht glanzende, chocoladekleurige parels, elk bevestigd onder een mooie diamanten bloem ingezet in goud. 'Dat heb je fantastisch gedaan, *darling*.'

'De parels komen uit Tahiti, het goud is veertienkaraats geelgoud,' antwoordde de leerling van de goudbewerker, eveneens in het Engels.

Zijn nu achtenveertigjarige moeder kwam uit Eccles, een stadje in het Engelse graafschap Lancashire, en had haar enige zoon tweetalig opgevoed.

'De vrouw van je meester zal blij zijn dat je haar zoiets moois als afscheidscadeau geeft,' zei ze en ze gaf Jakob de oorbellen terug die hij had gemaakt.

'Natuurlijk heeft de baas de materialen ter beschikking gesteld,' legde hij uit. 'Maar ik heb toestemming gekregen om het aan haar te geven nadat zijn jongste zoon er een foto van heeft gemaakt. Ze verdient echt een bedankje, drie jaar geleden heeft ze de goudsmid immers overgehaald om mij als leerling aan te nemen.'

'Anders zou ik ook boos op haar zijn geweest,' grapte Alice Joas. 'Ursel is immers mijn beste vriendin.'

Toen hoorden ze een sleutel in het slot. Moeder en zoon sprongen allebei op van schrik.

'Is dat pa?' fluisterde Jakob geschrokken.

Eigenlijk had hij de lakenhandel van zijn vader Martin Joas moeten overnemen. Maar sinds zijn jeugd had hij ervan gedroomd om goudsmid te worden. Zijn tante had hem, kort voor haar plotselinge dood, alles verteld over sieraden in het algemeen en parels in het bijzonder. Dat Jakob drie jaar geleden aan zijn opleiding bij de familie Thomass was begonnen, was een doorn in het oog van zijn vader Martin. 'Ik haat die familie, ze hebben het leven van mijn broer bedorven,' had hij geschreeuwd. 'Als je voor hen gaat werken, ben je hier niet meer welkom.'

Vanwege dit verbod bezocht Jakob zijn moeder in het geheim tijdens de lunchpauze, als zijn vader druk was met zijn werk. Maar vandaag leek hij midden op de dag onverwacht thuis te zijn gekomen.

'Ben jij dat, Martin?' riep Alice geschrokken.

'Ja, ik ben de sleutel van het magazijn vergeten,' hoorden ze de naderende stem van de lakenhandelaar.

Moeder had worstjes voor Jakob gebakken, waardoor ze gelukkig nog in de keuken stonden. Deze bevond zich op de begane grond, dus hij kon via het raam ontsnappen. In de zomer trainde hij bij een roeivereniging, in de winter hield hij zich bezig met schaatsen, en zijn atletische vermogen kwam hem nu goed van pas.

Hij landde op het trottoir aan de Landwehrstrasse en haastte zich uit het zicht – toen stond er plotseling een trillende olifant voor hem.

Henya en Carli slaakten een zucht van verlichting. Op het laatste moment werd de razende dikhuid met een sabel teruggedreven door een van de prachtig geklede ruiters van de koninklijke cavalerie. Het opgewonden getrompetter vermengde zich met het gehinnik van paarden. De overige olifanten kregen een gelijke behandeling van andere cavaleriesoldaten, waardoor de geschrokken grote dieren zich in twee groepen opsplitsten en de zijstraten in renden.

'Laten we hier weggaan,' bracht Carli buiten adem uit. 'We maken een omweg naar de Marienplatz.'

Henya volgde hem met knikkende knieën. Terwijl ze probeerden een zijstraatje in te gaan, werden ze verschillende keren bijna onder de voet gelopen door doodsbange mensen. Uiteindelijk sloeg Carli beschermend zijn linkerarm om Henya heen, en met zijn rechter droeg hij haar koffer en zijn eigen reistas.

De paniek verspreidde zich verder, het geschreeuw was zelfs in de kleine straatjes nog steeds te horen. Keer op keer kwamen ze geagiteerde mensen tegen die op de vlucht waren, en één keer galoppeerde een verdwaald paard met schuimende mond langs hen heen, waardoor ze zich angstig tegen de deur van een huis moesten drukken.

Uiteindelijk zagen ze een knappe blonde man een van de olifanten aan een touw door een leeg steegje leiden. Het dier draafde gehoorzaam naast de jongeman voort. Als beloning gaf hij het dier een noot, die het met zijn slurf vastpakte en in zijn bek stopte.

'Jakob,' riep Carli, die de dierenverzorger leek te kennen.

'Welkom terug,' riep de blonde jongen vanaf de overkant van de straat terug. 'Kun je tegen je vader en mevrouw Kolb zeggen dat ik wat later ben? Deze verdwaalde knaap moet terug naar zijn stal op de Theresienwiese.'

'Zal ik doen,' beloofde Carli. 'Zorg goed voor de olifant, de menigte is momenteel behoorlijk paniekerig.'

'Bedankt, ik sta bij je in het krijt.' De jongeman maakte een lichte buiging en glimlachte vriendelijk naar Henya voordat hij verder liep met de rustige olifant aan de lijn.

'Was dat een bewaker van het circus?' vroeg ze nieuwsgierig terwijl ze Carli volgde richting de Marienplatz, hoewel ze zich nog eenmaal omdraaide om de blonde man na te kijken. Hij deed hetzelfde en glimlachte toen hun ogen elkaar ontmoetten.

Carli lachte. 'Nee, Jakob Joas is al drie jaar leerling bij mijn vader. Hij nam mijn plaats in de goudsmederij in terwijl ik rondreisde om ervaring op te doen als gezel.'

'Hoe is het dan mogelijk dat hij een olifant kan temmen?'

'Hij is een groot dierenliefhebber. Hij houdt vooral van de exotische dieren. Al sinds zijn tienerjaren is hij dol op dierentuinen en het circus en daardoor was hij daar vaak te vinden,' zei Carli. 'Hij is echt een avonturier en veel moediger dan ik. Als hij begin volgend jaar gaat rondreizen, wil hij echt verre landen bezoeken. Zijn moeder komt uit Engeland, dus hij spreekt de taal vloeiend, wat de reis voor hem uiteraard makkelijker maakt.'

Op dat moment hoorden ze een schot in de verte en ze keken elkaar geschrokken aan.

Carli keek erg zorgelijk. 'Kwam dat uit de richting waar Jakob Joas heen ging?'

Henya schudde haastig haar hoofd. 'Het kwam van de andere kant.' Ze hoopte dat het gewoon een schot in de lucht was geweest.

Toen ze uiteindelijk de Marienplatz bereikten, het plein dat tot vijfendertig jaar geleden Schrannenplatz had geheten, heerste ook daar een angstige chaos. Ook hier liepen paarden los. Toch bracht de vertrouwde aanblik van de indrukwekkende residentie van de juweliersfamilie Thomass Henya een beetje tot rust. In het gebouw van vijf verdiepingen op nummer 1, zo had Carli's vader haar ooit verteld, was vroeger de oude hoofdwacht gevestigd. De inwoners van München noemden het nu het Thomass-gebouw of 'Huis der Parels'. Met elke stap die ze in die richting zetten, werd Henya een beetje opgewondener.

Carli wendde zich tot een politieagent die langs hun huis liep: 'Dag meneer Lehner, weet u wat er met de olifanten is gebeurd?'

'Ze braken door het menselijke kordon op de Brienner Strasse en de Odeonsplatz. Voorbijgangers werden tegen de muur op de Residenzplatz geduwd en in hun wanhoop begonnen ze naar de olifanten te slaan met parasols, waardoor die nog wilder werden. Iedereen vluchtte halsoverkop, schreeuwend en wel,' meldde de politieagent. 'Zelfs mijn collega's en het leger konden er niet langer tegenop. De dieren zijn over de Max-Joseph-Platz gevlucht, naar Hofgraben. Drie olifanten braken door de hoofdpoort van de Koninklijke Munt en gingen het gebouw binnen. Eén zou het Hofbräuhaus in gerend zijn, andere gingen een huis aan de Baumstrasse binnen, waar ze flinke vernielingen hebben aangericht. Vervolgens renden ze over het Alter Hof en de Viktualienmarkt naar de Gärtnerplatz. Pas in de Auenstrasse konden de dieren eindelijk worden gepakt – door de brandweer en een afdeling van de cavalerie. Maar ten minste één olifant werd neergeschoten.'

Henya slaakte een zucht van medelijden. Dat moest het schot zijn geweest dat ze eerder hadden gehoord. Het arme dier! 'Zijn er ook menselijke slachtoffers gevallen?' vroeg ze.

Tot haar opluchting schudde de politieagent zijn hoofd.

'Nog niet, maar er zijn talloze gebroken ledematen. Nu moet ik verder. Tot ziens, meneer, mevrouw.'

'Dat was agent Hannibal Lehner,' lichtte Carli toe. 'Mijn tante verhuurt een appartement aan hem, op de vijfde verdieping van het pand hiernaast.'

Henya wist van eerdere bezoeken dat de familie Thomass inmiddels ook de woning op nummer 2 had gekocht. Op de begane grond was ooit de bekende herberg Zum Goldenen Lamm gevestigd. Otto Hierneis, de echtgenoot van de jongste zus van Carl Thomass senior, verkocht daar nu dames- en herenondergoed, stropdassen en handschoenen. Hoewel ook enkele familie- en personeelsleden hun intrek hadden genomen in de talrijke kamers van de twee gebouwen van vijf verdiepingen hier in het hart van München, verhuurden Carl senior en zijn jongste zus Anna ook diverse vertrekken en werden ze daarvoor goed betaald.

Toen kwam een man in livrei van in de dertig opgewonden het eerste huis uit rennen. Henya herkende hem als de huisbediende Sebastian Heiland, met zijn donkere haren.

'Meneer Thomass, we maakten ons al zorgen,' riep hij terwijl hij Carli's reistas en Henya's koffer overnam. 'Ik was zo opgelucht u door het raam te zien. En met mevrouw Schmerler gaat het ook goed. Wat fijn!'

Henya straalde. 'Dank u, meneer Heiland.'

Ze was dol op de huisbediende, die haar tijdens haar vakantiebezoeken vaak een chocolaatje had gegeven.

'Is mijn vader in de werkplaats?' vroeg Carli.

'Ik denk het wel. Zal ik uw bagage naar boven brengen?' vroeg meneer Heiland ijverig.

'Ja, graag, bedankt,' antwoordde Carli, zich tot Henya wendend. 'Zullen we meteen naar vader gaan?'

'Goed idee.'

Toen ze de winkel binnenkwamen, werd Henya opnieuw overweldigd door het aanbod: glanzende parels en edelstenen in alle kleuren, van helderrood tot mysterieus groen en nachtblauw. Deze waren op de mooiste manieren vormgegeven, gezet in glimmend platina, goud en zilver, en lagen verleidelijk te schitteren.

Van Carli had ze al gehoord dat de winkel de afgelopen jaren was uitgebreid. Naast de juwelen die hij zelf maakte, bracht vader Thomass ook artikelen aan de man die ze ingekocht hadden. Dat waren kleinere modieuze alledaagse voorwerpen, zoals parfumflesjes, reukflaconnetjes die aan kettingen werden gedragen, poederdoosjes, opvallende knopen, armbanden, gespen, sjaals, omslagdoeken en waaiers.

Het assortiment omvatte inmiddels ook zogenaamde bijouterieen: glazen ornamenten, doosjes, kaarsjes en horlogekasten.

Henya had niet veel tijd om dit alles te bewonderen, want ze werden meteen enthousiast begroet door een uiterst verzorgde vrouw van midden zestig: Elise Kolb. De verkoopster had tijdens Henya's eerdere bezoeken verteld hoe ze verschillende soorten klanten kon adviseren: rijke dames die aantrekkelijk wilden zijn voor bewonderaars of zichzelf gewoon wilden verwennen met iets moois, heren die op zoek waren naar iets om het weer goed te maken met hun partner – of iets om hun geheime minnares mee te verleiden. En de beste gesprekken waren volgens mevrouw Kolb die over de ringen, voor de stellen die zich voorbereidden op wat naar zij hoopten de mooiste dag van hun leven zou zijn.

'Het is zo fijn dat jij me komt vervangen,' benadrukte ze na de hartelijke begroeting. 'Je hebt hart voor sieraden en weet precies wat bij wie past.'

'O, ik kan je helemaal niet vervangen, ik kan je alleen maar opvolgen,' haastte Henya zich te zeggen. 'Ik moet nog zoveel leren.'

'Maak je geen zorgen, in geval van nood ben ik na 1 september nog steeds beschikbaar om je vragen te beantwoorden,' beloofde Elise Kolb. 'Ik woon hiernaast op nummer 2. In het begin was ik net zo onzeker als jij. Ik was bang dat ik het nooit zo goed zou kunnen doen als mijn voorgangster Marie Joas, God hebbe haar ziel.'

Bij het horen van die naam versomberden de gezichten van de verkoopster en Carli. De overleden oudere zus van de eigenaar moest een bijzondere vrouw zijn geweest. Hoewel Henya zelf toen nog maar tweeënhalf jaar oud was, herinnerde ze zich vaag het grote verdriet dat Maries dood begin 1874 ook bij haar vader en grootvader Cornelius had veroorzaakt. Henya had ooit van de kokkin gehoord dat Carl Thomass de kamer van zijn zus na haar dood op slot had laten doen en dat er in bijna vijftien jaar niets aan was veranderd. 'Alsof hij wacht tot zij – of haar geest – terugkomt,' had de kokkin met gedempte stem gezegd. Henya herinnerde zich dat ze zich altijd ongemakkelijk had gevoeld als ze langs de afgesloten kamer van de overleden Marie liep.

Verkoopster Elise Kolb zei: 'Marie was de vriendelijkste vrouw ter wereld, ze stelde me volledig gerust en leerde mij alle kneepjes van het vak vóór ze trouwde met kledinghandelaar Joas.' Toen verzekerde ze Henya: 'We hebben nog een maand, dus ik heb genoeg tijd om voor jou hetzelfde te doen.'

'Is mijn vader in de werkplaats?' vroeg Carli.

Mevrouw Kolb schudde haar hoofd. 'Hij is de deur uit gegaan om te kijken wat er op de Marienplatz te doen was.'

Op dat moment klingelde de bel van de winkeldeur en kwam Carl Thomass senior, de eigenaar van de zaak, terug. Ondanks zijn waardige leeftijd van vierenzestig jaar, zijn elegante pak en hoge hoed, zag zijn gezicht er nog steeds ondeugend en jongensachtig uit als hij glimlachte.

'Wat een tragedie was dat, met die arme olifanten. Ik ben blij dat jou en mijn oudste zoon niets is overkomen, Henriette,' zei hij na de vriendelijke begroeting. 'Fijn dat je Carli gaat helpen. Mijn andere zonen willen liever bier maken. Die lijken te veel op mijn lieve vrouw Ursel. Zo gaat dat nu eenmaal als je met de dochter van een kuiper trouwt.'

Henya wist dat de rijke ouders van Ursula Thomass tijdens hun leven houten vaten hadden gemaakt en vele bierproducenten kenden. Ursel onderhield deze contacten nog steeds goed. Haar liefde voor de wereld van de bierproductie leek te zijn overgeslagen op haar zonen Eugen en Ludwig. Maar ook juwelier Carl senior was erbij betrokken geraakt. Op advies van zijn vrouw was hij ruim vijftien jaar geleden in de naamloze vennootschap gestapt toen deze werd gevormd uit de firma Löwenbräu, zoals Henya in een brief van Carli had gelezen.

Hij wendde zich met een knipoog tot zijn vader: 'Nou, over moeder mag je eigenlijk niet klagen, je hebt alles hier aan haar te danken, toch? Die vierduizend vijfhonderd gulden voor het bloeiende bedrijf van je leraar had je veertig jaar geleden nooit kunnen betalen zonder moeders bruidsschat. Je was nog maar drieëntwintig en net terug van je grote reis.'

Carl Thomass senior legde gekscherend een vinger voor zijn mond. 'Sst, herinner je moeder er niet aan. Het zal haar nog naar het hoofd stijgen. Nu we het toch over haar hebben, waarschijnlijk kan ze niet wachten om jou je kamer te laten zien, Henriette.'

Kort daarna volgde Henya Carli het trappenhuis in, waar de houten treden naar vloerwas roken. De twee particuliere appartementen van de familie Thomass bevonden zich niet op de eerste verdieping, hoewel andere huiseigenaren meestal die verdieping als eigen woning kozen. Maar Carli's zuinige vader had de zogenaamde bel-etage voor goed geld aan een koopman verhuurd en woonde zelf op de verdieping erboven.

In het linkergedeelte bevonden zich een keuken, badkamer, bibliotheek, salon en twee slaapkamers. In het rechtergedeelte waren nog drie slaapkamers, een studeerkamer en twee extra badkamers.

Zodra Carli de deur naar het linkergedeelte van het appartement op de tweede verdieping opende en Henya de hoge gang in leidde, bekleed met dure Perzische tapijten, kwam zijn moeder, Ursula Thomass-Holzapfel, de bibliotheek uit en snelde met haar armen wijd open naar haar toe. De negenenvijftigjarige droeg een jurk in de traditionele klederdracht en had haar goudblonde haar vastgemaakt in een knot. Ze omhelsde Henya liefdevol.

'Wat ben ik blij je te zien, meisje! Kom mee, dan laat ik je je kamer zien. Mijn man heeft de deur weer geopend en de ruimte voor het eerst sinds jaren beschikbaar gesteld. Ooit sliep zijn zus Marie daar.'

Henya huiverde een beetje bij de gedachte om in de kamer van een vrouw te verblijven waaraan sinds haar dood niets veranderd was.

3

BOVEN HET KERSENHOUTEN BED HING EEN hemel van geplooide witte stof, die op één punt aan het plafond bevestigd was. De smalle boekenkast, kaptafel, kruk en staande spiegel waren allemaal voorzien van decoratieve elementen die typerend waren voor het Empiretijdperk: vergulde leeuwenpoten, kapitelen die deden denken aan Egypte, schalen, rozetten en lotusbloemen. Aan de wand met het zijdezachte, glanzende, lichtblauwe bloemetjesbehang hing een schilderij met een huisje aan een beekje.

'Neem wat rust na de lange reis,' had Ursel Thomass eerder gezegd. 'Het diner wordt hier pas om zeven uur geserveerd, dat weet je vast nog wel.'

Henya's koffer stond al op bed, maar in plaats van meteen uit te pakken, wilde ze liever eerst rondkijken in wat haar nieuwe thuis zou zijn.

Ze bestudeerde de titels van de boeken die in de boekenkast naast het raam stonden: *Antonius en Cleopatra* van William Shakespeare, *Robinson Crusoe* van Daniel Defoe en *De laatste der Mohikanen* van James Fenimore Cooper. De collectie omvatte eveneens werken van Alexandre Dumas: *De drie musketiers* en *De graaf van Monte Cristo*, Jules Vernes *20.000 mijlen onder zee*, *Rond de wereld in 80 dagen* en *Michael Strogoff, de koerier van de tsaar*. Henya was verbaasd toen ze ontdekte dat Marie bijna dezelfde smaak in boeken leek te hebben als zij. Het verraste haar vooral dat de voormalige verkoopster ook de boeken bezat van de beroemde juwelenhandelaar Jean-Baptiste Tavernier – vol avontuurlijke reisverslagen over allerlei plaatsen waar kostbare juwelen gevonden werden. Toen Henya deze vijf jaar geleden voor haar twaalfde verjaardag van haar vader had gekregen, bleef ze erin lezen. *De goudkever* van Edgar Allan Poe en *Moby Dick* van Herman Melville waren de enige boeken in de collectie van Marie Joas die Henya nog niet had gelezen. Ze besloot daar snel verandering in te brengen.

Er stond een foto op het bureau. Daarop stonden een mooie vrouw van midden twintig en een man van ongeveer dezelfde leeftijd, zijn donkere krullen getemd met pommade. Henya herkende de vrouw als de jonge Marie Joas; er hing ook een foto van haar – al was die dan van later datum – in de studeerkamer van haar vader in Frankfurt. De man naast haar was waarschijnlijk haar echtgenoot, een lakenhandelaar genaamd Georg Joas. Henya tilde de foto op en zag dat er iets op de achterkant geschreven was. *1849, vóór de Grote Leugen.*

Wat zou dat betekenen? Op dat moment werd er op de deur geklopt en Henya schrok zo dat het lijstje bijna uit haar handen viel. Ze zette de foto snel neer en riep: 'Binnen!'

De deur vloog open en een jonge man, ongeveer van dezelfde lengte als Henya, stak zijn hoofd naar binnen.

'Eugen,' zei ze, blij Carli's jongste broer te zien, die pas negentien jaar oud was.

Zoals zo vaak gebeurde, viel er een lok bruin haar in zijn gezicht. Hij staarde haar verbaasd aan. 'Je zag er anders uit toen je dertien was. Ik durf mijn speelkameraadje uit mijn kindertijd nauwelijks te knuffelen.'

'O nee?' Henya vond dat Eugen nog steeds iets kinderlijks had. Vooral omdat hij nu breed begon te grijnzen, vervolgens gromde en haar zo stevig omhelsde dat ze bijna niet kon ademen.

Toen hij haar losliet, keek hij haar weer aan. 'Mijn extra zusje van de schoolvakanties is volwassen geworden, kijk eens aan. Ik zal binnenkort wel een foto van je moeten maken. Je weet dat ik mooie vrouwen verzamel.'

Ze giechelde. 'Je bedoelt hun portretten.'

'Ja, natuurlijk, de vrouw van mijn leven zou natuurlijk uniek zijn, een origineel. Maar ik heb haar nog niet gevonden,' zei Eugen.

Henya wist dat hij niet alleen foto's verzamelde, maar ook andere dingen: postzegels, vlinders, snuifdozen... Hij was dol op originele dingen – en was daarom zeer selectief bij het zoeken naar een partner. Henya twijfelde niet aan zijn loyaliteit als hij eenmaal een beslissing had genomen. Hoewel ze zelf zeker aandacht van mannen had gekregen, was het nooit wederzijds geweest. Misschien kwam het doordat ze, net als de vorige eigenaar van haar kamer, meer van spannende avonturenverhalen hield dan van liefdesromans.

'Komen je oudere broers straks eten?' vroeg ze aan Eugen.

'Carli zeker. Met Fritz is dat altijd een verrassing. Hij is gisteravond weer met zijn vrienden uitgegaan en is nog niet thuisgekomen. Voor hem is dat heel normaal. Ludwig zal er niet bij zijn. Hij werkt als operationeel assistent bij het stoomschipbedrijf aan de Würmsee. Onze vader is mede-eigenaar. Ludwig slaapt dus doordeweeks in Starnberg. Maar het leek ons een goed idee om er vrijdag heen te gaan en je uit te nodigen voor een tochtje op de raderboot, zodat jij hem ook weer eens ziet.'

'Dat zou leuk zijn,' zei Henya verheugd. 'Hoef ik vrijdag dan niet te werken?'

'Nee, vader wil dat je rustig aan begint. Morgen zal mevrouw Kolb je alles uitleggen, dat zal waarschijnlijk al vermoeiend genoeg zijn,' legde de jongste telg van de familie Thomass uit.

Op dat moment werd er op de deur van het appartement geklopt.

'Ah, dat zal meneer Aumüller zijn van de verdieping boven ons,' zei Eugen. 'Hij is schilder en heeft daar ook zijn atelier. Hij is duidelijk niet zo goed in boodschappen doen als in het maken van kunst, hij komt steeds helemaal naar beneden sjokken om eieren, suiker of iets soortgelijks van ons te lenen. Het is een grappige man. Kom op, ik zal hem aan je voorstellen.'

Henya was een beetje uitgeput door de drukte van de olifanten en dacht dat ze eigenlijk genoeg mensen had ontmoet voor vandaag, maar ze was toch nieuwsgierig.

Dus volgde ze Eugen naar de gang, waar hij de deur van het appartement opende.

De man die voor hen stond te wachten was echter niet de kunstenaar, maar de slanke leerling van de goudbewerker die die middag de olifant had begeleid.

'Jakob, gelukkig! Ik dacht dat Aumüller onze voorraad weer kwam plunderen,' zei Eugen opgewekt. 'Kom binnen!'

'Hallo! Is je moeder er ook?' vroeg de blonde man, en Henya zag voor het eerst dat hij helderblauwe ogen had en een Griekse neus. Hij was ook heel lang, iets wat haar niet was opgevallen toen hij naast de olifant had gelopen. Nu zag Jakob haar ook en hij glimlachte een beetje verlegen naar haar.

'Hallo, jij bent vast Henya Schmerler. De baas vertelde me net dat jij het was, vanmiddag met Carli. Het spijt me dat ik je niet goed kon begroeten, maar de olifant moest naar huis.'

Hij maakte een galante buiging en stelde zich voor: 'Mijn naam is Jakob Joas, ik ben de leerling van de goudsmid. Leuk dat je ons binnenkort gaat helpen.'

'Het is me een genoegen,' antwoordde Henya. Ze durfde toch de vraag te stellen die op haar lippen brandde: 'Joas? Ben je familie van Marie Joas, wier kamer ik mag gebruiken?'

'Ja, ze was mijn tante,' zei hij. 'Een lieve vrouw.'

Er kwam zo'n weemoedige trek op zijn gezicht dat Henya meteen spijt had van haar vraag. Ze probeerde hem snel af te leiden: 'Heb je je olifant veilig naar de Theresienwiese gebracht?'

Ze hoopte van harte dat de dikhuid die Jakob Joas had weggeleid niet was neergeschoten, want dan zou ze opnieuw zout in de wonde wrijven.

Maar tot haar opluchting knikte Jakob. 'Ik sprak daar met Hagenbeck, de directeur van het circus. Hij is van mening dat het uit de hand gelopen is door de hysterie van de aanwezigen. Het is hem eerder ook gelukt om de arme dieren te kalmeren. Maar ze werden onrustig gemaakt door de mensen die er waren, met al hun geschreeuw en doordat ze met stokken en paraplu's sloegen.'

'Hoe hebben ze de andere olifanten uiteindelijk weten te vangen?' vroeg Henya.

'De hoofdverzorger van het circus kon ze kalmeren door tegen ze te praten,' antwoordde Jakob. 'Net zoals ik deed met de olifant die ik bij me had. Ze werden wel vastgebonden, maar gingen daarna net zo vredig terug naar hun stal als die van mij. Carl Hagenbeck denkt dat de olifanten zich eigenlijk het verstandigst gedragen hebben van alle betrokkenen.'

'Moeder, Jakob wil je graag spreken,' riep Eugen op dat moment, die Ursel Thomass de bibliotheek uit zag komen.

'Ja?' vroeg ze glimlachend.

Een beetje opgelaten haalde Jakob Joas vervolgens een klein fluwelen doosje tevoorschijn en liep naar de vrouw van zijn werkgever toe.

'Ik wilde u bedanken. Drie jaar geleden was u zo vriendelijk om mij Carli's plaats te laten innemen in de goudsmederij, toen hij rond ging reizen als gezel.'

Ursel nam het doosje geëmotioneerd aan. 'Dat is lief.'

'Ik heb alleen het sieraad ontworpen en gesmeed,' haastte de leerling zich te zeggen, terwijl Ursel Thomass voorzichtig het doosje opende. 'Uw echtgenoot was zo vriendelijk voor de materialen te zorgen. Hij zei dat hij via mijn geschenk zijn liefde kon tonen.'

'Nou ja,' riep ze verrukt, en zoals ze altijd deed als ze opgewonden was, verviel ze in het Beierse dialect. 'Wat prachtig. Dat heb je echt goed gedaan.'

Ook Henya wierp een bewonderende blik op de oorbellen. Ze wendde zich enthousiast tot Jakob: 'De donkere parels zijn een geraffineerde keuze. Tahitiaans?'

Hij knikte. 'Wit zou de voor de hand liggende keuze zijn geweest, omdat dit de meest populaire kleur parels is en goed bij alle kleding past. Maar de parels uit de Zuidzee hebben een fascinerende kleur die op allerlei manieren gecombineerd kan worden. Ik vind sieraden met bruine parels een verleidelijke elegantie uitstralen en voor een mooi contrast zorgen, vooral bij lichtere huidtinten. Dus ik dacht dat deze perfect bij mevrouw Thomass zouden passen, met haar delicate, albasten huid.'

'Dank je wel, het is erg mooi,' zei Ursel gevleid. 'Blijf je bij ons eten?'

'O, alleen als dat niet lastig is,' stamelde Jakob.

'Welnee,' antwoordde Ursel Thomass, terwijl ze zijn zorgen wegwuifde. 'Mevrouw Hölzlmaier kan zo een bord erbij zetten. Je bent van harte welkom. En nogmaals vriendelijk bedankt. Ik zal de gouden oorbellen met cacaoparels meteen dragen. We eten om zeven uur.'

Terwijl Jakob haar bedankte voor de uitnodiging, dacht Henya aan Franzi Hölzlmaier, op wie ze al sinds haar kindertijd dol was. Na het uitpakken zou ze de kokkin in de keuken opzoeken en begroeten.

Net als vroeger in de zomer kreeg Henya een lekker hapje terwijl de kokkin de laatste hand legde aan het familiediner. De nu drieënzestigjarige Franzi was onmiddellijk nadat Carl Thomass senior de juwelierszaak had overgenomen bij het gezin in dienst gekomen. Vroeger was haar moeder al kokkin geweest in het huis, maar zij was met de familie van leermeester Jeremias Neustätter meegegaan, die vanwege gezondheidsredenen gepensioneerd was. Dat was veertig jaar geleden. Vandaag benadrukte Franzi Hölzlmaier meerdere keren hoe blij ze was dat er nu weer een 'jongejuffrouw' in het huis van de familie Thomass was. 'De oudste dochter van de baas, Anna, is al negenendertig. Ze woont op nummer 2, maar leidt haar eigen leven met haar man, Maxl Weishaupt, en ze komt hier nauwelijks,' zei de kokkin spijtig. 'Weishaupt heeft een eigen zilversmederij aan de Dienerstrasse en levert zelfs aan de koning.'

'En de tweede dochter van meneer en mevrouw Thomass, Pauline, moet inmiddels eenendertig zijn,' had Henya uitgerekend.

De kokkin knikte. 'Ja, ze woont verder weg met haar man, de handelaar Obletter. Nou, nu ben jij mijn steun en toeverlaat als het op die vier boeven aankomt. Het maakt niet uit dat ze geen kinderen meer zijn, voor mij zijn het nog steeds belhamels. Met Fritz zal het nog eens slecht aflopen, met al dat gekaart van hem.'

Ondanks haar goede karakter had de bijgelovige Franzi de neiging tot fatalisme sinds haar echtgenoot, een chef-kok, twintig jaar geleden om het leven kwam bij een ongeval op vrijdag de dertiende.

Beide vrouwen veerden op van schrik toen er plotseling een diepe mannenstem uit de richting van de keukendeur kwam, die open was gegaan zonder dat er geklopt was. 'Met wie zal het slecht aflopen, mevrouw Hölzlmaier?'

Henya draaide zich om en zag een jongeman met een snor: Friedrich Gottlob 'Fritz' Thomass. De drieëntwintigjarige man was netjes gekleed, maar zijn stoppels en de vage geur van sigaretten en alcohol deden vermoeden dat hij niet meer thuis was geweest sinds hij zich gisteren met zijn vrienden op het nachtleven had gestort. De op één na jongste zoon van het gezin was tijdens Henya's laatste bezoek, vier jaar geleden, ook al onberekenbaar geweest. Volgens Eugen was Fritz allesbehalve kieskeurig bij het kiezen van zijn bedgenotes. Als ervaren verleider had de elegante en knappe jongeman met zijn warme timbre vaak met vuur gespeeld.

'Op een dag stond er zelfs een jaloerse echtgenoot bij ons aan de deur met zijn jachtgeweer,' had Eugen Henya in 1884 toevertrouwd. 'Moeder moest haar beste beentje voorzetten om de man te kalmeren.'

'Dag Henya, wat ben jij een beeldschone vrouw geworden,' zei de flirt met de blik van een roofdier, en hij gaf haar een galante handkus. 'Jij brengt een man het hoofd op hol.'

'Dag, Fritz,' antwoordde ze kort.

Vervolgens snoof hij met een enthousiast geluid de geur in de keuken op. 'Hmm, dat ruikt weer heerlijk, Franzi. Goed dat we gaan eten, ik heb honger als een paard.'

'Je hebt nog vijf minuten. In die tijd kun je je wellicht nog scheren. Dat zal je vader zeker waarderen,' antwoordde Franzi Hölzlmaier met een strenge blik.

Blijkbaar gehoorzaamden de Thomas-zonen de kokkin nog net zoals vroeger, want Fritz begaf zich onmiddellijk naar de badkamer.

En net als vroeger mocht Henya de kokkin en bediende meneer Heiland helpen met het dekken van de tafel.

Behalve de twee zonen van de familie Thomass was ook leerling Jakob Joas bij het diner, zoals Henya al had gehoord. Volgens Carli woonde hij in het Huis der Parels op zolder.

'Blijkbaar is er een vete tussen hem en zijn vader,' had hij uitgelegd. 'Hij heeft Jakob verboden voor ons te werken. Martin Joas heeft om de een of andere reden een hekel aan vader. Die heeft Jakob uiteindelijk hier kosteloos de zolderkamer aangeboden.'

Henya vroeg zich af wat voor reden iemand kon hebben om een hekel te hebben aan Carl Thomass, maar ze kon er geen bedenken.

Tijdens de maaltijd was iedereen in een goed humeur. Franzi Hölzlmaier had zichzelf overtroffen. Er was rosbief met verse groenten en ragout van zwezerik met verse paddenstoelentruffels en gevulde morieljes.

'Het is echt heerlijk,' zei Jakob eerlijk toen Ursel vroeg of hij het lekker vond.

Daarna stelde ze nog een vraag: 'Kijk je ernaar uit om te gaan rondreizen?'

Jakob wilde antwoord geven, maar de spraakzame Fritz onderbrak hem: 'Nou en of, hij staat te popelen. Hij heeft lang genoeg op Carli's terugkomst moeten wachten, dat arme joch.'

Ursel keek haar zoon berispend aan. 'Misschien wil Jakob zelf antwoord geven.' Ze wendde zich weer tot Jakob. 'Waar gaat de reis naartoe?'

'Eerst wilde ik per schip naar Tahiti gaan. Het is altijd mijn droom geweest om het parelparadijs met eigen ogen te zien. Maar helaas zijn daar inmiddels vrijwel geen parels meer te vinden. Ik moet nu iets nieuws...'

Op dat moment was er boven hen gerommel te horen.

'Meneer Aumüller laat zijn schildersezel weer omvallen,' merkte Carl senior glimlachend op. 'Hij is een beetje verstrooid en onhandig.'

'Woont uw jongste zus nog altijd op de vijfde verdieping, meneer Thomass?' vroeg Henya, terwijl bediende Sebastian Heiland gebakjes serveerde voor het dessert. Ze herinnerde zich dat ze Anna heette, naar hun moeder, die jong was overleden. Carl Thomass had zijn oudste dochter eveneens naar haar genoemd.

'Nee, het appartement is te klein geworden voor haar en haar man. Daarom heeft Anna's tweede zoon het nu overgenomen,' legde Carl senior uit, en hij voegde er glimlachend aan toe: 'Ze stond erop de jongen ook Karl te noemen.'

'Daarom noemen we onze lieve neef Carlos,' zei Fritz grijnzend. 'Het past niet bij hem, maar drie Karls in de familie is te veel van het goede, is het niet, vader?'

'En waar woont uw zus nu?' vroeg Henya.

Carl senior zette zijn wijnglas neer. 'Ze is naar een groter appartement verhuisd op nummer 2. Ze kon het mooiste kiezen, omdat het hele huis nu van haar is. Anna's echtgenoot Otto Hierneis is hofleverancier, samen met hun zoon Karl. Hun kledingwinkel bevindt zich op de begane grond. Dat is best handig. Mijn zwager Otto stuurt zijn klanten naar mij toe voor bijpassende sieraden. En omgekeerd doe ik dat natuurlijk ook. Als er iemand een gouden dasspeld wil, dan raadt mevrouw Kolb een nieuwe stropdas aan, die bij Hierneis te koop is.'

'Hofleverancier,' zei Henya verbaasd, 'dat wist ik helemaal niet.'

'Oom Otto en tante Anna's oudste zoon Theodor werken zelfs ter plekke aan het hof, echt geluksvogels, dat gezin,' zei Fritz.

Zijn oudere broer Carli voegde eraan toe: 'Theo trad zes jaar geleden toe tot het hof, voordat koning Lodewijk II er was. Mijn neef was toen pas veertien en begon zijn opleiding tot keukenjongen. Vanaf 1884 werkte hij als kok aan het hof en maakte ook het dagmenu voor koning Lodewijk. Je kunt je voorstellen hoe trots Franzi Hölzlmaier was, want zij was degene die het zaad heeft gestrooid voor Theo's passie voor koken – en zíj heeft hem alles geleerd wat hij weet. Vandaag de dag is Theo de kok van prins-regent Luitpold. Je zult hem vrijdag wel ontmoeten, hij gaat mee bij het tochtje op de stoomboot.'

'Twee hofleveranciers in de familie,' zei Henya vol bewondering.

Plotseling sloeg Fritz met zijn handpalm tegen zijn voorhoofd. 'Dat herinnert me eraan dat Carlos mij gisteren in het Hofbräuhaus vroeg om je iets te vertellen. Hij wil morgen langskomen met de schoondochter van de prins-regent. Die Maria Theresia. Ze wil iets moois uitkiezen voor een feestje.'

'De prinses?' schreeuwde Henya vol ongeloof en ze liet geschokt haar vork vallen. Op haar eerste dag als verkoopster zou Maria Theresia, aartshertogin van Oostenrijk-Este en prinses van Modena, de vrouw van de zoon van de Beierse prins-regent, naar de juwelier komen! Hoe zou Henya haar kalmte kunnen bewaren en blunders kunnen voorkomen?

4

'NOU, DAAR ZAL MEVROUW KOLB BLIJ mee zijn,' zei Ursel Thomass. 'Ze is dol op Maria Theresia. En ze vindt het zo ontroerend dat prins Lodewijk en zij destijds uit liefde getrouwd zijn.'

'Nu we het er toch over hebben,' zei Fritz, terwijl hij zich tot zijn oudste broer wendde. 'Wanneer ga jíj eindelijk eens op zoek naar een bruid? Ik dacht eigenlijk dat je er wel eentje uit Italië zou meenemen. De vrouwen schijnen daar echt bloedmooi te zijn.'

Carli keek een beetje hulpeloos. 'Ik ben de juiste vrouw nog niet tegengekomen.'

'O nee, je weet niet hoe je moet flirten, dat is waar ook,' zei Fritz spottend. 'Ik heb je immers aan genoeg meisjes voorgesteld, hè?'

'Laat Carli met rust!' gromde Eugen. 'Het is helemaal niet verkeerd om kieskeurig te zijn. Het is verstandig om er goed over na te denken aan wie je je voor altijd wilt binden.'

Fritz maakte een hatelijk geluid. 'O, wie heeft het over voor altijd? Je kunt ook te kieskeurig zijn. Onze oudste broer loopt verdorie al tegen de dertig! Als een man nooit presteert, verschrompelt er op een gegeven moment iets daarbeneden.'

Zijn moeder keek verontwaardigd op van haar bord.

'Carli wordt "daarbeneden" tenminste niet ziek vanwege zijn vele contacten,' antwoordde Eugen nadrukkelijk. 'En dan zeuren en behandeld moeten worden door dokter Corbet.'

Hij moest zijn mond voorbij hebben gepraat, want Fritz' ogen spuwden vuur toen hij naar zijn broer keek, en Ursula Thomass snauwde: 'Hoe kun je zoiets zeggen in het bijzijn van Henya? En wie moest er naar dokter Corbet omdat hij iets opgelopen had?'

Fritz pakte Eugen boos bij de kraag. 'Je bent een ellendige verrader.'

'Mond dicht en eten!' brulde Carl senior luid, waarna hij een bedroefde zucht slaakte.

Henya wist dit al; de keurige Eugen en de chaotische Fritz hadden sinds hun kindertijd altijd ruzie met elkaar. De nogal verlegen Carli, die gewoonlijk goed met iedereen overweg kon, stond daar meestal wat hulpeloos naar te kijken.

Terwijl de twee jongere zonen hun gekibbel voortzetten – Eugen maakte Fritz onder meer het verwijt dat hij niet betrouwbaar genoeg was om deel te nemen aan het gezamenlijke brouwerijproject – boog Jakob Joas zich naar Henya toe en begon tegen haar te praten.

'Maak je geen zorgen over prinses Maria Theresia,' fluisterde hij haar toe, waardoor ze besefte dat hij behoorlijk gevoelig was. Niemand anders aan tafel leek haar schrik te hebben opgemerkt toen ze hoorde over het voorgenomen bezoek van de schoondochter van de prins-regent.

'Maria Theresia is vrolijk en gemakkelijk in de omgang. Ze is al twee keer in de winkel geweest sinds ik daar werk,' legde Jakob uit. 'Als pasgetrouwd stel zijn zij en prins Lodewijk twintig jaar geleden naar paleis Leuchtenberg aan de Odeonsplatz verhuisd. Na zeven jaar vestigden ze zich in het kasteeltje Leutstetten in het Würmtal, mooi, maar eigenlijk iets te krap voor het grote gezin. Haar dochters krijgen gewoon huishoudkunde en moeten helpen met het inmaken van groenten en fruit.'

Deze beschrijving kalmeerde Henya een beetje. Gelukkig klonk ze niet als een arrogante, intimiderende edelvrouw.

'Ze staat altijd klaar voor anderen en heeft oog voor de behoeften van vrouwen en kinderen,' zei Carli luid, die genoeg leek te hebben van het geruzie van zijn jongere broers. 'Ze is ook voorzitter van het Beierse Rode Kruis.'

Jakob knikte en vatte samen: 'Zo iemand is ongetwijfeld aardig tegen een verkoopster die haar eerste dag heeft.' Henya glimlachte dankbaar. Met de leerling leek ze, naast Carli, nóg een bondgenoot in het huishouden van Thomass te hebben gevonden. Diep vanbinnen moest ze echter toegeven dat er een cruciaal verschil was tussen de twee mannen: waar ze Carli al sinds haar kindertijd kende en hij net een grote broer voor haar was, vond ze Jakob Joas erg aantrekkelijk. Maar het was beslist beter om gewoon vrienden met hem te zijn. In januari zou hij immers voor onbepaalde tijd naar het buitenland gaan. Ze kon maar beter niet de fout maken verliefd op hem te worden.

Nadat de steeds zenuwachtiger wordende Henya de ochtend vooral had doorgebracht met kijken hoe oudgediende mevrouw Kolb de sieraden aan de man bracht, kwam kort voor twaalf uur de neef van de familie, Karl Hierneis, de winkel binnen. Net als zijn neven, die hem Carlos noemden, moest hij een jaar of twintig zijn. Hij was de knapste man die Henya ooit had gezien. Hij had een smalle taille, een V-vormige torso en brede schouders. Zijn volle lippen waren bijna sensueel te noemen, zijn diepbruine ogen werden omlijst door prachtige lange wimpers en hij had een kuiltje in zijn kin. Hij was net zo lang als Jakob, maar Carlos' golvende haar was donkerbruin. Zijn geruite driedelige pak paste perfect. Het jasje was aan de voorzijde kort en liep aan de achterkant taps toe. Het ontwerp zag er erg modern uit en was waarschijnlijk van eigen hand.

'Prinses Maria Theresia is nog bij mijn vader,' zei hij nadat hij mevrouw Kolb had begroet, en zijn stem klonk jeugdiger dan verwacht. 'Ze wil nog een paar leren handschoenen kopen voor prins Lodewijk. Ik denk dat ze er over vijf minuten is.'

'Dan zal ik snel de baas halen, want hij wilde de prinses graag persoonlijk begroeten.' Met deze woorden snelde mevrouw Kolb richting de werkplaats. In haar haast vergat ze haar opvolger, Henya, aan Carlos voor te stellen. Hij merkte haar nu pas op toen hij rondkeek in de winkel.

'O, hallo, jij bent zeker Henriette Schmerler. Mijn naam is Karl Hierneis.' Hij maakte galant een buiging. 'Mijn neven noemen me Carlos.'

'Dat ben ik inderdaad, en iedereen noemt mij Henya,' antwoordde ze, in de hoop dat hij niet verwachtte dat ze een gesprek zou aanknopen, omdat ze niet wist wat ze verder nog moest zeggen. Ze had het over zijn mooie pak kunnen hebben en hem kunnen vragen of hij het zelf had ontworpen, maar dat durfde ze niet.

Gelukkig praatte hij zelf door. 'De hele familie Thomass was enthousiast over je aanstaande komst. En ik moet zeggen, nu ik je zie, begrijp ik het enthousiasme van mijn neven. Mag ik binnenkort je maten opnemen? Ik wil graag iets voor je ontwerpen.'

'Dat zou een grote eer zijn,' antwoordde Henya. 'Maar ik ben bang dat ik geen geld heb voor zulke verfijnde stoffen.'

'O, maar als mijn model hoef je niets te betalen,' verduidelijkte hij. 'De jurk zou dan mijn dank zijn omdat ik me door jouw schoonheid heb mogen laten inspireren.'

Henya bloosde en wist opnieuw niet wat ze moest zeggen. Daarom was ze dankbaar dat de deur naar achteren openging en mevrouw Kolb eraan kwam, met meneer Thomass in haar kielzog. De opluchting was echter van korte duur, want even later klingelde de bel bij de deur en kwamen twee vrouwen de winkel binnen, een jonge, bleke vrouw en een slanke vrouw van rond de veertig met donker krulhaar. Dat moest prinses Maria Theresia zijn met haar dienstmeisje, dacht Henya en ze hield haar adem in.

'Uwe Hoogheid, wat fijn om u te mogen ontvangen,' zei Carl senior.

Henya was volledig van haar stuk. De begroeting van de meesterjuwelier en de verkoopster ging grotendeels langs haar heen, omdat ze haar aandacht volledig op de prinses had gericht. Haar elegante scharlakenrode jurk had pofmouwen en haar armen waren vanaf de elleboog bloot. Het geheel was afgemaakt met een vierkant decolleté. Was het een model uit de collectie van vader en zoon Hierneis?

Pas toen mevrouw Kolb Henya voorstelde, werd ze uit haar roes wakker. 'Dit is mijn opvolgster, Uwe Hoogheid, juffrouw Schmerler. Het is haar eerste dag vandaag.' Henya deed haar uiterste best een passende buiging te maken. Gelukkig leek het nog ergens op.

De prinses glimlachte vriendelijk. 'Oei, en dan komt er iemand van adel langs, dat moet even schrikken zijn.'

'Een beetje wel,' gaf Henya toe. 'Ik wil u niet teleurstellen. Juist u verdient sieraden die perfect bij u passen. U doet zoveel goeds voor de armen en voor ons vrouwen.'

'Laten we dan samen iets uitzoeken,' stelde Maria Theresia voor. 'Volgende week ben ik uitgenodigd voor een bal. Omdat ik zo van het gewone leven hou, noemt iedereen mij achter mijn rug "boerendeerne". Ik zou aan deze roddelaars op het feest willen bewijzen dat ik er ook modieus uit kan zien. Meneer Hierneis heeft al een prachtige jurk voor mij ontworpen, en nu heb ik de bijbehorende sieraden nodig.'

Henya herinnerde zich iets wat mevrouw Kolb ooit van Carl Thomass' oudere zus Marie had geleerd over het verkopen van sieraden: 'Kijk goed naar de klant, de kleur van het haar en de ogen, maar ook naar de lengte en de gestalte. Bij mensen die klein van stuk zijn, kunnen grote sieraden te dominant zijn. Sieraden kunnen een rond gezicht langer laten lijken en een lang gezicht juist ronder. Ronde kettingen passen bij ronde gezichten, enzovoorts. Het formaat van de ketting moet passen bij de omvang, de lengte van de ketting bij de lengte van de persoon. Lange kettingen staan dus goed bij lange vrouwen, korte kettingen staan goed bij kortere vrouwen.

Bij een volumineuze buste moet de ketting kort zijn en boven de borst eindigen. Lange kettingen zorgen ervoor dat een kortere hals langer lijkt. Verfijnde vrouwen moeten delicate halskettingen kiezen, terwijl forsere vrouwen massievere kettingen moeten dragen. Witgoud past bij witte vrouwen met een bleke huid. Als het om kleding gaat, harmoniseert witgoud meer met subtiele kleuren. Koel zilver, witgoud of platina past beter bij sportieve en minimalistische types. Geelgoud is geschikt voor een donkerder, licht gebruinde huid – en past bij kleding in felle kleuren.'

Bij de slanke, ietwat zuidelijk ogende Habsburgse prinses zou een geelgouden filigraanketting uitstekend passen, dacht Henya.

Daarom toonde ze Maria Theresia een dergelijk sieraad. Aan het uiteinde van de Y-vormige ketting hing een enkele witte parel, gezet in goud en met een zachtroze glans.

'O ja, wat prachtig,' zei Maria Theresia bewonderend.

'Dit is dezelfde ketting, maar dan met een donkere parel,' zei Henya, terwijl ze de kettingen, die op de kleur van het parelmoerbolletje na identiek waren, naast elkaar legde om ze beter te kunnen vergelijken. 'Roze parels benadrukken de vrouwelijkheid en worden daarom vaak gedragen bij romantische gelegenheden. De donkere Tahitiaanse parel heeft daarentegen iets mysterieus. Het staat vrouwen met een donkere huidskleur geweldig; het geeft charisma en flatteert elk gezicht.'

'Ik denk dat ik voor de donkere versie ga. Het doet me denken aan mijn ochtendkoffie – en is bij wijze van verandering een beetje mysterieus,' zei de prinses lachend.

'Mag ik u de ketting dan omdoen?' vroeg mevrouw Kolb voorzichtig.

Maria Theresia knikte. 'Dat mag.'

Iedereen in de winkel stond er versteld van hoe goed de ketting bij de prinses paste. Zelf glimlachte ze ook uiterst tevreden toen ze in de spiegel keek.

'Dat was een snel en zeer goed advies, goed gedaan,' zei ze tegen Henya, terwijl mevrouw Kolb het sieraad in een doosje deed. Maria Theresia gaf de jonge verkoopster een bankbiljet. Ze wilde protesteren, maar zag toen dat mevrouw Kolb haar hoofd schudde en slikte haar woorden in. Henya nam het bankbiljet aan en zei: 'Hartelijk dank, Uwe Hoogheid.'

'Je hebt de vuurproef briljant doorstaan, Henriette,' prees Carl Thomass senior haar, nadat de prinses en haar dienstmeisje afscheid hadden genomen.

'Dat vind ik ook,' bevestigde zijn neef Carlos. 'En kan ik contact met je opnemen over het opmeten?'

'Natuurlijk,' antwoordde Henya blij. Nu ze het bezoek van de prinses achter de rug had, was ze nog enthousiaster over haar toekomstige werk. Ze had het gevoel dat ze na deze ervaring alles aankon.

Toen zag ze dat Jakob Joas ook de winkel was binnengekomen en dat hij boos naar Karl Hierneis keek. Zou de leerling van de goudbewerker jaloers zijn op de knappe kleermaker van het hof?

Op vrijdag 3 augustus 1888 had Henya zoals afgesproken een vrije dag. Ze mocht met de broers Carli en Eugen Thomass en leerling Jakob Joas mee in het rijtuig naar de Würmsee bij Starnberg, vijfentwintig kilometer ten zuidwesten van München. Op de bok zat de koetsier van de familie, de eenenzestigjarige Leonhard Staudinger. Hij was vijfenveertig jaar geleden al in dienst getreden bij de vorige eigenaar van de juwelierszaak, de leermeester van Carl Thomass senior.

Fritz had hen aanvankelijk willen vergezellen, maar hij was weer tot in de late uurtjes op pad geweest en zijn broers konden hem niet overhalen om op te staan.

De vier jongeren kwamen rond half twaalf in de zinderende zomerhitte aan bij de Würmsee. Het weer was bijna te mooi om waar te zijn, slechts af en toe trok er een wolkje voor de zon, wat voor de nodige verkoeling zorgde.

De stoomboot Ludwig II had een slanke, elegante vorm en een naar achteren hellende schoorsteen. Hier zag Henya eindelijk de vierde zoon van het gezin Thomass weer: Ludwig Emil, die hun vanaf het schip tegemoetkwam. De zesentwintigjarige ingenieur was nogal bedachtzaam en een echte boekenwurm, en zijn bril met metalen montuur was bijna stereotiep te noemen. Hij leek oprecht blij Henya weer te zien. De neef van de gebroeders Thomass, de negentienjarige kok Theodor, stond al met een opgewekte grijns op de steiger te wachten. Hij leek het goed te doen aan het hof, want ondanks zijn jonge leeftijd leek zijn buikje sneller te groeien dan zijn snor, die nog slechts uit wat pluishaar bestond.

Vanaf Starnberg gingen ze richting Seeshaupt. Henya was verbaasd over de snelheid waarmee de stoomboot met haar scherpe boeg door het water ploegde. Dit was voor haar en leerling Jakob de eerste tocht over de prachtige Würmsee, en beiden keken met evenveel enthousiasme om zich heen. Terwijl ze samen met Eugen en Theo op het dek zaten, zei Ludwig Thomass tegen hen: 'Het meer is erg diep. Het werd al vroeg voor pleziertochten gebruikt, naast de visserij natuurlijk. Er voeren niet alleen dure schepen van de familie Wittelsbach, maar ook toeristen uit de lagere klassen genoten van tochtjes over het meer. Er was toen nog geen spoorverbinding vanuit München, waardoor het meer alleen per kar bereikbaar was. Vissers roeiden ze vervolgens tegen betaling over het meer. Tot twintig jaar geleden waren hiervoor drie gondels beschikbaar. Ze heetten Deer, Lion en Swan, en er was ook een muziekschip voor een tiental passagiers.'

'Sinds wanneer is er een spoorverbinding?' vroeg Henya.

'Die werd vijftig jaar geleden aangelegd, toen er ook sprake van was dat hier een stoomschip zou gaan varen,' zei Ludwig. 'Koning Lodewijk I was er nog op tegen, maar zijn opvolger Maximiliaan II zag het wel zitten om dit te realiseren voor de arbeidersklasse. In 1849 werd de aanleg van de spoorlijn hier eindelijk goedgekeurd, en de stoomvaart ook. Spoorwegpionier Joseph Anton von Maffei bouwde de eerste raderboot op stoom, de Maximilian.

Het schip werd in het voorjaar van 1851 te water gelaten op de scheepswerf van Starnberg. Het toenmalige koninklijk paar ging zelfs mee met de eerste tocht. Daarna begon de reguliere dienstregeling. In 1864 kocht de huidige stoomschipmaatschappij de Maximilian, en een stuk grond voor een administratiegebouw. Mijn vader en de andere aandeelhouders hebben er vierenveertigduizend gulden aan uitgegeven.'

'Hoeveel investeerders waren er?' vroeg Henya.

'Naast onze vader en Joseph Anton von Maffei zijn er nog negen andere aandeelhouders,' zei Ludwig. 'Het bedrijf maakte de eerste jaren nauwelijks winst, maar na de Frans-Duitse Oorlog veranderde dat. Het aantal passagiers liep al snel richting de honderdduizend, en al in 1871 kwam dit schip, de Ludwig, erbij. De twee stoomboten vervoerden in hun eerste seizoen bijna tweehonderdduizend passagiers. Het gaat nog steeds zo goed dat de Maximilian nu alleen nog maar op de Ammersee vaart. In augustus 1874, twee jaar na de ingebruikname, vond er een ongeval plaats met de Ludwig.'

'Wat gebeurde er dan?' vroeg Jakob.

'Tijdens een koorreis naar Tutzing waren er zoveel gasten dat beide stoomboten behoorlijk overvol waren. Voor de zekerheid voeren ze daarom zo dicht mogelijk bij de oever. Helaas was er een zanger uit Leipzig die met een kleine boot ernaast voer. Toen kwam zijn bootje onder een van de raderen van de stoomboot terecht. Hij overleefde het helaas niet. Zijn geschreeuw liet iedereen op de oevers schrikken.'

'Wat verschrikkelijk,' zei Carli.

Ludwig knikte. 'Daarna was iedereen voorzichtiger en sindsdien is er niets noemenswaardigs meer gebeurd. De salonstoomboot

Bavaria werd in 1878 in gebruik genomen. Drie jaar geleden kwam daar de Wittelsbach bij.'

'Dat geloof je toch niet!' riep Jakob plotseling, door de verrekijker turend die hij had meegenomen.

'Wat is er?' vroeg Henya bezorgd.

'Zie je dat mandje in het water drijven?' Met deze woorden overhandigde hij Henya de verrekijker.

'Er zit een klein hondje in,' zei ze.

'Waarschijnlijk achtergelaten door iemand die niet wist wat hij ermee moest,' zei Carli boos. 'Het arme dier is doodsbang.'

'Kom op, laten we proberen de mand op de een of andere manier aan boord te krijgen,' stelde Jakob voor.

'Ik zal de stuurman en de kapitein waarschuwen,' kondigde Ludwig Thomass aan. 'Anders komt de mand nog vast te zitten in de raderen.'

Henya keek toe terwijl de mannen actie ondernamen. Het schip verminderde snelheid en Jakob werd door Ludwig en Carli aan een touw naar het wateroppervlak neergelaten. Hij zocht met zijn voeten steun op de romp van het schip. Hij kon nog net het raffia mandje met de hond erin vastgrijpen voordat het touw, dat duidelijk te dun was geweest, het begaf – en Jakob in het water viel. Henya had moeite een schreeuw te onderdrukken, want ze dacht onmiddellijk aan de zanger die verstrikt was geraakt in het schoepenrad van de stoomboot en een vreselijke dood was gestorven.

5

'WE HEBBEN EEN STERKER TOUW NODIG!' riep Ludwig, maar Henya kwam tot de voor de hand liggende conclusie. Ze rende naar een van de reddingsboeien. Dit touw zou waarschijnlijk beter houden. Carli was snel bij haar en samen brachten ze de boei naar de reling.

Even later bevond Jakob zich aan dek, volkomen doorweekt, maar veilig, met het piepende beestje op schoot.

'Kom mee, ik geef je een droog kelnersuniform,' zei Ludwig.

Jakob gaf Carli het hondje. 'Hier, je wilde er altijd al een.'

De jonge juwelier nam het trillende bolletje bont met een verliefde blik aan.

'Hoe wil je hem noemen?' vroeg Henya glimlachend.

'Nou, Mozes is waarschijnlijk het meest logisch,' zei Carli.

Kort daarna kwamen Ludwig en Jakob weer aan dek, laatstgenoemde in de kleren van een ober.

'Staat je goed,' zei Henya. Maar in haar ogen had de leerling van de goudbewerker alles kunnen dragen en er nog goed uitgezien.

Toen ze eindelijk Schloss Berg passeerden, pakten zich in de verte hoge onweerswolken samen. Het gebouw met de drie verdiepingen stelde Henya een beetje teleur, het leek meer op een villa dan op een kasteel.

Ludwig Thomass begon erover te vertellen. 'Tijdens de eerste reis zestien jaar geleden begroette koning Lodewijk ons vriendelijk vanaf het balkon. Dit schip is naar hem vernoemd.'

'Ben jij ook naar hem vernoemd?' vroeg Henya aan Ludwig Thomass.

Hij schudde glimlachend zijn hoofd. 'Nee, Lodewijk II kwam pas twee jaar na mijn geboorte op de troon.'

'De koning maakte veel bijzondere uitstapjes vanuit Schloss Berg – met name naar het hoftheater, naar de concerten van zijn favoriete componist, Richard Wagner,' herinnerde kok Theo zich.

'En hier voor het kasteel, op Pinksteren, twee jaar geleden, vond het ongeluk plaats.' Carli liet voor het eerst op zijn bescheiden wijze van zich horen tijdens het gesprek.

'Het ongeluk?' vroeg Henya.

'Hij bedoelt de mysterieuze dood van onze sprookjeskoning,' legde Theo uit.

'Mijn vader las daar iets over in de krant,' herinnerde Henya zich. Ze keek naar de oever van het meer en huiverde bij de gedachte dat koning Lodewijk en zijn dokter hier twee jaar geleden waren verdronken. Hun dood werd als onopgehelderd en een groot mysterie beschouwd. Theodor Hierneis was al twee jaar kok aan het hof van Lodewijk geweest. Misschien wist hij meer dan aan het publiek was onthuld?

'Wat is er gebeurd dan?' vroeg ze nieuwsgierig.

Terwijl de wolken donkerder en dikker werden, voer het stoomschip Ludwig II gestaag over het nu griezelig ogende water van de Würmsee.

'Het gebeurde net voor zeven uur in de avond,' zei Carli Thomass met droefheid in zijn stem terwijl hij het hondje op zijn schoot aaide. 'De lijfarts van koning Lodewijk, Von Gudden, was op pad met Zijne Hoogheid. Men zegt dat het nogal bewolkt was en dat het licht motregende, maar dat het meer bijna spiegelglad was. Ze liepen ongeveer tien meter uit de oevers. Twee lijfwachten volgden hen op respectvolle afstand.'

'Maar ze zeiden dat er geen getuigen waren,' herinnerde Henya zich.

'De twee mannen zeiden later dat de koning iets vertrouwelijks in het oor van zijn lijfarts had gefluisterd,' zei Theo, die zich bij het gesprek voegde. 'Toen draaide de dokter zich om en zou hij meerdere keren een signaal hebben gegeven aan de lijfwachten om zich volledig terug te trekken. Toen ze eindelijk terugkwamen, dreef Von Guddens hoge hoed in het water.'

'Het verhaal gaat dat koning Lodewijk plotseling het water in is gerend om zichzelf te verdrinken. Hij was erg ongelukkig sinds hij onbekwaam was verklaard,' voegde Carli er droevig aan toe. 'De dokter heeft wellicht geprobeerd hem tegen te houden. Zijn lichaam werd vijftien stappen uit de oever gevonden. Het water was daar nog geen vijftig centimeter diep. Von Gudden lag met zijn voeten in de omgewoelde kleigrond, zijn kromme rug stak iets uit het water. Zijn hoofd was volledig onder water.'

'Volgens zeggen had hij schrammen in zijn gezicht,' zei Carli's neef Theo, die zich duidelijk een beetje onbehaaglijk voelde.

'En de koning?' vroeg Henya gespannen.

'Zijn hoed dreef ook in het water en aan de voorkant was deze beschadigd,' zei Theo. 'Vijftien meter verder het meer in dreef het lichaam van Lodewijk. Hij was blijkbaar in dezelfde vreemde houding gestorven als zijn lijfarts; het water was daar nauwelijks dieper.'

Op dat moment weerklonk het geluid van de donder vanuit de donkere wolkenstapels aan de hemel. Henya huiverde, het was bijna alsof wijlen de koning niet wilde dat zaken die hem betroffen besproken werden. Carli vervolgde echter: 'De autopsie van koning Lodewijk bracht ernstige degeneratieve veranderingen in de hersenen en het hersenvlies aan het licht.'

'De koning werd als gek beschouwd. Misschien vermoordde hij zijn eigen dokter wel, zodat hij zichzelf ongehinderd kon verdrinken,' zei Eugen speculatief.

‘Op zo’n ondiepe plek?’ merkte Carli op. ‘Hoe had hij dat moeten doen?’

Eugene haalde zijn schouders op. ‘Misschien is de koning verderop in het meer verdronken en vervolgens afgedreven naar de plek waar hij werd gevonden? Wie zal het zeggen?’

Carli, bij wie het hondje nu op zijn schoot in slaap was gevallen, keek naar de oever van het meer en leek afgeleid. Ten slotte mompelde hij: ‘En wat als iemand anders hen allebei heeft vermoord?’

‘Wat vind jij daarvan, Theo?’ vroeg Henya aan de kok. ‘Jij leefde gedurende een aantal jaren in de nabijheid van de koning.’

‘Nou, ik heb hem zelden persoonlijk ontmoet,’ antwoordde hij. ‘Zoals ik later ontdekte, was de koning liever alleen. Hij was bang voor mensen en had er een hekel aan om bekeken te worden. Maar ik vermeed hem ook uit eigenbelang als ik zijn voetstappen hoorde. Elke keer dat je hem tegenkwam, moest je diep buigen, met je vingertoppen tot aan je schoenen. Als hem iets niet beviel, kon je ieder moment ontslagen worden.’

‘Dus hij was wel een beetje gek?’ vroeg Jakob.

‘Hm, de dokters en andere hooggeplaatste heren konden dat beslist beter beoordelen dan een eenvoudige kok als ik,’ zei Theo vaag. ‘Maar hij was een beetje vreemd, onze geliefde Lodewijk. Hij stond bijvoorbeeld pas tussen zes en zeven uur ’s avonds op. Dan moest er een ontbijt voor hem worden klaargemaakt: koffie, croissants en melkbrood, vers van de plattelandsbakkerij.’

Henya vond zo’n dagelijkse routine nogal vreemd.

‘En… wanneer lunchte de koning dan?’

‘Pas na middernacht, tussen één en twee uur ongeveer. Hoewel hij bijna altijd alleen at, moesten we elke gang voor vier personen bereiden. Daarna ging hij weer aan het werk.’

‘Wat doet een koning eigenlijk?’ vroeg Jakob.

‘O, hij maakte plannen voor zijn kastelen, ondertekende staatsdocumenten of liet zich in de stille nacht door de Engelse Tuin rijden.

Tot het avondeten, dat was rond zes of zeven uur in de ochtend. Dan pas was het tijd voor Zijne Majesteit om weer te gaan slapen. Helaas moesten ook wij koks ons ritme aanpassen en 's nachts werken. Maar in ruil daarvoor kreeg elke keukenjongen een stuk vlees per dag, dat we tussen de middag zelf mochten klaarmaken op onze eigen kookplek op de grote fornuizen. Het loon was toen ook goed. We verdienden soms bijna twee mark per dag!'

'Was het ook met inwoning?' vroeg Jakob.

'Ja, maar de verblijven waren soms behoorlijk vochtig. Van oktober tot mei woonde de koning niet hier aan het meer, maar in zijn residentie in de stad. Hij wilde daar heel graag een wintertuin. Onze twee slaapkamers bevonden zich daaronder, en er druppelde voortdurend water naar binnen. We moesten onder parasols slapen. De tuin bestond uit een enorm ijzeren bouwwerk met waterbassins, bedden, struiken en vooral palmbomen, waar Lodewijk erg dol op was. Eigenlijk was het geheel veel te zwaar voor de muren, dus werd het direct na zijn dood afgebroken.'

'Maar als de koning het niet prettig vond om mensen in de buurt te hebben, hoe ging dat dan met zijn dokters?'

'Dat was vast lastig,' antwoordde Theo. 'Hij had er een hekel aan als zijn tandarts hem aanraakte, en toen hij toch moest komen, was Lodewijk in een heel slecht humeur. In de keuken wisten we van zijn gebitsprobleem. Alles moest gekookt worden tot het helemaal zacht was. En omdat zijn afgebroken tanden niet lekker roken, hield hij vaak een zakdoek gedrenkt in parfum voor zijn mond.'

'Jakkes,' merkte de goedverzorgde Eugen op.

'Hoe was het toen de koning twee jaar geleden wilsonbekwaam werd verklaard?' Carli wendde zich ernstig tot Theo.

'Die ochtend waren we allemaal verbaasd. We waren in het oude kasteel in Hohenschwangau en zouden naar het nieuwe kasteel gaan, want daar wilde de koning die nacht eten. Maar plotseling werd er gezegd dat er voor die avond een diner op tafel moest komen, voor ongeveer tien hoge staatsfunctionarissen. Dat was nog nooit gebeurd. Er gingen geruchten onder het personeel dat er in het geheim plannen werden gesmeed tegen de koning. Ik was volkomen geschokt. Zijn persoonlijke koetsier ging zonder enige aankondiging naar de koning en smeekte hem om zichzelf te redden. In het oude slot kwam een staatscommissie bijeen om hem af te zetten.'

'Luisterde de koning naar hem?' vroeg Henya gretig.

Theo schudde zijn hoofd. 'Maar er gebeurde eigenlijk niets tot de ochtend. Toen was het ineens een chaos: het geratel van slecht geveerde karren, geschreeuw en bevelen. We waren allemaal geschokt. Hoe was het mogelijk dat er iemand machtiger was dan onze koning? Wie zou de rechten van Zijne Majesteit durven schenden? In onze opwinding pakten we snel een paar knuppels en grote keukenmessen. Vervolgens ging ik met Rottenhöfer, de belangrijkste kok aan het hof, naar de binnenplaats. Een aantal vreemde karren probeerden zich toegang te verschaffen door de kasteelpoort. Maar twee gendarmes en hun commandant hadden hun geweren al in de aanslag. "In naam van Zijne Majesteit: niemand mag het kasteel betreden!" Graaf Holnstein, de leider van de commissie, probeerde vervolgens de boel te sussen. Hij wendde zich tot mijn baas en zei zoetsappig: "Rottenhöfer, maak een lekker ontbijt voor ons klaar."' Theo moest giechelen bij de herinnering aan wat volgde. 'Die antwoordde: "Aan mijn reet!" Toen zijn die sukkels onverrichter zake teruggekeerd naar het oude kasteel. Daar werden ze op bevel van de koning gearresteerd. Het was begrijpelijk dat hij op zijn achterste poten stond en hij gaf echt middeleeuwse bevelen: de gevangenen moesten worden uitgehongerd en gemarteld, hun ogen moesten worden uitgestoken – of erger. De eerste aanval werd dus afgeslagen.'

'Daar bleef het niet bij,' herinnerde Carli zich. 'In München werden het garnizoen en de rijkswacht al snel beëdigd onder prins-regent Luitpold; achter de schermen was hij al het nieuwe staatshoofd.'

Theo knikte ernstig. 'Dat klopt, daardoor was het mogelijk om de gendarmerie van Neuschwanstein te vervangen.'

'Ja, er werd een nieuwe commissie aangesteld, die bestond uit artsen en verpleegkundigen, onder leiding van professor Von Gudden, die bestuurslid was van de psychiatrische kliniek in München. Hij zei: "Majesteit, dit is de treurigste taak van mijn leven."'

'Wat zei Lodewijk toen hij werd gearresteerd?' vroeg Carli met omfloerste stem.

'Hij zei alleen verdrietig: "Ach" – en bleef toen mompelen: "Wat nu? Wat willen jullie van mij?"' zei de jonge kok. 'We waren allemaal erg verdrietig. Toen hij hier naar Schloss Berg werd gebracht, leek het meer op een begrafenisstoet.'

Op dat moment stond Carli zo abrupt op dat de anderen geschokt opsprongen en het hondje, dat inmiddels op een deken lag te dommelen, vragend opkeek. Hij begaf zich snel richting de voorsteven. Het was Henya niet ontgaan dat hij tranen in zijn ogen had. Waarschijnlijk wilde hij dit voor zijn broers en neef verbergen. Ze vroeg zich af waarom het lot van koning Lodewijk hem zo schokte.

'Ik wist niet dat hij zoveel ophad met onze sprookjeskoning,' merkte Theodor verrast op.

'Ik ga wel even bij hem kijken,' zei Henya. Ze stond op en liep naar Carli toe.

Hij veegde snel zijn ogen af met de rug van zijn hand.

'Het verhaal van Lodewijk trof mij ook erg,' zei ze. 'Wat vind jij het ergste eraan?'

'Dat hij zoveel heeft gedaan voor architectuur, kunst en techniek, natuurlijk vooral om zijn eigen dromen waar te maken, maar toch. Hij heeft veel voor Beieren gedaan. Toch werd hij uiteindelijk opgesloten. Omdat hij eigenzinnig was, misschien zelfs ziek. Maar zeker ook omdat hij geen vrouw had en… geen nakomelingen verwekt had.'

Nu begon Henya het te begrijpen. 'En aangezien je nog niet getrouwd bent, denk je dat jij op een gegeven moment ook opgesloten wordt.'

Hij knikte.

'Maar waarschijnlijk kom je de ware nog tegen,' probeerde ze hem op te vrolijken. 'Er zijn wel meer mensen die op latere leeftijd pas trouwen.'

Carli schudde zijn hoofd. 'Ik denk niet dat dat voor mij geldt.'

Henya sloeg een arm om haar neef, die als een broer voor haar was. 'Wat je in de toekomst ook besluit, ik sta altijd aan jouw kant. En ik laat je echt niet opsluiten.'

Hij glimlachte vrolijk. 'In het ergste geval zal geen enkele argumentatie iets uitmaken. Maar bedankt dat je aan mijn kant staat.'

'Ik denk dat je beter terug kunt gaan naar de jongens en de hond,' opperde Henya. 'Die kleine Mozes mist je waarschijnlijk al.'

Zodra Carli terugkwam bij het hondje, zijn broers en neef Theo, liep Jakob naar Henya, die nog bij de reling stond.

'Mag ik je even gezelschap houden?' vroeg hij terwijl het schip op weg was naar het kleine dorpje Leoni aan de rivier.

'Prima,' zei Henya meteen.

'Bedankt voor het gesprekje met Carli. Ik merkte ook dat hij triest werd door het verhaal van Lodewijk en ik denk dat ik ook kan begrijpen waarom,' zei de leerling van de goudsmid. 'Maar ik denk dat Carli gemakkelijker met jou praat dan met een man.'

'Ja, hij is altijd zo zorgzaam voor anderen dat hij zelf buiten de boot valt. Tot overmaat van ramp moet hij ook nog hulpeloos toekijken terwijl zijn broer een gokverslaving ontwikkelt.'

'Ieder mens heeft waarschijnlijk wel iets in zijn leven waardoor het mis kan lopen als je de controle verliest,' zei Jakob en hij keek haar recht aan. Wat waren zijn ogen ongelooflijk blauw! 'En de meeste verslavingen moeten onvervulde behoeften en verlangens vervullen. Voor koning Lodewijk waren de verslavende middelen waarschijnlijk onder meer zijn buitensporige bouwprojecten.

Daardoor kon hij zijn innerlijke angsten, waaronder zijn mensenvrees, vergeten. En waarschijnlijk ook zijn schaamte- en schuldgevoelens over zijn homoseksuele neigingen.'

Henya was verbaasd over de liberale en vrijzinnige geest van de jonge goudsmid. Ze knikte. 'Ja, mijn vader is advocaat en hij verdedigde ooit een vriend met zulke neigingen. Helaas geldt de strengere Pruisische wet overal weer sinds de oprichting van het rijk in 1871 en het wetboek van strafrecht dat een jaar later volgde. Vader heeft het me uitgelegd: sindsdien zijn handelingen tussen mensen van hetzelfde geslacht eveneens strafbaar gesteld in de op Frankrijk heroverde gebieden – en ook hier in Beieren.'

'Dan begrijp je wel waarom Carli zich zorgen maakt over zijn toekomst,' zei Jakob. 'De voortdurende druk en manieren om dat te compenseren hebben voor koning Lodewijk uiteindelijk tot een catastrofe geleid. De steeds groter wordende berg schulden bracht hem nog zwaarder in moeilijkheden. Uiteindelijk hebben ze waarschijnlijk echt grote schade toegebracht aan zijn vermogen om te handelen en te regeren.' Toen richtte hij zijn blik niet langer op het landschap, maar op Henya. 'Is je moeder net zo liberaal als je vader?'

Henya schudde met een droevige glimlach haar hoofd. 'Helaas is mijn moeder een jaar na mijn geboorte gestorven aan cholera. Ik kan me haar niet herinneren. Ik ben alleen opgegroeid bij mijn vader in Frankfurt.'

'O, het spijt me dat te horen,' zei hij. Het medeleven in zijn ogen raakte haar.

'Leven jouw ouders allebei nog?' vroeg ze voorzichtig.

'Ja,' antwoordde Jakob. 'Voor mijn vader ben ik echter dood. Hij haat de familie Thomass. Daarom heeft hij me verboden om bij hen in de leer te gaan.'

'Was je moeder het daarmee eens?'

'Nee. Ze is zelfs bevriend met Ursula Thomass en heeft een goed woordje voor me gedaan. Bovendien staat ze altijd aan mijn kant. Ze komt uit Engeland en is geboren in de buurt van Manchester. Bijna dertig jaar geleden is ze met haar oudere zus Elise naar Duitsland gekomen om Engelse les te geven. Daarom ben ik tweetalig opgevoed, en kan ik overal naartoe reizen waar ik maar wil.'

Dit onderwerp voelde nu verdacht pijnlijk voor Henya. Waarom kon deze vriendelijke man niet gewoon in München blijven?

'Heb je al besloten waar je naartoe wilt?' vroeg ze behoedzaam.

'Eerst wilde ik graag naar Tahiti,' zei Jakob. 'Daar duikt men al meer dan veertig jaar naar parels. Ze werden beroemd door keizerin Eugenie, de vrouw van Napoleon. De andere bekende pareloesterbanken waren toen al bijna uitgeput: in de Rode Zee, de Perzische Golf en zelfs in het Caribisch gebied. Daarom begonnen de Europeanen en Amerikanen parels uit Tahiti te importeren. Maar onlangs kwam ik erachter dat bijna alles daar al weg is.'

'Waar wil je dan naartoe?'

'Naar Australië. De beste vriend van mijn leermeester werkt daar. Moritz Schmerler.'

Die naam vrolijkte Henya meteen weer op. 'Dat is mijn oudoom.'

Jakob knikte. 'Ja, meneer Thomass heeft al gezegd dat je familie van hem bent.'

'Moritz Schmerlers broer Cornelius heeft me alles over parels verteld in mijn kindertijd.'

'Aan mij ook,' antwoordde Jakob. 'Ik droom er al jaren van om zo'n duikpak met koperen helm te dragen en een parelmosselbank van dichtbij te bekijken.'

'Dat klinkt heel spannend,' zei Henya. 'Doe oom Moritz de hartelijke groeten en vertel me er alles over als je terug bent.'

'Dat is een mogelijkheid,' antwoordde hij. 'Ik kan ook schrijven. Het duurt een paar weken voor de post uit Australië er is, maar het kan wel.'

Het vooruitzicht om contact met hem te kunnen houden, ook al was hij aan de andere kant van de wereld, was best geruststellend.

Toen Henya die nacht in bed lag, kon ze niet slapen. Het onweerde en ze schrok op van een donderslag en daarna het felle licht van een bliksemstraal. Ze moest steeds weer denken aan de zanger die in de raderen van de stoomboot terecht was gekomen en in doodsangst gekrijst had – en aan de dood van de koning en zijn lijfarts.

De volgende donderslag was zo luid dat ze bijna een schreeuw gaf van schrik. Ze gaf de poging om in slaap te vallen op, stak haar petroleumlamp aan en ging met een zucht aan het bureau zitten. Ze besloot haar vader een brief te schrijven, op het idee gebracht door het voorstel van Jakob Joas. Hij was zo verdrietig geweest toen ze weg wilde, maar een brief waarin ze haar ervaringen beschreef, zou hem zeker een beetje opvrolijken.

Ze had haar pen en twee potjes inkt meegenomen. Zou er nog papier in de lades van de secretaire van Marie Joas zitten? Ze opende de twee deurtjes, trok de ene lade na de andere eruit, maar vond niets. Ze trok te hard aan de laatste en toen viel die eruit. Nu lukte het niet meer hem terug te schuiven; er lag iets achter waardoor de lade klem zat. Henya trok hem weer helemaal eruit en liet wat licht door de opening vallen om te zien wat er lag. Ze merkte dat de achterwand naar voren was gekanteld en dat er iets achter moest zijn gevallen, waardoor de wand niet meer op zijn plaats schoof. Henya trok ook de andere twee lades eruit. Nu viel de achterwand helemaal naar voren en werd er een smal geheim compartiment zichtbaar waarin een bordeauxrood boekje lag. Henya aarzelde even, maar toen kreeg haar nieuwsgierigheid de overhand. Ze haalde het eruit en keek naar de stoffige omslag. Er zat een etiket op met het opschrift: *Dagboek van Marie Joas*.

Henya haalde diep adem. Zou ze op deze manier meer te weten komen over de mysterieuze dood van de voormalige verkoopster van Thomass?

6

TERWIJL DE REGEN TEGEN DE RAMEN kletterde, opende Henya het dagboek en begon bij het licht van de petroleumlamp te lezen.

München, 31 augustus 1849
Lieve Moritz,
Je bent pas drie dagen weg, op reis naar de andere kant van de wereld, naar het verre Australië – en ik mis je nu al enorm. Ik had liever gehad dat je hier bij mij was gebleven, ondanks de depressie waar ons land doorheen is gegaan. Dan waren we meteen getrouwd, dat weet je. Maar ik begrijp ook dat jij de enige in de familie bent die daarheen kan reizen om de erfenis van je overleden oom op te eisen.
Nu je broer Cornelius zo'n succesvolle advocaat in Frankfurt am Main is geworden, kan hij natuurlijk niet weg daar. Gisteren kwam er een brief van zijn vrouw Traudel. Valentin, haar zoon uit haar eerste huwelijk, krijgt al les van een privéleraar en lijkt echt een knappe kop te worden.

Henya glimlachte ontroerd. Deze brief, die negenendertig jaar oud was, ging over haar vader, die toen nog maar vier jaar oud was. Ze kon zich meteen inleven in het verdriet van Marie, omdat zij de vriendelijke Jakob binnenkort naar Australië zou zien afreizen. Henya wist van haar vader dat Europese kolonialen in de jaren veertig de parelbanken in West-Australië hadden ontdekt. Sindsdien was de parelvisserij daar een steeds belangrijkere economische factor geworden. De oudoom van haar vader, Ernst Schmerler, had blijkbaar een aanzienlijk fortuin verdiend Down Under.

In Maries brief klonk zoveel liefde voor parelvisser Moritz Schmerler door dat Henya zich afvroeg waarom Marie Thomass later met Jakobs oom getrouwd was, de lakenhandelaar Georg Joas. Nieuwsgierig ging ze verder met lezen.

Omdat je bij brieven van en naar Australië nooit weet of en wanneer ze aankomen, heb ik besloten een dagboek bij te houden tot je terugkomt. Minstens één keer per maand wil ik alle gebeurtenissen in het kort opschrijven. Dan kun je alles lezen wat er tijdens je afwezigheid is gebeurd, wat mij ontroerde en hoe erg we je hebben gemist. In een dagboek kan ik ook de dingen opschrijven die per brief te gevaarlijk zouden zijn.

Onderweg ontmoet je vast veel van onze republikeins-democratische vrienden. Momenteel zijn er tienduizenden die de Duitse deelstaten ontvluchten. Onze vriend Gustav Struve en zijn lieve vrouw Amalie zijn niet langer geliefd in Zwitserland na de mislukte coup. Je broer zei dat het echtpaar nu waarschijnlijk naar Frankrijk zou vluchten. Toen we twee jaar geleden in Offenburg opriepen tot meer democratie en een eerlijke grondwet, had niemand van ons gedacht dat zich vanuit het groothertogdom Baden een revolutie zou verspreiden naar de andere staten van de federale regering! Wat betreft de liberale regering waarop we onze hoop hadden gevestigd, gezeteld in Frankfurt, is alles verloren. Wat waren we blij met dit revolutionaire parlement van een nieuw opkomend Duits Rijk, wat waren we optimistisch! Maar vorige maand zagen we onze droom van een li-

berale Duitse staat in rook opgaan door de komst van de Pruisische en Oostenrijkse troepen. In plaats van meer democratie is er alleen maar meer geweld gekomen.

In de winkel loopt alles erg goed. Er waren geen problemen met de overdracht van de winkel van meneer Neustätter aan mijn broer. De klanten zijn zeer te spreken over de 'nieuwe' juwelier. Velen hebben me verteld hoe blij ze zijn om mij terug te hebben. Natuurlijk zijn Ursel en Carl dolgelukkig met hun dochtertje Anna. Het is zo bijzonder dat Carl de kleine naar onze overleden moeder heeft vernoemd. En wie weet, misschien zal kleine Anna ooit met onze kinderen spelen. Ik hoop het.

Voor altijd de jouwe, Marie

Eigenlijk had Henya moeten gaan slapen, op zaterdag was de juwelierszaak immers ook geopend. Ze was echter te nieuwsgierig, dus besloot ze verder te lezen – nog een paar pagina's.

Zoals zo vaak tijdens zijn driejarige opleiding tot goudsmid, zat Jakob Joas die zaterdagochtend in de keuken te ontbijten met de kokkin, mevrouw Hölzlmaier, en de koetsier, meneer Staudinger. Ze voelden voor hem als grootouders, en dit familiegevoel deed hem goed nadat zijn vader hem uit huis had gegooid omdat hij wilde werken 'voor die walgelijke familie Thomass'. De afgelopen twee dagen was het ochtendritueel nog leuker geworden voor Jakob, aangezien Henya Schmerler er beide keren eveneens was geweest. Vanmorgen ook, hoopte hij.

Ze spraken over de toekomst van transportmiddelen – iets wat Leonhard Staudinger bijzonder interesseerde.

'Een collega uit Stuttgart vertelde het mij gisteren uit de eerste hand,' zei de koetsier enthousiast. 'Woensdag ontving de uitvinder Carl Benz een vergunning voor zijn motorvoertuig van het groothertogelijk districtskantoor van Baden. Gisteren ondernam zijn vrouw Bertha iets wat alleen maar roekeloos genoemd kan worden! Ze nam haar zonen Eugen en Richard mee en zette ze in Benz' Patent-Motorwagen Nr. 3. Die dame is er vervolgens mee van Mannheim naar haar woonplaats Pforzheim gereden – ruim honderd kilometer!'

Franzi Hölzlmaier leek ongelovig. 'Hoe lang heeft het geduurd voordat ze daar was?'

'Na bijna dertien uur was ze weer terug met de wagen,' wist de koetsier te melden.

'Meer dan honderd kilometer,' herhaalde Jakob verbaasd. 'En waar haalde mevrouw Benz onderweg brandstof?'

'Onderweg kwam ze langs de apotheek van Wiesloch,' zei Leonhard Staudinger. 'De apotheker voorzag het voertuig van de lichte benzine Ligroin.'

De kokkin maakte een afwijzend gebaar. 'Weer zo'n modegril.'

'Nee, mevrouw Hölzlmaier, dit is de toekomst,' zei Jakob vol overtuiging. 'Ik geloof dat deze wagens paarden uiteindelijk volledig overbodig zullen maken. Denk maar aan de spoorlijn. In het begin had iedereen daar ook twijfels over.'

Koetsier Staudinger knikte gretig. 'Mijn collega zei dat Carl Benz niets wist van het ritje van zijn vrouw. Momenteel presenteert hij zijn motorvoertuig in München – op de motor- en werkmachinebeurs. Ik zou het graag willen zien.'

'Ik ga graag mee – als dat mag,' zei Jakob enthousiast.

Op dat moment kwam, zoals gehoopt, de mooie Henya de keuken binnen. Vandaag zag ze er echter bleek en moe uit. Haar anders zo levendige violetblauwe ogen leken klein, ze waren rood en er zaten donkere kringen om.

'Goedemorgen, allemaal,' zei ze met zwakke stem.

'Niet goed geslapen?' vroeg Jakob.

Henya schudde haar hoofd.

'Het was goed raak vannacht met die storm,' zei mevrouw Hölzlmaier.

Henya knikte. 'Inderdaad.'

Jakob geloofde echter niet dat alleen bliksem en donder verantwoordelijk waren voor de doorwaakte nacht van de jonge verkoopster. Daarom vroeg hij, toen ze samen naar de begane grond liepen, met gedempte stem: 'Het kwam zeker niet alleen door de storm, hè?'

Ze keek hem verbaasd aan. 'Nee, dat klopt.'

'Kwam het door de naargeestige verhalen over het ongeluk van de zanger en over het einde van koning Lodewijk?'

'In eerste instantie wel,' gaf Henya toe. 'Toen kwam ik echter op het idee om een brief aan mijn vader te schrijven, en tijdens het zoeken naar papier ontdekte ik een geheim vakje in de secretaire van Marie Joas. Er zat een dagboek in.'

'Van haarzelf?' vroeg Jakob zich af. De vrouw van wijlen oom Georg was al ruim veertien jaar dood.

'Ja, toen mijn oudoom Moritz Schmerler naar Australië ging, kort na hun verloving, is Marie ermee begonnen. Ze wilde het hem laten lezen als hij thuiskwam.'

'Heb je het dagboek gelezen?' Hij deed zijn best het niet als een verwijt te laten klinken.

Ze knikte en keek hem schuldbewust aan. 'Toen ze na een jaar nog steeds niets van Moritz had gehoord, werden haar schrijfsels steeds wanhopiger. En haar laatste twee stukken zijn zo vreselijk verdrietig, dat ik daarna gewoon niet meer kon slapen.'

Jakob was blij dat Henya genoeg vertrouwen in hem had om dit te onthullen. Hij moest toegeven dat hij zelf ook het dagboek gelezen zou hebben. Het plotselinge overlijden van zijn tante was zo in nevelen gehuld.

Nu haalde Henya het boek uit haar leren tas. 'Ik wilde het later aan Carl Thomass senior geven. Marie was zijn zus, hij zal het wel willen hebben. Maar misschien wil jij eerst de laatste stukken lezen? Het maakte me niet alleen verdrietig, maar het was ook nogal raadselachtig.'

München, 11 september 1850
Mijn lieve Moritz!
Hieronder volgen de treurigste regels in dit boek. Na het gerucht dat je schip in een zware storm terecht was gekomen, is dat vreselijke vermoeden nu bewaarheid geworden.
Een vriend van mijn vader, de lakenhandelaar Johann Georg Joas, ontdekte een passagierslijst van een schip dat op de terugweg uit Australië is gezonken. Jouw naam stond ook op de lijst. Mijn liefste, ik weet nog steeds niet hoe ik zonder jou moet leven. Mijn broer Carl heeft me geadviseerd om niet langer een dagboek bij te houden, omdat ik mijn verdriet dan te lang mee zou dragen. Maar ik kan me toch niet voorstellen dat dat ooit over zal gaan. Mijn liefste Moritz, ik zal je nooit vergeten. En ik droom van een andere wereld, eentje waarin je nooit naar Australië bent afgereisd. In die wereld wonen we in het Bayerischer Wald in een rustig huis aan de rivier.
Voor altijd jouw Marie

Natuurlijk mocht een man niet huilen, zeker niet in het bijzijn van een vrouw, maar na dit bericht van zijn tante moest Jakob moeizaam slikken. Hij sloeg de bladzijde om en ging naar het allerlaatste wat ze geschreven had.

München, 25 mei 1855
Beste Moritz,
Het is bijna niet te geloven dat het in september vijf jaar geleden is dat we afscheid van je moesten nemen. Eigenlijk zou ik je het volgende niet moeten schrijven. Of je weet alles al, of je zult nooit weten wat ik hier ga schrijven. Maar aangezien er geen graf is waar ik naartoe kan, schrijf ik je op deze speciale dag wat ik op mijn hart heb. Vandaag trouw ik met Johann Georg Joas, de meesterlakenhandelaar en vriend van mijn vader. Hij was dege-

ne die naar jou op zoek is gegaan en ons het verschrikkelijke nieuws van de schipbreuk bracht.

Sindsdien heeft hij mij het hof gemaakt. Eerst voorzichtig, daarna steeds stoutmoediger. Hij is goed voor me. Volgens mij zijn we wel geschikt voor elkaar. Ik hoop zo dat je blij voor mij bent – net zoals ik blij voor jou zou zijn, mijn liefste. Vergeet me niet. Zelfs nu ik me aan iemand anders bind, zal ik in mijn hart altijd van jou houden.

Voor altijd jouw Marie

'Erg triest,' zei Jakob bedrukt, terwijl hij het dagboek teruggaf aan Henya.

'Ik begrijp er niets van, want mijn oudoom Moritz leeft nog. Mijn vader heeft me verteld dat hij vanaf 1869 weer in München woonde,' meldde ze. 'Pas na meer dan vier jaar keerde hij met spoed terug naar Australië. Dat was kort na het plotselinge overlijden van Marie.'

'Het nieuws over de dood van Moritz moet een vergissing zijn geweest,' veronderstelde Jakob. 'Maar ik begrijp niet waarom hij al die jaren geen contact met Marie heeft opgenomen. Waarom liet hij iedereen denken dat hij dood was? Misschien weet Carl Thomass senior meer. Je zou het hem kunnen vragen als je hem het dagboek geeft. Hij lijkt heel open tegen jou.'

'Dat is een goed idee,' zei Henya. 'Ik ben eerlijk gezegd best geïnteresseerd in het lot van de vrouw in wier kamer ik nu woon. Bovendien kwam alles wat ik van mevrouw Kolb leer over het verkopen van sieraden oorspronkelijk van Marie. Uiteindelijk heb ik alle kennis voor mijn droombaan aan haar te danken. In haar dagboek beschrijft ze ook zoveel alledaagse situaties in de juwelierszaak. Ze moet erg populair zijn geweest bij klanten.'

'Ja, ze was tegen mij ook heel hartelijk vroeger,' zei Jakob met een weemoedige blik. 'Hoewel ik nog geen zes jaar oud was toen ze stierf, herinner ik me nog steeds dat ze mooi was. Haar bruine haar had altijd een roodachtige glans als de zon erop scheen. Ze heeft me eens uitgelegd waarom ze het leuk vond om sieraden te verkopen. Maar haar huwelijk met mijn oom was waarschijnlijk niet bijzonder gelukkig. Voor zover ik me kan herinneren, waren ze zelden samen. En mijn vader gaf Marie er altijd de schuld van als ze bij mijn moeder op bezoek kwam.'

'Misschien was ze weer samen met Moritz Schmerler toen ze stierf,' zei Henya. 'Gezien haar dagboek lijkt hij echt de liefde van haar leven te zijn geweest.'

'Ik denk dat Marie niet het type was voor overspel,' merkte Jakob op. 'Bovendien, als ze na al die jaren nog steeds samen waren geweest, was oom Moritz er niet direct na haar dood met de zus van koetsier Staudinger vandoor gegaan.'

Henya zuchtte. 'Dat klopt, dat slaat nergens op.'

Toen ze de juwelierszaak binnenkwamen, hoorden ze dat er in de werkplaats achterin al hard gewerkt werd.

'O, de baas lijkt er zin in te hebben,' zei Jakob verwonderd. Normaal gesproken kwam Carl Thomass senior pas rond negen uur in de ochtend opdagen.

'Dan geef ik hem meteen het dagboek,' meldde Henya.

De juwelier was in eerste instantie blij zijn nieuwe verkoopster te zien, zo mooi op tijd voordat de winkel openging. Toen Henya echter begon te vertellen wat ze ontdekt had, kreeg hij een verdrietige blik op zijn gezicht.

'Bedankt dat je het aan mij geeft, Henriette,' zei hij toonloos.

'Mag ik u iets vragen, meneer Thomass?' waagde Henya.

Hij keek haar vriendelijk aan. 'Ga je gang.'

'Waarom heeft niemand twintig jaar lang iets van mijn oudoom Moritz gehoord toen hij voor de eerste keer naar Australië ging?' vroeg ze schaapachtig.

Carl senior keek haar aan met een doordringende blik die ze niet van hem gewend was en die haar extreem nerveus maakte. 'Heeft je vader je dat nooit verteld?'

'Nee,' antwoordde ze. 'Het drong nu pas tot me door dat Marie nooit met iemand anders zou zijn getrouwd als ze ook maar een vonkje hoop had gehad dat haar verloofde nog leefde. Als kind denk je daar niet over na.'

'Moritz kon geen contact opnemen,' legde de juwelier uit, zijn stem veel minder vriendelijk dan anders. 'Hij was net in Australië aangekomen om de erfenis van zijn oom Ernst op te eisen toen er problemen ontstonden met bewindvoerder Brendan Gerrard. Hij had overal al beweerd dat híj de enige erfgenaam was van de boerderij en het fortuin van Ernst Schmerler. Hij liet Moritz onder een andere naam opsluiten in een strafkolonie. Natuurlijk geloofden de mensen daar niet in Moritz' onschuld, noch geloofden ze dat hij echt was wie hij zei te zijn. Australië was in het begin weinig meer dan een strafkamp. Zonder goedkope arbeidskrachten zou dat land nooit bevolkt zijn. De arme Moritz wist pas na ruim negentien jaar vrij te komen. Daarna kostte het hem nog een paar maanden om de parelhandel van zijn oom terug te krijgen en daarom keerde hij pas in 1869 terug naar München.'

'Maar als hij Australië pas twintig jaar na zijn aankomst verliet, hoe kwam zijn naam dan op een lijst met schipbreukelingen uit 1850 terecht?'

'Dat weet ik niet,' beweerde Carl senior, een beetje geïrriteerd. 'Doe me een plezier, Henriette: stop alsjeblieft met rondsnuffelen in het verleden! Geloof me, je zult oude wonden openrijten en mensen pijn doen die het goed met je voorhebben. Afgesproken?'

'Natuurlijk,' mompelde Henya met haperende stem. Het hoofd van de familie had haar nog nooit zo streng toegesproken. Op de terugweg naar de winkel vocht ze tegen de tranen. De dood van Marie Joas en de hernieuwde verdwijning van Moritz Schmerler moesten deel uitmaken van een duister familiegeheim, een geheim dat Henya waarschijnlijk nooit zou kunnen oplossen. Om de familie waar ze te gast was niet van streek te maken, besloot ze geen vragen meer te stellen.

7

OP HET EERSTE GEZICHT LEEK HET door Carl Benz uitgevonden motorvoertuig op een droschke: twee grote wielen aan beide zijden, net als bij een normaal rijtuig, maar er stond geen paard voor, er was alleen nog een kleiner wiel aan de voorkant. De tweezitter was voorzien van een kap en kon op aanvraag geleverd worden met een extra bank. Voor het eerst was de wagen voor het grote publiek te koop. Voor degenen die zich drieduizend goudmark konden veroorloven tenminste.

'Dat is de toekomst, jongen, dat is de toekomst,' zei koetsier Leonhard Staudinger bijna eerbiedig. Leerling-goudsmid Jakob Joas was dankbaar dat zijn meester Carl Thomass senior hem de oude koetsier had laten vergezellen naar de eerste tentoonstelling *Kracht- en arbeidsmachines voor kleine bedrijven*, die op 27 juli haar deuren had geopend. Misschien had de baas een schuldig geweten omdat hij die ochtend de arme Henya Schmerler had afgescheept toen ze vragen stelde over haar oudoom Moritz en Jakobs tante Marie. In ieder geval was hij vanaf dat moment bijzonder vriendelijk tegen iedereen. Henya had er echt sip uitgezien toen ze Jakob verteld had hoe afwijzend Carl senior had gereageerd. Toen was het idee bij hem opgekomen om de mysteries rond de dood van Marie Joas zelf op te lossen. Misschien kon hij hierover meer te weten komen van koetsier Staudinger – tenslotte was Moritz Schmerler onmiddellijk na de dood van Marie met zijn oudere zus Vroni naar Australië vertrokken. De oude Leonhard was dol op de leerling, en hun gedeelde enthousiasme voor moderne technologie bracht hen nog dichter bij elkaar.

'Ik ben blij dat er eindelijk een technologietentoonstelling in onze stad is,' zei Jakob, terwijl hij voorzichtig het leer van de autostoelen streelde. 'Mijn moeder vertelde me dat München elders als achtergebleven en wereldvreemd wordt beschouwd.'

'Helaas zit daar vast een kern van waarheid in. Je zou bijna gaan denken dat alleen de Franken en Zwaben verantwoordelijk zijn voor ontwikkeling en vooruitgang,' beaamde Leonhard.

'"München nestelt zich tussen kunst en bier als een dorp tussen heuvels",' citeerde Jakob grijnzend. 'Dat schreef Heinrich Heine ooit.'

'Misschien komt dat idee van een achtergebleven stad wel door de eerste koning Lodewijk,' zei Leonhard. 'Hij hield niet van industriële bedrijven in de stad waar hij woonde. Hij was waarschijnlijk bang voor de politieke en sociale vrede en wilde geen grote groepen dagloners en gastarbeiders aantrekken. Zijn opvolger, koning Max II, hield meer van moderne zaken.'

'Ja, dankzij hem zijn er veel slimme en inventieve geesten naar de Universiteit van München gekomen.'

'Inderdaad, wij koetsiers merkten ook dat de onderzoekers en ondernemers ineens tot de hogere klasse behoorden,' herinnerde Leonhard zich. 'En onder het bewind van Max hielden ze ook de *Algemene Duitse Industrietentoonstelling* in het Glaspaleis.'

'Theodor zei dat de opvolger van Max, Lodewijk II, nog enthousiaster was over moderne technologie,' ging Jakob verder. 'Zijn ceremoniële rijtuig had hoogstwaarschijnlijk elektrische verlichting, vermoedelijk als eerste voertuig ter wereld. En onze sprookjeskoning stichtte ook de technische universiteit.'

'Dat klopt, en er zijn hier niet alleen brouwerijen. Je vindt hier ook de beroemde locomotieffabrieken van Krauss en Maffei,' begon Staudinger op te noemen. 'En dan zijn er nog de Pensberger-borstelfabriek, de Mannhardt-torenklokkenfabriek – en ertsgieterij Sugg.'

'We kunnen ook bogen op de eerste schoolbordenfabriek in Duitsland,' voegde Jakob er glimlachend aan toe. 'Mijn moeder heeft me dat verteld, zij geeft taallessen. Hoe heeft uw zus dat eigenlijk gedaan met haar Engels toen ze vijftien jaar geleden met Moritz Schmerler naar Australië emigreerde?'

Leonhard Staudinger leek volkomen verrast en overweldigd door deze verandering van onderwerp. 'Ze... nou ja... ze heeft het vast beetje bij beetje geleerd,' stamelde hij. Toen fronste hij boos en blafte: 'Kom op, laten we verdergaan! Er is meer te zien dan dat gemotoriseerde rijtuig van Benz.'

Net als Carl Thomass senior reageerde ook zijn koetsier kortaf toen hij werd geconfronteerd met de dood van Marie Joas. Jakob vroeg zich af wat er achter deze muur van stilte zou kunnen schuilen.

Een blaaskapel? Henya kon haar oren niet geloven toen ze het geluid hoorde vanaf de Marienplatz. Ze legde het sieraad dat Jakob zojuist uit de werkplaats had gebracht zo neer dat het in het oog sprong en volgde de leerling naar het raam. De vrouw van Carl senior was ook net de winkel binnengekomen om haar 'ijverige medewerkers' huisgemaakt gebak te brengen. Het was inmiddels half september en Henya voelde zich helemaal thuis bij de familie Thomass – het geheimzinnige gedoe rond de dood van Marie had ze verdrongen.

Ursel kwam bij hen voor het raam staan, waar ze de bron van de muziek zagen: een uitbundige muziekgroep liep over het plein, gevolgd door een feestelijk versierd vierspan en zeven tweespannen, eveneens rijkelijk gedecoreerd. Alle koetsen zaten vol serveersters en barjongens. In het eerste rijtuig zat een corpulente man van een jaar of veertig met de grootste, borsteligste snor die Henya ooit had gezien. Op zijn hoofd droeg hij een groene helm met witte en blauwe donsveren.

'Dat is herbergier Hans Steyrer,' zei Jakob. 'Hij noemt zich de "Beierse Hercules" en hij profileert zich ook als sterke man.'

Ursel knikte. 'Hij organiseerde in '79 ook al zoiets onzinnigs – uit pure vreugde dat hij op het Oktoberfest een biertent mocht exploiteren. Hij wil met zijn parade vanuit Giesing door de stad naar de plaats van het Oktoberfest rijden. Zodat iedereen weet dat de Beierse Hercules nu gastheer is bij het Oktoberfest. Eens zien waar de gendarmerie hem dit keer tegenhoudt.'

Henya keek vragend naar de vrouw van haar werkgever. 'De gendarmerie?'

'Toen Hans Steyrer met zijn luidruchtige optocht voor het eerst door het dal trok, wilde hij bij brouwerij Weißbräu een biertje drinken ter verfrissing. De politie hield de parade tegen omdat het niet volgens afspraak was en zo bereikten ze niet eens het Oktoberfest. Hij kreeg wel een fikse boete – wegens het verstoren van de openbare orde en veiligheid.'

'Dat maakte hem echter alleen maar populairder bij de inwoners van München,' zei Jakob.

'Een bijzonder type dus,' zei Henya samenvattend, die zag dat veel voorbijgangers naar de herbergier en zijn optocht zwaaiden, hen toejuichten en klapten.

'Nou en of,' zei Ursel. 'Hans Steyrer staat bekend als de bonte hond. Hij komt uit Allach en is oorspronkelijk opgeleid als slager. Naar verluidt kon hij zelfs als leerling eenvoudig een heel kalf of een ossenlende in zijn eentje ophangen – en het was voor hem geen moeite om een hectoliterton op een opslagblok van bijna een meter hoog te plaatsen. Uiteindelijk opende hij zijn eerste herberg dankzij de bruidsschat van zijn vrouw.'

Jakob voegde eraan toe: 'De volkszanger Anderl Welsch schreef ooit: "Beieren is trots op deze sterke, die met één vinger vierhonderd kilo omhoog kan werken!"'

'Kan hij dat echt?' vroeg Henya sceptisch.

'Waarschijnlijk wel,' zei Jakob. 'Het schijnt dat hij met de middelvinger van zijn rechterhand met een ijzeren ring een steen heeft opgetild die meer dan vijfhonderdachtentwintig pond woog.'

'En hij heeft duizend mark aangeboden aan iedereen die hem dat nadoet, maar tot nu toe heeft hij het geld in zijn zak kunnen houden,' voegde Ursel er giechelend aan toe. 'Op het Oktoberfest schenkt hij zijn zogenaamde Oktoberfest-krachtbier. Er treedt een groep zwaargewichten op. Hij vertelde dat hij op het Oktoberfest met stenen en halters gasten naar zijn tent wilde lokken en zelf als sterke man wilde optreden. Maar het stadsbestuur heeft hem dat verboden. Toen heeft hij er wat krantenadvertenties tegenaan gegooid. "Na het Oktoberfest welkom in de herberg van de Beierse Hercules om hem in actie te zien!"'

'De hoeveelheden snuiftabak die hij elke dag consumeert zijn ook bizar, in dat blik gaat meer dan veertig pond,' meldde Jakob. 'Dat zei Franzi tenminste.'

Henya keek naar de forse man op zijn kleurrijke vierspan. 'Hij heeft echt een extreem grote snor.'

'Hij is tot ver buiten München bekend,' zei Ursel en ze gaf hun beiden een stuk warm gebak. Daar waren ze erg blij mee. 'Hij heeft er een grappige reden voor bedacht, hij zegt altijd dat hij ooit een eekbeest heeft opgesnoven.'

'Een eekbeest?' herhaalde Henya niet-begrijpend.

'Een eekhoorn,' legde Jakob glimlachend uit.

Henya lachte om het idee. Ja, zo zag de snor van de Beierse Hercules er inderdaad uit: alsof hij een eekhoorn had ingeademd!

'Het schiet me ineens te binnen dat ik een tafel voor ons moet reserveren op het Oktoberfest,' kondigde Ursel aan. 'Daar kunnen onze drie jongsten goede contacten leggen voor hun brouwerij. Er zijn veel mensen van de Beierse Brouwersvereniging aanwezig en we kunnen rondvragen of er iets te koop staat.'

Ze keek naar Henya. 'Voor jou de eerste keer, hè?'

'Dat klopt, tot nu toe was mijn zomervakantie altijd al voorbij vóór het Oktoberfest plaatsvond. Ik hoop alleen dat ik iets passends vind om te dragen.'

'Dat kan ik garanderen,' klonk een stem uit de richting van de winkeldeur.

'Ha, daar hebben we Karl Hierneis,' zei Ursel tegen haar neef, die door de anderen Carlos werd genoemd.

Na een korte begroeting wendde de jonge kleermaker zich tot Henya. 'Ik zou eigenlijk boos op jou moeten zijn, Henya. Je bent nog niet bij mij langs geweest om je maten op te laten nemen, terwijl ik al bijna twee maanden wacht.'

'Ik... ehm... Het is altijd zo druk dat ik het vergeten was,' stamelde Henya, voor het blok gezet.

'Ga dan nu maar naar hiernaast,' deed Ursel een gedurfd voorstel. 'Tot die tijd neem ik de verkoop wel van je over.'

'Heb je wel zo snel tijd voor mij?' Henya draaide zich naar de kleermaker, ze voelde zich niet helemaal op haar gemak.

'Ik ben hier voor jou,' zei hij. Vanuit haar ooghoeken zag ze dat Jakob keek alsof hij net levertraan had geslikt.

Eenmaal in de winkel van Karls vader Otto Hierneis nam de jonge kleermaker haar maten op. Hij kwam zo dicht bij haar dat ze zijn adem op haar gezicht en hals kon voelen, want tot haar verbazing mat hij ook de omtrek van haar hoofd. Gek genoeg voelde ze kriebels in haar buik en ze hoopte dat hij haar kippenvel niet had opgemerkt.

Toen hij alle maten had opgeschreven, knikte de jonge kleermaker tevreden en liet Henya vervolgens enkele houtskooltekeningen zien van een getailleerde jurk, gedragen door een beeldschone vrouw. Eigenlijk te mooi om haar te moeten voorstellen, dacht ze.

'Dat is het ontwerp dat ik in mijn hoofd heb,' legde hij uit.

'Het ziet er heel elegant uit. Welke kleur had je in gedachten?'

'Paars.' Hij toonde twee rollen stof in die tint. 'Kijk, een mix van deze twee,' zei hij, terwijl hij naar de eerste rol wees, een zijdezachte, glanzende stof, en toen naar de tweede, die doffer was.

'Wat vind je ervan?'

'Heel stijlvol,' antwoordde Henya een beetje geïntimideerd. 'Ik denk niet dat ik ooit zulke prachtige materialen heb gedragen.'

'Dan is het de hoogste tijd om in dit opzicht recht te doen aan je schoonheid,' zei de kleermaker glimlachend.

'Ik zou bijna bijpassende nieuwe schoenen gaan kopen,' zei Henya in gedachten verzonken. Natuurlijk kon ze het zich niet veroorloven, maar dromen mocht best.

'Komt dat even goed uit. Op de vierde verdieping woont meester-schoenmaker Zottmayer en hij staat bij me in het krijt,' zei Carlos. 'Als de jurk en de hoed af zijn, kunnen we wel een praatje met hem gaan maken.'

'Hoed?' herhaalde Henya verrast.

'O ja, dat was ik helemaal vergeten. Ik heb een mooi hoofddeksel bedacht dat prachtig bij de jurk past,' zei de vriendelijke kleermaker en hij liet haar nog een tekening zien waarop een volumineuze hoed te zien was met een roos als versiering.

'Natuurlijk moet die ook helemaal paars zijn, wat prachtig staat bij je goudblonde haar,' zei Carlos enthousiast.

Op dat moment werd de winkeldeur opengegooid en stormden de broers Eugen en Fritz Thomass naar binnen.

'Ha Henya, onze moeder verklapte dat je hier bent om te passen. Dag, Carlos,' riep Fritz lachend.

'Jij altijd met je Carlos,' antwoordde haar neef met een zucht.

'Nou, de vorige bijnaam vond je niet leuk,' bracht Eugen hem in herinnering.

'Hoe noemden jullie hem dan?' vroeg Henya nieuwsgierig.

'Hierni,' antwoordde Fritz grijnzend.

Ze kon niet anders dan glimlachen. 'Nou, dan is Carlos beslist beter.'

De neef van de gebroeders Thomass glimlachte naar haar. 'Dat vrees ik ook.'

'Moeder zei dat je meegaat naar het Oktoberfest, Henya,' zei Fritz opgewekt. 'Dan kan ik je eindelijk voorstellen aan een aantal van mijn vrienden uit het uitgaansleven.'

'Nou, daar zal ze blij mee zijn,' merkte Eugen op met bijtende ironie in zijn stem.

'O, hou toch je mond,' schreeuwde Fitz boos, terwijl hij zijn jongere broer een klap op zijn arm gaf. 'Het is altijd beter dan die papjongens van jou, van de postzegelverzamelaarsclub.'

Henya vond het vervelend dat de twee weer ruzie hadden, dus wendde ze zich tot hun neef. 'Ga je ook mee naar het Oktoberfest, Carlos?'

'Koperblazers, bier en schreeuwende dronkaards zijn eigenlijk niets voor mij,' zei hij schoorvoetend. 'Maar als jij gaat, wil ik er wel over nadenken.'

Ze lachte. 'Dat zou ik leuk vinden.'

Het volgende moment had ze er echter al spijt van dat ze het hem had gevraagd. Zijn aanwezigheid zou Jakobs avond hoogstwaarschijnlijk verpesten, aangezien hij zo jaloers leek te zijn op de neef van de gebroeders Thomass. Maar nu was het te laat, want Karl Hierneis zei plechtig: 'Dan is het nu officieel: we ontmoeten elkaar op het Oktoberfest.'

8

DE VOLGENDE OCHTEND WAS DE STEMMING nogal bedrukt tijdens het gewoonlijke ontbijt van de koetsier, kokkin, verkoopster en leerling-goudbewerker. Henya wilde Jakob duidelijk maken dat er tussen haar en de jonge meneer Hierneis niets bijzonders was gebeurd, behalve het nemen van haar maten, maar dat ging niet in het bijzijn van Franzi Hölzlmaier en Leonhard Staudinger. Daarom wilde ze hem aanspreken toen ze samen in het trappenhuis waren, maar hij was haar voor door tegen haar te fluisteren: 'Eindelijk weet ik weer wat ik begin augustus al had willen vertellen. Destijds was ik met meneer Staudinger op de technologiebeurs. Daar vroeg ik hem hoe het zijn zus vergaan was, die geen Engels sprak, toen ze zo plotseling naar Australië vertrok.'

Henya keek hem nieuwsgierig aan. 'Hoe reageerde hij?'

'In eerste instantie geschrokken en ietwat verward,' zei Jakob. 'Hij zei dat Vroni het beetje bij beetje had geleerd. Toen werd hij boos en bleek dat hij nooit meer over dit onderwerp wilde praten.'

'Ik ben er nog steeds zeker van dat er iets verschrikkelijks moet zijn gebeurd en dat de dood van Marie Joas geen toeval is geweest,' fluisterde Henya.

'Inmiddels besef ik wie er misschien meer van weet,' antwoordde Jakob, ook met gedempte stem.

‘Wie dan?’

‘Mijn moeder. Ik herinnerde me dat ze Marie zo’n twintig jaar geleden Engelse les gaf. Ze moeten vriendinnen zijn geworden. Maries overleden echtgenoot, Georg, was de broer van mijn vader. Mijn ouders logeren tot volgende week bij vrienden in Nördlingen, maar zodra ze terug zijn, zal ik het aan moeder vragen.’

‘Goed idee,’ zei Henya terwijl ze de deur van de trap naar de winkel opendeed.

‘Wil je mee?’ vroeg hij. ‘Je hebt het dagboek van Marie helemaal gelezen, misschien weet jij nog meer goede vragen.’

Henya was erg nieuwsgierig naar Jakobs Engelse moeder, dus antwoordde ze meteen: ‘Als zij het goedvindt, ga ik graag mee.’

Buiten klopte iemand op de deur: Karl ‘Carlos’ Hierneis!

‘Wat moet hij nu weer?’ gromde Jakob boos.

Henya opende de winkeldeur om de kleermaker binnen te laten.

‘Goedemorgen, lieve Henya,’ begroette hij haar, en ze zag dat hij een grote linnen zak bij zich had. ‘Neem me niet kwalijk dat ik zo vroeg ben. Maar ik ben de hele nacht in het atelier geweest en nu de jurk af is, wilde ik niet langer wachten.’

Hij overhandigde haar de tas. ‘Wil je me een plezier doen en de jurk en de hoed passen? Gelukkig had onze vriendelijke schoenmaker, meneer Zottmayer, nog iets geschikts in jouw maat op voorraad. De enkellaarsjes zitten erbij.’

Ondertussen was ook Ursel Thomass de winkel binnengekomen. ‘Kom op, Henya, laten we naar de achterkamer gaan,’ stelde ze voor. ‘Dan help ik je bij het passen.’

Toen ze de jurk tevoorschijn haalden, waren beide vrouwen verrast door de snit. Tot nu toe hadden al haar jurken een zogenaamde *cul de Paris* gehad, waarbij de rok bij haar achterste volume kreeg door middel van stalen frames, walvisbeen en paardenhaar. In de paarse droom die Carlos Hierneis voor Henya had gemaakt, zat echter geen hoepel; de jurk sloot van de halslijn tot aan de knieën strak om het lichaam. De rok werd alleen onder de knieën breder en liep uit in een platte sleep. Carlos had de koker van de rok benadrukt met horizontale decoraties. De taille daarentegen was relatief onopvallend; deze werd alleen verlevendigd door de combinatie van de twee verschillende stoffen.

'Wat benadrukt dit model je figuur mooi!' Ursel was duidelijk onder de indruk toen Henya de jurk had aangetrokken en de grote, donzige hoed had opgezet.

Toen ze uit de achterkamer kwam, reageerden ook de leerling en de kleermaker zelf vol enthousiasme.

'Je ziet er prachtig uit,' zei Jakob enthousiast. Door zijn emotie leek hij zijn jaloezie te vergeten, want hij prees ook Carlos: 'Dat heb je geweldig gedaan.'

'Hartelijk bedankt, maar ik denk dat het verbluffende effect van de jurk meer ligt in de schoonheid van de vrouw die hem draagt,' zei de modeontwerper met een tevreden glimlach.

'Hier zijn ook nog wat parels die erbij passen, liefje,' riep Ursel en ze pakte een ketting en een armband uit het assortiment van de winkel. Ten slotte bekeek de jonge verkoopster zichzelf in de spiegel. Ze was verbaasd over haar eigen spiegelbeeld.

'Ik zie er misschien niet uit als mezelf, maar het is een adembenemende prestatie, Carlos,' fluisterde ze overweldigd.

Ze had het gevoel dat ze in deze kleding heel wat spannende avonturen zou beleven.

Zaterdag begaf de familie Thomass zich in statige optocht naar de biertent waar Ursel een aantal zitplaatsen had gereserveerd: naast haarzelf en haar man Carl senior en hun zonen Carli, Ludwig, Fritz en Eugen waren verkoopster Henya, leerling Jakob, kokkin Franzi en koetsier Leonhard aanwezig. De neven Theo en Carlos hadden gemeld dat ze zich later bij hen zouden aansluiten.

Sinds 1850 torende het bijna twintig meter hoge Bavariastandbeeld boven de weide uit waar het feest gehouden werd. Het stond op een voetstuk en toonde een vrouw, gewapend met een zwaard. Ze hield een overwinningskrans omhoog en werd geflankeerd door een leeuw. Sinds 1853 bevond zich achter de figuur de zogenaamde eregalerij.

'Het lijkt wel een Griekse tempel door al die zuilen,' zei Henya verwonderd.

'Je kunt zien dat koning Lodewijk I van de oudheid hield,' legde Jakob uit. 'Hij wilde van zijn hoofdstad een soort Athene aan de Isar maken.'

'Het hoofd van het standbeeld heeft ook iets met Griekenland te maken,' wist Carli te vertellen. 'Het is gegoten uit het brons van Turkse kanonnen. Tijdens de Griekse Onafhankelijkheidsoorlog wisselden die van eigenaar, en daarna zijn ze aan Beieren verkocht om hergebruikt te worden.'

'Wanneer werd het eerste Oktoberfest gehouden?' vroeg Henya.

'In 1810. Er werd hier een paardenrace gehouden ter gelegenheid van het huwelijk van de toenmalige kroonprins Lodewijk en prinses Maria Theresia,' aldus Fritz. 'Sindsdien wordt het Oktoberfest elk jaar gehouden.'

'Behalve in tijden van oorlog,' corrigeerde zijn broer Eugen hem. 'De Pruisisch-Oostenrijkse Oorlog was in 1866, en vier jaar later werd het feest opnieuw afgelast vanwege de Frans-Duitse Oorlog.'

'En vergeet de epidemieën niet,' voegde Ludwig eraan toe. 'In 1854 werden grote evenementen afgelast vanwege cholera, en in 1873 weer.'

Henya luisterde. Was er in 1873 een cholera-epidemie in München geweest? Marie Joas was in januari 1874 gestorven. Misschien was ze het slachtoffer geworden van dezelfde ziekte als waar Henya's moeder twee jaar eerder in Frankfurt aan overleden was?

Fritz haalde haar uit haar gedachten door opnieuw een weetje te spuien: 'Gelukkig staat het stadsbestuur sinds acht jaar de bierverkoop toe.'

'Kort daarna werden er voor het eerst kippen geroosterd op het Oktoberfest,' voegde Jakob eraan toe. 'Ik kan me het feest niet meer voorstellen zonder bier of kip.'

'Overigens worden de buitenterreinen van het feestterrein sinds '84 elektrisch verlicht,' zei koetsier Leonhard. 'Laat niemand dus beweren dat München achterloopt!'

Even later zaten ze op bankjes aan hun gereserveerde tafel in de Beierse Hercules-tent met bier en kip. Helaas was Henya's plaats erg ver verwijderd van Jakob, met wie ze graag een gesprek had willen voeren. Maar Carli, haar favoriet van de gebroeders Thomass, zat in ieder geval tegenover haar. Er waren twee vrije stoelen naast haar voor de neven Carlos en Theo. Zoals Fritz had aangekondigd, kwamen er al snel wat kennissen van hem naar de tafel om hem te begroeten; een slanke man van midden twintig met een snor en een knappe jonge vrouw aan zijn zijde. 'Beste mensen, dit is mijn vriend Fritz Schoellhorn. Hij is een echte kerel, wat niet verrassend is, gezien zijn voornaam. Hij komt uit Zwitserland en we hebben hem ontmoet op de brouwerijschool Weihenstephan. En wie is de magische dame aan je zijde, Fritz?'

'Die dame is Emilie, zijn zus,' antwoordde de schoonheid met donker krullend haar op zelfverzekerde toon en met een magisch Zwitsers accent. 'Ze is al drieëntwintig en kan voor zichzelf spreken. Mijn vrienden noemen me Emmy.'

Eugen barstte spontaan in lachen uit om de manier waarop Emmy Fritz van repliek diende, vooral omdat de mond van zijn verbaasde broer daardoor was opengevallen. Op zijn uitnodiging namen broer en zus plaats op de lege stoelen naast Henya. Er volgde een geanimeerd gesprek met de jonge Zwitsers, waarbij zij en Carli vernamen dat hun vader de bekende brouwerijondernemer Johann Georg Schoellhorn-Nonnenmacher was. Hij was oorspronkelijk graanhandelaar geweest in het kleine dorp Oberurbach in Württemberg, maar nam dertien jaar geleden de brouwerij Haldengut in Winterthur over. Sinds 1880 was hij Zwitsers staatsburger. Vervolgens kocht hij nog meer brouwerijen: Bavaria in Sankt Gallen en Tivoli in Genève. 'Hij heeft de drie bedrijven dit jaar ondergebracht in de nieuw opgerichte vennootschap Verenigde Zwitserse Brouwerijen.'

'Vanaf volgende maand zal mijn lieve broer daar de leiding hebben,' zei Emmy. Henya merkte dat Eugen met een verliefde blik aan haar lippen hing.

'Weet je,' zei ze tegen Henya, 'ik vind je jurk en hoed echt prachtig.'

'O, dank je. De neef van Fritz en Carli Thomass heeft deze kleding voor me ontworpen. Maar ik vind jouw jurk ook erg mooi.'

Emmy droeg een traditionele jurk van bosgroen fluweel, waardoor haar taille heel mooi werd geaccentueerd.

'Ben je verloofd met een van de broers?' vroeg Emmy.

Henya schudde haastig haar hoofd. 'Nee, ik ben gewoon de verkoopster in de juwelierszaak van meneer Thomass.'

'O, hoezo "gewoon"? Dat is een belangrijke functie. Wat heb je aan de mooiste sieraden als iemand die niet op overtuigende wijze weet te verkopen?'

'Ja, maak dat Henya maar eens goed duidelijk,' zei Carli. 'Ze is veel te bescheiden. Goed personeel in de verkoop is een zegen.'

'Amen,' sprak een van de barjongens, die plotseling naast hen verschenen was. 'Hopelijk valt het bedienend personeel daar ook onder.'

Henya bekeek de jongeman met het zwarte haar eens goed: hij was bijna net zo gespierd als zijn werkgever, de Beierse Hercules Hans Steyrer. Alleen bewoog de barjongen zich eleganter – en hij was veel knapper.

'Natuurlijk geldt dat ook voor iedereen in de bediening,' beaamde Carli, terwijl hij stralend naar hem glimlachte.

Emilie Schoellhorn leek minder enthousiast over zijn aanwezigheid en trok geïrriteerd een grimas. Ze kende de barjongen overduidelijk, want hij draaide zich naar haar toe met een ondoorgrondelijke grijns en zei: 'Emmy, leuk je weer te zien.'

'Rudi!' riep Fritz Thomass opgetogen uit. 'Jongens, dit is mijn beste vriend Rudolf Gehrke.'

'Ga zitten! Mijn stoel is vrij,' antwoordde Emmy koel. Ze stond op en zei: 'Ik zie daar mijn verloofde.'

Henya merkte dat er teleurstelling op het gezicht van de arme Eugen verscheen bij de woorden van Emmy. Zag hij eindelijk een vrouw die hem aanstond, was ze verloofd! Voordat ze met haar broer naar de andere tafel ging, draaide Emmy zich nog een keer om. 'Leuk je te ontmoeten, Henya. Ik kom binnenkort weleens langs om sieraden van je te kopen.'

'Dat zou ik op prijs stellen,' riep de verkoopster. Ze vond de knappe dochter van de brouwer erg aardig. Nadat hij op Emmy's stoel was gaan zitten, wendde barjongen Rudi Gehrke zich tot Henya: 'Jij bent de nieuwe verkoopster, dat is duidelijk.' Hij glimlachte naar Carli. 'Maar wie ben jij?'

'Ik ben de oudere broer van Fritz. Carli Thomass.'

'Ah, de jonge juwelier, fijn je te ontmoeten. Volgens Fritz ben je zeer geïnteresseerd in de beeldende kunst. Dat zit ook in onze familie. Mijn vader studeerde beeldhouwkunst aan de academie hier. Mooi dat je de bediening belangrijk vindt, maar ik wil niet eeuwig ober blijven,' benadrukte Rudi, en vol overtuiging voegde hij eraan toe: 'Op een dag zal ik rijk zijn.'

'Dat hoop ik voor je,' zei Carli, op zo'n vriendelijke toon dat Henya wist dat hij het meende.

'Alles wat ik tot nu toe heb bereikt, heb ik in mijn eentje gedaan. Ik verloor mijn moeder aan cholera en mijn vader stierf in de Eskimotragedie.'

Henya en Carli keken elkaar verward aan. De Eskimotragedie?'

'Hebben jullie daar dan nog nooit van gehoord?' vroeg Rudi.

Terwijl ze beiden het hoofd schudden, begon de barjongen te praten: 'Tien jaar geleden kreeg Kil's Colosseum een vergunning voor muziekzalen. Destijds was het de grootste variété- en danszaal van de stad, in de chique wijk Glockenbachviertel. Op 18 februari 1881 vond daar het carnavalsfeest van de Kunstacademie van München plaats. Het thema was "Kroegentocht over de hele wereld". De studenten hadden verschillende scènes van overal ter wereld nagemaakt, en hadden zich dienovereenkomstig aangekleed. De beeldhouwklas van professor Max Widnmann koos voor de regio Antarctica. Er was een iglo gemaakt van papier-maché en ijsbergen van hout en gips. Boven kaarsen bakte men dan stukjes haring. Tien studenten uit die groep en nog twee andere vrienden waren gekleed in ijsbeer- en Eskimokostuums. Ze gebruikten witte hennep in plaats van bont.' Rudi zuchtte. 'Echt stom, want er zijn helemaal geen ijsberen en Eskimo's op de Zuidpool. Nou, dat kon het plezier van spelen en verkleden niet tegenhouden. Rond middernacht kwam een van de verklede mensen echter te dicht bij een kaarsvlam en zijn kostuum vatte onmiddellijk vlam. De anderen schoten hem te hulp, maar het vuur verspreidde zich meteen naar hun eigen kostuums.'

'Wat verschrikkelijk,' zei Henya meelevend, en ook Carli keek geschokt.

Rudi Gehrke knikte. 'Dat was het. Binnen een mum van tijd werd de man van top tot teen verslonden door de felle vlammen, en in een oogwenk ging de volgende. Ze vielen als twee vuurzuilen de hal in en verspreidden een enorme vonkenregen om hen heen. Voor de zekerheid stonden er achter de schermen wel kuipen met water, maar die waren ze in de paniek waarschijnlijk vergeten. Het geschreeuw van de brandende Eskimo's deed vervolgens de naburige 'indianen' schrikken. Ze wilden de vlammen bestrijden met lange jassen, maar dat lukte niet. Ook enkele bezoekers van het feest wilden de verklede mannen graag helpen en gooiden hun drankjes over hen heen. Maar niemand begreep de ernst van de situatie; sommigen dachten zelfs dat het vuur bij het concept hoorde. De meeste van de drieduizend mensen in de zaal en in de aangrenzende kamers merkten het gebeuren niet eens op, de muziek bleef luid spelen en er ontstond geen paniek onder de gasten. De brandweer was snel ter plaatse en kon voorkomen dat de brand zich verder uitbreidde. Het incident was na vier minuten voorbij, maar voor de meeste slachtoffers kwam de hulp te laat. Het carnavalsfeest duurde nog een uur en twaalf ernstig gewonden werden naar het algemeen ziekenhuis gebracht.'

'Maar ze konden niet iedereen redden?' vroeg Carli met zwakke stem.

'Zes dokters, drie assistenten en vijftien verpleegsters vochten voor hun leven, maar ze konden er slechts drie redden,' besloot Rudi zijn treurige verhaal. 'Negen van de slachtoffers stierven in de eerste dagen na het ongeval. Onder hen waren een fotograaf, een goudbewerker en zeven leerlingen van de beeldhouwschool.'

'Je vader?' vroeg Henya.

De gespierde barman veegde zijn donkere ogen af. 'Ja, Adolf Gehrke. Hij was toen nog maar dertig jaar oud. En ik was twaalf.'

'Het spijt me,' zei Carli, terwijl hij meelevend een hand op zijn schouder legde.

'Na het incident werden alle carnavalsevenementen in München afgezegd,' voegde Rudi eraan toe. 'Het stadsbestuur scherpte de eisen op het gebied van veiligheid en brandpreventie aan. Zeven slachtoffers werden begraven in een gemeenschappelijk graf op de begraafplaats Alten Südfriedhof. Zelfs prins Luitpold nam deel aan de begrafenisstoet.' Hij haalde diep adem. 'Maar ik wilde de stemming niet verpesten, neem me niet kwalijk. Fritz zei dat je drie jaar gereisd hebt, Carli, dat moet een geweldig avontuur zijn geweest!'

'Inderdaad,' bevestigde de juwelier glimlachend. 'Ik ben in Salzburg, Wenen, Regensburg, Neurenberg, Berlijn, Hamburg, Bremen en de Elzas geweest en afsluitend in Parijs. In Wenen voelde ik me het meest op mijn gemak.'

'Donders,' zei Rudi goedkeurend. 'Daar moet je ons zeker meer over vertellen!' Hij keek Henya vragend aan: 'Of heb jij het verhaal inmiddels al honderd keer gehoord?'

Ze schudde glimlachend haar hoofd. 'Nee, Carli is meestal niet zo spraakzaam.'

Voordat hij echter aan zijn reisverslag kon beginnen, kwam Hans Steyrer, de reus met de pluimsnor, eraan en wendde zich grof tot zijn barjongen: 'Hé Rudi, je pauze is al vijf minuten voorbij, aan de slag!'

Rudi haalde zijn schouders op en kwam zuchtend overeind. 'Een andere keer dan.'

Carli keek hem spijtig na, terwijl de Beierse Hercules Ursel en Carl Thomass hartelijk begroette.

Omdat het Henya niet was ontgaan dat Jakob hen tijdens het gesprek met de ober argwanend had gadegeslagen, schonk ze hem nu een stralende glimlach en wees naar de lege stoel naast haar. De uitdrukking van de leerling van de goudbewerker klaarde onmiddellijk op. Hij stond op het punt op te staan toen Carlos Hierneis met zijn broer de tent binnenkwam en hun tafel naderde.

9

CARLOS EN THEODOR HIERNEIS WERDEN VROLIJK begroet door de mensen aan tafel. Alleen Jakob leek teleurgesteld, want hij moest nu ver bij haar vandaan blijven zitten, in plaats van naast haar.

Carli zag haar blik in de richting van de leerling en vroeg: 'Wil je dat ik met Jakob van plaats ruil, zodat jullie een beetje kunnen kletsen?'

Henya had dat wel gewild, maar ze kon niet meer vrijuit spreken nu Carlos en zijn broer naast haar zaten.

'Daar is het hier toch te lawaaiig voor,' legde ze hoofdschuddend uit.

'Goed,' zei Carli. 'Ik wil graag kort iets met je bespreken. Zullen we even naar buiten lopen?'

'Ja, prima,' antwoordde Henya enigszins verrast, en ze stond op om Carl junior naar buiten te volgen.

Carlos Hierneis keek teleurgesteld op. 'Waar ga je naartoe, lieve Henya?'

'Ze komt zo terug,' zei Carli tegen zijn neef. 'Gewoon even babbelen.'

Buiten de tent kwam hij meteen ter zake. 'Ik wilde je vragen of je je onder druk gezet voelde door mijn neef.'

'Door Carlos? Nee, hoezo?'

'Nou, hij liet onlangs doorschemeren dat hij je misschien een aanzoek wil doen, omdat hij je zo knap vindt.'

'O,' zei Henya geschokt. 'Ik ken hem amper. Als hij het me nu zou vragen, zou ik zeker moeten weigeren. En hij heeft nog wel zoveel moeite in de jurk gestoken.'

'Dat is geen reden om met hem te trouwen,' antwoordde Carli. 'Eugen heeft een foto van jou in je jurk gemaakt, en Carlos kan die zoals afgesproken gebruiken voor reclame, je bent hem echt niets verschuldigd. Ik zal zeggen dat hij je niet in verlegenheid moet brengen. Zo blijft het discreet en zal hij in de toekomst wat meer op de achtergrond blijven.'

'Dat zou fijn zijn,' antwoordde Henya opgelucht.

'En hoe zit het met Jakob?' vroeg Carli glimlachend. 'Je hebt hem de afgelopen twee maanden behoorlijk goed leren kennen. Hij kijkt altijd zo verschrikkelijk jaloers als mijn neef met je praat.'

'Ik vind hem echt leuk,' gaf Henya met neergeslagen ogen toe. 'Maar over een paar maanden vertrekt hij naar Engeland, en vandaar zelfs naar Australië. Als we meer voor elkaar zouden gaan voelen vlak voor zijn vertrek, zou dat ons allebei pijn doen.'

'Moet je niet juist zoveel mogelijk samen doen? Je weet nooit hoeveel tijd je nog gegund is,' zei Carli, en een beetje weemoedig voegde hij eraan toe: 'En iemand vinden om wie je geeft en die graag tijd met je doorbrengt, dat is een grote zegen.'

'Je hebt gelijk. Maar toen ik hem op de stoel naast mij wees, kwamen net de gebroeders Hierneis aan.'

'Zal ik Jakob naar buiten sturen om wat te praten?' stelde Carli voor. 'Zoals je zelf al zei is het binnen sowieso te lawaaiig om een goed gesprek te kunnen voeren.'

Dat was alleen maar erger geworden, want na de pauze was de fanfare weer begonnen te spelen.

'Ja, graag,' zei Henya.

Terwijl Carli in de tent verdween en zij wat heen en weer liep, hoorde ze vlakbij een spetterend geluid. Ze draaide zich om in de richting waar het geluid vandaan kwam en zag achter haar een barjongen, die blijkbaar achter een struik aan het plassen was. Ze draaide zich geschrokken om en liep naar de ingang van de tent.

'O, excuseer me, alsjeblieft.' Ze herkende de stem van Rudi Gehrke, die alarmerend dichtbij kwam. 'Het toilet was bezet – en als de natuur roept, dan roept de natuur, daar is niets aan te doen.'

'Geeft niet,' mompelde Henya kortaf toen hij voor haar verscheen en het pad naar de biertent blokkeerde.

'Je weet waarschijnlijk wel wat de natuur met mannen doet als ze een meisje tegenkomen dat zo mooi is als jij, toch?' Hij had zijn blik wellustig op haar borsten gericht en ze deed een stap achteruit.

Gelukkig kwam Jakob op dat moment naar buiten.

'Jakob!' riep Henya opgelucht en wurmde zich langs de ober naar hem toe.

'Carli zei dat je even met me wilde praten zonder in al dat lawaai te zitten?'

'Ja, dat zou leuk zijn,' zei ze, vurig hopend dat Rudi weer de tent in zou verdwijnen.

'Ik moet weer aan de slag,' kondigde hij aan met een knipoog, maar niet zonder eraan toe te voegen: 'We zien elkaar zeker nog weleens.'

'Wat een onaangenaam figuur,' zei ze, en Jakob moest grijnzen. Enigszins in verlegenheid gebracht door haar uitbarsting legde ze uit: 'Eerst had ik medelijden met Rudi, omdat zijn vader is omgekomen bij die verschrikkelijke Eskimoramp. Maar om de een of andere reden vind ik hem een griezel.'

'Gelukkig heb ik goed nieuws voor je,' zei Jakob in een poging haar op te monteren. 'Mijn moeder is eerder dan verwacht teruggekomen uit Nördlingen. Ze zei dat ze ons zondagmiddag graag ontvangt voor de thee. Tenzij je al andere plannen hebt.'

'Nee, nog niet, het lijkt me erg leuk,' zei Henya. 'Waar wonen je ouders?'

'Landwehrstrasse 52. Ongeveer twintig minuten lopen van de Marienplatz. Mijn vader zal er echter niet zijn. We praten nog steeds niet met elkaar. Hij brengt het weekeinde door in Augsburg met zakenvrienden.'

Toen kwam er een lange man van midden veertig de tent uit. Hij droeg een pak dat iets te strak om de buik zat, had een kaal hoofd en droeg een met goud omrande pince-nez op zijn neus, die vol paarse aderen zat.

'Ah, dokter Corbet, gaat u ons al verlaten?' vroeg Jakob.

'Ja,' antwoordde de man. 'Ik heb afgesproken met collega's voor een spelletje skat. Nog een fijne avond, meneer Joas.'

'Bedankt en veel plezier nog,' zei Jakob tegen de dokter, die grote haast leek te hebben. 'Dat is een van de weinige echt aardige mensen die Fritz Thomass in het nachtleven heeft ontmoet. Dokter Dominik Corbet is een zeer goede arts. Mijn vader heeft hem eens geraadpleegd, op dit ene punt zijn we het eens. Dokter Corbet heeft me in het voorjaar gehecht toen ik in de werkplaats een ernstige wond opliep. Ik denk dat Fritz er trots op is dat hij hem persoonlijk kent.'

'Deed het veel pijn?' vroeg Henya. Het idee dat Jakob gewond was geraakt, beviel haar helemaal niet.

'Nee, niet echt,' stelde hij haar gerust. 'Je ziet nu alleen nog een klein litteken.'

'Gelukkig maar,' merkte Henya opgelucht op.

Ze popelde om zijn moeder te ontmoeten.

Henya had zich bijzonder goed voorbereid op haar bezoek aan Alice Joas. Ze wist niet zeker waarom het oordeel van deze vrouw zo belangrijk voor haar was, maar ze kon haar nervositeit nauwelijks verbergen. Carli kwam bijna tegelijkertijd met haar zijn kamer uit. Ook hij had zich vandaag opgedoft. Nadat hij haar gecomplimenteerd had met haar 'adembenemende verschijning', vroeg hij haar voor wie ze zich zo mooi had gekleed.

Toen ze hem vertelde over haar aanstaande bezoek aan Jakobs moeder, glimlachte Carli veelbetekenend. Henya voelde dat ze bloosde. Waarom eigenlijk?

'En waar ga jij dan naartoe?'

'O, lieve Henya,' zei Carl met een vrolijke glimlach. 'Ik denk dat ik eindelijk iemand heb gevonden die me mag om wie ik ben. Ik had zo'n goed gesprek met die barjongen op het Oktoberfest, Rudi. Hij was hier vanochtend en nodigde me uit voor een avondje stappen. Hij kent vast wel een paar bars die ook op zondag open zijn.'

Henya gunde Carli van harte zijn goede humeur, en daarom zweeg ze over het feit dat Rudi Gehrke behoorlijk opdringerig tegen haar was geweest.

'Pas goed op jezelf!' adviseerde ze Carli. 'Je bent niet bekend met het nachtleven.'

'Dat zal ik doen,' beloofde hij.

Jakob kwam binnen en ook hij had zijn beste zondagse kleding aan. Hij en Henya glimlachten naar elkaar.

'Hoe gaan jullie naar de Landwehrstrasse?' vroeg Carli.

'We wilden eigenlijk lopen,' legde Jakob aarzelend uit, maar hij keek met een sceptische blik naar de dikke wolken buiten het raam.

'Ik verwacht dat de regen elk moment los kan barsten,' zei Carli. 'Meneer Staudinger brengt mij met het rijtuig naar mijn afspraak met Rudi, we zetten jullie onderweg wel af.'

Precies om drie uur in de middag stopte het rijtuig van de familie Thomass voor het huis op Landwehrstrasse 52, en Henya en Jakob stapten uit. Toen Carli en de koetsier afscheid van hen hadden genomen en verder reden, belde Jakob aan.

'Heb je geen sleutel meer?' vroeg Henya vol medeleven. Hij moest echt slaande ruzie met zijn vader hebben gehad.

'Ja, die heb ik nog wel,' legde hij uit. 'Maar op deze manier kan mijn moeder aan de deur komen en ons indien nodig waarschuwen als mijn vader eerder terug is gekomen, zodat we hem niet onverwacht tegen het lijf lopen. Dat zou beslist heel onaangenaam zijn.'

Op dat moment ging de deur open en een tengere dame van rond de vijftig met blonde krullen glimlachte vriendelijk naar hen beiden.

'Juffrouw Schmerler, wat fijn je eindelijk te ontmoeten,' zei Alice Joas met een licht Engels accent. 'Mijn zoon heeft me zoveel goede dingen over je verteld, ik heb er erg naar uitgekeken. Kom binnen!'

'Bedankt voor de uitnodiging,' antwoordde Henya.

Kort daarna zaten ze in de huiskamer van de familie Joas bij de Engelse aan tafel met thee, koekjes en sneetjes witbrood met daarop plakjes komkommer.

'Aarzel niet,' had Alice Henya verzekerd. 'Stel al je vragen.'

'Ik ken een groot deel van het verhaal al,' zei Henya. 'Moritz Schmerler werd door de beheerder van het landgoed van zijn oom in Australië in een strafkolonie geplaatst en keerde na bijna twintig jaar pas terug naar München.'

'Precies, mijn zwager Georg vond dat helemaal niet leuk,' herinnerde Alice zich. 'Hij was bang dat Maries oude gevoelens voor haar ware liefde weer zouden oplaaien.'

'En gebeurde dat ook?' vroeg haar zoon.

De Engelse knikte. 'Ik denk het wel. Aanvankelijk bleef ze trouw aan haar huwelijksgeloften aan Georg. Totdat er een grote ruzie uitbrak – en Marie hem verliet.'

'Weet u waarom?' vroeg Henya voorzichtig.

Alice knikte ernstig. 'O ja, dat was in zekere zin mijn schuld.'

Haar zoon keek haar verbaasd aan. 'Dat heb je nooit verteld. Wat is er gebeurd?'

'Ik ving onbedoeld een gesprek op tussen mijn man Martin en zijn broer,' onthulde Alice. 'Daaruit bleek dat Georg het nieuws over de dood van Moritz Schmerler in zee had verzonnen. Het betreffende schip was daadwerkelijk gezonken op de route van Australië naar

Engeland – maar Moritz was helemaal niet aan boord. Mijn zwager zei dat alleen zodat Marie het zou kunnen afsluiten en op een gegeven moment voor hem zou kiezen. En uiteindelijk trouwde ze ook daadwerkelijk met hem.'

'Maar dan was hun huwelijk volledig gebaseerd op een leugen,' zei Henya verontwaardigd.

'Dat klopt, en ik heb er lang over getobd of ik Marie moest vertellen wat ik had ontdekt,' biechtte Jakobs moeder op. 'Maar na zijn terugkeer hadden Moritz en zij het vreselijk moeilijk, omdat ze elkaar eindelijk weer zagen, maar niet samen konden zijn. Zelfs na de onvrijwillige breuk van twintig jaar zag je dat het echte liefde was tussen die twee. Omdat Marie mijn beste vriendin was, wilde ik niet langer de verantwoordelijkheid dragen voor haar rechtvaardigheidsgevoel met betrekking tot haar huwelijk.'

'En toen je haar vertelde dat het bericht over zijn dood verzonnen was, ging ze terug naar Moritz,' sprak Jakob zijn vermoedens uit.

'Niet meteen. Eerst trok ze bij haar broer Carl in,' herinnerde Alice zich. 'Georg bleef daar keer op keer verschijnen. Hij was er kapot van en smeekte haar om bij hem terug te komen. Mijn man viel Marie ook vaak lastig in het Huis der Parels. Hij bedreigde haar zelfs en zei dat ze er bittere spijt van zou krijgen als ze niet terug zou keren naar Georg. Martin verafgoodde zijn oudere broer. Hij haatte Marie omdat ze Georg wilde verlaten.' Alice keek haar zoon met omfloerste blik aan. 'In die tijd werd je vader een vreemde voor mij, en ons huwelijk is eigenlijk nooit helemaal hersteld.'

Jakob knikte bezorgd.

Zijn moeder vervolgde haar verslag: 'Uiteindelijk verdween Marie, zodat ze in alle rust kon leven. In eerste instantie wisten we niet waar ze was. Maar op een gegeven moment huurde Martin een detective in en hij ontdekte dat Moritz Schmerler eigenaar was van een parelvissershuisje in het Bayerischer Wald. Daar woonden ze samen, zonder voor de wet getrouwd te zijn.'

'Ah, dat is zeker het huis op het schilderij in Maries slaapkamer,' zei Henya. 'Het straalt rust en veiligheid uit.'

'Mijn man gunde hun beiden die rust niet. Martin wilde dat zijn schoonzus een punt zette achter haar relatie met haar voormalige verloofde, koste wat het kost,' aldus Alice. 'Hij beweerde dat hij belastende informatie over Marie had. Hij zou haar kunnen dwingen terug te keren naar zijn broer. Je vader was veel meer geobsedeerd door het vermeende verraad van de families Thomass en Schmerler dan Georg zelf. Dat speelde zich allemaal vlak voor Kerstmis 1873 af.'

'Marie stierf onverwacht op 23 januari 1874, toen ik net naar school ging,' voegde Jakob eraan toe.

'Ja, vlak voor haar eenenvijftigste verjaardag,' bevestigde zijn moeder.

'Cholera was toen wijdverbreid. Was dat de doodsoorzaak?' vroeg Henya nieuwsgierig.

'Daar ging men wel van uit,' beaamde Alice. 'Marie heeft de kerstvakantie met Moritz doorgebracht in het Huis der Parels samen met haar broer en zijn gezin. Twee personeelsleden waren ziek, waarschijnlijk heeft een van hen Marie besmet.'

'Ik herinner me nog de begrafenis van tante Marie,' zei Jakob. 'Ze was echt erg geliefd. Weet je waarom Moritz zo snel troost zocht bij de zus van de koetsier en met haar naar Australië emigreerde?' Jakob stelde de vraag die ook op Henya's lippen had gebrand.

'Eigenlijk vond ik dat niet bij hem passen,' gaf Alice toe. 'Maar misschien wilde hij er zijn verdriet mee vergeten. Wie zal het zeggen? Ook Georg vond snel troost bij een ander na de plotselinge dood van zijn vrouw. Op 25 september 1874 trouwde hij met de extreem rijke weduwe Amalie Mütze. Ze was tien jaar ouder dan hij. Georg stierf echter iets meer dan een jaar na Marie, op 3 februari 1875.'

Henya hing aan de lippen van Jakobs moeder. 'En waaraan is hij gestorven?'

‘Volgens dokter Corbet een hartaanval. Mijn zwager had al heel lang last van kortademigheid,’ zei Alice. ‘Dat mijn man uiteindelijk het deel van zijn broer erfde, was onze redding. De lakenfabriek van Martin stond destijds op de rand van faillissement.’

Op dat moment hoorden ze de sleutel in de voordeur.

‘Niet weer,’ fluisterde Jakob nadat hij zijn moeder angstig had aangekeken.

Henya schrok. Was Martin Joas eerder thuisgekomen dan verwacht?

‘Waar ben je, schat?’ hoorden ze een naderende mannenstem.

De geschokte gezichten van moeder en zoon Joas lieten er geen twijfel over bestaan wie er op het punt stond de salon binnen te komen.

10

JAKOB KEEK IN PANIEK NAAR HET raam. Maar ze bevonden zich op de eerste verdieping, er was geen manier om te ontsnappen, en het volgende moment ging de deur open.

Martin Joas keek verbaasd naar zijn zoon en Henya. Na de verhalen van zijn vrouw had Henya zich hem voorgesteld als een lelijke oude man met woede in zijn ogen. Maar daar stond een heel aantrekkelijke man, net zo lang en atletisch als zijn zoon Jakob. Hoewel hij boven de vijftig moest zijn, was er slechts een beetje grijs zichtbaar in zijn donkerblonde haar. Jakob had zelfs zijn helderblauwe ogen van hem geërfd.

'Lieveling, kijk eens wie ons kwam bezoeken: onze lieve zoon,' zei Alice snel tegen haar man; ze slaagde er zelfs in te glimlachen. 'Dit is Henya, een vriendin van hem.'

'Hallo, meneer Joas,' begroette ze hem haastig.

'Hallo,' gromde Martin kort, en hij wendde zich onmiddellijk tot zijn zoon. 'Hoe gaat het met je?' Zijn stem en zijn ondoorgrondelijke blik gaven niets van zijn gevoelens prijs. Misschien had hij Jakob gemist en had hij er nu spijt van dat hij hem de toegang tot zijn ouderlijk huis had ontzegd.

'Uitstekend. Begin volgend jaar ga ik op reis – eerst naar Engeland en dan naar Australië,' zei Jakob.

'Dat betekent dat je Thomass en zijn hele clan achter je laat,' zei zijn vader tevreden.

'Ik blijf zeker anderhalf jaar in Australië, ik zal ruim twee maanden onderweg zijn om er überhaupt te komen,' ging Jakob verder. 'Hoe is het met je? Moeder zei dat je voor zaken in Augsburg was.'

'Met mij gaat het goed,' zei hij. Toen vroeg hij aan Henya: 'Hoe heb je mijn zoon ontmoet?'

'Ik werk sinds twee maanden als verkoopster in de juwelierszaak waar Jakob in de leer is.'

Martin Joas liet niet merken of hij haar verachtte omdat ze ook voor de familie Thomass werkte, die hij zo haatte. 'En je heet dus Henya?'

Ze knikte. 'Henriette Julia om precies te zijn.'

'En wat is je achternaam?'

Ze keek Jakob angstig aan, maar antwoordde toen naar waarheid: 'Schmerler.'

Martin Joas knipperde kort met zijn ogen, verder was er geen enkele reactie op zijn gezicht af te lezen.

Hij keek Henya strak aan, die erin slaagde zijn blik te beantwoorden. 'Dan neem ik aan dat je familie bent van Moritz Schmerler?'

'Hij is mijn oudoom. Maar ik herinner me hem nauwelijks. Ik was nog geen drie toen hij wegging,' verduidelijkte ze. Toen probeerde ze de lakenhandelaar uit zijn tent te lokken: 'Kent u hem?'

Maar in plaats antwoord te geven op haar vraag, stelde hij haar een wedervraag: 'Wat is je relatie met mijn zoon?'

'We kunnen collega's worden genoemd,' meldde ze. 'Alleen werkt hij in de werkplaats en ik in de winkel.'

Martin Joas nam plaats op een van de vrije stoelen aan de tafel voor zes personen, die slechts voor drie personen was gedekt.

'Waar heb je leren verkopen?' vroeg hij vervolgens.

'Ik hield voorheen de administratie voor mijn vader bij en verzorgde de correspondentie. Hij is advocaat in Frankfurt. Alleen tijdens de schoolvakanties kwam ik in de winkel van meneer Thomass werken; mijn voorgangster, mevrouw Kolb, heeft me alles geleerd.'

'Duidelijk. En bevalt München je?'

'Ja, zeker. Het is hier zo mooi en schoon.'

'Dat hebben we te danken aan een vriend van mijn overleden vader: dokter Max von Pettenkofer,' zei Jakobs vader, met enige trots.

'Hij heeft onder andere verloskunde gestudeerd en geholpen om onze Jakob gezond ter wereld te brengen,' voegde zijn vrouw eraan toe.

Martin glimlachte voor het eerst. 'Vijf jaar geleden implementeerde Max in München niet alleen een voorbeeldige drinkwatervoorziening, maar ook een efficiënt rioleringssysteem. Vanwege zijn verdiensten verhief koning Lodewijk hem tot de adelstand.'

Het was een opluchting voor Henya dat Jakobs vader geheel onverwacht toch zo vriendelijk was. Ze probeerde het gesprek gaande te houden door te zeggen: 'Eerlijk gezegd was ik bang dat onze klanten, onder wie ook mensen uit de aristocratie, verwaand en arrogant zouden zijn en me onvriendelijk zouden behandelen. Maar tot nu toe is iedereen aardig. Prinses Maria Theresia, de vrouw van prins Lodewijk, was erg lief.'

'Heb je haar ook mogen adviseren?' Martin Joas trok een wenkbrauw op.

'Al op de eerste werkdag. Het was mijn vuurproef, zogezegd.'

Nu glimlachte Jakobs vader zelfs. 'Wat goed. Helaas moet ik nu gaan uitpakken en me opfrissen. Kom gerust nog eens langs, Henya.'

'Graag, heel erg bedankt,' antwoordde ze.

Toen hij de salon verliet, keken Jakob en zijn moeder elkaar geschokt aan.

'Ik weet niet hoe je dat voor elkaar hebt gekregen, Henya, maar mijn man lijkt wel betoverd,' fluisterde Alice overweldigd. 'Dankzij jouw vriendelijkheid vergat hij de vete helemaal. *Amazing.*'

Henya had er minder vertrouwen in. De vriendelijkheid van

Martin zou ook weleens gemaakt en puur strategisch van aard kunnen zijn. Ze vertrouwde hem niet, omdat ze de angst in de ogen van Jakob en zijn moeder had gezien toen hij arriveerde. Alice, die waarschijnlijk nog steeds in het goede van haar man wilde geloven, mocht ze daarentegen erg graag.

'Bedankt dat u ons dat allemaal hebt toevertrouwd,' zei ze. 'Ik zal in de toekomst met andere ogen naar het schilderij in mijn kamer kijken. Nu weet ik dat de vorige eigenaar daar drie jaar lang gelukkig is geweest.'

Ze noemde met opzet Maries naam niet, voor het geval Jakobs vader zich ergens binnen gehoorsafstand zou bevinden.

Hij hoefde niet te weten dat zijn vrouw zoveel familiegeheimen had onthuld.

'Onze Jakob viert morgen zijn verjaardag.'

De aankondiging van Ursel Thomass verraste Henya. 'Dat heeft hij me helemaal niet verteld.'

'Mijn agenda liegt niet. Daar staat dat hij op 23 november 1868 werd geboren, dus het is nog een bijzondere verjaardag ook.'

'Wat zal ik hem geven?' vroeg Henya zich hardop af.

'Carl kreeg een kompas op die leeftijd, zodat hij de weg naar huis kon vinden nadat hij rondgereisd had als gezel,' legde Ursel uit.

'Dat is een uitstekend idee. Kon ik ook maar zoiets bedenken.'

'Jullie vinden elkaar echt leuk, hè?' vroeg haar bazin glimlachend.

'Ja, inderdaad,' gaf Henya aarzelend toe.

'Nou, waarom verloven jullie je dan niet?' vroeg Ursel. 'Dat zou voor ons nóg een reden zijn om feest te vieren. Jullie kijken altijd zo verliefd naar elkaar.'

'Nou, hij gaat binnenkort voor zo'n lange tijd weg,' uitte Henya de zorg die ze al een tijd bij zich droeg.

'Ik zal je eens iets vertellen, Henrietje,' antwoordde de vrouw van de juwelier. 'Toen mijn Carl in 1844 op pad ging, waren we pas net een stel. Ook al was ik pas vijftien. Drie jaar moest ik op hem wachten. Nu hebben we zeven prachtige volwassen kinderen en we zijn nog steeds ongelooflijk gelukkig.'

'O, dat wist ik niet,' zei Henya verbaasd. 'Ik dacht altijd dat u pas een stel was geworden na zijn terugkeer in 1847.'

'Weet je wat ik denk? Als je weet dat je van hem houdt, heeft het geen zin om het voor jezelf te ontkennen. Als je iemand anders zoekt uit angst dat je op Jakob moet wachten, dan zul je later altijd zeggen: had ik me toen maar met Jakob verloofd en op hem gewacht.'

Op dat moment kwam Ursels oudste zoon Carli de winkel binnen. Hij was buiten adem en bracht een vlaag koele herfstwind binnen. 'Goedemorgen, allemaal. Excuses dat ik zo laat ben.'

Hij had zich nog niet geschoren en droeg de kleding van de vorige dag. Vroeger was het alleen zijn broer Fritz die de hele nacht wegbleef, de afgelopen weken overkwam dit ook Carli steeds vaker.

'Het werd een beetje laat gisteren, ik was nog bij...'

'Rudi,' zeiden zijn moeder en Henya in koor.

De twee moesten lachen, Carli mompelde alleen maar: 'Even scheren.'

'Het is fijn dat die jongen eindelijk een vriend heeft en eropuit gaat. Het was bijna griezelig dat hij zo vaak alleen thuiszat,' aldus Ursel. 'En als Rudi slechts een voorwendsel is en hij een vrouw heeft ontmoet, zal ik nog gelukkiger zijn.'

Henya verwachtte dit niet echt van Carli, maar toch vroeg ze zich af wat hij in Rudi zag.

Toen ging de bel boven de winkeldeur en kwam een magere dame, gekleed in een strakke zwarte jurk, de juwelierszaak binnen. Op haar witte kraagje was een broche gespeld en om haar nek hing een ketting met een kruis. Haar gelaatstrekken leken hard, bijna mannelijk. Ze moest halverwege de vijftig zijn en had kraalogen, waarmee ze Henya aandachtig opnam.

'Goedemorgen, kan ik u helpen?' vroeg de verkoopster met een vriendelijke glimlach.

'Dag, mooi dametje,' antwoordde de vrouw met een diepe stem. 'Mijn naam is Vio, ik ben op zoek naar een parelsnoer. Het is belangrijk dat het er erg volumineus uitziet, zodat het van een afstand zichtbaar is. Ik heb het nodig voor toneelvoorstellingen.'

'Zoiets hebben we niet in de winkel, maar u zou het wel kunnen laten maken,' zei Henya, terwijl ze hulpzoekend naar Jakob keek, die zich naar haar toe haastte. Hij haalde een schetsblok tevoorschijn en tekende met potlood een ketting met grote kralen. Zijn vingers vlogen over het papier en Henya bewonderde zijn talent.

Mevrouw Vio knikte tevreden. 'Ja, dat is precies zoals ik het wil hebben.'

'Ik zou kleine echte parels gebruiken en dat afwisselen met grote glaskralen, dat zou het veel betaalbaarder maken,' stelde Jakob voor. 'Van een afstand ziet het er echt uit. In dat geval zou het collier driehonderd gulden kosten.'

'Dat is prima. Wanneer kan ik de ketting ophalen?' vroeg de magere dame.

'Volgende week woensdag,' bood Jakob aan.

Ursel stapte naar voren. 'Bij dit stuk vragen we een vooruitbetaling van vijftig procent,' zei de vrouw van de juwelier tegen de klant, tot Henya's grote verbazing.

Mevrouw Vio keek haar boos aan. 'Prima, dan kom ik terug als ik naar de bank ben geweest,' antwoordde ze luchtig, terwijl ze rechtsomkeert maakte en de winkel verliet.

'Normaal zouden we niet zoveel vooraf in rekening brengen,' zei Henya.

'Maar met deze dame is voorzichtigheid geboden,' waarschuwde Ursel. 'Ze is een volkszangeres en leidt een zorgeloos leventje. Of ze de ketting kan betalen, hangt er echter van af of de vrienden en bewonderaars die haar steunen momenteel over geld kunnen beschikken. Ze noemt zich nu Vio, de meisjesnaam van haar moeder, maar haar echte naam is Adele Spitzeder.'

'Die naam klinkt bekend,' zei Jakob.

'Ja, ze heeft een behoorlijk slechte reputatie. Op het podium verdiende ze meestal niet veel. Daarom richtten zij en haar partner in 1869 een bank op aan de Dachauer Strasse. Ze betaalde de rente contant, waardoor haar bedrijf veel mond-tot-mondreclame kreeg.'

'Nu herinner ik het me weer. Vader vertelde ooit dat de Spitzedersche Privatbank in korte tijd uitgroeide van een kleinbedrijf tot een grote onderneming met ruim tachtig medewerkers,' aldus Jakob.

'Precies, slechts twee jaar na de oprichting van het bedrijf kon Adele voor vijftigduizend gulden een huis op een toplocatie kopen,' aldus Ursel. 'Maar hun boekhouding was een chaos. Het geld lag opgestapeld in zakken in het appartement, en een deel ervan werd bewaard in een kluis bij de kapper. Ook heeft ze diverse redacteuren omgekocht met bedragen die opliepen tot in de duizenden – om positieve krantenberichten te plaatsen.'

'En kwam ze ermee weg?' vroeg Henya.

'Eerst wel, maar op een gegeven moment brachten de overheid, andere banken en bepaalde kranten naar buiten dat ze fraudeerden,' antwoordde Ursel. 'Tegenstanders verzamelden zo'n zestig schuldeisers die allemaal tegelijk hun geld opeisten. Toen ging de bank failliet. Eind 1872 werd Spitzeder gearresteerd wegens fraude. In nog geen twee jaar tijd heeft zij in totaal ruim dertigduizend burgers opgelicht en hun bijna veertig miljoen gulden afhandig gemaakt. Sommigen van hen hebben zelfmoord gepleegd.'

'Ik ken het verhaal, ik geloof dat een vriend van mijn vader destijds ook een van de gedupeerden was,' zei Jakob.

'En toch loopt ze weer vrij rond?' vroeg Henya zich af.

'Nou, ze werd voor de rechtbank gedaagd en veroordeeld tot drie jaar gevangenisstraf wegens frauduleus faillissement,' zei Ursel. 'Om gezondheidsredenen heeft ze haar straf niet in het tuchthuis uitgezeten, maar in de gevangenis aan de Baaderstrasse. Daar schreef ze haar levensverhaal. Daarin beweerde ze dat haar bank niet insolvent was op het moment dat ze werd gearresteerd. Na de gevangenis ging ze als actrice naar Altona en Berlijn, maar optredens mocht ze daar niet doen. Tien jaar geleden kwam ze terug naar München en publiceerde haar levensverhaal. Naast haar werk op het podium leidt ze als kapelmeester een vrouwenorkest. Een paar jaar geleden probeerde ze opnieuw een bank te openen, maar ze werd meteen weer opgepakt omdat ze geen vergunning had.'

Op dat moment klingelde de bel opnieuw en Henya verwachtte half en half dat Adele Spitzeder terugkwam met de aanbetaling. In plaats daarvan kwam er echter een modieus geklede jongedame met donker krullend haar de juwelierszaak binnen.

'Emmy,' zei Henya enthousiast toen ze de Zwitserse brouwersdochter herkende, op wie Eugen Thomass verliefd was geworden op het Oktoberfest. 'Wat leuk dat je bent gekomen.'

'Dat had ik beloofd. Ik wilde al veel eerder langskomen, maar het was steeds zo druk. En ik wilde ook wat sparen, zodat ik iets leuks zou kunnen kopen.'

De winkeldeur werd weer opengegooid en Rudi Gehrke haastte zich de winkel in. 'Goedemorgen, Henya. Wil je deze brief alsjeblieft aan Carli geven?'

'Je kunt ook even op hem wachten, hij is binnen en kan elk moment naar de werkplaats komen,' opperde Henya.

'Nee, niet nodig, ik moet verder,' zei de barjongen. Hij drukte haar de brief in handen en verdween uit de juwelierszaak.

'Heeft die kerel soms ook naar jou gegluurd en je lastiggevallen?' vroeg Emmy.

'Is het jou ook al overkomen?' bracht Henya verontwaardigd uit.

De Zwitserse vrouw knikte. 'Helaas vaker dan één keer. Heeft hij je ook het ontroerende verhaal verteld van de dood van zijn vader bij het Eskimo-ongeluk?'

'Ja, Carl Thomass junior en ik hadden heel veel medelijden met hem.'

'Er zit alleen wel een addertje onder het gras,' legde Emmy uit na een kort lachje. 'Van de dodelijke slachtoffers was alleen wijlen fotograaf Anton Maier getrouwd. Hij had twee kinderen. De beeldhouwstudent Adolf Gehrke, geboren op 8 november 1849 in Berlijn, had helemaal geen kinderen.'

Henya was woest. 'Dus… dus het ontroerende verhaal van Rudolf is helemaal niet waar?'

Emmy knikte. 'Ik kwam erachter dat deze knaap de zoon is van een prostituee en bij zijn oom woont. Rudi's echte naam is wel Gehrke, maar hij is op generlei wijze verwant aan het slachtoffer van de brand.'

'Dan moet ik Carli beslist waarschuwen, want hij is goede vrienden aan het worden met Gehrke,' zei Henya bezorgd. 'Maar laten we nu iets leuks voor jou uitzoeken.'

'Goed idee, sieraden zijn betrouwbaar, daar kun je eigenlijk altijd op rekenen,' antwoordde Emmy.

Toen kwam Carli het trappenhuis uit, pas geschoren en naar zeep ruikend.

'Ik heb een brief van Rudi Gehrke voor je,' legde Henya uit en ze voegde er heel serieus aan toe: 'Ik zou je graag tijdens de lunchpauze willen spreken, als dat mogelijk is. Het is belangrijk.'

'Geen probleem. Kom straks maar naar de werkplaats,' stelde Carli voor, zonder zijn van blijdschap glanzende ogen van de brief af te houden.

'Heeft hij die zelf gebracht?' vroeg hij.

'Ja, ik zei nog dat je elk moment naar beneden kon komen. Maar hij leek nogal haast te hebben en ging meteen weg.'

'Vreemd,' zei Carli terwijl hij de envelop opende. Hij begon te lezen en al snel veranderde zijn glimlach in een blik van absoluut afgrijzen. Hij leek zo geschokt dat hij eerst alleen maar met trillende vingers naar de brief staarde en vervolgens met een lege blik voor zich uit keek.

Henya keek hem bezorgd aan. 'Slecht nieuws?'

Maar Carli reageerde niet op haar en trok zich verdwaasd terug in de werkplaats, zonder nog een woord te zeggen.

Terwijl Henya haar klant Emmy adviseerde, bleef ze zich afvragen wat die kleingeestige barjongen aan Carli had geschreven. Hij leek volledig van zijn stuk gebracht.

Nadat Henya de juwelierszaak had afgesloten voor haar lunchpauze, trof ze Carli tot haar verbazing echter niet aan in de werkplaats. Hij moest tijdens een van de verkoopgesprekken ongemerkt het trappenhuis zijn binnengegaan. Het was vanmorgen buitengewoon goed gegaan: aangezien de ervaring leerde dat zilveren sieraden vooral bij vrouwen met donker haar goed stonden, had Henya Emmy Schoellhorn geadviseerd een zilveren halsketting aan te schaffen met een enkele grote parel en een kleine diamant, waarvan ze erg onder de indruk was. Daarnaast had ze nog een gouden dasspeld, manchetknopen en een sjaal verkocht. Dat was een heel goed resultaat voor één ochtend. Zij en Emmy hadden afgesproken om samen koffie te gaan drinken en te kletsen. Henya kon heel goed begrijpen dat de arme Eugen tot over zijn oren verliefd was geworden op de vriendelijke en knappe brouwersdochter. Om te voorkomen dat Carli bedrogen uit zou komen, moest ze hem echt dringend waarschuwen voor Rudi. Waarschijnlijk zou ze na de middagpauze wel te weten komen waar hij uithing, want dan kon ze Jakob, met wie hij in de werkplaats samenwerkte, vragen waar hij was. Hij wilde tijdens de pauze een dutje doen op zijn zolder. Carli moest al voor de pauze zijn vertrokken.

Net op dat moment ging de deur van het trappenhuis zo abrupt open dat Henya een sprongetje maakte van schrik. Jakob was alweer beneden en ze had hem nog nooit zo opgewonden gezien. Hij zag zo wit als een doek en was volledig buiten adem.

'Henya, je moet onmiddellijk meegaan naar zolder. Carli is helemaal doorgedraaid. Naar mij wil hij niet luisteren, maar jij bent als een zus voor hem,' bracht hij haperend uit, en in zijn wanhoop schreeuwde hij bijna tegen haar. 'Alsjeblieft, schiet op!'

Omdat Jakob zo buiten zichzelf was, alsof het een kwestie van leven of dood was, aarzelde Henya niet en rende ze achter hem aan het trappenhuis in naar het dak. Toen ze de vijf trappen hadden beklommen en de bovenste verdieping hadden bereikt, hapte ze naar adem van de inspanning.

De deur van Jakobs zolderkamer stond open. Zijn kamer had ze al heel lang willen zien. De inrichting van een ruimte zei altijd veel over een persoon.

Op dit moment was dat echter niet aan de orde. Wat hij haar door het open dakraam liet zien maakte haar namelijk zo bang dat ze nauwelijks een schreeuw kon onderdrukken. Ze hield van afgrijzen haar hand voor haar mond en staarde vol ongeloof naar Carli Thomass, die waarschijnlijk door het raam naar buiten was geklommen. Nu stond hij wankelend, met betraande wangen, op het dak – duidelijk bereid om zijn dood tegemoet te springen.

11

'CARLI, KOM ALSJEBLIEFT NAAR BENEDEN! JE zult je familie groot verdriet doen als je nu springt,' riep Henya, en haar stem sloeg over.

'Daar geloof ik niets van,' riep hij terug. 'Ik heb de goede naam van ons huis te grabbel gegooid.'

'Wat er ook is gebeurd, samen zullen we een oplossing vinden. Dat heb jíj míj altijd beloofd, en nu beloof ik het jou. Kom alsjeblieft terug!' smeekte ze.

Carli deed echter nog een stap richting de rand van het dak. Jakob en Henya keken elkaar radeloos aan.

Toen kwam ze uiteindelijk met een laatste wanhopig argument: 'Denk aan Mozes! Niemand in de familie zal zo goed voor dat arme dier zorgen als jij.'

Tot haar enorme opluchting kwam het door zijn hondje dat Carli van gedachten leek te veranderen. Hij draaide zich voor het eerst weer naar het dakraam en begon toen, tot grote opluchting van Henya en Jakob, op handen en voeten tegen de dakpannen op te klimmen. Plotseling gleed zijn voet weg. Henya slaakte een scherpe kreet van schrik. Gelukkig kon Carli dankzij zijn indrukwekkende lengte het frame van het dakraam al grijpen. Toen hij eindelijk weer in Jakobs kamer was, viel Henya hem snikkend om de hals.

'Ga even rustig op mijn bed zitten,' zei Jakob, die haastig het raam weer dichtdeed en ervoor ging staan om de weg naar buiten te blokkeren.

Pas nu zag Henya dat de muren van het kleine zoldertje bedekt waren met afbeeldingen van exotische dieren van over de hele wereld en met ansichtkaarten uit diverse plaatsen. Het verbaasde haar dat ze in een vreselijke situatie als deze aan Jakobs verjaardagscadeau kon denken, maar ze besloot hem een boek over dieren van over de hele wereld te geven, want dat zag ze nog niet op zijn boekenplank. Daar was meer avontuurlijke lectuur te zien dan in Maries kamer. Ze herkende meteen *Schateiland* van Robert Louis Stevenson, dat ze altijd al had willen lezen.

Carli wreef met trillende vingers over zijn gezicht.

'Vertel ons nu eens wat er is gebeurd,' zei Henya.

Carl junior keek even in Jakobs richting en haalde toen hulpeloos zijn schouders op. 'Het maakt nu waarschijnlijk toch niets meer uit, ik kan het jullie allebei wel vertellen. Ik heb een paar weken geleden een afspraak gehad met Rudi. Van een dusdanig karakter dat niemand er ooit iets van mag weten.'

Henya was niet geschokt, zoiets had ze al gedacht. Ook Jakob reageerde heel rustig.

Carli vervolgde met trillende stem: 'Ik hoopte dat ik eindelijk iemand had gevonden die me accepteerde zoals ik ben.'

'En wat stond er in de brief die Gehrke je vandaag stuurde?' vroeg Henya.

Carli moest zijn keel schrapen voordat hij antwoord kon geven. 'Rudi beweerde eergisteren dat hij een romanticus was en dat hij graag een liefdesbrief van mij wilde. Die heb ik hem inderdaad geschreven. Vandaag maakte hij duidelijk dat hij me met die brief wil chanteren. Als ik hem geen sieraden ter waarde van tienduizend mark geef, zal hij de brief verspreiden en mijn leven ruïneren – evenals de goede naam van mijn familie.'

Henya riep het ergste scheldwoord dat ze kon bedenken, maar

Jakob gebruikte meteen een nog erger woord.

'In het ergste geval zal mijn vader je verdedigen voor de rechtbank,' beloofde Henya vol overtuiging.

'Dat zou niet eens nodig zijn als we op de een of andere manier die brief te pakken konden krijgen,' zei Jakob, nadenkend over zijn kin wrijvend.

'Misschien heb ik een idee,' zei Henya, zich tot Carli wendend: 'Waar woont Rudi Gehrke?'

'Bij zijn baas, herbergier Hans Steyrer, op de zolder van de herberg.'

'We zouden op de een of andere manier de sleutel te pakken moeten krijgen,' zei Henya. 'Jakob, als ik hem afleid, kun jij die misschien pakken en op zolder zoeken naar de brief.'

Die avond zaten Henya en Jakob met Carli's broer Eugen in de legendarische herberg van Hans Steyrer aan de Tegernseer Landstrasse.

Zoals verwacht kwam ober Rudi Gehrke met een opgetogen, wellustige blik naar hen toe toen hij Henya zag. Terwijl hij naar hun tafel liep, stond Jakob snel op.

'Ik moet echt even naar buiten,' zei hij – opzettelijk zó luid dat de naderende barjongen het ook hoorde.

'Goedenavond, Henya,' zei Rudi. 'Wat brengt jou hier?'

'Ik wilde de legendarische herberg van meneer Steyrer graag eens zien,' legde ze uit met een geforceerde glimlach.

'Wat leuk.' Rudi begroette ook de zoon van Thomass, die naast haar zat. 'Hoe gaat het, Eugen?'

'Uitstekend, bedankt,' antwoordde hij. 'En met jou?'

'Ik heb grootse plannen, beste jongen. Ik ga mijn eigen zaak openen,' kondigde de barman trots aan.

'O,' zei Eugen verbaasd. 'Weet je al waar?'

Rudi knikte. 'Mijn baas zei dat Ludwig Massenbach zijn kleine brouwerij op de Kapuzinerplatz verkoopt.'

'Is dat pand niet erg duur?' antwoordde Eugen.

Rudi grijnsde. 'Ik verwacht binnenkort een flinke meevaller.'

Hij keek in Henya's richting voor lovende woorden. Vanbinnen kookte ze echter van woede. Dus dat wilde Gehrke doen met het chantagegeld! En daarmee probeerde hij ook nog eens indruk op haar te maken.

Op dat moment kwam Jakob terug naar de tafel en botste 'per ongeluk' tegen Rudi op. 'Pardon.'

'Over een half uur heb ik pauze. Dan kom ik even bij jullie zitten,' zei de ober, met een knipoog naar Henya, die opnieuw bemoedigend naar hem glimlachte.

Zodra Rudi terug naar de bar ging, keek Henya Jakob vragend aan.

Hij knikte. 'Ik heb hem, ik zal proberen meteen naar boven te gaan.'

Met die woorden ging hij op pad.

'Vertel me nu eens wat jullie van plan zijn,' zei Eugen.

'Nog niet,' antwoordde Henya kortaf.

De jongste zoon van de familie Thomass rolde met zijn ogen en veranderde van onderwerp. 'Die brouwerij waar Gehrke het over had – dat pand zou eigenlijk precies goed voor ons zijn. Kapuzinerplatz is een geweldige locatie. Ik zal Massenbach eens vragen hoeveel hij wil hebben voor de brouwerij.'

Jakob was al even verdwenen toen Henya iets verontrustends opmerkte: Rudi Gehrke doorzocht verwoed zijn zakken. Blijkbaar had hij gemerkt dat hij zijn sleutelbos was verloren! Hij keek naar hun tafel en zag meteen dat Jakob daar niet meer zat. Met een achterdochtige blik in zijn ogen haastte hij zich naar de deur van de trap.

Henya maakte zich grote zorgen: Rudi was kleiner dan Jakob, maar nóg gespierder. Bovendien zou hij het gebruik van geweld zeker niet schuwen als iemand hem zijn chantagemiddel wilde ontnemen. Dus sprong ze snel op en blokkeerde het pad van de sterke barman.

'Zou je je pauze niet aan onze tafel doorbrengen?' herinnerde ze hem met een brutale grijns aan wat eerder gezegd was.

'Volgens mij weet ik wat hier aan de hand is,' gromde hij.

Toen gaf Eugen hem een tikje op de schouder.

'Wat?' snauwde Rudi boos en hij draaide zich om.

'Deze lagen op de grond,' vertelde Eugen hem, en hij overhandigde hem de sleutels. 'Misschien kun je aan de gasten vragen van wie ze zijn?'

'Dat is niet nodig,' antwoordde Rudi, terwijl hij naar de tafel keek, waar Jakob inmiddels weer plaats had genomen. 'Ze zijn van mij.'

'En?' vroeg Henya, terwijl ze weer ging zitten.

Jakob knikte opgewekt. 'We hebben straks een heel speciaal cadeau voor Carli.'

'Waarom wees je alleen naar die sleutelbos op de grond en gaf je die niet zelf aan Rudi?' vroeg Eugen aan Jakob.

Ze gaven hem echter geen antwoord, want Henya en Jakob keken elkaar dolgelukkig aan en proostten.

Slechts een uur later stonden ze met zijn tweeën voor de deur van Carli's kamer en klopten aan.

'Kom binnen,' klonk een stem, en ze gingen de kamer binnen.

Henya keek om zich heen. De muren waren volgeplakt met foto's die zijn broer Eugen had gemaakt: familieportretten, maar ook afbeeldingen van bijzonder mooie sieraden.

Carli zat met rode ogen aan zijn bureau en tekende een ketting. Hij keek haar vragend aan.

'We hebben hier iets voor je,' zei Henya plechtig en ze overhandigde hem een envelop, waar Carl junior verbijsterd van opluchting naar staarde.

'Gelukkig bleek Rudi geen echte brievenschrijver te zijn,' meldde Jakob grijnzend. 'Het was het enige document op de hele zolder. Daardoor was ik zo weer terug in de bar.'

'Ik weet niet hoe ik jullie moet bedanken,' mompelde Carli overweldigd.

'Door de volgende keer dat je wanhopig bent, meteen naar ons toe te komen,' antwoordde Henya. 'Jaag ons nooit meer zoveel schrik aan als vanmiddag.'

'Beloofd,' zei Carli.

Toen begon hij de brief, die zijn ondergang had kunnen betekenen, te verscheuren tot er slechts minuscule snippers van over waren.

De volgende ochtend ging Henya, met toestemming van Ursel Thomass, naar boekwinkel Lentner om een verjaardagscadeau voor Jakob te kopen. In de tussentijd stond de moeder in de juwelierszaak.

Omdat de verkoper juist bezig was twee vrouwen advies te geven, neusde Henya zelf tussen het ruime assortiment.

'Goedemorgen Henriette, zoek je iets specifieks?' vroeg de stem van een jongeman achter haar.

Ze draaide zich om en keek in het effen gezicht van kleermaker Carlos.

'Goedemorgen, Carlos. Ja, ik ben op zoek naar een cadeau voor onze leerling, Jakob,' zei Henya. 'En jij?'

'Ik heb iets nodig over de grootste feesten en bals in de geschiedenis van de mensheid,' meldde Carlos. 'Prinses Maria Theresia wil op Sint-Nicolaasdag een liefdadigheidsbal organiseren voor arme kinderen. Ze is nog steeds op zoek naar een passend thema, dat zoveel mogelijk vermogende donateurs zal aantrekken.'

Henya hoefde er niet lang over na te denken. 'Maak er het "Bal der Parels" van. Mooie vrouwen kunnen jullie kleding presenteren met onze sieraden. Het licht van advent wordt weerspiegeld in de zachte glans van de parels. Ik zou die glans die avond tot een symbool maken – voor de schittering in de blijde ogen van kinderen met Kerstmis.'

'Verdraaid!' Ze zag aan Carlos' verblufte gezicht dat hij echt onder de indruk was. 'Dat zal ik de prinses gaan voorstellen. Als zij het een goed idee vindt, betrekken we jou bij de organisatie ervan.'

'O,' bracht Henya geschrokken uit. Zoveel enthousiasme voor haar spontane idee had ze echt niet verwacht.

'Misschien kan ik je in ruil daarvoor een beetje helpen?' bood Carlos aan. 'Wat voor boek zoek je voor Jakob?'

'Iets over dieren van over de hele wereld. Het liefst met veel illustraties.'

'Nou, de klassieker is natuurlijk Brehms' *Dierenleven in kleuren*,' zei de kleermaker. 'Of heeft hij dat al?'

Henya schudde haar hoofd. Nee, die titel had ze niet op de plank op Jakobs zolder gezien.

'Het is een eersteklas zoölogisch naslagwerk,' zei Carlos. 'Onlangs is de tweede editie verschenen, met geweldige nieuwe illustraties van Gustav Mützel en Eduard Oscar Schmidt. De beroemde Britse natuuronderzoeker Charles Darwin zei dat dit de beste tekeningen waren die hij ooit had gezien.'

'Dat klinkt goed,' zei Henya.

Carlos keek echter een beetje sceptisch. 'Het zijn wel tien delen, echt dikke boeken. Maar er is ook een goedkopere volks- en schooluitgave uit het jaar '83. Aangezien Jakob binnenkort op reis gaat, zou die versie zeker handiger zijn. En uiteraard ook voordeliger. Je wilt vast niet blut raken door een cadeau voor Jakob.'

Henya besloot echter anders. Ze zou de uitgebreide versie kopen. Misschien zou Jakob sneller thuiskomen als hij wist dat daar tien schitterende dierenboeken op hem lagen te wachten. En ze zou het helemaal niet erg vinden als zíj dan blut was.

'Wat mooi,' zei Jakob overweldigd, terwijl hij tijdens de lunchpauze door de boeken bladerde en de levensechte dierentekeningen bewonderde.

Waar Henya geen rekening mee had gehouden toen ze haar overhaaste aankoop deed, was het enorme gewicht van de tien delen, dus had Carlos – altijd een heer – ermee ingestemd een karretje te halen bij zijn kleermakerij en de boeken naar het huis op nummer 1 te rijden voor haar.

'Maar dit moet een fortuin hebben gekost,' zei Jakob, terwijl hij haar schuldbewust aankeek.

Vervolgens vertelde ze hem over haar hoop dat de prachtige boeken zijn verlangen naar München zouden vergroten en hem eerder terug zouden laten komen.

'Echt lief van je,' zei hij ontroerd, terwijl hij teder een kneepje in haar handen gaf. Wat voelde dat fijn!

'Zondag is het Eeuwigheidszondag,' begon hij aarzelend.

'Ja, dat weet ik. Ik zat eraan te denken om het graf van Marie Joas te bezoeken,' zei Henya.

Hij keek haar verbaasd aan. 'Ik had hetzelfde plan. En ik wilde je vragen of je met mij mee wilt gaan.'

'Dat zou ik erg mooi vinden,' antwoordde Henya, terwijl ze de druk van zijn hand beantwoordde. 'Dan koop ik twee boeketten bloemen voor ons, die we bij het graf kunnen leggen.'

'Nee,' wierp hij tegen. 'Laat mij dat alsjeblieft doen. Jij hebt jezelf al genoeg op kosten gejaagd.'

Zo gebeurde het dat Henya en Jakob elkaar zondag 25 november 1888 ontmoetten en op pad gingen naar de begraafplaats, elk met een boeket van gedroogde bloemen met klimop, conifeer en dennenappels en -takken, gedecoreerd met mos.

Er hing een dikke mist en een loodzware stilte over deze plaats, die wel vervloekt leek te zijn. Henya was blij dat Jakob bij haar was, in deze schemering zou ze deze begraafplaats waarschijnlijk niet in haar eentje hebben durven betreden. Ze probeerde zichzelf met prettige gedachten af te leiden van de beklemmende sfeer hier.

Jakobs verjaardag kwam weer in haar gedachten, het grote banket dat Ursula die avond had gegeven. Vanwege de speciale gelegenheid had hofkok Theodor Hierneis zelfs zijn oude lerares Franzi Hölzlmaier in de keuken geholpen. De hele familie Thomass was aanwezig, en deze keer was zelfs Fritz er op tijd.

Eugen had aangekondigd dat hij voor zichzelf en zijn broers een afspraak had geregeld met de verkoper van de brouwerij op de Kapuzinerplatz. Lag de droom van een eigen brouwerij nu binnen handbereik van de drie jongere zonen van het gezin Thomass?

'Het graf is verderop,' rukte Jakob Henya uit haar mooie gedachten.

Hij stopte abrupt en zij volgde zijn voorbeeld.

'Iemand legt daar al bloemen neer,' zei hij verbaasd.

Toen de lange bezoeker van het graf hun aarzelende stap hoorde, draaide hij zich om. Henya schrok toen ze hem herkende.

12

'MENEER STAUDINGER,' ZEI JAKOB VERBAASD.

Net als Henya leek hij zich af te vragen waarom juist de koetsier het graf van Marie Joas bezocht. De overledene was de oudere zus van Carl senior en zijn vrouw Ursula haar beste vriendin; zij zouden een veel betere reden hebben gehad om hier vandaag te zijn. Toch was het hun koetsier Leonhard Staudinger die vandaag bloemen legde op de laatste rustplaats van de voormalige sieradenverkoopster.

'Wat lief van u dat u ook aan mevrouw Joas hebt gedacht,' merkte Henya op terwijl ze haar boeket neerlegde.

'Ik kende haar ook.' De koetsier keek hen tweeën wantrouwend aan. 'Maar wat brengt jullie hier?'

'Mijn tante heeft destijds mijn interesse in sieraden aangewakkerd,' zei Jakob.

Henya voegde eraan toe: 'Ze was een tijdje verloofd met mijn oudoom Moritz, en ik woon in haar oude kamer. Daarom vond ik het passend om haar deze eer te betonen.'

'Ik vond Marie altijd het aardigst van de hele familie,' gaf Leonhard toe. 'Ook toen we allebei voor de leermeester van meneer Thomass senior, meneer Neustätter, werkten.'

'Was het niet vreemd dat ze zo plotseling stierf?' vroeg Henya.

'De cholera was verschrikkelijk,' mompelde Leonhard, treurig naar het graf kijkend. 'Ik was bij haar toen ze stierf.'

'Het was dus toch de ziekte,' antwoordde Henya bedachtzaam.

De koetsier fronste niet-begrijpend zijn voorhoofd. 'Wat had het anders moeten zijn?'

'Ik vond het gewoon een vreemd toeval dat Maries echtgenoot Georg Joas kort na haar dood met een rijke weduwe trouwde,' bekende Henya. 'Dat was de redding voor het familiebedrijf.'

'En toen dacht je dat Georg Joas Marie uit de weg heeft geruimd om met de rijke weduwe te kunnen trouwen,' zei Leonhard grijnzend, en Henya bloosde. 'Je leest waarschijnlijk te veel spannende boeken. Nee, Marie wilde een scheiding. Ze was in het geheim weer samen met haar ware liefde, Moritz. Georg Joas weigerde de scheiding. Hij wilde zijn vrouw terug, koste wat het kost.'

'Dan is het des te vreemder dat hij nog datzelfde jaar met die Amalie Mütze trouwde,' merkte Jakob op.

'Ik denk dat zijn jongere broer dat idee heeft geopperd; die zou hem geïntroduceerd hebben bij de weduwe,' meldde de koetsier. 'Georg Joas maakte zich op dat moment nergens druk over, Maries dood bracht hem volledig van zijn stuk en het jaar daarop is hij zelf gestorven.'

'En Moritz Schmerler?' vroeg Henya. 'Marie was zijn grote liefde. Waarom keerde hij onmiddellijk na haar dood terug naar Australië – met je zus Vroni?'

'Vroni was erg ziekelijk, ze had een warmer klimaat nodig. In eerste instantie ging ze gewoon met hem mee,' legde Leonhard aarzelend uit. 'Pas in Australië werden ze een stel. Vroni was ook bevriend met Marie. Hun verdriet om haar bracht mijn zus en Moritz bij elkaar en uiteindelijk trouwden ze.'

'Waar wonen Vroni en Moritz Schmerler ergens in Australië?' vroeg Henya.

'Ze zijn een tijdje geleden naar Broome verhuisd, een gebied voor parelvisserij dat pas vijf jaar geleden in gebruik werd genomen,' meldde Leonhard, en het jonge stel luisterde aandachtig. 'Tweehonderd jaar geleden verkende ontdekkingsreiziger William Dampier met zijn schip Roebuck voor het eerst het nabijgelegen kustgebied. Daarna heette de baai aanvankelijk Roebuck Bay. Broome werd in november 1883 gesticht. Het is vernoemd naar de toenmalige gouverneur van de kolonie West-Australië, Frederick Broome. Toen bekend werd dat daar op de zeebodem parels te vinden waren, ontstond er een ware parelkoorts. Broome beleefde een grote bloei en werd de parelhoofdstad van het zuidelijk halfrond. De lokale industrie dekt nu driekwart van de wereldwijde vraag naar parelmoer.'

'Als ik volgend jaar naar Australië ga, wil ik Broome zeker bezoeken,' zei Jakob. 'Naar parels duiken in een duikpak met een koperen helm.'

'Dat zou ik niet doen als ik jou was,' antwoordde Leonhard, die plotseling erg geagiteerd leek. 'De parelkoorts heeft duizenden nieuwe kolonisten aangetrokken – Chinezen, Japanners, Aboriginals en de bewoners van eilanden in de Zuidzee. Dit leidt herhaaldelijk tot conflicten tussen etnische groepen. Moritz en mijn zus moeten erg voorzichtig zijn.'

Nu maakte Henya zich ook een beetje zorgen om Jakob, en dat bleef niet onopgemerkt. Diens volgende zin was waarschijnlijk bedoeld om háár gerust te stellen, en niet de koetsier: 'Ik zal net zo voorzichtig zijn als de Schmerlers, maak je geen zorgen.'

Henya keek nadenkend naar het schilderij in haar kamer. Ze had het riviertje met het huisje van de parelvisser erop altijd rustgevend gevonden. Maar vandaag staarde ze ongedurig naar de geschilderde raampjes, alsof daarachter antwoorden lagen op de vragen die haar dwarszaten. Na het bezoek aan het graf van Marie had Leonhard Staudinger hun een lift naar huis aangeboden in de koets. De hele reis had Henya haar hoofd gebroken over de vraag waarom ze, nadat ze zijn verhaal had gehoord, het gevoel niet van zich af kon zetten dat er iets niet klopte.

Toen werd er op haar kamerdeur geklopt en nadat ze 'binnen' had gezegd, werd deze geopend door de huisbediende Sebastian Heiland.

'Mevrouw Schmerler, meneer Hierneis wacht in de salon. Hij wil u graag spreken.'

'De kok of de kleermaker?' vroeg ze.

Het was laatstgenoemde die haar wilde zien. 'Denk je eens in,' zei hij opgewekt toen ze hem in de salon begroette. 'Prinses Maria Theresia was zeer te spreken over jouw idee van het Bal der Parels. Zo wil ze het liefdadigheidsevenement eigenlijk noemen.'

'O, wat een eer,' zei Henya overweldigd.

'De andere twee Carls zijn ook heel enthousiast,' meldde Carlos. 'Het feit dat de dames meteen wat juwelen kunnen presenteren is mooie reclame voor de juwelierszaak.'

Henya had daar nog niet eens aan gedacht, maar het was zeker een feit dat de illustere kring op een prinsessenbal niet alleen geld zou geven voor de armen, maar ook interesse zou hebben in de tentoongestelde sieraden.

'Maria Theresia wil graag dat je morgen met me meegaat naar een bijeenkomst in de residentie,' legde Carlos uit.

'Maar dan moet ik werken,' zei Henya.

'Dat heb ik allang geregeld met oom Carl en tante Ursel. Natuurlijk willen ze graag dat je met me meegaat,' verzekerde Carlos haar met een glimlach. 'Ze kunnen haast niet wachten om mooie stukken voor Sint-Nicolaasdag uit te kiezen.'

'Ik, op audiëntie bij de prinses,' mompelde Henya hoofdschuddend. 'Nou, gelukkig is mijn jurk na het Oktoberfest weer gewassen.'

'Anders mag je er vandaag nog eentje uitkiezen in onze winkel,' antwoordde Carlos. 'Dat is het voor mij en mijn vader zeker waard als het betekent dat de arme kinderen in het weeshuis veel donaties krijgen – en een fijne kerst zullen beleven!'

Zodra zij en de kleermaker hadden afgesproken dat hij haar morgen om kwart over elf zou ophalen bij de juwelierszaak, wilde Henya naar Jakob snellen om hem te vertellen over het bezoek aan de schoondochter van de prins-regent. De laatste tijd merkte ze zelfs dat ze steeds vaker dacht aan de leerling van de goudbewerker als ze iets bijzonders zag of hoorde. Ze wilde graag alles met hem bespreken. Ze vond het heerlijk om met hem van gedachten te wisselen. Wanneer ze bij hem was, hing ze aan zijn lippen.

Dus besloot ze naar zolder te gaan om te horen wat hij vond van haar aanstaande koninklijke avontuur.

Toen ze langs de deur van het appartement op de derde verdieping liep, kwam de schilder Adalbert Aumüller naar buiten. Ze had de verstrooide man van achter in de dertig met warrig blond haar verschillende keren ontmoet in de vier maanden dat ze in dit huis woonde en vond hem eigenlijk best aardig.

'Hallo, meneer Aumüller, waar gaat u naartoe op deze sombere zondag?' vroeg ze met een vriendelijke glimlach.

'Ik wilde naar de zolder gaan naar meneer Joas, om hem een tube zwarte olieverf te brengen,' zei hij tot haar verbazing. Wat wilde Jakob daarmee?

'Ik kan het wel voor u meenemen,' bood Henya aan. 'Ik ben toch onderweg naar hem.'

'O, eh, dat... dat zou erg vriendelijk zijn,' stamelde de kunstenaar.

'Graag gedaan,' riep ze vrolijk en ze haastte zich met de tube verder de trap op.

Op de vijfde verdieping moest ze langs het appartement van Carlos Hierneis. Ze versnelde haar pas en probeerde zo min mogelijk geluid te maken, want ze wilde niet nog een keer in zijn armen lopen. Altijd als ze een ontmoeting met Jakob had, was ze gehaast.

Toen ze aanklopte en hij haar binnenliet, zag ze dat zijn bovenlichaam ontkleed was. Zijn gespierde borst en mooie lichaam veroorzaakten bij haar een soortgelijke verlangende reactie als zijn knappe gezicht met de moedervlek aan de linkerkant en zijn helderblauwe ogen – ze kon er geen genoeg van krijgen. Ze begreep precies wat

Eugen bedoeld had toen hij zei dat hij, in tegenstelling tot zijn broer Fritz, trouw zou blijven aan zijn toekomstige vrouw omdat ze voor hem een origineel zou zijn en hij geen interesse had in namaak. Want ook al was ze alleen maar bevriend met Jakob, ze zag hem al als haar origineel – en als hij in januari naar Australië was vertrokken, zou ze hem intens missen.

'Neem me niet kwalijk, ik heb iets te goed mijn best gedaan met mijn kolenkacheltje,' zei Jakob, om uit te leggen waarom het zo warm was in zijn kamer. Hij stond bij een ezel en schilderde een olifant – in kleur!

'Die ziet er geweldig levensecht uit,' zei Henya enthousiast. 'Sinds dat gedoe van eind juli kan ik dat wel beoordelen.'

'Bedankt, soms doe ik een poging om te schilderen,' zei Jakob. 'Sieraden schetsen is leuk, maar ik hou er ook van om dingen op doek te vangen die niet achteraf in de werkplaats gerealiseerd hoeven te worden.'

'O, voordat ik het vergeet... Meneer Aumüller stond net op het punt om je dit te brengen.'

Ze overhandigde hem de tube zwarte olieverf.

'Omdat ik je toch wilde zien, heb ik aangeboden die voor hem mee te nemen.'

Jakob glimlachte charmant en ze kreeg het er warm van. 'En laat me raden: hij was helemaal niet enthousiast over dat idee.'

Ze keek hem verbaasd aan. 'Nu je het zegt. Je hebt gelijk, hij stotterde een beetje.'

'Ik zei vanochtend tegen Aumüller dat mijn zwart bijna op was, maar eigenlijk heb ik er nog genoeg van. Hij wilde gewoon een excuus hebben om een pittig drankje en iets te eten van mij te ritselen.'

'O nee, die arme man, en nu heb ik hem zijn excuus afgenomen,' begreep Henya.

'Wat brengt jou hier?' vroeg Jakob.

'Nou, eten en drank,' grapte ze. 'Nee, ik wilde je laten weten dat prinses Maria Theresia me morgenochtend in de residentie heeft uitgenodigd.' Ze moest zelf glimlachen, zo ongeloofwaardig klonk het.

'Carlos zei dat al tegen me. Ik ben echt trots op je. Iemand die zulke goede ideeën heeft, verdient ook een dergelijke audiëntie.'

'Ik had niet gedacht dat Carlos daar met jou over sprak,' bekende ze verbaasd. 'Jullie leken in het verleden niet zo dol op elkaar te zijn.'

'Ik had altijd de indruk dat hij me niet eens opmerkte, laat staan dat hij me aardig vond,' gaf Jakob toe. 'Maar onlangs heeft Carli hem gesproken, en sindsdien begint zijn neef regelmatig een praatje als we elkaar in het trappenhuis tegenkomen.'

'Nou, dan kende je mijn nieuwtje al,' mompelde Henya, die opeens geen echte reden meer had om hier te zijn.

'Wat vind je ervan als we meneer Aumüller een broodje worst en schnaps van mijn tante Elise brengen?' stelde hij voor. 'Dan ben jij niet voor niets gekomen en heeft die man nog wat te eten vanavond.'

O, hij wist altijd precies de juiste woorden te bedenken, vond Henya. Jakob Joas voorkwam steeds weer dat ze in een gênante situatie terechtkwam! 'Goed idee,' zei ze, terwijl ze met heimelijke spijt toekeek hoe hij zijn hemd en vervolgens zijn overhemd aantrok.

'Nou, klaar om de ongelukkige kunstenaar te bezoeken?' vroeg hij uiteindelijk stralend, en hij bood haar zijn arm aan.

Ze beantwoordde zijn glimlach en haakte bij hem in.

'Ik ben er klaar voor.'

Adalbert Aumüller was zo blij met het bezoek van zijn jonge buren dat zowel Henya als Jakob het gevoel had dat ze een goede daad hadden verricht. Ze moesten allebei toegeven dat het gezellig was bij de kunstenaar, die erop stond de boterhammen met kaas en worst in drieën te snijden en deze gezellig met hen te delen.

'Gek genoeg heeft brood met kaas me nog nooit zo lekker gesmaakt,' zei Henya naar waarheid.

'Dat komt door ons gezelschap,' zei Aumüller, en ze dacht dat hij daar gelijk in had.

Hoewel ze zich altijd op haar gemak voelde in de aanwezigheid van Jakob, droeg ook de sfeer in het schildersatelier bij aan haar goede humeur. Met de gloed van talloze kaarsen was het hier knus tussen al die schetsen en schilderijen in verschillende stadia van voltooiing.

Nadat Adalbert Aumüller de twee had gedwongen te proosten met perenlikeur en hem voortaan Adi te noemen, zei hij: 'Jakobs zolder doet me altijd een beetje denken aan Spitzwegs schilderij *De arme dichter*.'

'Dat schilderij ken ik niet eens,' moest Henya toegeven.

'Onvoorstelbaar,' zei Adi. 'Iedereen zou dat werk moeten kennen. Jongen, we moeten die beeldschone vriendin van jou zeker een keer meenemen naar de Neue Pinakothek, zodat ze het kan zien.'

'Dat lijkt me een prima idee,' zei hij, terwijl hij tevreden achteroverleunde tegen de stapels kussens waarop ze zaten.

'Mij ook,' zei Henya enthousiast, die een tintelend gevoel in haar buik had vanaf het moment dat ze merkte dat Jakobs vingers de hare hadden aangeraakt toen hij achteroverleunde.

'Die beste Carl Spitzweg is ons helaas vier jaar geleden ontvallen, maar het beroemde schilderij met de zolder zal hem heel wat jaren overleven, denk ik,' zei Adi. 'Die man was trouwens opgeleid tot apotheker, daarom blijf ik volhouden dat onze Jakob ook best een beroemd schilder kan worden.'

'Nu ik zijn schilderij met de olifant heb gezien, zou dat me niets verbazen,' zei Henya en ze gaf spontaan een kneepje in de hand van haar vlam.

'Nou, Spitzweg kreeg op zijn achtentwintigste een enorme erfenis, waardoor hij gemakkelijker de overstap kon maken. Ik verwacht zoiets niet. De lakenhandel van mijn vader verkeert voortdurend in zwaar weer.'

Het paste helemaal niet bij Jakobs treurige uitspraak dat hij zachtjes Henya's vingers streelde. Zijn tedere aanrakingen veroorzaakten een aangename rilling door haar hele lichaam. Wat was dat allemaal? Plotseling was de gedachte om met Adi en Jakob museum de Neue Pinakothek te bezoeken spannender dan het vooruitzicht om morgen op audiëntie te mogen bij de prinses.

Op een gegeven moment verontschuldigde ze zich haastig en zei dat ze de volgende dag vroeg moest opstaan. Ze wilde niet tegelijk met Jakob vertrekken, uit angst dat ze in de verleiding zou komen hem te kussen als ze afscheid namen. Maar kort daarna, toen ze alleen in bed lag, had ze er spijt van dat ze dat niet had gedaan. Toch bleef het aangename gevoel van de aanraking van Jakobs vingers haar bij. Buiten dansten de eerste sneeuwvlokjes van de winter zachtjes langs het raam. In haar kamer was het behaaglijk warm en ze wist dat er overal leven was in het Huis der Parels. Boven haar woonden Adi, Carlos en natuurlijk Jakob. O, Jakob!

13

MAANDAG OM KWART VOOR TWAALF LIEPEN Carlos Hierneis en de opgewonden Henya richting de residentie in München. Onderweg had de kleermaker haar al verteld dat dit koninklijk verblijf al sinds 1508 bestond en in de afgelopen driehonderdtachtig jaar was uitgebreid van een klein versterkt kasteel tot een monumentaal complex met vier vleugels.

'De residentie is het grootste stadspaleis van Duitsland. Er zijn honderdvijftig kamers en het vloeroppervlak bedraagt meer dan veertigduizend vierkante meter,' zei Carlos, als een wandelende reisgids.

Henya had zelf ook al het een en ander gelezen over het indrukwekkende complex: zowel voor de ingang van het keizerlijk hof als op de binnenplaats van de kapel stonden twee grote bronzen leeuwen. Volgens het dagboek van Marie Joas symboliseerden deze vier de koninklijke deugden van voorzichtigheid, kracht, rechtvaardigheid en gematigdheid. Elke leeuw hield een schild vast waarop de betreffende deugd was afgebeeld en onderaan stond een kleine leeuwenkop. Volgens de legende bracht het strelen van hun snuit geluk. Volgens haar dagboek had Marie, de grote liefde van Henya's oudoom Moritz, hun kop één keer aangeraakt, maar het had haar duidelijk geen geluk gebracht.

‘Zelfs de Zweden waren onder de indruk van ons kasteel toen ze München in de zeventiende eeuw bezetten,’ vervolgde Carlos. ‘Koning Gustaaf II Adolf nam veel mee als buit toen hij in 1632 vertrok, en hij zou hebben gezegd: “Als de woning op wielen had gestaan, zou ik die helemaal naar Stockholm laten slepen”.’

Henya bedacht dat het maar goed was dat huizen niet verplaatsbaar waren, anders zouden er in de menselijke geschiedenis wel erg veel gebouwen zijn gestolen.

Het paleis waarin de prinses hen opwachtte, was gebouwd in de stijl van de Italiaanse renaissance. De monumentale voorzijde, die tweehonderdvijftig meter lang was, was op sommige plaatsen drie verdiepingen hoog en er waren ook hoekpaviljoens. Voor de centrale ingang bevond zich een open zuilengang met figuren van de beeldhouwer Ludwig Michael Schwanthaler.

Aan de gang aan de kant van de Marstallplatz waren twee ontvangstruimten, waar ze werden verwelkomd door een reus van een bediende die Carlos leek te kennen, maar zich volkomen afzijdig hield en nauwelijks sprak.

Hij leidde hen een trap met drie verdiepingen op naar de bovenverdieping van de balzaaldependance.

‘Deze kamers zijn uitsluitend bedoeld voor staatsceremonies en koninklijke partijen,’ legde Carlos uit.

Vanuit de prachtige balzaal liepen de bezoekers naar de troonzaal via de drie keizerlijke zalen, die vernoemd waren naar de legendarische heersers Frederik Barbarossa, Karel de Grote en Rudolf von Habsburg. ‘Op de muurschilderingen zie je scènes uit de middeleeuwse keizerlijke geschiedenis,’ fluisterde Carlos tegen Henya, die de prachtige fresco’s graag van dichterbij had willen bekijken.

De grote troonzaal, precies in het midden van het gebouw, was echter het duidelijke hoogtepunt. In de ruime zaal overheersten de kleuren goud en wit. De galerij werd aan beide kanten ondersteund door Korinthische zuilen. De belangrijkste ceremonies, zoals de troonwisseling, vonden plaats op deze indrukwekkende plek, omlijst door twaalf kolossale beelden. Carlos fluisterde: 'De figuren komen uit de ertsgieterij van Ferdinand von Miller en vertegenwoordigen de belangrijkste heersers van Wittelsbach.' Henya vond het grappig dat hij zijn kennis zelfs hier wilde spuien, vlak voor de ontmoeting met de prinses.

Op dat moment vloog er een deur open en liep prinses Maria Theresia op hen af. Vandaag droeg ze een zwarte jurk met een nachtblauwe mantel. Ze zag er buitengewoon kwiek uit en begroette hen beiden hartelijk.

'Ik moet u nogmaals persoonlijk bedanken voor uw geweldige idee, juffrouw Schmerler,' benadrukte de dochter van de prins-regent. 'De glans van de parels als symbool voor de schitterende ogen van gelukkige kinderen met Kerstmis. Dat zal een enorme aanmoediging zijn om te doneren.'

'Het is ons allen bekend dat u zich inzet voor de behoeftigen en ik ben erg trots en dankbaar dat ik tot steun kan zijn,' zei Henya.

'Eerst wilde ik het bal in de zes Odysseezalen op de begane grond houden,' vertrouwde Maria Theresia hun toe, 'maar ik denk dat de pracht en praal hier de donateurs in de meest feestelijke stemming brengt.'

Henya aarzelde even. Zij was een andere mening toegedaan dan de prinses en ondanks het respect voor haar hoge rang wilde ze eerlijk zijn. 'Vergeef me, hoogheid, maar misschien zou het wat donkerder moeten zijn in de hal? Als de feestverlichting hier in al haar pracht en praal wordt aangestoken, kan dat de aandacht van het publiek enigszins afleiden van de glans van de sieraden.'

De angstige blik in de ogen van Carlos liet echter doorschemeren dat ze geen recht had gehad om de prinses tegen te spreken. Toch knikte die nadenkend. 'U hebt helemaal gelijk. We moeten de sieraden in het juiste licht zetten.' Ze wendde zich tot Carlos. 'Meneer Hierneis, wat zou u ervan vinden als de kleding die de dames presenteren nogal donker zou zijn?'

'Heel verstandig, hoogheid, denk maar aan de kleuren van de bekleding van onze juwelendoosjes; die zijn ook gekozen om een zo groot mogelijk contrast te creëren.'

'Mooi, ik denk dat u en uw vader een geweldige prestatie gaan neerzetten. Ik heb slechts één verzoek.'

Henya en Carlos keken haar vragend aan.

'Ik zou graag willen dat juffrouw Schmerler ook sieraden draagt op het bal.'

De kleermaker glimlachte charmant. 'Daar zullen we voor zorgen, hoogheid.'

'Maar...' Henya begon te protesteren, maar de prinses legde een vinger tegen haar lippen. 'Ik weet dat u bescheiden bent, maar dat maakt u alleen maar sierlijker. Ik zou graag willen dat mensen op de feestelijke avond het gezicht zien van de persoon achter het hele idee. Laten we nu verdergaan met de plannen.'

Natuurlijk was de wens van de dochter van de prins-regent een bevel, dus gingen ze verder met het bespreken van de rest van de details van het feest. Even later belde de prinses voor haar ceremoniemeester, een nobele, maar ouderwets geklede heer met een grote neus en een witte pruik. Terwijl hij de details van de presentatie met Carlos Hierneis doornam, fluisterde Maria Theresia tegen Henya: 'Meneer Hierneis is erg op u gesteld, of niet?'

O nee, niet weer! Waarom wilde iedereen haar aan de kleermaker koppelen? Henya besloot zelfs in dit opzicht open te zijn tegenover de dochter van de prins-regent. 'Dat kan zo zijn, maar mijn hart behoort iemand anders toe, hoogheid,' waagde ze te zeggen.

'O,' zei Maria Theresia alleen maar verbaasd.

'Ik weet niet of het de juiste keuze is, want als ik trouw beloof aan de man die voortdurend in mijn gedachten is, zal ik een hele tijd zonder hem moeten leven. Binnenkort gaat hij op reis.'

'Dat is jammer,' antwoordde de prinses. 'Meneer Joas heeft een groot gevoel voor humor en een lieve glimlach. Ik kan begrijpen dat u hem zult missen.'

Henya was verbaasd dat Maria Theresia haar gevoelens voor Jakob doorzag. 'Dat is waar ook, u kent hem.'

'Ja, ik heb hem al drie keer ontmoet bij meneer Thomass. Het viel me de vorige keer op dat hij met minstens evenveel genegenheid naar u kijkt als meneer Hierneis.'

De prinses lachte en Henya glimlachte een beetje opgelaten. 'Ik hoop dat er een toekomst voor ons is weggelegd.'

'Daar ben ik van overtuigd,' zei Maria Theresia. 'Weet u waarom? Vanwege een verhaal waarin de liefde zegevierde. Wilt u het horen?'

Henya had het gerucht over het liefdeshuwelijk van de prinses al gehoord en het leek haar geweldig om het van de prinses zelf te horen, dus zei ze snel: 'Met genoegen, majesteit!'

'Helaas stierf mijn vader aan tyfus in het jaar dat ik werd geboren. Zijn broer, hertog Frans v van Modena, werd toen mijn voogd en hij regelde mijn huwelijk al vroeg,' begon Maria Theresia. 'Ik zou trouwen met groothertog Ferdinand iv van Toscane. Hij was weduwnaar – en veertien jaar ouder dan ik.'

'O, hoogheid,' zei Henya meelevend.

'Maar toen ik zeventien was, ontmoette ik prins Lodewijk van Beieren in Wenen – tijdens een uitvaartdienst overigens,' onthulde de prinses met gedempte stem. 'We werden verliefd op elkaar. Tegen alle verwachtingen in liet mijn voogd zich overtuigen. Ook Lodewijks vader, Luitpold van Beieren, stemde gelukkig in met het huwelijk. In datzelfde jaar, op 22 oktober 1867, verloofden we ons op kasteel Seelowitz in Moravië. Vier maanden later vond eindelijk ons droomhuwelijk plaats en het jaar daarop werd onze zoon Rupprecht geboren, die nu negentien is. Mijn hemel, wat vliegt de tijd toch. Inmiddels hebben we twaalf kinderen, de kleine Dietlinde is dit jaar nog geboren. En wie weet komen er nog meer.'

Henya merkte dat de ogen van Maria Theresia vochtig waren geworden bij het vertellen van haar levens- en liefdesverhaal. Ook haar eigen stem haperde toen ze zei: 'Uwe Hoogheid, hartelijk dank dat u mij dit toevertrouwt. Ik wil ook mijn gevoel volgen in de toekomst.'

'Dat is verstandig, kind,' antwoordde de prinses. 'Het leven is te kort om het te verspillen aan de verwachtingen van anderen. Ik heb al een idee hoe ik kan bijdragen aan het geluk van u en meneer Joas.'

Henya keek haar verbaasd aan, maar Maria Theresia glimlachte alleen maar mysterieus.

'Ik ben uitgenodigd voor het liefdadigheidsbal van de prinses.'

Jakob Joas stond verbijsterd in de keukendeur, een opengescheurde envelop in zijn hand.

Carli Thomass, die bij kokkin Franzi om een broodje kaas had gevraagd en met koetsier Leonhard aan tafel was gaan zitten om het op te eten, zei glimlachend: 'De prinses wil gewoon dat iedereen die betrokken was bij het maken van de juwelen van die avond op het bal komt – en danst.'

'Dansen?!' flapte Jakob eruit. 'Dat heb ik nooit geleerd.'

Carli fronste. 'O, dat is jammer. Ik weet zeker dat Henya graag met jou over de dansvloer had willen zweven.'

'Misschien kan zij het ook niet?' vroeg Jakob hoopvol. 'Niet iedere verkoopster hoeft de Weense wals onder de knie te hebben, toch?'

'Henya wel,' zei chef-kok Franzi Hölzlmaier. 'Ze vertelde me dat haar gouvernante de advocaat ervan had overtuigd dat zijn dochter ook wat vrouwendingen moest leren – aangezien ze alleen haar vader had. Daar hoorden danslessen bij.'

Jakob zuchtte. 'En nu?'

'Ik zou je graag helpen, maar ik ben niet goed in vrouwenpassen, dus dat zou uitlopen op een ramp,' zei Carli spijtig. Nadat hij een poosje had nagedacht, wendde hij zich tot de kokkin: 'Kun jij walsen, Franzi?'

Ze aarzelde en leek een beetje weemoedig. 'Ik zal wel even moeten oefenen, maar ik was er altijd best goed in. Mijn man was dierenarts en we gingen regelmatig uit met zijn vrienden van de medische opleiding. Dat is lang geleden.'

Jakob keek haar smekend aan. 'Wil je dan voor mij een beetje terug in de tijd gaan?'

'Voor jou en Henya wel,' antwoordde de kokkin. 'De enige vraag is waar we de muziek vandaan kunnen halen.'

Ze knikte naar koetsier Leonhard, die vervolgens breed grijnsde en opstond. 'Nou, vooruit dan maar.'

Nadat ze de juwelierszaak had gesloten voor haar lunchpauze, zei Henya Carl Thomass senior gedag in de werkplaats. Jakob en Carli waren er al niet meer, die waren waarschijnlijk al naar de keuken vertrokken.

Toen de jonge sieradenverkoopster de trap op liep naar de tweede verdieping, was ze in een goed humeur. Ze had genoten van de voorbereidende gesprekken gisteren. Een evenement ten behoeve van arme kinderen organiseren met een echte prinses leek wel een sprookje.

Hoe dichter ze bij de ingang van het appartement van Thomass kwam, hoe luider de accordeon weerklonk, die een wals speelde. Ze deed de deur een klein stukje open en luisterde: er klonk muziek en gelach uit de bibliotheek. Voorzichtig gluurde ze door de kier en ze zag iets wat een glimlach op haar gezicht toverde: koetsier Leonhard speelde een Weense wals op zijn accordeon, Carli stond stralend van vreugde voor de wand met boeken – en Franzi leerde Jakob dansen. Echt onhandig kwam hij niet over, hij leek er duidelijk plezier in te hebben. Dan was de brief die de postbode hem vanochtend tot zijn verbazing had gebracht, van de prinses geweest! Maria Theresia wilde er blijkbaar zeker van zijn dat hij en Henya samen konden dansen op het Bal der Parels. Nu keek ze nog meer uit naar het evenement.

14

OP DE AVOND VAN 5 DECEMBER 1888 controleerde juwelier Carl Thomass senior persoonlijk de sieraden die waren geselecteerd voor het Bal der Parels. Kort voor het feest van morgen zouden de soldaten van de prins-regent de dozen met hun kostbare inhoud naar de residentie brengen. Ook daar werd voor elk stuk een gewapende soldaat aangesteld.

'Extreme voorzichtigheid is geboden met zulke waardevolle sieraden,' waarschuwde Carl senior de aanwezigen. 'Diefstal van sieraden heeft revoluties teweeggebracht en heersers de kop gekost.'

'Ah, je doelt op de beroemde ketting van Marie-Antoinette,' zei zijn zoon Carli, die zorgvuldig de doos van een parelketting dichtdeed.

'Precies, alleen zou ik het de ketting van Madame du Barry noemen,' verbeterde zijn vader hem. 'Er is veel gezegd over de arme Marie-Antoinette. Maar ze werd naar de gestolen sieraden getrokken als een mot naar een vlam.'

'Marie-Antoinette? Was dat niet de vrouw van de Franse koning, van die cake?' vroeg koetsier Leonhard.

'Welke koningin heeft er nu géén cake?' zei Franzi lachend, terwijl ze de inpakkers versgebakken notenstokjes als tussendoortje gaf.

'Dat bedoelt hij niet,' zei Henya en ze begon het uit te leggen aan de kokkin. 'Toen Marie-Antoinette te horen kreeg dat de mensen geen brood hadden en honger leden, zei ze: "Dan eten ze toch cake."'

'Precies,' zei Leonhard. 'Die rijke madame in haar ivoren toren besefte niet eens dat cake veel duurder was dan brood.'

'Poeh, wat een domme koe,' zei de kokkin meteen.

'Hou je in, Franzi,' zei Carl senior vermanend. 'Het verhaal toont de vermeende onverschilligheid van Marie-Antoinette ten opzichte van de gewone man. Het is echter helemaal niet zeker dat ze die opmerking ook daadwerkelijk heeft gemaakt.'

Dit verraste Henya. 'Echt?'

'Toen ik rondreisde als gezel, kwam ik ook in Frankrijk. Daar kreeg ik te horen dat de zin over de cake ook al in een boek van Rousseau stond. Daarin werd de uitspraak door een prinses gedaan. Het werk werd geschreven toen Marie-Antoinette pas tien jaar was en nog in Oostenrijk woonde, ver van het Franse hof. Bovendien hebben folkloristen in heel Europa versies van hetzelfde gezegde gevonden. In Duitsland was er waarschijnlijk al in de zestiende eeuw een verhaal over een edelvrouw die vraagt waarom de hongerige boeren geen gebak eten.'

'Wordt Marie-Antoinette ervan verdacht betrokken te zijn bij de diefstal van die beroemde ketting?'

'Inderdaad. In 1772 bestelde koning Lodewijk XV een prachtige diamanten halsketting voor zijn minnares, Madame du Barry. Om dit extravagante sieraad te kunnen maken, moesten de beroemde Parijse juweliers Boehmer en Bassenge geld lenen. Dat was de enige manier om de vele edelstenen te kunnen bemachtigen die ze nodig hadden.'

'Het resultaat was het mooiste diamanten halssnoer ooit,' voegde zijn zoon Carli eraan toe, 'met zeshonderdzevenenveertig diamanten, meer dan achtentwintighonderd karaat.'

De oude baas knikte en zoog aan zijn pijp.

'Maar voordat de ketting van Madame du Barry klaar was, stierf koning Lodewijk XV en gingen de juweliers bijna failliet.'

'Maar ze hadden de ketting toch nog?' vroeg Henya.

'Ja, maar geen enkele klant kon het zich veroorloven,' legde de juwelier uit. 'Uiteindelijk vond de ongelooflijke diefstal plaats. Het brein erachter was een zekere Jeanne de la Motte Valois, die al op jonge leeftijd wees was geworden. Ze was een gravin, wier titel haar ontnomen werd door de koninklijke familie aan het einde van de achttiende eeuw. De regering nam de woning van de Valois in beslag om hun schulden af te kunnen betalen. Waarschijnlijk wilde Jeanne wraak nemen op de koninklijke familie. Ze dacht dat ze in de gunst van de nieuwe koningin moest komen om het leven te leven waar ze volgens haarzelf recht op had. Jeanne smeekte koningin Marie-Antoinette om het huis en het fortuin van haar familie, maar de koningin was gewaarschuwd voor Jeannes twijfelachtige reputatie en weigerde. Jeanne besloot toen op haar eigen manier te krijgen wat ze wilde. Ze was van plan de ketting voor zichzelf te stelen.'

'Maar hoe wilde ze dat doen?' vroeg Henya gretig. Haar baas nam nog een trekje van zijn pijp en deed veel te lang over dit verhaal naar haar zin. Ze wilde weten wat er daarna gebeurd was met de wraakzuchtige Jeanne.

'Waarschijnlijk dacht ze dat de grootste fout van haar leven tot dat moment goedgemaakt kon worden door zich te beroepen op een echte kardinaal en zijn macht,' grapte Carl senior. 'Louis René Edouard de Rohan kwam uit een van de meest gerespecteerde families in Frankrijk. Hij streefde ernaar minister te worden aan het hof van koning Lodewijk XVI, maar koningin Marie-Antoinette verachtte hem. Tijdens zijn tijd als Franse ambassadeur in Wenen had kardinaal de Rohan zowel Marie-Antoinette als haar moeder belasterd door middel van officiële brieven en roddels. Nu Marie-Antoinette koningin van Frankrijk was, werd de praatzieke kardinaal uitgesloten van de politieke posities waarnaar hij zo wanhopig verlangde. Toen koning Lodewijk XV stierf, kreeg Marie-Antoinette de Madame du Barry-ketting aangeboden. Ze stond bekend om haar overdadige uitgaven, en de juweliers hoopten waarschijnlijk op die manier van het veel te dure stuk af te komen. Maar Marie-Antoinette kende de geschiedenis van de ketting. Ze wist dat het een cadeau voor zijn minnares was geweest en sloeg het aanbod af.'

Carl senior zweeg even en gebaarde naar zijn oudste zoon dat hij het verhaal maar verder moest vertellen.

Carli knikte en terwijl hij drie doosjes in een van de houten kisten plaatste, vervolgde hij: 'Jeanne deed haar best om bij de kardinaal in de gunst te komen. Ze deed zich voor als een goede vriendin van de koningin. Na een paar maanden werden de *comtesse* en De Rohan meer dan alleen vertrouwelingen. Jeanne beweerde dat de koningin de ketting in het geheim wilde kopen. Volgens de gravin zou de kardinaal weer welkom zijn aan het hof als hij in ruil daarvoor de onderhandelingen met de juweliers zou leiden. Jeanne deinsde echt voor niets terug om de machtsbeluste De Rohan voor haar karretje te spannen. Ze schreef brieven aan de kardinaal die zogenaamd van de koningin afkomstig waren – eerst onschuldige, oprechte brieven, maar daarna steeds flirteriger.'

'En de kardinaal dacht echt dat de brieven van de koningin kwamen?' vroeg Henya zich af.

'De gravin haalde alles uit de kast,' zei Carl senior, het gesprek weer overnemend. 'Ze huurde zelfs een prostituee in die zich moest verkleden als Marie-Antoinette. In die rol moest de prostituee vervolgens een kort nachtelijk gesprek voeren met De Rohan in de tuinen van Versailles. Daarna bezocht de kardinaal echt de juweliers om de diamanten halsketting in naam van de koningin te kopen. Boehmer en Bassenge onderhandelden over een betalingsplan in vier termijnen, verspreid over twee jaar, en gaven de diamanten halsketting aan Rohan. Hij gaf die op zijn beurt aan Jeanne – om door te geven aan de koningin.

'Maar die heeft het sieraad nooit gekregen?' vroeg Jakob.

'Nee, de comtesse de la Motte gaf de ketting aan haar man. Hij vertrok snel naar Londen, liet de ketting uit elkaar halen en verkocht de zeshonderdzevenenveertig diamanten afzonderlijk. Het plan was een groot succes en aanvankelijk leverde het Jeanne een enorme som geld op.'

'Maar op den duur kon ze er niet meer mee wegkomen?' vroeg Henya.

Carli schudde zijn hoofd. 'Toen de kardinaal de eerste termijn niet kon voldoen, wendden de juweliers zich rechtstreeks tot de koningin. Marie-Antoinette was natuurlijk flink verontwaardigd toen haar werd gevraagd te betalen voor een ketting die ze eerder had geweigerd. Uiteindelijk kwam de fraude aan het licht en liet koning Lodewijk XVI de kardinaal arresteren. Later werd hij verbannen en uit zijn ambt gezet.'

'En de comtesse de la Motte?' vroeg Henya.

'Ze werd veroordeeld tot geseling, een brandmerk en levenslang in de gevangenis,' meldde Carli. 'Ze wist echter naar Engeland te ontsnappen. Vervolgens publiceerde Jeanne haar schandalige memoires. Daarin was ze zeer denigrerend ten opzichte van de gehate Marie-Antoinette. Hoewel de koningin onschuldig was, zorgde de affaire met de diamanten halsketting voor blijvende schade aan haar reputatie. De mensen zagen haar als de aanstichter van het schandaal. In Frankrijk heb ik veel wijze mensen ontmoet, en een van hen geloofde zelfs dat deze laster de opmaat was naar de revolutie.'

'De ongelijkheid tussen rijk en arm is niet alleen aan Parijs voorbehouden,' zei Carli junior. 'Maar de adel afschilderen als vijanden helpt waarschijnlijk niet.'

'Ik hoop dat niemand zo'n hekel heeft aan onze Maria Theresia,' zei Henya. 'Ze probeert altijd goed te doen voor de armen en kinderen.'

Jakob glimlachte naar haar. 'Morgen kloppen we de welgestelden geld uit de zak voor arme kinderen – zonder dat daar een revolutie aan te pas komt.'

Op Sint-Nicolaasdag waren ze drie uur voordat het bal begon al bij de residentie: Carl Thomass senior, zijn vier zonen en leerling Jakob, zijn zwager Otto, diens zoon Carlos en Henya. Het had de hele nacht gesneeuwd en het gebouw had wel wat weg van een sprookjeskasteel. De entree was al feestelijk verlicht en veel toeschouwers vroegen zich af wat er vandaag in deze prachtige zalen gevierd zou worden.

Henya droeg de paarse jurk van Carlos. Om haar hals droeg ze een prachtige parelketting en om haar polsen armbanden met parels. Ze kon uitstekend overweg met de elf andere jonge vrouwen die, net als zijzelf, later die avond hier in de subtiel verlichte Keizer Barbarossa-zaal met hun juwelen zouden pronken terwijl er zachte vioolmuziek weerklonk. Ze was vooral blij dat de sympathieke Emmy Schoellhorn er ook was, daar had Eugen – niet geheel onbaatzuchtig – voor gezorgd. Hoewel de beeldschone brouwersdochter al verloofd was, liet de jongste telg van het gezin Thomass geen kans voorbijgaan om in de nabijheid te zijn van zijn 'origineel'.

'Het jonkie kijkt me verliefd aan,' fluisterde Emmy tegen Henya terwijl ze wachtten tot Carl senior controleerde of de sieraden mooi uitkwamen. De juwelier onderwierp alle stukken aan een inspectie.

'Ja, Eugen zit in de problemen,' fluisterde Henya tegen de knappe Zwitserse vrouw.

'In de problemen?'

'Hij weet dat je verloofd bent en respecteert dat ook. Daarom zal hij je niet benaderen. Maar hij wacht al jaren op de vrouw die in zijn ogen alles heeft – hij noemt haar zijn origineel. Ik denk dat hij zoiets heeft van: ik wil háár en als dat niet kan, blijf ik liever alleen.'

Nu glimlachte Emmy gevleid. 'Arme jongen. Maar het is wel lief van hem.'

In de tussentijd was Carl Thomass senior gearriveerd om hun parels te inspecteren.

'Prachtig,' zei hij enthousiast. 'Jullie zien er engelachtig uit.'

'Bedankt,' zeiden ze in koor.

Henya keek naar Jakob, die de opstelling van de overige sieraden controleerde. De pezige leerling droeg vandaag een geruite broek en een slipjas met een stropdas, wat er buitengewoon elegant uitzag. Zoals alle mannen in het huishouden van Thomass, had hij kleding geleend uit de zaak van Otto Hierneis en diens zoon Carlos. Ook de twee kleermakers deden de ronde om te controleren of alles goed zat.

Ten slotte riep de ceremoniemeester: 'Iedereen in positie alstublieft, de eerste gasten komen binnen.'

Het evenement begon in de Keizer Barbarossa-zaal, waar het licht inmiddels gedempt was. De gasten werden hier binnengeleid onder de statige muziek van het orkest dat in de indrukwekkende troonzaal speelde.

Toen het wemelde van de chique mensen, werd er uiteindelijk drie keer een bel geluid.

De stem van Maria Theresia was hoorbaar, maar ze was nog niet te zien, omdat de zaal slechts zeer zwak verlicht was. 'Het is donker en koud, en bijna winter... Maar stelt u zich voor dat de ogen van arme kinderen dit jaar zouden glanzen en glinsteren zoals de mooiste en sierlijkste parels. Laat dit u inspireren, en bekommer u om hen – de goede Heer heeft u de mogelijkheden daartoe gegeven.'

Toen begon er een fluit te spelen, gevolgd door strijkers, en van achter een koningsblauw gordijn verschenen de twaalf jonge vrouwen met de glinsterende en sprankelende sieraden, elk met een zilveren kandelaar met drie kaarsen om licht in de duisternis te brengen.

Er werd enthousiast gezucht, geklapt en zelfs zacht gesnikt. Toen de twaalf dames, met de dolgelukkige Henya in het midden, bogen, was de sfeer ronduit euforisch te noemen. Juist omdat de zaal in het begin zo donker had geleken, stond de glans van de mooie sieraden symbool voor de hoop.

De bel weerklonk nog drie keer en het hectische applaus stierf weg.

'Laten we nu de twaalf gratiën volgen naar het licht en de hoopvolle boodschap van Kerstmis,' klonk de stem van de nog steeds verborgen Maria Theresia.

Henya en de andere jonge vrouwen leidden de gasten door de majestueuze dubbele deuren, die werden geopend door bedienden in livrei, naar de imposante troonzaal, waar alle kroonluchters schitterden in een oogverblindende zee van licht. Na het nogal kalme begin van het bal reageerde iedereen meteen op de overvloed aan licht, eten en drinken en het grote orkest, dat tot nu toe slechts op de achtergrond had geklonken.

Voor het eerst was ook de prinses zelf zichtbaar. Ze riep de gasten nogmaals op om ervoor te zorgen dat de ogen van de kinderen weer zouden glanzen. Knappe jongens en meisjes renden rond met mandjes om geld in te doen, terwijl het orkest op vol volume een Weense wals speelde.

Binnen de kortste keren stond Jakob aan de zijde van Henya. Natuurlijk behoorde de eer van de eerste dans toe aan de gastheer en -vrouw, prins Lodewijk en zijn vrouw Maria Theresia, maar zodra andere koppels de dansvloer op stroomden, vroeg hij: 'Mag ik?'

En toen zwierden ook zij weg. 'Het voelt alsof ik in een draaimolen zit,' zei Henya lachend, hoewel de aanrakingen bij een dans nooit eerder zo bijzonder waren geweest als nu die van Jakob, die het wonderbaarlijk goed onder de knie had. 'Je hebt het echt heel snel geleerd.'

'Onze Franzi heeft niet overdreven,' zei hij met een glimlach. 'Ze is een ongelooflijk goede danseres – en lerares.'

Hij hield Henya iets dichter tegen zich aan, wat ze erg leuk vond. Maar plotseling keek hij geïrriteerd naar een van de andere stellen.

'Wat is er?' Henya probeerde zijn blik te volgen. Het gedraai maakten het moeilijk om zich te oriënteren, maar uiteindelijk besefte ze wat er met Jakob aan de hand was.

Een jonge, gespierde man danste met een mollige vrouw in een citroengele jurk.

'Rudi Gehrke!'

Hoe had die vreselijke man in vredesnaam toegang gekregen tot dit exclusieve bal? En wat als de barjongen in dit illustere gezelschap over Carli begon te roddelen?

15

TIJDENS DE DANS VERLOREN HENYA EN Jakob Rudi Gehrke uit het oog. Maar toen ze na afloop de vloer verlieten, zagen ze hem met Carli praten. Ze gingen er snel op af, misschien had hun vriend hulp nodig. Maar voordat ze bij de jonge mannen kwamen, liep Rudi alweer terug naar zijn mollige danspartner.

'Heeft hij je bedreigd?' vroeg Henya buiten adem.

Carli schudde zijn hoofd. 'Hij wilde zich verontschuldigen voor zijn poging om me te chanteren. Nu heeft hij blijkbaar een rijk meisje gevonden met wie hij gelukkig is. Ze is de dochter van een baron, Konstanze von Coden. Zijn baas Hans Steyrer heeft hem aan haar voorgesteld.'

'Heeft hij het er niet over gehad dat we in zijn kamer geweest zijn?' vroeg Jakob.

'Nee, volgens mij heeft hij nog niet door dat de brief weg is,' antwoordde Carli, 'want hij zei dat hij die zou verscheuren. Ik hoefde me geen zorgen te maken.'

Henya slaakte een zucht van verlichting. 'Dan lijkt het erop dat we echt van hem af zijn.'

'Ik hoop het,' zei Carli. 'Mijn hart zonk me in de schoenen toen hij net naar me toe kwam.'

Daarna kwamen zijn drie broers Ludwig, Fritz en Eugen bij hen staan, die in het gezelschap waren van Emmy Schoellhorn.

'Ludwig Massenbach is er ook,' kondigde Eugen aan.

'De meneer die de kleine brouwerij op de Kapuzinerplatz zou verkopen?' vroeg Henya.

'Ja, en hij wil echt het onderste uit de kan hebben,' klaagde Fritz. 'Hij vraagt er een exorbitant bedrag voor.'

'Volgens mij is de voorgestelde prijs zeer reëel, gezien de goede locatie,' sprak Emmy hem tegen. 'Bovendien heb ik hem nu overgehaald om jullie twee maanden de tijd te geven om het geld in te zamelen.'

'Dus hij gunt jullie de brouwerij?' zei Henya, blij voor de gebroeders Thomass.

'Ja, Emmy zei tegen hem dat we net zo vol ideeën zaten als hij toen hij jong was,' zei Eugen.

'Dat deed hem waarschijnlijk denken aan vroeger. Hij heeft ons goed advies gegeven.'

'Nou, we kunnen maar beter alvast uitdenken hoe we de postkoets gaan overvallen, want ik zie niet in hoe we anders aan dat geld kunnen komen,' zei Fritz sarcastisch. 'O, daar is dokter Corbet!'

'Hij praat met mijn ouders,' zei Jakob verbaasd. 'Ik wist niet dat ze ook een uitnodiging hadden gekregen.'

Henya keek naar dokter Dominik Corbet, die opnieuw een te strak pak droeg. Naast hem zag ze inderdaad Martin Joas en zijn vrouw Alice. Fritz ging naar de dokter toe om hem te begroeten en Henya zei tegen Jakob: 'Zullen we hen ook even gedag zeggen?'

'Inderdaad,' antwoordde hij. 'Ik wil weleens weten waarom vader hier is. Liefdadigheid boeit hem niet, tenzij het zijn bedrijf ten goede komt.'

Het jonge stel liep naar het groepje toe, en nadat ze elkaar hadden begroet, wendde Jakobs moeder Alice zich onmiddellijk enthousiast tot diens geliefde: 'Henya, wat zag je er prachtig uit bij de presentatie.'

De aangesprokene bedankte haar met een verlegen glimlach.

'En pa, al ijverig gedoneerd?' vroeg Jakob een beetje spottend.

'Ja,' antwoordde hij, terwijl hij zijn tanden op elkaar klemde. 'Zoals je lieve moeder altijd zegt: het moet ritselen, niet rinkelen.'

'Vindt u het ook een mooie avond, dokter Corbet?' Henya probeerde de dokter bij het gesprek te betrekken.

'O ja, het is een prettige afleiding,' gaf de dokter toe, wiens neus er in deze decembermaand nog paarser uitzag. 'Soms heb je als arts minder goed nieuws te vertellen. Een vrouw vertellen dat ze geen kinderen meer kan krijgen na haar miskraam is niet gemakkelijk. Wij artsen zien onze patiënten liever gezond en gelukkig.'

Eigenlijk waren dit soort onderwerpen niet geschikt voor een sociaal praatje, zeker niet op een bal met een prins en prinses, dacht Henya, maar dokter Corbet leek enigszins aangeschoten te zijn en was blijkbaar de etiquette uit het oog verloren.

'Je bent anders veel mensen tot hulp geweest, mijn beste Dominik.' Lakenhandelaar Martin Joas klopte hem joviaal op de schouder.

De dokter glimlachte. 'Bedankt, dat klopt, Martin. Maar zo is het nu eenmaal: een perfectionist blijft altijd stilstaan bij dat ene geval waarbij hij geen succes had.' Vervolgens keek hij verbaasd naar Maria Theresia, die bij Carl en Carli Thomass en Otto en Carlos Hierneis stond. 'O lieve hemel, de prinses zwaait naar ons.'

'Ik denk dat ze jou wenkt, Henya,' zei Jakob. Dat had ze zelf ook al gedacht. 'Maria Theresia wil dat je naar hen toe komt.'

Henya haastte zich naar het groepje toe.

De prinses zei vrolijk: 'Lieve mensen, de avond is nog niet voorbij, maar ik moet het gewoon even kwijt: we hebben al meer dan vijfduizend mark opgehaald. Dat is nog nooit eerder gebeurd. Ik wil u allemaal bedanken voor uw actieve hulp – en ideeën.' Met deze woorden streelde ze liefdevol Henya's wang, die begon te gloeien van trots.

Op 7 december 1888 ging het maar over één ding in de juwelierszaak van de familie Thomass: het Bal der Parels, dat de avond ervoor gevierd was en waarover iedereen sprak. Sommige toeschouwers hadden de familie Thomass en hun medewerkers de residentie laat in de avond in formele kleding zien verlaten, en daarom was het op deze vrijdagochtend veel drukker dan normaal.

Omdat het zo druk was, hielp Ursel Thomass Henya met het geven van advies en de verkoop. Velen gaven echter toe dat ze 'gewoon even rond wilden kijken'. Zij waren in werkelijkheid alleen maar gekomen om de verblufte verkoopsters naar het bal te vragen.

'Wat droeg de prinses?'

'En wat droeg Zijne Hoogheid?'

'Wat voor eten werd er geserveerd?'

'Was er een orkest?'

Ursel had de jonge verkoopster ingefluisterd dat ze helaas onder geen beding onbeleefd mochten zijn en dat ze alle vragen geduldig moesten beantwoorden. 'Het is goed dat het gerucht gaat dat we hier direct in contact staan met het hof.'

'Ja, en het zou niet goed zijn voor onze reputatie als het gerucht zou gaan dat hier arrogante vrouwen werken die geen woord willen zeggen,' zei Henya in een poging tot galgenhumor.

Ze was blij toen de dertigjarige edelvrouw Charlotte von Grafenstein de winkel binnenkwam. Zij was een vaste klant: veeleisend en soms een beetje ongeduldig, maar ze zou zeker geen vragen over het bal stellen, want Henya had haar gisteravond ook tussen het roemrijke gezelschap ontdekt en haar hartelijk begroet.

Ze bewonderde de glanzende gitzwarte krullen van de schoonheid, haar vader was vermoedelijk een Italiaanse baron. Haar echtgenoot, baron Gustav von Grafenstein, was even oud als Charlotte en had tijdens Henya's bezoek vier jaar geleden gouden manchetknopen laten maken.

'Vandaag heb ik een speciaal verzoek,' gaf de barones aan. 'Mijn grootmoeder is gestorven en heeft dit aan mijn moeder nagelaten.' Ze gaf Henya een parelsnoer dat er een beetje oud en dof uitzag. 'Ik wilde vragen of dit nog te herstellen valt. Verloren parelglans zou moeilijk of misschien zelfs helemaal niet te herstellen zijn. Maar mijn moeder zou erg blij zijn als dit erfstuk van haar geliefde moeder weer zou stralen zoals vroeger.'

'Als u mij toestaat, zal ik het even vragen in de werkplaats,' zei Henya, en de barones stemde ermee in.

Carli en Carl senior waren niet in de werkplaats, maar Jakob was er wel. Zoals altijd als ze elkaar zagen, glimlachten ze blij naar elkaar. Ze overhandigde hem de halsketting van de barones en legde uit wat het probleem was, waarop Jakob knikte.

'Parelmoer is inderdaad erg gevoelig; het mag niet worden schoongemaakt met zeep of zure vloeistoffen. Het is belangrijk om krassen op het oppervlak te voorkomen. De knopen tussen de parels in een ketting zijn niet alleen bedoeld om te voorkomen dat ze overal heen stuiteren als het snoer breekt, maar het zorgt ook voor afstand tussen de kralen. Als ze tegen elkaar wrijven, slijt het parelmoer.'

'Wat gebruik je om het schoon te maken?' vroeg Henya nieuwsgierig.

'Alleen lauw water, nooit heet, met hooguit een heel klein scheutje alcohol. Vervolgens kun je ze afdrogen met een katoenen doek. In oude boeken vond ik een heel bijzondere tip: daarin werd geadviseerd om de parels aan kippen te voeren. De kralen zouden door het lichaam van de kip moeten gaan en daardoor meer glans krijgen.' Hij grijnsde naar Henya vanwege haar geschokte uitdrukking. 'Maak je geen zorgen, met dit sieraad hou ik het bij lauw water, ik zal het gevogelte met rust laten.'

Op dat moment werd er op de deur van de werkplaats geklopt.

'Lieve hemel, het duurt haar weer te lang,' fluisterde Henya, die dacht dat Charlotte von Grafenstein haar geduld verloren had. Maar tot haar verbazing stond niet de barones aan de deur, maar schilder Adalbert Aumüller van de derde verdieping.

'Goed dat ik jullie allebei hier tref. Ik wilde jullie eraan herinneren dat we nog een keer naar de Neue Pinakothek wilden gaan om de schilderijen van Spitzweg te bekijken.'

'O ja, dat lijkt me geweldig,' zei Henya enthousiast, maar haar gezichtsuitdrukking versomberde vrijwel meteen. 'Maar momenteel kan ik echt niet weg, het is veel te druk.'

'De bazin heeft al toestemming gegeven,' antwoordde de kunstenaar glimlachend. 'Jullie mogen allebei de middag vrij nemen. Mevrouw Thomass is ervan overtuigd dat de meeste mensen vandaag toch niets kopen. Ze willen allemaal alleen maar roddelen over het Bal der Parels. Ze wil na de lunchpauze een bord ophangen met de tekst "Vrijdagmiddag gesloten wegens ziekte". Dus gaan jullie mee om hedendaagse kunst te bekijken?'

'Ja!' riepen Henya en Jakob in koor.

'Waar halen ze al die schilderijen vandaan, dat ze twee van zulke grote gebouwen kunnen vullen?' zei Henya verbaasd toen ze 's middags met schilder Adalbert Aumüller en Jakob naar de kunstwijk van München liep.

De Neue Pinakothek stond pal tegenover de nog grotere Alte Pinakothek, die, zoals Aumüller had verteld, al in 1836 was geopend.

'Daar heeft men eeuwen over gedaan,' was zijn antwoord op de vraag van Henya. 'De oudste werken uit de middeleeuwen worden tentoongesteld in de Alte Pinakothek. Willem IV gaf al in het begin van de zestiende eeuw opdracht tot het verzamelen van historische schilderijen. Hij is echter een deel kwijtgeraakt tijdens de Zweedse bezetting in de Dertigjarige Oorlog – meer dan twintig schilderijen verdwenen uit het keurvorstelijke rariteitenkabinet naar Stockholm. Vijf daarvan kwamen in de loop der tijd terug naar München. Zijn kleinzoon Maximiliaan II Emanuel wist in Nederland talloze Hollandse en Vlaamse meesters te verwerven. Na de eenwording van Beieren en de Pfalz kwamen ook de Pfalzcollecties naar het Beierse museum, zodat ze veilig waren voor de Franse revolutionaire legers. Door de secularisatie in Beieren werden er veel kloosters opgeheven en de kunstwerken daaruit kwamen ook in koninklijk bezit, met name oude Duitse meesters. Aan het begin van deze eeuw gaf koning Lodewijk I kunsthandelaars de opdracht om zoveel mogelijk meesterwerken op te kopen. Hij had een voorkeur voor oude Duitse schilderijen en werken uit de Italiaanse renaissance.'

'Dus de eerste Pinakothek werd al in 1836 voltooid?' antwoordde Henya.

Adalbert Aumüller knikte. 'Sinds de tijd van keurvorst Karl Theodor is er een galerie gevestigd aan de Hofgarten. Anders zou de koninklijke collectie vanwege ruimtegebrek over verschillende kastelen verspreid worden, waardoor het niet voor het grote publiek te bezichtigen was. Lodewijk I streefde echter het ideaal van volksonderwijs na. Daarom wilde hij de kunstschatten toegankelijk maken voor het publiek en gaf hij zijn huisarchitect Leo von Klenze de opdracht om hier aan de noordkant van de stad een museum te bouwen. Het werd vervolgens geopend op 16 oktober 1836. Zeventien jaar later kwam de Neue Pinakothek erbij, waarna het oude gebouw werd omgedoopt tot de Alte Pinakothek.'

Ze waren nu voor het nieuwste kunstmuseum aangekomen en stopten even om nog eens goed naar de indrukwekkende gevel te kijken.

'Ik was bij de opening op 25 oktober 1853 – ook al was ik amper dertien jaar,' herinnerde Aumüller zich met een weemoedige uitdrukking op zijn gezicht. 'Ik heb mijn vader net zo lang aan zijn hoofd gezeurd totdat hij me meenam. Hier bevindt zich hedendaagse kunst. Ik was er erg enthousiast over.'

Ze gingen het gebouw binnen en bekeken veel schilderijen van rustige taferelen. Mensen en dieren in vredige, soms romantische landschappen of in pittoreske stadjes.

‘Heel idyllisch,’ zei Henya.

Aumüller knikte glimlachend. ‘Zeker. Lodewijk hield van de Münchense school. Vandaar dit soort voorstellingen. Sinds de Wereldtentoonstelling van 1867 in Parijs nam onze stad het voortouw in de Duitse kunstontwikkeling en streefde de Düsseldorfse school voorbij. Sommige collega’s verdienen er heel goed aan. Sinds de dood van Lodewijk I zijn er echter slechts sporadisch opmerkelijke werken aan de collectie toegevoegd.’

Toen hoorden Henya en Jakob een bekende stem die uitleg over een schilderij gaf. *De onderschepte liefdesbrief* van Carl Spitzweg: ‘De jongeman op de zolderkamer is een student, dat zie je aan zijn rode pet. Wat hij aan de draad naar beneden laat zakken, is een verzegelde liefdesbrief.’

Ze zagen nu dat de persoon die uitleg gaf Carli Thomass was, en zijn metgezel, die aan zijn lippen hing, was de huisbediende Sebastian Heiland.

‘Helaas is de jonge vrouw op de verdieping onder zijn studentenkamer zó verdiept in haar handwerk dat haar gouvernante haar voor kan zijn. Maar als we beter kijken, zien we de symbolische tortelduifjes op het dak: misschien wel een signaal dat de liefde stilzwijgend zal zegevieren, ook al zijn er mensen die het veroordelen.’

‘Wat een mooie gedachte,’ merkte Sebastian dromerig op, waarna ze eindelijk de drie andere bewoners van de Marienplatz opmerkten.

‘Wat doen jullie nu hier?’ vroeg Carli perplex.

‘We proberen erachter te komen wat de schilderijen ons proberen te vertellen, maar het lijkt erop dat u dat veel beter weet dan ik, meneer Thomass,’ prees Auermann hem. ‘We wilden uw prachtige uitleg niet onderbreken.’

‘Volgens mij weet niemand meer van kunst dan Carli,’ zei Sebastian Heiland enthousiast. ‘Kom met ons mee en geniet van zijn bijzondere rondleiding.’

‘Als Carli het niet erg vindt, dan graag,’ zei Jakob, en Henya knikte gretig.

De juwelier keek een beetje opgelaten. 'Kom maar mee dan.'
Zo vervolgden ze onverwacht met z'n vijven hun toer.

Ze verlieten het gebouw vlak voordat het kunstmuseum sloot, en Henya was overweldigd door de vele schilderijen die ze hadden bekeken.

Adalbert Aumüller leek ook erg opgetogen. 'Ik weet niet hoe het met jullie zit, maar ik zou het gezellig vinden om nog wat met jullie te drinken. Mijn appartement is erg koud, want ik ben vergeten weer steenkool te kopen.'

'We kunnen naar mijn huis gaan,' opperde Sebastian Heiland een beetje onzeker. Eigenlijk mocht hij gezien zijn status als huisbediende zijn jonge baas en de schilder helemaal niet uitnodigen, maar ze reageerden beiden vol enthousiasme, dus vervolgde hij: 'Mijn moeder is op bezoek bij een vriendin in Augsburg, dus we zullen haar niet tot last zijn. Er is niet alleen cacao en een goede rode wijn, maar ook kaneel en kruidnagels om glühwein te maken.'

'Waar wachten we op?' zei Adalbert Aumüller, duidelijk vol geestdrift over het plan.

16

SEBASTIAN HEILAND WOONDE AAN DE MARIENPLATZ in de woning op nummer 2, eigendom van Anna, de jongere zus van Carl Thomass senior. Ook Henya's voorgangster, de verkoopster mevrouw Kolb, woonde in dit huis. Haar appartement bevond zich op de vierde, dat van Sebastian en zijn moeder Sofie Heiland was nog een verdieping hoger.

Terwijl hij met de hulp van Henya chocolademelk en glühwein aan het bereiden was, viel de blik van Adalbert Aumüller op een oude trouwfoto op het buffet. 'Zijn dat jouw ouders?'

'Ja, helaas is mijn vader een paar jaar geleden overleden,' zei Sebastian en hij zette de pan met glühwein op het fornuis. 'Hij was de belangrijkste zoutopzichter.'

'Wat houdt dat in?' vroeg Henya een beetje verlegen.

'Hij hield toezicht op een zoutziederij, waar tafelzout werd gemaakt.'

'De dochter van onze advocaat, meneer König, en politieagent Lehner wonen ook op deze verdieping,' zei Carli. 'Dus er is niet alleen altijd voldoende zout hier, maar ook de openbare orde wordt gehandhaafd. Mijn vader en zijn zus hebben hun huurders altijd goed weten te kiezen.'

'Zo kun je het ook zien,' zei Sebastian grijnzend. 'Op de eerste verdieping woont een lithograaf die hofleverancier is. Omdat hij daarnaast in briefpapier handelt, krijgt de baas altijd papier, inkt en dergelijke van hem tegen een goede prijs. Een slimme zet van meneer Thomass.'

'En zijn voormalige verkoopster woont ook in dit huis,' voegde Henya eraan toe.

'Precies,' zei Carli. 'Helaas is haar man gestorven, hij was een goedhartige dierenarts. Maar ze is in ieder geval niet alleen daarin: haar beste vriendin woont ook op die verdieping en zij is de weduwe van een belangrijke opzichter in de bouw. Vader was vroeger goede vrienden met hem, zo iemand kennen kan nooit kwaad. Naast een koopman wonen er nog een elektricien van het hoftheater en een meesterschoenmaker. Ze hebben onze familie ook vaak geholpen.'

'En ik heb al een paar schilderijen voor hem gemaakt,' voegde Adalbert Aumüller zichzelf toe aan de lijst met huurders die nuttig waren voor de familie Thomass. 'Boven mij in het huis op nummer 1 wonen een hofbibliothecaris, een assistent van een intendant en een bankbeambte. Hij is tevens verantwoordelijk voor de boekhouding van de juwelierszaak. Carl senior haalt dus echt mensen in huis die hij regelmatig nodig heeft.'

'Er hangt altijd een gemoedelijke sfeer in de twee gebouwen,' zei Henya, terwijl ze nipte van de chocolademelk die Sebastian haar had overhandigd. 'Ik voel me hier echt thuis.'

Jakob proefde de glühwein. 'Dat heb ik ook.'

Pas vlak voor middernacht liet Carli zijn verantwoordelijkheidsgevoel spreken en beëindigde de gezellige avond vol gesprekken over interessante klanten in de juwelierszaak, vreemde galeriehouders en nog vreemdere kopers van schilderijen, en het leven als zoon van een zoutopzichter. 'We zullen niet langer misbruik maken van je gastvrijheid. Je moet morgen bij het krieken van de dag weer aan het werk voor mijn ouders,' zei hij.

Daardoor besloten ook Henya, Jakob en zelfs Adalbert te vertrekken. Bij het afscheid verzekerden ze elkaar allemaal hoezeer ze genoten hadden van hun tijd samen en dat ze het binnenkort nog eens zouden doen.

Kort daarna, toen ze thuis op nummer 1 aankwamen, weerklonken buiten op het plein de twaalf slagen van de klok. Carli ging naar het appartement van de familie Thomass op de tweede verdieping en Adalbert liep verder naar de derde verdieping. Henya en Jakob bleven nog even in het trappenhuis staan om fluisterend afscheid van elkaar te nemen.

'Er speelt iets tussen Carli en Sebastian Heiland,' fluisterde ze voorzichtig tegen hem.

'Dat zag ik ook,' fluisterde Jakob glimlachend. 'Ze lijken verliefd.'

Henya was blij dat de man van wie ze hield opnieuw liet zien hoeveel liefde hij te bieden had. 'Ik gun dit Carli van harte na die gemene chantage. Hij verdient echt wat meer geluk.'

'Ja,' zei Jakob. 'Er is wel een klassenverschil, maar in dit geval zal dat weinig uitmaken. Met hun liefde doorbreken ze een veel groter taboe en zullen ze altijd op hun hoede moeten zijn.'

'Ja, maar misschien had Carli gelijk met zijn interpretatie van de tortelduifjes op Spitzwegs schilderij met de liefdesbrief,' antwoordde Henya met een dromerige glimlach. 'De liefde zal uiteindelijk stilzwijgend zegevieren, ook al zijn er mensen die het veroordelen.'

'Ik hoop het,' zei Jakob met omfloerste stem, en ze begreep dat hij het over henzelf had.

Terwijl haar hart sneller begon te kloppen van opwinding, voelde Henya dat de kus waarnaar ze al zo lang heimelijk verlangde nu echt ophanden was. Hun gezichten naderden elkaar, toen ze plotseling ergens in het trappenhuis sleutels hoorden rammelen. Met tegenzin trokken ze zich terug, de betovering tussen hen was verbroken. Zonder kus wensten ze elkaar goedenacht. Jakob ging de trap op naar de zolder en Carl Thomass senior kwam van de begane grond naar boven. Hij vertelde over zijn lange en saaie raadsvergadering, maar Henya kon zich moeilijk concentreren op zijn verhaal. Ze dacht voortdurend aan de kus die zij en Jakob waren misgelopen, en ze vermoedde dat het verlangen ernaar haar weer een slapeloze nacht zou bezorgen.

'Wees voorzichtig, dames, het is te glad voor jullie schoenen met hakken vandaag!' riep Leonhard Staudinger luidkeels de winkel in.

Die nacht was er regen gevallen op de bevroren grond en de sneeuwresten, waardoor voorbijgangers nu met angstige gezichten langs de kraampjes op de Marienplatz glibberden.

'Ik ga de kerstboom voor de familie Thomass halen,' kondigde de koetsier aan. 'Anders blijven alleen de kale kleintjes over.'

Zodra Leonhard de winkeldeur uit was, hoorden ze een kreet van schrik, gevolgd door gevloek en gekreun. Omdat dat niets goeds kon betekenen, snelde Henya naar buiten. De koetsier was uitgegleden en gevallen. Hij lag op de ijskoude straatstenen, zijn gezicht vertrokken van de pijn.

'Lieve help, meneer Staudinger, doet het veel pijn?'

'Mijn enkel… gekneusd,' bracht hij uit. 'De linker…'

Nu kwamen ook Carli en Jakob de winkel uit. Ze probeerden de koetsier weer overeind te helpen.

Hij kon echter geen enkel gewicht op zijn linkervoet zetten; de twee jonge mannen moesten hem zwaar ondersteunen.

'Lukt het om met onze hulp het appartement op de vierde verdieping te bereiken?' vroeg Carli bezorgd.

'Nou, samen lukt dat wel, maar wat moet ik daar? Ik moet toch werken?' zei de koetsier.

'Die enkel is in ieder geval verstuikt, werken is geen optie,' sprak Jakob hem tegen.

'Henya, wil je Franzi vragen zich om die arme man te bekommeren?' vroeg Carli.

'Ga maar, ik hou de winkel wel in de gaten,' zei Ursel Thomass, die ook naar buiten was gekomen.

Na die woorden haastte Henya zich de trap op om de kokkin op de tweede verdieping op te zoeken en haar te vertellen wat er was gebeurd.

'Nou, dat zal wat worden,' verzuchtte Franzi na Henya's verhaal. 'Het grootste probleem is niet het bieden van de hulp die Leonhard nodig heeft na de verstuiking, maar dat hij die niet zal willen accepteren.'

Terwijl Franzi en Henya zich naar buiten haastten – heel voorzichtig, want het was nog steeds erg glad – waren Carli en Jakob met de hinkende koetsier bij het huis op nummer 2 aangekomen. De voorspelling van de kokkin ging meteen in vervulling, want Leonhard begon dadelijk te pruttelen: 'Maak je geen zorgen, Franzi, het komt wel goed.'

Ze keek naar Henya en rolde met haar ogen.

'Wie moet nu de kerstboom halen? Dat doe ik elk jaar,' klaagde Leonhard terwijl Carli de voordeur opendeed.

'Dat zal ik regelen,' zei Jakob. Maar Staudinger keek hem zo twijfelachtig aan dat Carli er geïrriteerd aan toevoegde: 'Als je de klus niet aan hem toevertrouwt, neemt hij Henya wel mee. Ze heeft pas een bal georganiseerd voor prinses Maria Theresia. Haar gevoel voor vormgeving zou voldoende moeten zijn om een goede kerstboom te kiezen, toch?'

'Vooruit,' mopperde Leonhard Staudinger terwijl Jakob, Carli en Franzi hem naar zijn appartement op de vierde verdieping brachten.

Hoewel ze medelijden had met de koetsier, keek Henya er heimelijk erg naar uit om samen met Jakob de kerstboom voor de familie Thomass te mogen halen.

Na een kwartier kwamen ook Carli en Jakob terug naar de juwelierszaak.

'En?' vroeg Ursel nieuwsgierig.

'Franzi behandelt nu zijn enkel,' zei Carli. 'Voor de zekerheid zal ik dokter Corbet vragen er vanavond nog even naar te kijken. Maar Franzi zal de oude Leonhard wel temmen.'

'Willen jullie echt een kerstboom gaan halen?' vroeg Ursel aan Henya en Jakob. Ook hij leek ernaar uit te kijken om samen op stap te mogen.

Onderweg naar de kraam met kerstbomen die Staudinger de beste vond, haakte Henya haar arm in die van Jakob om te voorkomen dat een van hen uitgleed. Het was nu begonnen met sneeuwen, maar de gladheid door de ijzel lag nog steeds op de loer onder de pas gevallen witte pracht. Henya vond het leuk om dicht bij Jakob te zijn, en afgaande op zijn tevreden glimlach dacht hij er net zo over.

Vanaf het kraampje waar kastanjes werden verkocht zweefde hun een verleidelijke geur tegemoet.

'Hmm, dat ruikt heerlijk,' zei Henya enthousiast.

'Dat vind ik ook. Zullen we onszelf maar trakteren? Het is toch bijna etenstijd.'

'Wat een goed idee. Zal ik trakteren?'

Maar Jakob schudde zijn hoofd. 'Ik betaal. Hoewel ik het niet aan wilde nemen, gaf prinses Maria Theresia me een genereus bedrag voor mijn hulp bij het liefdadigheidsbal. Daarom heb ik nu voor het eerst geld voor mooie kerstcadeautjes. Dat heb ik helemaal aan jouw idee te danken. Ik ben je dus minstens een paar kastanjes verschuldigd.'

Hij leek de verkoper met de grijze baard te kennen, want hij sprak hem bij zijn naam aan: 'Hallo, meneer Prechtl. Twee porties, alstublieft.'

Henya keek geboeid naar de kastanjes. Ze zaten al ingesneden in de zak.

'Ze zijn allemaal aan de bovenkant open,' zei ze.

'Het snijden is heel belangrijk,' legde de oude meneer Prechtl uit.

'Daar ben ik elke avond drie uur mee bezig. Er is maar één manier om de kastanjes correct te snijden, niet kruislings of aan de onderkant, maar alleen in een halve boog aan de bovenkant. Dat is de beste manier om de kastanjes open te laten gaan en niet te verbranden. Ongeveer een half uurtje poffen en dan zijn ze klaar om te eten.'

'Na bijna veertig jaar zit het in zijn bloed,' zei Jakob, iets wat de verkoper hem ooit had toevertrouwd.

Meneer Prechtl knikte glimlachend. 'Als je de gele binnenkant ziet, is het ook mooi om te presenteren. Het oog wil ook wat.'

'U lijkt het zo naar uw zin te hebben. Hebt u het dan niet koud hier?' vroeg Henya.

'Luister eens, mooie jongedame,' zei Prechtl, terwijl hij zich samenzweerderig naar haar toe boog. 'Eigenlijk zou ik net moeten doen alsof ik het koud heb. Dan krijgen mensen medelijden met me en kopen ze meer kastanjes. Maar ik sta tenminste bij mijn brandende kacheltje. In tegenstelling tot mijn collega's op de markt met hun koude groenten, heb ik het eigenlijk heel goed.'

Hij overhandigde hun beiden hun zakje met kastanjes en ze genoten van de lekkernij.

'Heerlijk,' zei Henya.

'Jammer dat je er op kerstavond niet bij kunt zijn in het Huis der Parels,' zei Jakob spijtig. 'Mijn vader is op bezoek bij zakenvrienden in Regensburg, daarom heeft Ursel Thomass mijn moeder in het geheim uitgenodigd.'

'Ik zou er graag bij zijn geweest. Carli en zijn broers hebben al verteld hoe gezellig het altijd is met Kerstmis in het Huis der Parels,' zei Henya met een zucht. 'Maar mijn vader is al zo lang alleen dat ik hem niet ook nog met Kerstmis in de steek wil laten.'

'Dat begrijp ik best.'

Ondanks de geldige reden bleef ze het gevoel houden dat ze iets prachtigs miste. Ze besloot volkomen eerlijk te zijn. 'Ik vind het erg jammer, omdat ik graag Kerstmis met je had willen doorbrengen.'

Jakob keek haar liefdevol aan. 'Dat had ik ook graag gewild.'

Ze arriveerden bij de kerstboomverkoper en bekeken de sparren die in verschillende soorten en maten te koop werden aangeboden.

'We moeten echt de mooiste boom kiezen,' benadrukte Henya. 'Anders zou Leonhard het ons nooit vergeven.'

'Leonhard?' vroeg de verkoper, een sterke man met een volle zwarte baard. 'Komen jullie namens Leonhard Staudinger?'

'Inderdaad,' bevestigde Jakob. 'De beste man heeft zijn enkel bezeerd met de gladheid.'

'Nou, wens hem dan maar beterschap van Fichten-Schorsch. Trouwens, zoals altijd heb ik een boom voor hem opzijgezet.'

Hij haalde een spar tevoorschijn die tot dan toe achter de andere had gelegen. Hij wist de boom perfect te beschrijven. 'Hoog en mooi gelijkmatig gegroeid. Zo wil Staudinger ze altijd, ik heb deze speciaal voor hem opzijgelegd. Ik weet dat hij altijd een week voor Kerstmis langskomt.'

'Ofschoon dit wel heel snel gaat,' zei Jakob grijnzend, 'stel ik voor om de kerstboom te nemen die deze expert voor Leonhard heeft uitgekozen.'

'Goed idee,' beaamde Henya.

Toen ze kort daarna opgewekt bij de juwelierszaak aankwamen, met de indrukwekkende boom, wachtte hun beiden een aangename verrassing.

'Henya, ik heb je vader geschreven en zijn antwoord kwam vandaag,' zei Ursel Thomass goedgehumeurd. 'Hij wil graag Kerstmis bij ons doorbrengen, als je dat goedvindt.'

'Nou en of,' riep Henya vrolijk, terwijl ze Jakob een stralende glimlach toewierp. Ook hij keek dolgelukkig.

17

'DE GASTENLIJST VOOR HET KERSTDINER IS in jaren niet zo lang geweest,' verzuchtte kok Franzi terwijl ze een boodschappenlijstje maakte.

Henya keek naar de namen op het vel papier dat op de keukentafel lag:

1. *Meneer Thomass senior*
2. *Mevrouw Thomass*
3. *Carl Thomass junior*
4. *Ludwig Thomass*
5. *Fritz Thomass*
6. *Eugen Thomass*
7. *Jakob Joas*
8. *Alice Joas*
9. *Henriette Schmerler*
10. *Valentin Schmerler*

'Dus u, meneer Staudinger en meneer Heiland, komen niet met ons dineren?' vroeg Henya een beetje teleurgesteld.

'Nou, iemand moet het eten ook warm houden en serveren,' herinnerde Franzi haar. 'Maar normaal hoeft ontbijt en lunch op 24 december niet te worden geserveerd, zodat het personeel ook kerst kan vieren.'

'Ik zou het gezellig hebben gevonden als jullie erbij waren geweest,' zei Henya.

'O, tijdens het serveren durven we ook best wat te zeggen, zodat we tijdens de familiemaaltijd niet vergeten worden.'

'Mag ik het menu voor morgen weten?' vroeg Henya nieuwsgierig.

'Windsorsoep, snoekbaars met champignons, rundvlees met groenten, kip met saus, fazant, salade, vruchtentaart met kruimelbodem, biscuitgebak met ananas, ijs en fruit,' somde Franzi op. Henya's eetlust werd meteen geprikkeld.

'Is de boom al versierd?' vroeg de kokkin.

'Ja, Sebastian Heiland en ik hebben alles precies gedaan zoals Leonhard ons opdroeg,' bevestigde Henya. 'Hij zei regelmatig hoe waardevol de versieringen zijn, omdat die ons herinneren aan de kerstfeesten van de familie Thomass uit lang vervlogen tijden. De kaarsen branden waarschijnlijk maar een paar minuten als iedereen zich 's avonds rond de boom verzamelt en kerstliederen zingt. Ook hebben we een emmer vol zand en water klaarstaan voor het geval er brand uitbreekt.'

'Goed gedaan,' zei Franzi prijzend. 'Ik heb allerlei lekkers: chocolade, marsepein, zuurstokken, walnoten en hazelnoten, sinaasappels – voor het geval er kinderen uit de buurt komen of het kind in de volwassenen weer naar boven komt. Geef je de familie nog cadeaus?'

'Ik heb voor Carl senior zijn favoriete tabak gehaald, voor zijn vrouw een zakdoek met initialen, voor Carli een bot voor zijn hond Mozes, voor mijn vader een boek over München – en voor Jakob heb ik een foto van ons tweeën, die Eugen van ons gemaakt heeft.'

'Wat een mooie herinnering voor de lange reis die hij gaat maken,' zei Franzi ontroerd.

Het onderwerp van zijn aanstaande vertrek maakte Henya onmiddellijk somber. 'Gelukkig had Eugen voor mij ook een foto. Het is vreemd om jezelf op een foto te zien. In mijn kindertijd zijn er maar twee foto's van mij gemaakt.'

De deurbel klingelde. Henya stond op het punt zich ernaartoe te haasten toen ze bediende Sebastian Heiland hoorde roepen: 'Ik ga al!'

'Carli zei dat jullie dit jaar behoorlijk goed verkocht hebben voor kerst?' Franzi veranderde van onderwerp.

'O ja, het was zo druk,' zei Henya, 'de bazin moest steeds bijspringen.'

'Dan zal de sfeer op het feest geweldig zijn,' zei de kokkin hoopvol.

'Ik weet het niet, Carli's broers zijn niet echt in een goed humeur. Ze weten niet zeker of ze het geld voor de brouwerij op tijd bij elkaar kunnen krijgen,' vertelde Henya. 'Natuurlijk zou de baas iets kunnen verkopen en het geld aan hen ter beschikking kunnen stellen, maar ik denk dat hij wil dat ze het zelf doen.'

'Verstandig,' zei de kokkin. 'Vooral Fritz maakt het zichzelf soms heel gemakkelijk, hij vindt het wel handig om op zijn vader te leunen.'

'Ik ben blij dat mijn vader mij vrij laat,' zei Henya.

'Ik hoop dat je het niet erg vindt dat hij zich ervan komt overtuigen dat het goed met je gaat,' klonk plotseling een maar al te bekende stem vanuit de richting van de keukendeur.

'Papa!' riep Henya verheugd, en ze vloog in de armen van haar vader.

'Mevrouw Hölzlmaier, leuk u weer te zien,' begroette de weduwnaar Franzi enigszins opgelaten, nadat zijn dochter hem eindelijk had losgelaten.

'Meneer Schmerler, het is echt veel te lang geleden dat u hier te gast was.'

Op dat moment stormde Jakob de keuken binnen. 'Is er nog een broodje worst, Franzi, ik heb honger...' Toen zag hij de gast in de elegante lange jas en bleef even staan.

'Jakob, dit is mijn vader, papa, dit is onze leerling-goudbewerker Jakob Joas,' stelde Henya hen haastig aan elkaar voor. Waarom bloosde ze nu zo?

'Goedenavond, meneer Schmerler, ik ben blij u te ontmoeten.'

'Mijn hemel, ben jíj de zoon van Martin Joas en Alice Derbishire?' vroeg Henya's vader ongelovig. 'Dan moet ik inmiddels echt oud zijn.'

Jakob grijnsde: 'Mijn moeder zegt altijd dat iemand zo oud is als hij zich voelt.'

'Dat zou nog erger zijn,' grapte Valentin Schmerler. 'Maar je moeder was altijd al een mooie en slimme vrouw, die had makkelijk praten. Ik wil haar graag nog eens ontmoeten.'

'Morgen,' haastte Henya zich te zeggen. 'Ze is ook uitgenodigd voor het kerstdiner.'

'Dan ben ik nog blijer om hier te zijn,' antwoordde haar vader glimlachend.

Toen nam Franzi het woord. 'Nou, wie heeft er nu zin in een stevig tussendoortje?'

De sfeer tijdens het diner op kerstavond kon niet beter zijn geweest. Henya was vooral blij dat haar vader en Jakobs moeder Alice zo goed met elkaar overweg konden.

'Wanneer hebben jullie elkaar voor het laatst ontmoet?' vroeg ze.

'Toen ik trouwde met Martin Joas,' herinnerde Alice zich.

'Haar schoonzus Marie was ooit verloofd met mijn oom Moritz voordat die naar Australië vertrok,' vertelde Henya's vader.

'Jullie familie zit knap ingewikkeld in elkaar,' merkte Fritz op.

'Het ligt eigenlijk nóg ingewikkelder,' gaf Valentin toe. 'Ik ben helemaal geen echte Schmerler. Cornelius was de tweede echtgenoot van mijn moeder. Haar eerste man werd door een beer gedood kort voordat ik werd geboren. Maar mijn moeder en Cornelius Schmerler trouwden kort daarna en hij nam mij aan als zijn eigen zoon.'

'Ik heb de familie Schmerler altijd interessant gevonden,' zei Alice Joas. 'Iedereen had wel iets met parels of wetboeken.'

'Gelukkig mocht ik voor parels kiezen,' zei Henya glimlachend.

'Je grootvader Cornelius daarentegen heeft heel hard moeten vechten om rechten te mogen studeren,' zei Carl senior. 'Omdat hij de oudste was, had hij eigenlijk parelvisser moeten worden.'

'Helaas leveren de parels in Saksen tegenwoordig niet meer voldoende op,' voegde zijn vrouw Ursel eraan toe. 'Erg jammer, met de mosselen is een oude familietraditie verloren gegaan.'

'Nou, niet helemaal,' antwoordde Valentin Schmerler. 'Mijn oom Moritz ontdekte nieuwe parelrijke gebieden in Australië en zet de traditie voort aan de andere kant van de wereld. In 1861 werd de grootst bekende soort pareloester, *Pinctada maxima*, in grote hoeveelheden gevonden voor de noordkust van West-Australië. Door deze ontdekking werd Broome het centrum van de parelmoerindustrie. Het is een afgelegen stadje aan de rand van de Indische Oceaan. Parelmoer wordt verhandeld tegen vierhonderd pond per ton. Voor dat bedrag zou je gemakkelijk een huis kunnen kopen. Dus die goede oude oom Moritz is zeker niet arm.'

'Dat ga ik binnenkort van dichtbij bekijken,' zei Jakob, terwijl kokkin Franzi en bediende Sebastian het tweede gerecht serveerden.

'Ik zou dolgraag foto's willen maken van de exotische dieren en het landschap,' zei Eugen. 'Maar zo'n reis zou niets voor mij zijn. Welke route volgt zo'n schip naar Australië eigenlijk?'

'Tot twintig jaar terug namen kapiteins die haast hadden de Kaaproute,' zei Jakob. 'Ze voeren veel zuidelijker dan Kaap de Goede Hoop en gingen op zoek naar de Roaring Forties. Zo worden de harde winden genoemd die van west naar oost waaien tussen de veertig en vijftig graden zuiderbreedte.'

'Die route was extreem gevaarlijk: er dreven ijsbergen rond en de zee was daar vaak erg onstuimig vanwege de vele stormen,' verduidelijkte Henya's vader Valentin.

Jakob knikte. 'De zeeroute vereiste uitzonderlijke navigatievaardigheden; zelfs de kleinste fout kon fataal zijn voor een schip. De westkust van Victoria wordt niet voor niets een zeekerkhof genoemd.'

'Maar jij neemt die gevaarlijke route niet?' vroeg Henya bezorgd.

'Nee,' stelde Jakob haar gerust. 'Ongeveer twintig jaar geleden werd het Suezkanaal geopend. Zo kwam er een alternatieve route naar Australië voor schepen uit Groot-Brittannië en Europa. De Engelse poststoomboten maken allemaal gebruik van het kanaal en dankzij opdrachten van de overheid is deze route ook betaalbaar voor rederijen.'

Op dat moment klingelde de deurbel.

'Wie zou dat kunnen zijn?' vroeg Ursel zich af. 'Op kerstavond?'

Kokkin Franzi snelde naar het raam, opende het en keek naar buiten. 'Het is een heer in goede kleding,' zei ze. 'Meer kan ik vanaf hier niet zien.'

'Ik kan wel naar beneden gaan en vragen waarom hij hier is,' stelde de bediende Sebastian Heiland voor.

'Doe dat,' verzuchtte Carl senior. 'Ik ben benieuwd met wat voor excuus de beste man aankomt.'

'Het moet wel erg belangrijk zijn, het is zo glad buiten,' zei Ursel.

'Ik zou heel graag weer eens echt willen glijden, maar dan tijdens het schaatsen,' zei Alice dromerig. 'Weet je nog, Ursel, hoeveel plezier we altijd hadden toen we jong waren?'

'Dat klopt, maar op een gegeven moment zag ik hoe goed je zoon het kon en voelde ik me een stuntel,' zei Ursel lachend. 'Maar ja, als je al vanaf je tienerjaren met een groep schaatst… Dat kunnen wij niet meer bijhouden.'

'Het gaat niet om de prestaties op het ijs, het gaat om het plezier,' haastte Jakob zich te zeggen.

Voordat Ursel kon antwoorden, hoorden ze Sebastian Heiland schreeuwen: 'U kunt daar niet zomaar binnenlopen!' Toen kwam er een elegant geklede heer woedend de salon in gestormd.

'Martin!' zei Alice Joas – bijna tegelijkertijd met de geschrokken uitroep van haar zoon: 'Vader!'

'Ik kom mijn vrouw ophalen,' gromde de lakenkoopman en hij wendde zich tot Alice, trillend van onderdrukte woede: 'Ik ben speciaal eerder uit Regensburg teruggekomen, zodat je niet alleen zou zijn op kerstavond. Maar het meisje vertelde me dat je hier was.' Zijn stem klonk beschuldigend, alsof ze een moord begaan had.

Iedereen aan tafel voelde de spanning die nu in de kamer heerste.

'Ursel, meneer Thomass,' zei Jakobs moeder, terwijl ze zich dapper glimlachend tot de gastheer en gastvrouw wendde. 'Ik ben bang dat ik onbeleefd moet zijn, maar het zou niet goed zijn als mijn man tevergeefs is teruggekeerd. Bedankt voor de geweldige avond.'

'Geen dank,' zei Ursel bedroefd.

'Martin, jullie zijn beiden welkom,' zei Carl senior, maar zoals gevreesd kreeg hij alleen maar een minachtende blik van meneer Joas.

Zijn ouders waren bijna bij de deur toen Jakob opsprong en snel achter hen aan liep. 'Moeder, wil je niet blijven?' vroeg hij aan Alice met een wanhopige blik die Henya's hart brak.

Ze streelde echter slechts kort zijn wang. 'Het was leuk vandaag. Trek het je niet aan. Geniet van het leven wanneer je maar kunt. Het was geweldig, bedankt voor de uitnodiging.'

Na die woorden volgde ze haar man de trap af.

De stemming was al snel weer gemoedelijk, maar Henya keek steeds naar Jakob, die enorm leek te lijden onder het ruwe gedrag van zijn vader en het vertrek van zijn moeder.

Henya vond het heerlijk om na het samenzijn op kerstavond nog even in haar eentje naar de salon te gaan, als iedereen verzadigd, voldaan en gelukkig in bed lag en de geur van dennennaalden en de vervaagde rook van de bijenwaskaarsen nog in de lucht hingen. Ze wilde een tijdje bij de open haard zitten in de zwakke gloed van het dovende kolenvuur en nadenken over de voorbije avond, net als ze thuis in Frankfurt altijd had gedaan. Tot haar verbazing was Jakob op hetzelfde idee gekomen. Hij zat in een van de twee grote fauteuils voor het gedoofde vuur en staarde in de smeulende as.

Pas toen ze fluisterde: 'Ik ben ook nog wakker,' keek hij met een zwakke glimlach op.

'Denk je aan je moeder?' Henya raadde de oorzaak van zijn verdriet en ging naast hem in de andere stoel zitten.

Hij knikte met een bezorgde uitdrukking. 'Ze genoot zó van de avond… totdat hij kwam opdagen. Nu zal ze opnieuw doodgezwegen worden door vader – dagen- of zelfs wekenlang. Ik weet hoe hij kan zijn. En hoezeer hij de families Thomass en Schmerler haat.'

'Het spijt me,' fluisterde Henya stilletjes.

'En waarom ben jij nog wakker?' vroeg hij.

'Na zo'n mooie kerstavond ging ik altijd graag nog even terug naar de verlaten huiskamer,' vertelde ze. 'Als alles nog harmonieus is en stil en rustig sluimert in het licht van de maan of de betovering van de sneeuw of beide. Dan hangt het geluk van kerst nog in de kamer en overheerst het gevoel van vrede.'

Hij keek om zich heen en luisterde. Behalve het zachte geknetter van de open haard was er niets te horen.

'Het is echt stil,' zei hij. 'Ik wenste maar dat mijn moeder ook zo vredig kon leven.'

Ze stond op, knielde bij zijn stoel en kneep troostend in zijn hand.

'Zullen we haar morgen ophalen om te gaan schaatsen?' stelde ze voor. 'Als ze het deze keer niet aan het personeel vertelt, komt je vader er ook niet achter.'

Jakob glimlachte. 'Dat zou ze vast leuk vinden.'

'Hé, "trek het je niet aan," zei ze,' bracht Henya hem in herinnering. 'En "geniet van het leven wanneer je maar kunt".'

'Bedankt, Henya,' mompelde hij.

Wat zag hij er kwetsbaar uit! Ze kon het niet laten om zachtjes over zijn wang te strelen. Hij pakte haar hand en kuste die zo teder dat er een aangename rilling over haar rug liep. Het volgende gebeurde vanzelf: ze nam zijn hoofd in haar handen en kuste hem op de lippen. Teder en hartstochtelijk tegelijk beantwoordde hij haar kus.

18

OP EEN GEGEVEN MOMENT LIETEN ZE elkaar buiten adem los, net op tijd, voordat ze helemaal vergaten waar ze waren: in de salon van de familie van hun werkgever, terwijl ze bovendien niet getrouwd waren.

Hoewel Henya en Jakob de passie die tussen hen smeulde niet helemaal de vrije loop hadden gelaten, voelde het goed om elkaar hun genegenheid te tonen. Wie wist of en wanneer ze weer die kans zouden krijgen?

'Soms was het een pure marteling, maar ik dacht steeds: hou je gevoelens onder controle, anders doet afscheid nemen alleen maar meer pijn,' mompelde Henya en ze nestelde zich in Jakobs sterke armen.

'Dat had ik ook,' gaf hij toe met een stem die veel zwaarder klonk dan normaal. 'Ik dacht: wacht tot je terugkomt uit Australië voor je een aanzoek doet. Dan heb je haar misschien al iets te bieden. Maar toen de dappere en rijke Carlos op het toneel verscheen, was ik bang dat hij me voor zou zijn als ik te lang zou wachten. Een mooie vrouw zoals jij...'

'Dat gevaar bestaat bij jou immers ook,' antwoordde ze, terwijl ze zachtjes op het topje van zijn wijsvinger beet.

'Dat Carlos mij een aanzoek zou doen?' vroeg hij met een vleugje ironie.

Ze lachte. 'Nee, maar misschien verlangt een verbluffend mooie Aboriginal-prinses wel naar een noords uitziende man met een slank lichaam, brede schouders en blauwe ogen.'

Met een grijns gaf hij haar een kus op haar voorhoofd. 'Volgens mij zijn de Australische inheemse volkeren zoals de Koori, Anangu en Yawuru jager-verzamelaars en hebben ze nog nooit van een monarchie gehoord.'

'Nou, gelukkig maar. De Beierse prinses vindt je namelijk wel aardig,' antwoordde ze, op haar beurt glimlachend.

'Vindt Maria Theresia mij aantrekkelijk?'

Henya knikte. 'Ze begreep in ieder geval precies waarom ik gevoelens voor jou koesterde en niet voor Carlos. Dat is waarschijnlijk de reden dat ze op het geweldige idee kwam om jou uit te nodigen voor het Bal der Parels.'

'Nou, als zelfs de prinses onze verbintenis goedkeurt, dan kan je vader morgen niet weigeren,' zei Jakob plagerig.

'Wil je hem om mijn hand vragen?' vroeg ze ademloos. Sinds die eerste kus voelde het alsof ze in een compleet nieuwe realiteit leefde – een realiteit die haar stukken beter beviel dan de vorige.

'Dat ben ik wel van plan. Zo vaak is hij niet in München, dus het is logisch om deze kans te grijpen. Het zal veel moeilijker zijn om het mijn eigen vader te vertellen.'

Henya knikte ernstig. 'Dat vrees ik ook, na het gebeuren van vandaag.'

Tijdens het ontbijt met het personeel op eerste kerstdag kondigde Jakob aan dat hij inderdaad zijn moeder, Alice, zou uitnodigen om te gaan schaatsen.

'Ik wil wel graag mee met mijn hond,' zei Carli, die bij hen was komen zitten. 'Mozes is gek op de sneeuw. Het zou leuk zijn om hem ook kennis te laten maken met ijs. Waar gaan jullie naartoe?'

'Naar de Kleinhesseloher See in de centrale Engelse Tuin,' antwoordde Jakob. 'Mijn club traint daar altijd als er voldoende ijs is, en dat is nu zeker het geval.'

'Hoe heet die club van jou?' vroeg Henya.

'Schaatsclub München 1883,' antwoordde Jakob. 'Een paar jongens van mijn roeivereniging hebben de club opgericht.'

Dus hij roeide ook? Dat verklaarde zijn brede rug en goed ontwikkelde borstspieren.

'Ze waren op zoek naar een sport die we ook in de winter zouden kunnen uitoefenen,' vervolgde hij. 'Ik was toen pas vijftien, maar roeien was mijn passie. Verder wilden we trouw blijven aan het element water, dus wat is er mooier dan de schaatsen onder te binden op ijzige winterdagen? Op 3 december van dat jaar ontmoetten we elkaar in Café Heck op het Maxmonument en richtten we de schaatsclub op.'

'En dat meer in de Engelse Tuin is de plek waar jullie altijd schaatsen?' vroeg Carli.

'Het is niet de enige plek,' legde Jakob uit. 'Aan de Galeriestrasse heb je nog de zogenaamde Schachterleis, een overdekte kunstijsbaan. De hardrijders oefenen vooral op de Frillensee bij Inzell.'

'We kunnen met het rijtuig naar het meer gaan, dan ga ik wel op de bok,' stelde Carli voor. 'Die arme meneer Staudinger zal door zijn blessure nog steeds niet kunnen rijden.'

Toen kwam Henya's vader uit de tweede logeerkamer.

'Goedemorgen, allemaal.'

'Pap, we willen straks met Jakobs moeder gaan schaatsen. Ga je mee?' vroeg Henya.

'Met Alice,' zei Valentin verheugd. 'Ja, graag. Maar voor mij is het al een tijd geleden. Waarschijnlijk sla ik een modderfiguur.'

'Kan ik u, voordat we vanmiddag vertrekken, even onder vier ogen spreken, meneer Schmerler?' vroeg Jakob.

Valentin trok verbaasd zijn wenkbrauw op, keek van de leerling van de goudsmid naar zijn dochter en leek toen te begrijpen waar dit gesprek over zou gaan.

'Laten we nu meteen naar de bibliotheek gaan.'

Jakob stond nerveus op. 'Goed.'

In de bibliotheek was Jakob veel zenuwachtiger dan hij had verwacht. Zijn eigen vader zou er ten zeerste op tegen zijn dat hij met een Schmerler zou trouwen, dus een ruzie was onvermijdelijk. Daar had hij zich al op voorbereid. Maar Jakob had geen idee wat Henya's vader ervan dacht dat hij met diens dochter wilde trouwen. Hij begaf zich op onbekend terrein.

Valentin Schmerler kwam meteen ter zake. 'Zullen we het maar kort houden? Ik neem aan dat je toestemming wilt vragen om Henya ten huwelijk te vragen.'

'Dat was ik inderdaad van plan,' antwoordde Jakob aarzelend.

'Luister, ik zal volledig open tegen je zijn,' zei Valentin. 'Ik heb de indruk dat je mijn dochter gelukkig maakt. Er komen echter ook herinneringen op aan mijn oom Moritz en zijn Marie. Ook hij wilde maar voor korte tijd naar Australië, om genoeg te verdienen voor zijn huwelijk. Toen verdween hij bijna twintig jaar, en al die tijd is zij nooit echt gelukkig geweest.'

'Ik ben van plan om na uiterlijk anderhalf jaar terug te komen naar Duitsland,' antwoordde Jakob. 'Reizen is tegenwoordig veiliger – en het land beschaafder. Ik zie Carl en Ursula Thomass eigenlijk een beetje als rolmodel. Ze verloofden zich ook voordat hij op reis ging, trouwden toen hij terugkwam – en werden toen erg gelukkig.'

'Met hun zeven kinderen,' voegde Valentin er glimlachend aan toe.

'Daar zou ik beslist niets op tegen hebben,' antwoordde Jakob, op zijn beurt grijnzend.

'Carl en Ursula hoefden echter geen rekening te houden met een vader die het huwelijk wilde saboteren,' merkte Valentin op. 'Ik denk dat Martin Joas hemel en aarde zou bewegen om ervoor te zorgen dat zijn zoon niet met een Schmerler trouwt.'

‘Hij wilde ook niet dat ik bij meneer Thomass in de leer zou gaan,’ zei Jakob. ‘Maar uiteindelijk kon hij het niet tegenhouden. Ik verwacht dat hij boos zal zijn. Hij zou me ook kunnen onterven. Maar ik heb sowieso nooit een lakenhandelaar willen worden. Ik heb een vaste baan bij meneer Thomass, en in Australië zal ik genoeg kunnen verdienen om een leven samen op te kunnen bouwen.’

‘Nou, uiteindelijk is de keuze wie haar gelukkig maakt aan Henya,’ besloot haar vader.

Hij stak zijn hand uit naar Jakob, die deze verheugd aannam.

‘Dan wens ik je veel succes met je aanzoek, jongen. Wanneer wil je het Henya vragen?’

‘Vanavond. Vanmiddag zal ik mijn moeder op de hoogte stellen van mijn voornemen. Als we haar thuisbrengen van het schaatsen, is mijn vader aan de beurt. Ik zal ook meneer Thomass informeren, omdat het twee van zijn werknemers betreft. Maar eigenlijk weten hij en Carli al dat we ons willen verloven, want ik heb de afgelopen weken elke vrije minuut besteed aan het aanpassen van de trouwring van mijn grootmoeder.’

‘En is die nu af?’ vroeg Valentin Schmerler.

Jakob knikte glimlachend. ‘De ring is klaar voor gebruik.’

Een uur na de lunch zat Jakob Joas op de bok met de hond Mozes en diens baasje Carli, die hen richting de middelste Engelse Tuin reed. In het rijtuig zaten Henya, haar vader Valentin en Jakobs moeder Alice, die heel blij was dat ze weer eens kon schaatsen. Haar man Martin was na de ruzie van gisteren vertrokken en niet meer teruggekomen. Dit was voor de Engelse aanleiding om te zeggen: ‘Ik heb er geen bezwaar tegen om de middag op het ijs door te brengen.’

Henya keek erg uit naar dit gezamenlijke uitstapje. Ze herinnerde zich een gedicht van Wolfgang Müller von Königswinter dat ze op school uit haar hoofd had moeten leren en reciteerde het: ‘“De winter is streng en met koude winden, het water is bevroren. Snel je schaatsen onderbinden, en bont tot over de oren!"'

Alice Joas leek het rijmpje ook te kennen, waarschijnlijk uit de schooltijd van haar zoon Jakob, aangezien zij zelf in Engeland opgegroeid was. Ze maakte het af, zij het dan met een licht accent: '"We glijden zo over het meer, op ijs zo rimpelloos als glas. We zwaaien sierlijk heen en weer, en maken een mooie kras."'

Met een grijns vervolgde Henya's vader, die zijn dochter vaak had aangehoord in haar jonge jaren: '"En gaat er iemand onderuit, dan is het nog niet te laat. Al snel gaat hij weer vooruit, een lach op zijn gelaat. Hij sluit zich weer aan bij de rij en schaatst vrolijk door, levendig en blij, want op het ijs gaat het plezier altijd voor."'

In die stemming kwamen ze uiteindelijk bij de Kleinhesseloher See aan en bonden ze op de oever hun schaatsen onder. Volgens Carli werd het meer in 1803 kunstmatig aangelegd en in de daaropvolgende negen jaar uitgebreid, waardoor het inmiddels tweemaal zo groot was. Er lagen drie kleine eilanden in het nu bijna negen hectare grote meer. Het water werd aangevoerd via een beek. Hond Mozes snuffelde nieuwsgierig aan het ijs. Zijn baasje wist er meteen weer wat over te vertellen: 'Daar zitten graskarpers, zeelten en snoeken onder verstopt. Het meer is overal vrij ondiep, maar wel zeer rijk aan voedingsstoffen.'

Even later zwierden ze samen met de vele andere schaatsers over het ijs. Henya schaatste hand in hand met Jakob, wat heerlijk voelde. Ze wist dat het gesprek met haar vader goed was verlopen. Op de terugweg in het rijtuig wilde hij zijn moeder informeren over de aanstaande verloving, en als zijn eigen vader weer thuis zou zijn, zou hij ook hem ervan op de hoogte stellen. Gelukkig was Martin Joas niet in de buurt van het meer, dus zag hij niet hoe goed zijn vrouw Alice het met Henya's vader Valentin kon vinden. Ze schaatsten samen en lachten vrolijk. Als hij dat had gezien, zou hij zeker nog bozer zijn geworden. Henya zette de gedachte aan de ontevreden man echter snel van zich af; ze wilde intens genieten van deze heerlijke middag.

Er was al vijf jaar een botenhuis met een restaurant aan het meer, maar Henya en haar vrienden hadden broodjes van Franzi Hölzlmaier bij zich. Die smaakten uitstekend na de fysieke inspanning in de frisse buitenlucht.

Toen de lucht in de late namiddag eindelijk roze begon te kleuren, zag de natuurlijke ijsvloer er nog romantischer uit. Helaas werd ook duidelijk dat het tijd was om het mooie uitstapje te beëindigen en naar huis te gaan.

Dit keer zat Jakob in het rijtuig, zodat hij zijn moeder kon vertellen over het voorgenomen huwelijksaanzoek.

'Valentin zinspeelde er al op dat je een leuk nieuwtje had,' gaf Alice toe. Ze glimlachte in Henya's richting. 'Als een zekere dame je aanzoek accepteert, zal ik de gelukkigste schoonmoeder ter wereld zijn.'

De Engelse vrouw gaf een tikje op Valentins schouder. 'En een advocaat in de familie hebben kan zeker geen kwaad.'

Iedereen lachte, maar seconden later volgde Henya Jakobs blik. Bezorgd keek hij naar buiten. Het licht was aan in het huis van de familie Joas, dus zijn vader was teruggekeerd. Het moment van de waarheid brak aan.

Hij stapte uit met zijn moeder en Henya wenste hem veel succes voordat het rijtuig richting Marienplatz vertrok.

'Je trouwt niet met een Schmerler,' blafte Martin Joas, zoals gevreesd. 'Over mijn lijk!'

'Leg me dan eens precies uit waarom je haar hele familie haat,' zei Jakob.

'Mijn broer Georg was al behoorlijk ziek. Toch heeft Marie hem verlaten zodra Moritz Schmerler weer in München verscheen,' beweerde Martin Joas met een sombere uitdrukking op zijn gezicht. 'Georg heeft wanhopig naar haar gezocht, maar niemand uit de familie Thomass vertelde hem waar hun zus en dochter zich verstopte.

Moritz Schmerlers broer Cornelius is advocaat en hij dreigde Georg zelfs te ruïneren als hij door zou gaan met zoeken naar Marie. Ik heb iemand in de arm moeten nemen om haar voor Georg te vinden. Na de plotselinge dood van Marie vertrok Moritz halsoverkop naar Australië – met het dienstmeisje van de familie Thomass. Mijn broer Georg daarentegen is een jaar later van verdriet gestorven. En nu moet ik blij zijn dat jij met de kleindochter van die advocaat Schmerler trouwt?'

'Wat kan Henya daaraan doen?' riep Jakob boos. 'Toen tante Marie stierf, was zij nog maar een kind.'

'Doe wat je wilt!' gromde Martin. 'Maar dan ben je mijn zoon niet meer.'

'Martin, alsjeblieft!' Zijn vrouw Alice probeerde wanhopig hem te kalmeren.

'Jij moet je mond houden!' riep Martin. 'Jij hebt geheel tegen mijn wil in contact gehouden met Ursula Thomass. Als je dat niet gedaan had, zouden we nu niet in deze vreselijke situatie zitten.'

'Ik mag mijn handen dichtknijpen met een vrouw als Henya,' riep Jakob terwijl hij opstond. 'Als je haar geen kans wilt geven om haar goede karakter aan jou te tonen, kan ik er niets aan doen. Dan ben ik je zoon maar niet meer, het zij zo.'

Hij knikte nog een laatste keer droevig naar zijn moeder en verliet toen – waarschijnlijk voor de allerlaatste keer – het huis van zijn ouders.

Fritz Thomass had zijn vader Carl en Valentin Schmerler overgehaald om wat te kaarten in de salon. Zo gebeurde het dat Henya alleen in de bibliotheek zat te wachten tot Jakob terugkwam van het gesprek met zijn vader.

Ze bladerde door een boek over Australië, maar kon zich niet concentreren, dus begon ze voor de derde keer aan dezelfde pagina.

Het moest ongeveer half acht 's avonds zijn toen ze eindelijk voetstappen in het trappenhuis hoorde. Zoals ze al hoopte, was het Jakob.

'Hoe ging het?' vroeg Henya opgewonden.

Hij haalde triest zijn schouders op. 'Helaas net zo slecht als waar ik bang voor was. Maar eigenlijk maakt het me nu niet zoveel uit. Ik laat mijn geluk niet bederven door eeuwenoude wraakzucht. Kan ik je even iets laten zien in de werkplaats?'

Henya vertrouwde haar stem niet, dus knikte ze alleen maar terwijl ze Jakobs uitgestrekte hand aannam.

Buiten lag veel sneeuw en opnieuw dansten er duizenden vlokjes door de lucht, die het licht van de straatlantaarns weerkaatsten, waardoor de werkplaats in een rozige gloed gehuld was.

Jakob liet het licht van zijn kandelaar nu op een prachtige ring vallen. Deze was geelgoud en voorzien van een cabochon geslepen granaat, omgeven door parels. 'Vind je hem mooi?'

'Prachtig,' bracht Henya ontroerd uit.

'Hij dateert uit 1830, het was de verlovingsring van mijn grootmoeder,' legde Jakob uit. 'Ik heb deze de afgelopen maanden opgeknapt.'

'De ring ziet eruit als nieuw,' zei Henya bewonderend.

'Mijn grootmoeder wilde dat mijn toekomstige vrouw op een dag dit sieraad zou krijgen. Daarom heeft ze het aan mij nagelaten.'

'Je... vrouw,' mompelde Henya. Nu zou het dus echt gebeuren! Jakob had het eigenlijk al een beetje verklapt, maar ze was nu diep ontroerd. Binnenkort zouden ze officieel verloofd zijn en mocht de hele wereld weten dat ze een stel waren.

'Waarschijnlijk moet ik het nu echt in stijl doen,' zei hij. 'Tenslotte krijg je gedurende je hele leven als het goed is maar één keer een aanzoek.' Hij knielde neer en keek met een liefdevolle glimlach naar haar op, de ring van zijn grootmoeder in zijn hand. 'Henriette Julia Schmerler, zou je mij de buitengewone eer willen bewijzen om mijn vrouw te worden bij mijn terugkeer uit Australië?'

Ze bedekte haar mond met haar handen. 'Ja, ja, ja!' Hij ging weer staan en ze kusten elkaar vol verlangen. In zijn vreugde tilde hij haar van de vloer en draaide haar rond. Beiden lachten vrolijk.

'Zullen we dan nu naar boven gaan en het de anderen vertellen?' stelde Henya voor. 'Volgens mij is Kerstmis dan helemaal perfect.'

In eerste instantie keken Carl Thomass senior en Valentin Schmerler echter wat minder vrolijk toen ze samen de salon uit kwamen.

'Jullie laatste oortje versnoept?' flapte Henya er verbaasd uit, hoewel ze haar baas normaal nooit tutoyeerde.

'Fritz heeft ons allebei honderd mark afgetroggeld met het kaarten,' gromde Carl senior.

Henya kon het niet laten om te giechelen. 'Jakob heeft mij zojuist de rest van mijn leven afgetroggeld.'

'Heeft hij je eindelijk ten huwelijk gevraagd?' vroeg de juwelier verheugd.

'Inderdaad,' zei Jakob. 'Zodra ik terugkom uit Australië, gaan we trouwen.'

Iedereen die ze over hun plannen vertelden die avond, was zonder uitzondering erg blij voor Henya en haar verloofde: Fritz, Eugen, Ludwig, Carli, Ursel, Franzi en Leonhard. Zelfs op Mozes de hond leek de algemene vreugde te zijn overgeslagen. Hij sprong kwispelend met zijn staart van de een naar de ander.

Toen Henya kort voor middernacht eindelijk naar bed ging, keek ze blij naar de foto. Nu wist ze dat het niet Marie Joas met haar man Georg was, maar met haar geliefde Moritz Schmerler.

'Mijn verloofde gaat dezelfde kant op als die van jou veertig jaar geleden,' zei ze tegen de vorige eigenaresse van haar kamer. 'Ik hoop dat Jakob meer geluk heeft dan jouw Moritz en geen twintig jaar nodig heeft om terug te keren.'

Nadat Henya het licht uit had gedaan, lag ze nog lange tijd wakker en dacht vol verlangen aan Jakobs kussen en aanrakingen.

19

2 JANUARI 1889, DE DAG WAAROP Jakob naar Engeland zou vertrekken, was veel te snel naderbij gekomen. Aan de vooravond van vertrek controleerden hij en Henya op zolder nog eens grondig zijn bagage. In een brief waarschuwde Moritz Schmerler dat het zelfs aan de noordwestkust van Australië, met het tropische klimaat, soms wat koel kon zijn, dus dat een lichte trui ook erg handig zou zijn.

De voorgenomen tussenstops op weg naar Engeland waren Stuttgart, Saarbrücken, Namen en Calais, vanwaar hij het Engelse Kanaal wilde oversteken. Hij zou een paar dagen doorbrengen bij zijn grootvader Thomas Derbishire in Londen en dan verder gaan op een poststoomboot richting Down Under.

'In het begin was het niet eens mogelijk om alleen op stoom naar Australië te reizen,' zei Jakob terwijl hij zijn sokken opvouwde. 'De eerste stoomschepen met ijzeren rompen voeren in 1852 naar Australië. Maar deze zogenaamde hulpstoomboten konden nog steeds alle zeilen bijzetten.'

'Waarom dan?' vroeg Henya, die een stoomschip met zeilen maar vreemd vond.

'De eerste stoommachines waren nog niet krachtig genoeg voor lange afstanden, en er waren destijds ook geen kolenhavens op de route naar Australië.'

Ze zag onmiddellijk voor zich hoe haar verloofde op een stuurloos schip op zee strandde en dat de voorraden op zouden raken. 'Maar inmiddels wel?'

Jakob was ontroerd door haar zorgen om hem en hij streelde liefdevol haar wang. 'Ja, maak je maar geen zorgen. De stoomboten zijn niet zo afhankelijk van de wind en varen met een constante snelheid. In de jaren zestig van de negentiende eeuw werd de krachtige *compound*-stoommachine met twee cilinders geïntroduceerd, waardoor er ook elektriciteit is voor verlichting, koeling en ventilatie. Nu de romp van ijzer is en niet langer van hout, is er meer ruimte benedendeks. Er zijn tegenwoordig zelfs grote salons voor eersteklaspassagiers, en beneden zijn er kleine privéhutten in plaats van enorme slaapzalen.'

'Dan ontbreekt het je aan niets aan boord,' mompelde Henya met een vrolijke glimlach.

'Je kunt beter zeggen dat ik niet in gevaar ben tijdens de reis. Maar je weet precies wat er ontbreekt,' fluisterde hij in haar oor. 'Of beter gezegd: wie.'

Zoals altijd kreeg ze kippenvel als zijn stem en adem zo dicht bij haar waren. Ze keek naar zijn keurig opgemaakte bed. Vanaf morgen zou het voor zeker anderhalf jaar leeg zijn. Ineens leken de seconden tot aan het afscheid veel te snel voorbij te vliegen.

Henya liet zich achterover op het bed zakken en trok Jakob in haar armen. Ze kusten elkaar met de hartstocht die het steeds moeilijker voor hen maakte om niet verder te gaan. Henya had echter besloten dat ze deze keer de grens over wilde. Wat als Jakob nooit meer terugkwam? Ze wilde heel graag dat hij degene zou zijn aan wie ze haar onschuld zou schenken – ook al betekende dit dat ze daarna alleen nog maar met hem zou kunnen trouwen en met niemand anders – zelfs al overleefde hij de reis niet. Ze knoopte zijn overhemd open en verwonderde zich over haar eigen vaardigheid. Ze liefkoosde zijn tepels met haar tong, kuste zijn gespierde buik, en hij kreunde van genot. Hij raakte zachtjes haar voorhoofd aan en hief haar kin op, zodat ze hem aan moest kijken. Hij keek haar vragend aan. Maar ze fluisterde alleen maar: 'Ik wil het. We zullen voorzichtig zijn, maar niet stoppen.'

En toen kuste ze hem hartstochtelijker met haar warme, zachte, ontvankelijke lippen dan ongehuwde mensen zouden mogen.

Ze had geen idee hoeveel tijd er verstreken was toen ze eindelijk naast elkaar lagen, uitgeput en gelukkig. Hun naakte lichamen lagen strak tegen elkaar in zijn krappe bed en werden alleen verlicht door het maanlicht. Haar lippen waren gevoelig door zijn stoppels – een aangename herinnering aan het feit dat hij zichzelf de afgelopen uren was vergeten.

Hij streelde zachtjes haar borsten. Door zijn liefkozingen en gefluisterde zoete woordjes tijdens hun gezamenlijke daad van passie, zag Henya zichzelf met andere ogen en had ze meer zelfvertrouwen gekregen.

'Het is alsof ik nu pas echt weet waar mijn lichaam voor bedoeld is,' fluisterde hij tegen haar.

Ze streelde zijn buikspieren en mompelde goedkeurend. 'Dat geldt voor mij ook. En je had vast gelijk: dit zal het afscheid nóg moeilijker maken. Maar ik zou het voor niets ter wereld hebben willen missen.'

'Ik ook niet,' antwoordde Jakob, terwijl hij met zijn wijsvinger de contouren van haar gezicht volgde.

Henya zuchtte diep. 'Ik kan beter naar beneden gaan, anders slapen we vannacht helemaal niet. Ik kan de hele dag gapen in de juwelierszaak, maar jij mag niet in slaap vallen in de trein, anders mis je je overstap.'

'Wat vreselijk dat je nu weg moet gaan. Ik zou graag met je in slaap willen vallen en wakker worden,' zei Jakob dromerig. 'Waar ik het meeste naar uitkijk, is dat dat na mijn terugkeer de realiteit zal zijn.'

'Dat zal geweldig zijn, ja.'

Haar verantwoordelijkheidsgevoel jegens hem kreeg echter de overhand. Ze ging rechtop zitten en begon zich aan te kleden.

Hij stak een kaars aan om haar te helpen haar kleren te vinden.

Toen zagen ze de bloedvlek op het beddengoed, een onmiskenbaar bewijs dat ze verder waren gegaan dan door de kerk was toegestaan voor het huwelijk. Maar Henya had geen spijt. Er zou nooit een andere man in haar leven zijn, dus hoefde niemand zich druk te maken over het feit dat ze haar onschuld had verloren.

Jakob leek meer spijt te hebben. 'Misschien had ik toch verstandig moeten zijn.'

'Dat zou je niet zijn gelukt,' antwoordde ze glimlachend en ze kuste hem op zijn voorhoofd. 'Het was een bewuste keuze. Heb je er spijt van?'

In plaats van antwoord te geven, trok hij haar weer naar zich toe op het verkreukelde bed – het duurde langer dan de bedoeling was voordat ze in haar eigen bed lag.

Carl Thomass senior en Ursula stonden erop Jakob met het rijtuig naar de trein te brengen. Zijn verloofde mocht bij hen in de koets zitten, terwijl Carli Leonhard, wiens enkel weer beter was, gezelschap hield op de bok, samen met zijn hond Mozes. Toen het rijtuig voor het met sneeuw bedekte stationsgebouw stopte en ze moesten uitstappen, leek het Henya alsof de weg die ze af moesten leggen naar het spoor waar de trein naar Ulm stond te wachten het pad naar de galg was. Het voelde alsof er over een paar minuten een einde zou komen aan hun liefde en ze voelde de pijn tot diep in haar hart.

Ze konden elkaar in ieder geval nog een laatste tedere kus geven. Toen Jakob met zijn koffer en rugzak al in de trein was gestapt, opende hij het raam om eruit te kunnen hangen.

Ze kneep nog één keer in zijn hand, toen klingelde er een bel. De trein begon te stomen en te sissen.

Toen het voertuig niet meer te zien was, verloor Henya, die dapper de brok in haar keel had weggeslikt, haar kalmte. Ze barstte uit in een wanhopige huilbui. Carli omhelsde haar troostend, terwijl zijn hond Mozes meelijwekkend jankte.

'Je kunt hem meteen schrijven als je thuiskomt,' zei Ursel tegen haar toen ze weer in het rijtuig zaten. 'We hebben gelukkig het adres van Vroni en Moritz Schmerler.'

'Dat zal ik doen,' antwoordde Henya snuivend. Ze schaamde zich ervoor dat ze had gehuild als een klein meisje wier favoriete speelgoed was afgepakt. Ze hoopte dat het de komende dagen erg druk in de winkel zou zijn, dat zou haar in ieder geval een beetje afleiden. Aan de andere kant miste ze hem voortdurend, vooral als ze in de juwelierszaak was, want het geruststellende gevoel dat Jakob achter in de werkplaats werkte, was met hem verdwenen. Ook zou ze de aangename kriebels in haar buik moeten missen die ze altijd voelde als ze zijn stem hoorde of als hij de winkel binnenkwam.

'Alsjeblieft, Henya, ga met me mee. Jij brengt me geluk.'

Fritz Thomass keek de verkoopster smekend aan. Intussen waren er bijna drie maanden verstreken sinds Jakob Joas afscheid had genomen. Gelukkig had Henya al vier ansichtkaarten ontvangen van haar verloofde – uit Stuttgart, Saarbrücken, Calais en Londen. Hij had ook nog een brief gestuurd vanuit de Britse metropool. Ze wist in ieder geval dat hij in goede gezondheid was en dat hij haar net zo erg miste als zij hem.

Ondertussen dreigde het ultimatum van de verkoper van de brouwerij aan de Kapuzinerplatz af te lopen. Als de zonen Thomass het geld voor de aankoop maandag niet bij elkaar zouden hebben, zou hij het aan een andere geïnteresseerde partij verkopen. De concurrent van de gebroeders Thomass was een van de personeelsleden van de Beierse Hercules: Rudi Gehrke, die Carli had afgeperst. Hij zou dit weekeinde met zijn rijke verloofde trouwen en zou dankzij de bruidsschat genoeg geld hebben om de brouwerij te kopen. Ursula Thomass had dat in ieder geval gehoord van de leden van de bierbrouwersvereniging. Haar zoon Fritz hoopte nu de rest van het bedrag te winnen bij het kaarten, want dokter Corbet hield vanavond een kaartavond in de achterkamer van zijn dokterspraktijk.

'Maar is dat niet illegaal?' vroeg Henya zich onzeker af.

'Ben je mal,' antwoordde hij met een afwijzend handgebaar. 'Dokter Corbet is een man van eer.'

Ze begreep nog steeds niet echt waarom hij wilde dat ze meeging. 'Waarom geloof je dat ik geluk breng?'

'Dat is veel meer dan alleen bijgeloof. Het is een bewezen feit dat kaartspelers met een mooie, pure vrouw aan hun zijde succesvoller zijn dan spelers zonder.'

'Bedankt voor het compliment dat je me puur vindt,' antwoordde Henya geamuseerd. Of een vrouw die in het geheim had toegegeven aan de zonde echt tot die categorie kon worden gerekend, was de vraag. Gelukkig bleef dat een geheim van Jakob en haar. 'Nou goed, ik ga wel mee. Maar geef mij achteraf niet de schuld als je alles verliest.'

'Bedankt,' riep Fritz enthousiast.

Zo gebeurde het dat Henya 's avonds naast Fritz Thomass stond en hartelijk werd verwelkomd door dokter Corbet.

'Ik ben heel blij dat je hart toont voor dit spel, dat deel uitmaakt van onze cultuur,' zei de weldoorvoede dokter zalvend. 'Gokken is ooit een zeer elegante traditie geweest. Wat een geweldige tijden heb ik beleefd in de casino's van Aken en Baden-Baden! Het meest succesvolle casino van die tijd bevond zich in Bad Homburg, dat was echt een indrukwekkend gebouw. Het overschaduwde zelfs Monte Carlo. Maar sinds 1871 geldt er in Duitsland een officieel gokverbod. Onbeschaafd en saai!'

De drie andere heren die aan het kaartspel deelnamen, waren zelfs zeer elegant gekleed en leken buitengewoon gedistingeerd. Het spelletje in de achterkamer van de dokterspraktijk was allesbehalve saai. Henya had het warm en kon nauwelijks ademen van opwinding. Tot haar verbijstering zette Fritz twee keer alles in – en won!

Hij viel haar jubelend om de hals. 'Henya, ik wist dat je mij geluk zou brengen! Nu hebben we eindelijk genoeg om de brouwerij te kopen. We zullen bier brouwen dat alle andere merken zal overtreffen: het beste van München. Wat zeg ik? Het beste van de wereld!'

Hij pakte Henya bij de heupen vast en draaide haar vrolijk rond. Opeens voelde ze zich vreselijk misselijk. Toen hij haar weer neerzette, voelde het alsof haar hoofd gevuld was met watten, alles bleef draaien. Toen begaven haar benen het en werd alles donker om haar heen.

De kapitein van het postschip Ancona had de passagiers gewaarschuwd dat ze zich in de uitlopers van een zware cycloon, een zogenaamde tyfoon, bevonden. Deze was vanuit het noordoosten aan komen waaien. De stromende regen hing als een gordijn om hen heen en bliksem en donder doorkliefde de lucht. Hoewel de stoomboot vreselijk deinde, probeerde Jakob een brief aan zijn verloofde Henya te schrijven die blaakte van zelfverzekerdheid, om haar zorgen echt weg te nemen. Hij was blij dat zijn aanvankelijke zeeziekte na een tijdje over was gegaan, want de scheepsarts had er geen middel tegen. Dat had Jakob niet verbaasd, aangezien de dokter nog heel jong was, nog nooit eerder op zee had gediend – en zelf net zo ziek was als de meeste andere passagiers.

Lieve Henya,
Sinds een aantal weken reizen we nu met het bekende stoomschip de Ancona. Het vaart al tien jaar inmiddels en de eerste reis ging naar Shanghai en terug. Er is plaats voor zo'n negentig passagiers in de eerste klas, en in de tweede klas zijn we met ongeveer dertig mensen.

Naar Australië varen is niet eenvoudig, het vereist grote vaardigheid van de kapitein van het schip en het gebruik van verschillende instrumenten. Denk daarbij aan de telescoop, een scheepskompas, een logboek en een sextant. Het bepalen van de koers hangt echter ook af van de vraag of de kapitein de positie van de sterren aan de nachtelijke hemel goed kent. Doordat de schepen nu van ijzer zijn, stoort het kompas soms.

Het metaal heeft invloed op de magnetische naald, waardoor speciale aanpassingen en berekeningen nodig zijn voor nauwkeurigheid. De gebruikte kaarten zijn door de Admiraliteit ontwikkeld voor gebruik op Britse marine- en koopvaardijschepen. Aandacht voor detail en nauwkeurigheid zijn uiteraard erg belangrijk. Van de matrozen van de Peninsular and Oriental Steam Navigation Company, kortweg P&O, heb ik al veel over onze route geleerd. De genoemde rederij werd opgericht in 1836 en voer aanvankelijk vanuit Londen naar Spanje, Portugal en de Middellandse Zee. In 1845 werden de P&O-diensten uitgebreid naar Singapore en het Verre Oosten, en in 1852 kwam er een tweemaandelijkse vaart van Singapore naar Australië.

Twee jaar later ging de Bombay Postal Service over van de noodlijdende Oost-Indische Compagnie naar de betrouwbare P&O. Daardoor werd het de belangrijkste vertegenwoordiger van de Britse stoomvaart in het Verre Oosten en is het de enige reguliere en betrouwbare post-, passagiers- en vrachtdienst tussen Europa en Egypte, India, Ceylon, Maleisië, China en Australië. De opening van het Suezkanaal twintig jaar geleden heeft de reistijden aanzienlijk verkort. Sindsdien vertrekken de stoomboten elke zaterdag vanuit Londen naar India en elke twee weken richting Australië en China. Ik hoop dus dat onze brieven binnen redelijke tijd bezorgd worden.

Ondertussen ging de Ancona zo hevig op en neer dat Jakob gedwongen werd te stoppen met schrijven.

'Hoe lang duurt deze storm nog?' hoorde hij een vrouw aan de tafel naast hem wanhopig vragen aan haar man. Een oudere vrouw bad zachtjes in zichzelf en Jakob ving er een paar woorden van op: 'in het uur van onze dood'.

Toen klonk er boven een verschrikkelijke klap en het water spatte over de dekken en in de hutten. Mensen renden schreeuwend naar buiten; een man riep: 'We vergaan!'

Maar een van de passagiers, zelf kapitein-ter-zee, kwam terug van het dek met een wat objectiever verslag van de situatie: 'Een klein, beschadigd stuk van de reling is verdwenen. In de tweede klas is echter een luik opengebarsten, dus je kunt er inmiddels bijna zwemmen. Iedereen moet helpen het water eruit te krijgen.'

Toen sloegen echter alle ramen in de salon met een klap kapot. Er klonk luid geschreeuw en binnen de kortste keren stond hun ook hier het water tot de knieën. Tafels, stoelen, flessen en glazen dreven rond. Jakob hielp de obers het water weg te scheppen met champagne-emmers. Maar als de tyfoon nog erger zou worden, zouden ze het misschien niet overleven, besefte hij.

Henya werd duizelig wakker in een kamer met krijtwitte muren. Ze keek verward om zich heen en keek recht in de bezorgde gezichten van Fritz Thomass en dokter Corbet.

'Je bent in mijn praktijk,' legde de dokter op geruststellende toon uit. 'Je viel flauw na het kaarten.'

'Maar hoe kan dat dan?' riep Henya bezorgd, want zoiets was haar nog nooit eerder overkomen.

Het baarde haar zorgen dat de dokter Fritz met een ernstig gezicht vroeg even buiten te wachten.

'Het spijt me dat ik je dit zo bot moet vragen, Henriette,' zei dokter Corbet toen Fritz weg was gegaan. 'Maar zou het kunnen dat jij en je verloofde voordat hij vertrok... een net zo hechte band hebben gekregen als getrouwde stellen?'

Henya staarde betrapt naar de dokter. Ze wist niet hoe nauwkeurig hij haar had onderzocht terwijl ze bewusteloos was – of wat hij had ontdekt. Ze ontkende het dus niet, maar bleef nogal vaag, met een haperende stem: 'Maar... hij heeft zich op tijd...'

'Er bestaat niet zoiets als op tijd zijn,' antwoordde de dokter hoofdschuddend. 'Al voor de ejaculatie kan er genoeg aanwezig zijn.'

'Maar ik had wel mijn maandelijkse periode,' protesteerde Henya. Wat dokter Corbet suggereerde kon gewoon niet waar zijn!

'Soms krijgen vrouwen die ook als ze in blijde verwachting zijn,' zei hij tot haar schrik. 'Nee, Henriette, ik twijfel er niet aan: je bent drie maanden zwanger.'

De dokter was zo zeker van zijn zaak dat alle kleur uit Henya's lippen weg was getrokken en ze trilde als een blad aan een boom. Aangezien haar vader advocaat was, wist ze als geen ander hoe vrouwen met buitenechtelijke kinderen moesten lijden. Dergelijke geboorten werden als een schande beschouwd, zowel voor de moeder als voor het kind. Uit angst voor sociale uitsluiting werden dit soort kinderen vaak omgebracht en pleegden de vrouwen zelfmoord. De kinderen zouden het zwaar te verduren krijgen, zo zouden ze niet worden toegelaten tot de ambachtsgilden. Deze maatregelen moesten mensen afschrikken om dergelijke 'vleselijke misdaden' te begaan. Eenieder besefte dat hun buitenechtelijke zonen of dochters gestraft zouden worden. Zulke kinderen konden ook geen heilige sacramenten ontvangen in de kerk. Henya zou niet lang meer in de juwelierszaak kunnen werken zonder de reputatie van de familie Thomass te schaden. Wat moest ze doen?

Deel 2

September tot november 1889

20

AAN HET BEGIN VAN DE AUSTRALISCHE lente, begin september, arriveerde Jakob Joas in Broome, in de Kimberley-kuststreek, waar Moritz Schmerler en zijn vrouw Vroni vermoedelijk woonden. De Ancona had de tyfoon overleefd en was uiteindelijk veilig in Sydney gearriveerd, in het zuidoosten van het continent. Eerst had Jakob geld moeten verdienen bij een juwelier om de reis van vierenhalfduizend kilometer naar de noordwestkust te kunnen bekostigen. Maar toen hij daar uiteindelijk aankwam, kon niemand hem vertellen waar de straat was waar Moritz Schmerler woonde, en hij kon die ook niet vinden op de kaart die hij had gekocht. Nu had hij tienduizenden kilometers afgelegd om in Broome te komen – en zou het mislukken omdat hij simpelweg de straat niet kon vinden?

'Verdorie,' schold hij en hij gooide zijn koffer op de grond, waardoor rood zand opstoof.

'Hoezo "verdorie"?' hoorde hij onverwacht iemand zeggen in zijn moedertaal.

Hij draaide zich verbaasd om en zag het lachende gezicht van een man van zijn leeftijd met een sepiakleurige huid en helderwitte tanden.

'Sprak je nu net Duits?' vroeg Jakob onzeker.

'Ja, die taal hoor je hier niet zo vaak,' antwoordde de vreemdeling.

'Hoe komt het dat jij het spreekt?'

'Mijn vader komt uit het Rijnland.' Hij stak zijn hand uit. 'Daku Schulz.'

'Jakob Joas uit München,' zei de leerling-goudsmid en hij beantwoordde zijn handdruk. 'En je moeder komt hiervandaan?'

'Precies, ze behoort tot het inheemse Yawuru-volk, de oorspronkelijke bewoners van de huidige nederzetting. Mijn vader kwam naar Australië om naar goud te zoeken. Nu zegt hij altijd dat hij hier iets heeft gevonden wat veel waardevoller is: zijn grote liefde.'

Carl Thomass, zijn baas, had hem al verteld over de Australische goudkoorts eerder deze eeuw. De in Engeland geboren Edward Hammond Hargraves was op zeventienjarige leeftijd naar Australië geëmigreerd. Toen het nieuws over de goudvondsten in Californië in december 1848 Sydney bereikte, ging Hargraves aan boord van de *Elizabeth Arden* om zich bij de goudzoekers in Californië te voegen.

'Zijn zoektocht was niet erg succesvol, maar hij realiseerde zich dat de goudmijnlocaties daar geografisch en geologisch vergelijkbaar waren met het gebied ten noorden van de Australische stad Guyong,' had Carl senior verteld. 'Na een jaar in Californië keerde Hargraves op 7 januari 1851 terug naar Australië. In maart dat jaar begon hij met zeven in de Lewis Ponds River en vond hij zestien gram goud. Op 2 mei publiceerde de krant *The Sydney Morning Herald* een artikel over zijn goudvondsten. Dat was het begin van de Australische goudkoorts.'

Daku onderbrak zijn gedachten. 'En waarom stond je hier maar wat te schelden, Jakob?'

De Duitser zuchtte. 'Ik ben op zoek naar deze straat. Daar woont een parelvisser die ik wil bezoeken, maar niemand hier weet het te vinden en het staat ook niet op de kaart.'

'Dat komt omdat dit huis verder richting de kust ligt,' legde Daku glimlachend uit. 'Kom op, dan breng ik je ernaartoe.'

'Bedankt, dat is aardig van je.'

‘Hoe bevalt Australië tot nu toe?’ vroeg Daku terwijl ze door Broome liepen.

‘Het is compleet anders dan alles wat ik ooit heb gezien,’ antwoordde Jakob. ‘Het zand hier doet me denken aan bloed in poedervorm.’

‘Goede vergelijking. Trouwens, mijn voornaam betekent zandheuvel in de Zuid-Australische Diyari-taal,’ zei Daku.

Op weg naar de buitenwijken van de stad ontmoetten ze mensen van heel verschillende afkomst en heel divers uiterlijk.

‘Het is hier echt een smeltkroes van culturen,’ merkte Jakob gefascineerd op.

‘Dat klopt, in Broome ligt bijvoorbeeld de grootste Japanse begraafplaats buiten Azië. Maar de spanningen kunnen hoog oplopen in de baai,’ waarschuwde de knappe man, die half Aboriginal was. ‘Europeanen, Maleisiërs, Filipijnen, Indonesiërs en Japanners liggen hier voortdurend met elkaar overhoop. De Europeanen claimen de suprematie, ook al zijn ze zwaar in de minderheid.’

‘En ze willen allemaal rijk worden met parelmoer,’ sprak Jakob zijn vermoedens uit.

Daku knikte. ‘Ik werk nu op het postkantoor, maar heb zelf ook naar parels gevist. Niet in een lendendoek zoals vroeger, maar in een beschermend pak met een koperen helm. Parelvissen wordt in Australië al eeuwenlang beoefend door Aboriginals. De artistiek versierde mosselschelpen noemen wij *riji*. Onze volkeren gebruikten ze ook als ruilmiddel. Traditioneel mogen ze alleen gedragen worden door de meest vooraanstaande mannen. Onze stammen ruilden met vissers uit de Straat Makassar uit Indonesië en Sulawesi: schelpen en parels, zeekomkommers en schildpadden. De Europeanen waren uiteraard enthousiast over de gebieden die rijk waren aan parels hier: Roebuck Bay, zoals Broome aanvankelijk heette, Shark Bay en de Straat Torres. Deze wordt ook wel Zenadh Kes genoemd, is honderdvijftig kilometer breed en ligt tussen Australië en het eiland

Nieuw-Guinea. Zestien bedrijven vissen al tien jaar op parels van Thursday Island. Hier in Broome liggen ruim tweehonderd zogenaamde loggers, dat zijn bijzondere zeilschepen, en ruim tweeduizend man zoeken in de omgeving, het is zeker het grootste parelvisserijcentrum ter wereld.'

'Ik hoorde dat het hier in de Straat Torres niet alleen om parels gaat, maar ook en misschien wel vooràl om parelmoer.'

'Dat klopt, het wordt gebruikt voor het maken van knopen, geweerkolven, bestek, kammen en meubels. Amerika en Groot-Brittannië zijn belangrijke afnemers,' wist Daku te vertellen. 'De visserij in de Straat Torres is zo succesvol dat de helft van alle mosselproducten wereldwijd hiervandaan komt. Daarom trokken Europeanen, bewoners van eilanden in de Zuidzee en Aziaten hiernaartoe. Ongeveer de helft van de parelvissers komt inmiddels uit het buitenland. De meesten van hen zijn Chinees, ze werken ook als koks en zakenmensen, en verdienen daarnaast geld met hout, water – en prostitutie.'

Jakob huiverde. Hij had niet verwacht dat het hier in september zo koud zou zijn. Hij kon zich nauwelijks voorstellen dat het aan de andere kant van de wereld, in München, nog hoogzomer was. Hopelijk had Henya toch een beetje kunnen genieten van het warme seizoen! Daku leek zijn gedachten te raden. 'Je dacht zeker dat het warm zou zijn hier in september. In juli is het hier altijd het koudst, met soms zelfs temperaturen onder de tien graden. Mijn vader moest er ook aan wennen dat het hier van december tot en met maart het heetst is.'

Jakob knikte. 'In Sydney kreeg ik al te horen dat er vanwege het tropische klimaat aan de noordwestkust geen vier seizoenen zijn, alleen een nat en een droog seizoen.'

'Nou, bij de Yawuru hebben we zelfs zes seizoenen. Die drukken we uit in de *Wangal*, wat wind betekent, en de *Wula*, wat ons woord voor regen is.'

Ze waren inmiddels bij een ijzeren hek buiten de stad aangekomen.

'Dit is het adres. "Verboden toegang voor onbevoegden",' zei hij, naar het bord wijzend.

'Maar ik ben welkom,' zei Jakob. 'Moritz Schmerler heeft me uitgenodigd. Wil je mee? Dan krijg je wat te drinken.'

Daku knikte en de Duitser besefte dat de poort gewoon open kon. Deze piepte echter vreselijk. Nadat ze een klein stukje over het terrein hadden gelopen, hoorden ze plotseling een luid geblaf uit de struiken komen.

Een enorme hond, zo te zien een Duitse dog, kwam uit het struikgewas stormen, recht op de twee geschrokken jonge mannen af.

Het geurde naar hop, subtiel, helder en glanzend... Het amberkleurige bier bruiste in de kroes. Henya, die negen maanden zwanger was en geen alcohol wilde drinken, snoof er alleen maar aan, maar haar beste vriend Carli nam een flinke teug.

'En?' Zijn drie jongere broers keken hem verwachtingsvol aan.

Carli glimlachte breed. 'Heerlijk: licht kruidig, maar vol van smaak! Het is echt lekker. De inwoners van München zullen versteld staan, zulk lekker bier hebben ze nog nooit geproefd.'

Ludwig, Fritz en Eugen brulden enthousiast vanwege zijn reactie. Dankzij de verrassende gokwinst van Fritz hadden de gebroeders Thomass op 27 maart echt de kleine brouwerij aan de Kapuzinerplatz kunnen kopen. Ondertussen produceerden Eugen en Ludwig daar hun eigen vloeibare goud. Op advies van hun moeder Ursel besloten de broers Thomass om een s uit hun naam te schrappen voor hun bier.

'Dan denken de vrome drinkers hier aan de naam St. Thomas – en aan de eeuwenoude kloosterbrouwerijen.'

'De eerste echte pils uit München is een feit!' riep Eugen plechtig. 'Een stamwortgehalte van elf komma vijf procent, vier komma negen procent alcohol.'

De cijfers zeiden Henya niets, maar ze was blij voor de broers. 'Nu heeft de familie Thomass niet alleen parels en goud, maar ook parelend goud.'

'En binnenkort zal er een geboorte plaatsvinden,' antwoordde Eugen, kijkend naar haar indrukwekkende tailleomvang.

'Ja, het zou ook tijd worden,' klaagde Henya. 'Mijn rug doet pijn, en slapen is zo onderhand een marteling.' Ursel Thomass had een oplossing gevonden voor het probleem van Henya's onwettige zwangerschap. 'Je zult slecht behandeld worden als de waarheid uitkomt, daardoor kun je die beter voor je houden. Ik zie dit als een van die momenten waarop de Heer een leugentje om bestwil wel zal vergeven.'

Zo zei de bazin terloops tegen alle vaste klanten: 'Onze getalenteerde verkoopster is met onze leerling Jakob Joas getrouwd op de dag voordat hij vertrok. Wen dus maar aan haar nieuwe achternaam.'

Voor de rest kon men gerust vertrouwen op het geroddel. Henya zou ongetwijfeld binnen de kortste keren overal als getrouwde vrouw worden beschouwd, vermoedde Ursel. 'En zodra Jakob thuiskomt, gaan jullie gewoon echt trouwen.'

Wanneer Henya's verloofde precies zou terugkeren, was echter nog onduidelijk. Hoewel ze regelmatig post van hem ontving, had hij nog steeds geen vast adres, waardoor ze hem niet kon bereiken. Ze had al haar brieven naar het adres van haar oudoom Moritz gestuurd. Maar Jakob zou die pas kunnen lezen als hij was aangekomen in Broome, aan de noordwestkust van Australië. Door zijn laatste ansichtkaarten was duidelijk geworden dat hij nog steeds onderweg was.

'Rudi Gehrke staat buiten,' besefte Carli huiverend. 'Wat kijkt hij weer hatelijk.'

De voormalige werknemer van de Beierse Hercules had met de bruidsschat van zijn vrouw een klein restaurant in Schwabing gekocht, maar hij was eigenlijk geïnteresseerd geweest in de brouwerij aan de Kapuzinerplatz.

'Hij vindt gewoon dat we dit voor zijn neus hebben weggekaapt,' zei Fritz terwijl hij zijn schouders ophaalde. 'Terwijl wij maanden in onderhandeling zijn geweest met de vorige eigenaar.'

'Ik ga nog even naar de werkplaats,' zei Carli. Henya kon aan hem zien dat hij nog steeds uit zijn humeur raakte als hij Rudi Gehrke zag.

'Ik ga met je mee,' bood ze aan. 'Je moeder zal mijn hulp zeker kunnen gebruiken.'

'Dat klopt, de jonge nieuwe verkoopster leert niet echt snel,' gaf Carli toe. 'Maar op een gegeven moment moet je het rustig aan doen. Je kunt elk moment gaan bevallen.'

'O, dat duurt vast nog wel even,' wierp Henya tegen. 'Ik wil je moeder bijstaan zo lang als ik kan.'

Nadat ze afscheid hadden genomen van Carli's broers, gingen hij en Henya naar buiten, waar Leonhard Staudinger met het rijtuig stond te wachten.

Toen ze bij de juwelierszaak aankwamen, leek de jonge verkoopster Bärbel Stadlbauer, zoals gevreesd, volledig van slag omdat er twee klanten tegelijk in de winkel waren. De persoon die geholpen moest worden was barones Charlotte von Grafenstein, een behoorlijk veeleisende klant. Henya zag meteen dat Bärbel de wanhoop nabij was.

De tweede klant, die een beetje ongeduldig leek te worden, heette mevrouw Bernauer en was eigenlijk best sociaal. Henya onderbrak het verkooppraatje en wendde zich tot de dame. 'Barones Von Grafenstein, wat fijn om u weer in de winkel te zien.'

'Juffrouw Schmerler… O nee, ik moet u inmiddels mevrouw Joas noemen, hè? De zwangerschap is al vergevorderd. Kijkt u uit naar de komst van de kleine?'

'Ja,' antwoordde Henya naar waarheid. 'Ik kan nauwelijks wachten om mijn kleintje in mijn armen te houden.'

'Dat kan ik me voorstellen,' antwoordde de edelvrouw, die er vreemd weemoedig uitzag. 'Er zijn ook vrouwen die tevergeefs hopen, dus wees dankbaar!'

'Dat ben ik ook,' zei Henya. 'Ik kan het wonder nog steeds niet helemaal bevatten.'

'Zal uw man vóór de geboorte terug naar München komen?'

'Bärbel, help jij mevrouw Bernauer even,' fluisterde Henya tegen haar jonge collega, waarna ze de edelvrouw antwoordde: 'Ik ben bang van niet. Dat ik in blijde verwachting ben, zal hij pas ontdekken als hij aankomt bij het huis van mijn oudoom Moritz in Broome, in Australië. Dat ligt bijna vijfduizend kilometer van Sydney vandaan.'

'Lieve hemel, arme vrouw. Een bevalling doormaken is al moeilijk genoeg, maar als uw man dan ook nog zo ver weg is...'

'Ik hoop dat hij erg gelukkig zal zijn als hij hoort van de verrassing,' antwoordde Henya.

Toen de twee klanten vertrokken waren – Charlotte von Grafenstein had een dure broche gekocht en mevrouw Bernauer een paar oorbellen – bedankte Bärbel Henya uitbundig: 'Je was echt mijn redding, barones Von Grafenstein was zo onvriendelijk tegen me.'

'Ja, je moet weten hoe je ermee om moet gaan,' verzuchtte Henya, opnieuw bezorgd als ze dacht aan de tijd dat ze de winkel na de geboorte van haar kind voor onbepaalde tijd aan haar onervaren collega moest overlaten.

Tot haar vreugde kwam Alice Joas, haar toekomstige schoonmoeder, de winkel binnen. Ze keek ernstiger dan anders.

'Is er iets, Alice?' vroeg ze.

Ze mocht Jakobs moeder nu bij de voornaam noemen. Die was helemaal in de wolken geweest toen Henya haar met Pasen in het striktste geheim had toevertrouwd dat ze in de nazomer grootmoeder zou worden. Alice Joas had geen moment veroordelend gereageerd op het feit dat jonge stel vóór hun huwelijk aan hun liefde had toegegeven.

Nu knikte de Engelse. 'Helaas heeft Martin inmiddels ook je leugentje om bestwil over je huwelijk met Jakob gehoord. Ik heb hem verteld dat het niet waar was, maar hij geloofde me niet en werd woedend.'

Henya's knieën begonnen te knikken. Jakobs vader joeg haar de stuipen op het lijf.

'Als hij hier komt om je te confronteren, zal dat beslist niet prettig zijn. En als hij dan ook nog ziet dat je een buitenechtelijk kind van onze Jakob verwacht, kan er van alles gebeuren.'

'Misschien moet ik wegblijven uit de winkel tot ik ben bevallen,' fluisterde Henya.

'Dat lijkt me in ieder geval veiliger,' beaamde Alice.

'Bedankt voor de waarschuwing.' Henya keek zenuwachtig door de etalage naar buiten. 'Ik zal mevrouw Thomass meteen vragen het van mij over te nemen.'

21

'HASSO, HIER!'

Een scherpe stem riep in het Duits de dog terug en Jakob was enorm opgelucht dat het bakbeest hem en zijn metgezel Daku niet had aangevallen.

Toen kwam er een lange, slanke man uit de struiken tevoorschijn. Hij had donkere krullen met grijze strepen erdoor, maar zag er te jong uit voor de man die Jakob zocht. Die moest namelijk al vierenzestig zijn. Zijn overhemd was waarschijnlijk ooit wit geweest, maar niets hier kon tegen het alomtegenwoordige rode stof op.

'Hallo,' begroette hij de eigenaar van de hond, die verbaasd maar niet onvriendelijk keek. 'Mijn naam is Jakob Joas, ik ben op zoek naar Moritz Schmerler. Dit is Daku Schulz, die zo vriendelijk was mij de weg te wijzen.'

'Jakob, de zoon van Alice Derbishire en Martin Joas?' zei de man met een verrassend jongensachtige glimlach.

'Precies,' antwoordde Jakob, en de parelvisser schudde hun verheugd de hand.

De dog, die zwart-witte vlekken had als een koe, kwam tot rust en kwispelde met zijn staart.

'Moritz Schmerler,' stelde hij zichzelf voor. Hij was het dus toch, maar zag er gewoon heel atletisch uit voor zijn leeftijd. 'Carl Thomass had je komst maanden geleden al aangekondigd.'

'Ja, ik ben in april in Sydney aangekomen, maar daar heb ik eerst een tijdje bij een juwelier gewerkt om geld te verdienen,' legde de leerling-goudsmid met een opgelaten glimlach uit.

'Nou, het belangrijkste is dat je nu hier bent,' antwoordde Moritz, waarna hij zich tot Daku wendde: 'Ga je met ons mee naar het huis? Je kunt vast wel een verfrissing gebruiken als je helemaal vanuit de stad hierheen bent gekomen.'

'Graag.'

Op weg naar de boerderij vroeg Moritz hem hoe het kwam dat hij zo goed Duits sprak, en de Halbyawuru vatte zijn familiegeschiedenis nogmaals samen.

Het huis van de Schmerlers stond aan het strand, was twee verdiepingen hoog, en een torentje met een puntdak maakte het helemaal af. Zoals veel gebouwen in Broome was het ooit dofgroen geschilderd geweest, maar het rode zand had ook van de muren zijn tol geëist. De woning stond op palen, waardoor je eerst een houten trap moest beklimmen om op de veranda te komen.

'Het verschil tussen eb en vloed hier aan de kust kan oplopen tot tien meter,' legde Moritz uit. 'Bovendien zijn er in het regenseizoen van april tot november regelmatig cyclonen. Het is dan ook veiliger om wat hoger te wonen.'

'Wat een uitzicht!' verbaasde Jakob zich terwijl zijn blik over de parelwitte stranden en de heldere, aquamarijnblauwe oceaan dwaalde. 'Het water glanst als een mengsel van topaas en smaragd.'

'Dat komt waarschijnlijk door het intense tropische zonlicht en het glinsterende witte zand op de zeebodem,' zei Moritz.

'Is het mogelijk om hier te zwemmen? Of zijn er gevaarlijke haaien of zoiets?' vroeg Jakob.

Moritz schudde zijn hoofd. 'Er zitten hier veel rifhaaien, hamerhaaien en wat schepneusroggen. Maar ze zijn niet gevaarlijk. In september kun je rustig in de oceaan zwemmen. Maar van november tot en met juni, als het water meestal bijna dertig graden is, wemelt het van de kubuskwallen. Die hebben tentakels van wel drie meter lang en zijn uiterst giftig. Zwemmen zou ik dus niet aanraden. Ook zoutwaterkrokodillen komen één of twee keer per jaar langs de kust, dus voorzichtigheid is uiteraard geboden.'

Een mooie jonge Aziatische vrouw kwam het gebouw uit en vroeg de huiseigenaar in het Engels of ze iets voor zijn gasten kon brengen.

'Willen jullie Kazumi's zelfgemaakte mangolimonade proberen?' vroeg de parelvisser. 'Die is echt heerlijk, en haar frambozen-kokostaart mogen jullie ook niet overslaan.'

De twee mannen gingen akkoord en namen plaats in de rieten stoelen op de veranda, waarvan de vloer was gemaakt van glanzend eucalyptushout. Daku was duidelijk onder de indruk van de mooie Kazumi en keek haar na terwijl ze weer het huis in verdween. Jakob betrapte zichzelf erop dat hij zich afvroeg wat voor relatie Moritz Schmerler had met de jonge Japanse vrouw. De parelvisser was zestien jaar geleden met Leonhard Staudingers zus Vroni naar Australië gegaan, maar dat hoefde niet te betekenen dat hij nog steeds met haar getrouwd was. Veel oudere Europeanen vonden hier jongere vrouwen die hoopten op een beter leven.

'Is uw vrouw ook thuis?' vroeg hij voorzichtig.

'Vandaag logeert ze bij een vriendin in de stad, maar morgen zul je haar ontmoeten,' antwoordde Moritz.

Vroni en hij waren dus nog steeds samen!

Goed nieuws voor Daku, die Kazumi erg aardig leek te vinden. Hij straalde in ieder geval van oor tot oor toen ze terugkwam en iedereen een glas limonade en een schoteltje met gebak gaf.

Hij en Jakob waren even enthousiast over de mangodrank als over de frambozen-kokostaart.

'Kazumi is echt een zegen voor ons,' benadrukte Moritz. 'Haar verhaal is echter erg triest. Haar verloofde werd te snel opgetrokken tijdens het parelduiken.'

Jakob wist dat dit een pijnlijke dood voor de duiker betekende. Meneer Hastings, de juwelier voor wie hij in Sydney had gewerkt, was ooit getuige geweest van een dergelijk incident. De ogen van de overleden duiker waren uit hun kassen gesprongen en zijn borst was verbrijzeld. Jakob voelde medelijden voor Kazumi en las dat ook van Daku's gezicht af. Je dierbare verliezen op een dergelijke manier moest verschrikkelijk zijn.

'Helaas kon ze als alleenstaande niet op tegen een aantal walgelijke Europeanen,' vervolgde Moritz. 'Toen ze hun avances afwees, timmerden ze de arme vrouw in elkaar, het was verschrikkelijk. We hebben Kazumi destijds in huis genomen en hebben er nooit spijt van gehad.'

'Mijn tante stierf op dezelfde manier als Kazumi's verloofde,' vertelde Daku met omfloerste stem. 'Parelzoekers zetten graag zwangere Aboriginal-vrouwen in als duikers omdat ze dachten dat ze een grotere longcapaciteit hadden. Onzin natuurlijk. Mijn tante heeft haar laatste duik niet overleefd.'

Moritz knikte met een sombere uitdrukking. 'We kunnen je beter meteen over deze donkere kanten van Broome vertellen, Jakob. Hoewel hier de Britse vlag wappert en slavernij in Engeland verboden is, gebeurt het in Broome nog steeds. De Aboriginals en vele buitenlanders worden door de Europeanen ontvoerd, mishandeld en van hun vrijheid beroofd. Het is een schande.'

'Mijn tante kreeg geen loon voor haar levensgevaarlijke werk – alleen twee keer per dag een handvol meel,' voegde Daku er bitter aan toe.

Jakob voelde woede in zich opkomen.

'De magistraten knijpen een oogje dicht voor het feit dat de politie corrupt is,' zei Moritz. 'Iedereen hier is bij de parelhandel betrokken en niemand durft op te staan tegen degenen die voor de grootste winst zorgen.'

'De politieagenten zijn soms zelf veroordeelde criminelen,' zei

Daku. 'Een van hen sloeg vijf jaar geleden de schedel van mijn zeventigjarige oudoom in. Na drie maanden gevangenisstraf werd die klootzak gepromoveerd tot brigadier. Hij kon de Aboriginals ongestraft blijven mishandelen.'

Hoewel de taart heerlijk smaakte, slikte Jakob moeizaam en legde toen zijn vork neer. Hij was naïef geweest toen hij zijn beeld van Broome had gevormd. En het feit dat hij ervan had gedroomd zelf naar parels te duiken met een koperen helm op en een speciaal pak aan… Nu twijfelde hij of die ervaring wel de moeite waard was.

'Daarom heb ik het parlement van Queensland aangeschreven. Zij zouden een staatsinspecteur moeten aanstellen om toezicht te houden op de lonen en de arbeidsomstandigheden,' haalde Moritz hem uit zijn gedachten. 'Nu ik het over schrijven heb: er zijn heel veel brieven voor je gekomen – van mijn achternicht Henriette Schmerler.'

Jakobs humeur verbeterde onmiddellijk. Eindelijk zou hij erachter komen hoe het met zijn verloofde ging.

Henya ging weer terug naar de juwelierszaak. Ze had Ursel Thomass willen vertellen over het gevaar dat Martin Joas vormde, maar de bazin had vandaag zo'n hevige hoofdpijn dat ze haar liever niet over de problemen vertelde en haar alleen een spoedig herstel wenste. Het moest wel heel raar lopen als Jakobs vader vandaag zou komen opdagen.

'Wat aardig van je om de plaats van de bazin in te nemen,' zei Bärbel Stadlbauer, haar bedankend. 'Als jij er bent, voel ik me altijd een stuk kalmer.'

'Ik doe het graag – zolang de kleine het toestaat,' grapte Henya terwijl ze haar blik door de etalage buiten naar de Marienplatz liet dwalen. Toen verstijfde ze.

Dat kon gewoon niet waar zijn! Martin Joas liep gehaast richting de ingang van de winkel. Henya ging snel achter de verkoopbalie staan. Misschien kon ze op die manier in ieder geval haar dikke buik een beetje verbergen.

Even later klingelde de bel boven de winkeldeur en de lakenhandelaar snelde onmiddellijk op haar af.

'Henriette, ik heb geruchten gehoord dat jij en mijn zoon Jakob zijn getrouwd,' siste hij geïrriteerd.

'Daar is niets van waar,' antwoordde Henya, die haar best moest doen om niet terug te wijken voor zijn dreigende gedrag, want als ze dat deed, zou hij haar dikke buik zien.

Tot haar schrik zei Joas: 'Dat geloof ik ook niet. Ik heb met pastoor Metz gesproken. Jakob heeft hem om een trouwdatum gevraagd, voor wanneer hij terugkeert in juni volgend jaar. Maar ik heb ook een heel ander gerucht gehoord. En ik weet zeker dat dat bevestigd wordt als je een stapje terug doet. Je verwacht een kind.'

'Hallo, meneer Joas. Zoekt u een speciaal artikel?' Carli's stem klonk ongewoon luid en dreigend uit de richting van de deur naar de werkplaats. De goudsmid ging achter de toonbank staan, naast Henya. Jakobs vader negeerde hem echter en bleef stug tegen de verkoopster praten.

'Is het kind dat je verwacht van Jakob? Of ben je soms met een andere man naar bed geweest?'

'Ik moet u nu echt vragen...' begon Carli, maar Martin Joas onderbrak hem gewoon.

'Natuurlijk ben ik geen monster. Als ik grootvader word, ben ik klaar om het kind te adopteren. Dan zal het hem aan niets ontbreken. Maar niemand mag er ooit achter komen wie de echte ouders zijn – en dat het buiten het huwelijk geboren is. Als het niet van Jakob is, help ik je graag om je reputatie op andere manieren te redden. Een vriend van mij kan een adoptie regelen door een bijzonder rijke familie...'

Henya staarde hem vol afgrijzen aan. Zijn eerste suggestie was al onbeschaamd geweest, maar wat voor een monster dacht hij dat ze was als hij verwachtte dat ze haar geliefde en langverwachte kind weg zou geven? Ze was diep dankbaar dat Bärbel de woordenstroom van de man onderbrak door hem een ketting te laten zien.

'Zou dit niet iets zijn voor uw vrouw, meneer Joas?' vroeg de jonge sieradenverkoopster, terwijl ze haar verbijstering verborg. 'Kijk eens hoe mooi dit is gemaakt. Voor u kan ik een speciale prijs maken...'

'Ik wil vandaag niets kopen,' snauwde Martin Joas haar geïrriteerd toe.

Dat was echter de zin waar Carli op had gewacht.

'Dan moet ik u vragen te vertrekken,' eiste hij met een grimmige uitdrukking terwijl hij naast de lakenhandelaar ging staan. 'Als u een gesprek wilt met uw schoondochter, maak dan schriftelijk een afspraak.'

Hij wurmde zichzelf tussen de toonbank en meneer Joas. De laatste leek te overwegen of hij fysiek moest optreden om het gesprek met Henya voort te zetten. Maar gelukkig had Carli regelmatig krachttraining gevolgd, uit angst voor Rudi Gehrke nadat die had geprobeerd hem af te persen. Hij was niet zo breed als Joas' zoon Jakob, maar hij was wel gespierder. De lakenhandelaar keek boos van de goudsmid, die met zijn armen over elkaar voor de toonbank stond, naar de jonge verkoopster Bärbel, die breed glimlachte – en verliet uiteindelijk de winkel.

'Bedankt,' zei Henya met trillende stem. 'Zonder jullie zou ik niet van hem af zijn gekomen.'

'Goed gedaan, Bärbel!' Ook Carli prees de verkoopster. 'Je reageerde rustig en volledig correct.'

'Nou, mijn ouders hadden een herberg, dus ik heb wel geleerd hoe ik met dronkaards en mensen met een grote mond om moet gaan,' zei Bärbel. Voor het eerst had Henya er vertrouwen in dat de jonge vrouw zou uitgroeien tot een goede verkoopster.

Misschien zou de juwelierszaak het tijdens haar afwezigheid goed blijven doen, vooral omdat Elise Kolb, verveeld door haar pensioen, had aangeboden terug te keren naar de winkel. Henya maakte zich nu nog meer zorgen om haar reputatie en die van Jakob.

'Wat moet ik doen als meneer Joas aan iedereen vertelt dat ik een buitenechtelijk kind verwacht?'

'Dat zal niet gebeuren,' zei Carli zelfverzekerd. 'Dat zou net zo schadelijk zijn voor zijn reputatie als voor de jouwe, je bent immers verloofd met zijn zoon.'

'En dat weet iedereen,' beaamde Bärbel.

Henya hoopte dat dat waar zou zijn. Was Jakob maar hier! Hopelijk had hij inmiddels haar brieven gelezen en wist hij dat hij binnenkort vader zou worden.

22

JAKOB ZETTE ZIJN KOFFER NEER EN keek rond in de logeerkamer die Moritz Schmerler hem ter beschikking had gesteld. Hij keek uit over talloze mangrovebomen, die in zout water kunnen groeien.

Op de vensterbank zat een kleine gevlekte gekko. De hagedis keek hem met grote, wiebelende ogen aan, maar leek niet bang voor hem te zijn en zat rustig in de laatste stralen van de avondzon.

'Hopelijk eet je zandvliegen, kleine vriend,' zei Jakob, die door Moritz al was gewaarschuwd voor deze stekende insecten. Zijn gastheer wilde hem een hoed geven met een net van de rand tot aan de nek, een zogenaamde *netted bush hat*, zodat hij die de rest van zijn verblijf kon dragen. Jakob was ook dankbaar dat er een uiterst fijnmazig net boven zijn bed hing ter bescherming tegen insecten.

Voordat Daku uiteindelijk afscheid nam, hadden de twee jonge mannen afgesproken dat Jakob morgenavond een tegenbezoek zou brengen. Overdag wilde Moritz hem zijn parelmoerverwerkingsbedrijf laten zien, en hij had Daku ook uitgenodigd. Parelduiken was, zoals Jakob steeds duidelijker was geworden door het gesprek van vandaag met de twee experts, een gevaarlijke activiteit in een gevaarlijke omgeving. Toch wilde hij het dolgraag zelf ervaren.

Hij ging op bed liggen en begon de brieven van zijn geliefde Henya te lezen. Hoewel de exotische indrukken tijdens de reis naar

Australië en op het continent hem veel afleiding bezorgden, miste hij zijn verloofde erg. Hij sorteerde de brieven op poststempel, te beginnen met de eerste van begin januari.

Wat heerlijk om steeds weer te lezen dat Henya van hem hield en dat zij hem net zo miste als hij haar. Hij glimlachte weemoedig om haar beschrijvingen van alledaagse situaties met familieleden en bekende vaste klanten. Hoewel ze zich aan de andere kant van de wereld bevond, voelde zijn thuis op dat moment heel dichtbij.

Hij nam de brieven een voor een door en was net bij Henya's verhaal gekomen over een carnavalsfeest waar ze in februari met de broers Thomass naartoe was geweest, toen er op zijn slaapkamerdeur werd geklopt.

Hij sprong op van het bed en liep door de kamer om de deur te openen. Daar stond een vrouw met felrood haar, wier leeftijd moeilijk vast te stellen was. Ze zag er lenig en opgewekt uit, maar aan de lachrimpeltjes rond haar mond en ogen te zien was ze al over de vijftig.

'Dag, meneer Joas, ik ben... de vrouw van Moritz Schmerler,' stelde ze zichzelf voor. Merkwaardig genoeg klonk haar stem hem vreemd bekend in de oren. Deze was bijna fluweelachtig te noemen en kwam heel vriendelijk over. Hij had Vroni nooit persoonlijk ontmoet. 'Ik zag nog licht branden en dacht: ik ga even kijken. Iemand in de stad zei dat je... dat u al was aangekomen. Ik was zo nieuwsgierig dat ik meteen naar huis ben gekomen.'

'De hartelijke groeten van uw broer,' zei Jakob.

'Welke... O, u bedoelt Leonhard?' riep ze na een korte stilte verheugd uit. 'Hoe gaat het met hem?'

'Heel goed,' antwoordde Jakob. 'Hij wil binnenkort met pensioen.'

'Hij verdient het,' zei Vroni Schmerler. 'Maar Leonhard zonder zijn rijtuig? Dat kan ik me eenvoudigweg niet voorstellen.'

Jakob glimlachte. 'Ik denk ook dat hij nog wel een tijdje op de bok zal zitten.'

'En vindt u uw eigen werk bij Carl leuk?' vroeg ze.

'Ja, de familie Thomass en hun medewerkers voelen als een tweede familie voor mij,' zei hij enthousiast. 'Ik mag hen allemaal graag.'

'Vooral Moritz' achternicht Henya,' voegde Vroni er met een ondeugende glimlach aan toe.

Jakob lachte terug. 'We willen trouwen zodra ik thuiskom.'

De blik van de roodharige viel op de enveloppen op zijn nachtkastje. 'Ah, ik zie dat u inmiddels haar brieven aan het lezen bent. Die liggen al een hele tijd te wachten, dus ik zal u niet langer lastigvallen.'

'Noem me maar Jakob.'

'Bedankt. Ik ga morgen mee met de rondleiding, dan kunnen we verder praten,' stelde ze voor.

'Dat lijkt me gezellig.'

Toen hij weer in bed lag, dacht hij aan Vroni. Hij vond haar heel aardig en het leek wel of hij haar al jaren kende. Iets in het gesprek met haar zat hem dwars, maar hij kon er de vinger niet op leggen. Hij vermoedde dat het haar van de vrouw van midden zestig nu grijs moest zijn, maar dat ze het rood had geverfd met henna. Omdat ze een vrij opgewekte en energieke houding had, paste deze verjongingsmaatregel goed bij haar, beter dan bij sommige klanten van de juwelierszaak die hun toevlucht hadden genomen tot haarkleuring.

Ineens merkte hij dat hij behoorlijk moe was van de vele indrukken van de afgelopen dag. Hij besloot morgen verder te gaan met het lezen van Henya's brieven. Zijn ogen vielen dicht voordat hij zijn kleren had uitgetrokken of zelfs maar de kaars had uitgeblazen.

Omdat Ursula Thomass de volgende dag eveneens last had van hevige hoofdpijn, hielp de hoogzwangere Henya de jonge Bärbel weer met de verkoop. Ze hoefde niet langer bang te zijn dat Jakobs vader zou ontdekken dat ze zwanger was, dat was nu immers al gebeurd. Opstaan viel echter niet mee en ze had al sinds de vroege ochtenduren last van maagpijn. Daarom keek ze uit naar de lunchpauze, waarin ze even wilde ontspannen op de ligstoel in de achterkamer.

Kort daarvoor kwam een kalende man met een rood, vlekkerig gezicht van opwinding de juwelierszaak binnen.

'Dokter Corbet,' zei Henya toen ze de dokter herkende. 'Waarmee kan ik u van dienst zijn?'

'Ik wilde deze manchetknopen laten repareren en polijsten,' legde hij uit, terwijl hij ze op de toonbank legde.

'Geen probleem,' antwoordde Henya.

Toen merkte ze dat de dokter fronsend naar haar buik keek. 'U zit nu al in uw negende maand, toch? U bent niet meer bij me langsgekomen voor een controle.'

Henya knikte verlegen. 'We zijn naar een verloskundige uit Bogenhausen gegaan. Zij heeft mij meerdere malen onderzocht en zal me ook bij de bevalling bijstaan. Dat is al geregeld. Ik ben dus in goede handen.'

'U kunt beter naar mijn praktijk op de Kapuzinerplatz komen,' stelde hij voor. 'Ik zou niets in rekening brengen, het zou als een gunst voor de familie zijn. Het wonder van de geboorte is voor mij nog steeds geen routine, ik neem het heel serieus. De aanwezigheid van een dokter geeft meer zekerheid. Bij onvoorziene problemen weet ik precies wat ik moet doen.'

'Ik zal erover nadenken,' zei Henya vaag.

Ze wist niet waarom, maar ze voelde zich veel prettiger bij het idee dat de vroedvrouw de bevalling zou begeleiden, in plaats van deze dokter met zijn passie voor gokken.

Nadat dokter Corbet was vertrokken, kwam een zeer lange man met een hoekig gezicht en een donkere jas de winkel binnen.

De jonge verkoopster Bärbel liep met een vriendelijke glimlach op hem af. 'Hoe kan ik u helpen?'

Maar de vreemdeling vroeg alleen: 'Is Fritz Thomass er ook?'

'Helaas niet,' antwoordde Henya namens haar collega. 'Kan ik de boodschap doorgeven?'

'Waar is hij?' vroeg de reus kil.

'Dat heeft hij niet gezegd. Volgens mij is hij naar zijn broer in Starnberg,' loog Henya. Ze vond de man maar een griezel en daarom vertelde ze hem het adres van de brouwerij liever niet.

Ze slaakte een geschrokken schreeuw toen de vreemdeling, zonder waarschuwing, een standaard met oorbellen omvergooide.

'Wat denkt u dat u doet?' bracht ze haperend uit.

'U mag toch een boodschap doorgeven,' gromde de vreemdeling, terwijl hij haar zo plotseling bij de hals pakte dat haar knieën het bijna begaven. 'Een wederzijdse vriend, meneer Axel Huber, heeft mij gestuurd. Fritz is hem veel geld schuldig.'

'Maar daar kan zijn vader niets aan doen. Fritz heeft niets met deze juwelierszaak te maken,' bracht Henya wanhopig uit.

'Zeg hem alstublieft het volgende: als hij morgen om twaalf uur geen contact heeft opgenomen met meneer Huber, zal het oude familiebedrijf van zijn vader wellicht binnenkort in de as liggen.'

Met die woorden liet hij haar eindelijk los en liep naar buiten.

'Lieve help, wat moeten we doen?' snikte Bärbel. 'De baas is met Carli nieuwe juwelendoosjes aan het uitkiezen en ze zullen de komende uren niet terug zijn.'

'We nemen eerder pauze en sluiten de winkel,' zei Henya opgewonden. 'Ik ga snel naar de brouwerij en waarschuw Fritz.'

'Maar dat is bijna twee kilometer, dan ben je wel een half uur onderweg,' zei Bärbel. 'En dat in jouw toestand!'

Henya schonk geen aandacht aan de zorgen van de jonge verkoopster, maar toen ze uiteindelijk op de Kapuzinerplatz aankwam, stond het koude zweet op haar voorhoofd en was ze zo uitgeput dat ze wenste dat ze naar Bärbel had geluisterd.

Ze zag Eugen en Fritz tenminste door een van de ramen in de

brouwerij, die nog gesloten was. Ze klopte op het raam en Eugen opende de deur om haar binnen te laten.

'Fritz, er was een man in de winkel die gestuurd was door meneer Axel Huber,' riep Henya meteen opgewonden.

Hij keek haar een beetje geschokt aan. 'O... Wat zei hij?'

'Hij dreigde dat hij de winkel van je vader in brand zal steken als je morgen je schulden niet aan meneer Huber betaald hebt,' riep Henya wanhopig uit.

'Is dat waar, Fritz?' vroeg Eugen boos. 'Heb je weer gespeeld? Ik wist dat het je na die grote winst naar het hoofd zou stijgen. Verdorie!'

Zijn oudere broer lachte spottend. 'Onzin.'

'Fritz!' schreeuwde Henya tegen hem. 'Dit is niet het moment voor leugens en excuses. Je brengt de hele familie in gevaar.'

Op dat moment voelde ze een ondraaglijke pijn in haar bekken, die vaag deed denken aan de pijn die haar soms kwelde als ze menstrueerde. Maar tegelijkertijd was het heel anders: alsof ze een miljoen messteken voelde in haar rug en buik. Ze kreunde.

'Wat is er?' vroeg Fritz geschrokken.

'Het is zover, de weeën beginnen,' wist ze instinctief. 'Het kind komt.'

'Wat?' vroeg Eugen ontsteld. 'Nu?'

'Kom op, laten we naar dokter Corbet gaan!' zei Fritz opgewonden. 'Ik zag hem net terugkeren naar zijn praktijk.'

'Maar de vroedvrouw zou naar ons toe komen,' hijgde Henya verontwaardigd.

'Je kunt niet meer naar huis,' zei Fritz, en ze was bang dat hij gelijk had. Hoewel ze wist dat het geboorteproces doorgaans veel langer duurde, leek er iets niet in orde te zijn. 'Au!' Alweer een wee!

'De praktijk van dokter Corbet is hier om de hoek,' riep Fritz, en Henya had niet langer de puf om bezwaar te maken. De weeën waren veel te pijnlijk. Als dit nog maar het begin was, dan kon ze nog wat verwachten.

'Het is erg belangrijk om scherpe gereedschappen te gebruiken. Boren en slijpbanden mogen niet te bot zijn.'

Jakob keek gefascineerd toe hoe Vroni Schmerler knopen maakte van het parelmoer uit een schelp die, tot zijn verbazing, bijna net zo groot was als twee handpalmen. Toen de vrouw van Moritz vanochtend op zijn slaapkamerdeur had geklopt om hem op te halen voor een bezoek aan de parelmoerfabriek, was hij eerst slaperig en gedesoriënteerd geweest. Normaal gesproken werd hij al vroeg uit zichzelf wakker, maar gisteren was een spannende dag geweest. Na een haastig ontbijt waren ze met Daku Schulz naar de fabriek vertrokken, omdat Moritz onverwacht een afspraak had met een klant. Inmiddels droeg Vroni een stoffen mond- en neusmasker tijdens het boren, zagen en slijpen van het parelmoer, tegen de giftige dampen die vrijkwamen. Jakob merkte dat het ook erg onaangenaam rook.

Toen ze klaar was met het bewerken van de knopen, bewonderde hij de glimmende cirkels.

'Momenteel maken we alleen knopen voor onze klanten in Broome,' legde Vroni uit terwijl ze het masker afdeed. 'Verder sturen we liever de grondstof, de schelpen, op. Een groot deel van onze leveringen gaat bijvoorbeeld naar Bad Frankenhausen in het noorden van Thüringen, waar ook een grote parelmoerknopenfabriek gevestigd is. Ook hoogwaardige muziekinstrumenten of meubels van kostbaar hout worden vaak voorzien van stukjes parelmoer, zogenaamde inlegstukken. Zelfs liturgische voorwerpen in veel kerken over de hele wereld zijn voorzien van dit soort versieringen. En ook al stinkt het bij het malen, parelmoer heeft een neutrale smaak en wordt daarom vaak gebruikt voor kostbare lepels, bijvoorbeeld voor eierlepels. Waar in de wereld nog casino's zijn toegestaan, zit parelmoer ook in de grote fiches. Sommigen gebruiken het zelfs voor kunstaas. De prismatische glans zorgt ervoor dat veel soorten roofvissen denken dat ze een lekker hapje tegemoet zwemmen. Vissers houden ook van dergelijk aas, omdat het parelmoer zwaar genoeg is om met de vislijn ver genoeg het water in te werpen.'

Jakob draaide de knoop tussen zijn vingers rond. 'Wat een prachtige glans. Als de lichtinval verandert, zie je meteen een andere kleur.'

'Ja, die schittering noemt men iriserend. Het wordt veroorzaakt door de structuur en vorming van het parelmoer,' legde Vroni uit. 'De kleuren variëren, afhankelijk van de soort en de geografische herkomst. Parelmoer neemt de kleur van de schelp aan en kan daardoor volledig wit, geelachtig of zelfs bijna zwart lijken. Het wordt door het mosselweefsel geproduceerd voor de schelp – als bescherming tegen parasieten en vreemde voorwerpen. In kleine zeshoekjes wordt zachte kalk aangebracht. Vervolgens worden die als steentjes op elkaar gestapeld. Net als bij een stenen muur ontstaat er een zeer stabiele verbinding, waardoor de mossel ondanks zijn dunne schaal ijzersterk is. Hierdoor is hij beter bestand tegen het knagende zeewater. Door het kleine formaat van de zeshoekige vormen wordt het invallende zonlicht aan de randen gebroken en een deel ervan weer teruggekaatst.'

Op dat moment kwam Moritz Schmerler de werkplaats binnen. Hij gaf zijn vrouw een tedere kus en begroette Daku en Jakob. 'Het gesprek met de klant was sneller voorbij dan verwacht,' zei hij. 'Je vertelde gisteren dat je graag in een pak met helm zou willen duiken. Zou je het leuk vinden om straks met een logger naar onze parelbedden te gaan om ze onder water te bekijken?'

'Ja, graag,' riep Jakob enthousiast.

'Wil je met ons mee, Daku?' bood Moritz de Halbyawuru aan.

'Graag. Als er een tweede pak is, kan ik Jakob ook onder water begeleiden. Een duikmaatje is altijd handig – vooral voor een beginner als Jakob kan het gevaarlijk zijn.'

23

DE PIJN WAS ONDRAAGLIJK. HENYA LAG badend in het zweet op de behandeltafel van dokter Corberts praktijk en slaakte vreselijke kreten. Ze bleef zich afvragen: wanneer zal deze marteling eindelijk voorbij zijn? Wanneer zal ik het kind eindelijk in mijn armen kunnen houden?

Ze had het gevoel dat haar buik op het punt stond te barsten, alsof er een gigantische pompoen in zat die zijn weg naar buiten zocht.

Haar benen deden pijn alsof er een kar met bier overheen was gereden. Haar hele lichaam trilde en de weeën kwamen steeds na enkele minuten.

Dokter Corbet had tegen de corpulente helpster aan zijn zijde, een zekere zuster Regina, iets gezegd over een vroege geboorte, maar voor Henya voelde het alsof er nooit een einde zou komen aan de beproeving. De dokter bood herhaaldelijk aan haar pijnstillers te geven, maar die weigerde ze. Ze wilde de geboorte van haar kind volledig beleven – ook al was het alsof de pijn haar dood zou worden. Uiteindelijk gaf dokter Corbet haar toch een injectie na een bijzonder luide kreet, zonder haar toestemming. Ze protesteerde boos, maar kon zichzelf niet verdedigen.

Even later merkte ze dat het geïnjecteerde medicijn de pijn nauwelijks verlichtte, maar ervoor zorgde dat ze voortdurend buiten bewustzijn raakte.

'Er is iets mis met me,' mompelde ze moeizaam, maar de dokter leek haar niet te begrijpen. Naast de ondraaglijke weeën voelde ze nu ook paniek doordat ze steeds weer flauwviel. Ze was bang dat ze de bevalling niet bewust meemaakte of zelfs nooit meer wakker werd.

'Persen, Henriette, persen!' zei dokter Corbet tegen haar. Zijn stem klonk van heel ver weg, maar ze probeerde met alle kracht te gehoorzamen.

Nadat ze nogmaals bewusteloos was geraakt, stopten de weeën plotseling en hoorde ze de dokter zeggen: 'Ik knip de navelstreng door.'

Henya hoorde eindelijk de langverwachte kreet van een pasgeborene en tranen welden op in haar ogen, dit keer van geluk. Er was nu een klein mensje geboren uit haar liefde voor Jakob. Ze wilde het kind zien, het wiegen in haar armen. Maar ze was zo zwak, te zwak. Opnieuw werd alles donker om haar heen.

Toen ze wakker werd, waren de effecten van de injectie uitgewerkt. Ze was nog steeds uitgeput en had overal pijn, maar ze leek nu goed bij kennis te zijn. Uiteindelijk merkte ze dat dokter Corbet in de deuropening stond en haar vreemd weemoedig aankeek.

'Hoe voel je je nu?' vroeg hij toen hun blikken elkaar ontmoetten, en ze vond het vreemd om een spoor van schuldgevoel op zijn gezicht te zien.

Haar glimlach kwam dus niet echt van harte toen ze antwoordde: 'Nog steeds een beetje moe. Maar ik ben er klaar voor. Kunt u mijn kind nu alstublieft bij mij laten brengen?'

'Misschien moet je eerst wat rusten,' zei hij ontwijkend.

Op dat moment besefte Henya dat er iets mis was en ze werd gegrepen door een mengeling van paniek en woede.

'Ik wil mijn kind zien – nu,' riep ze, maar helaas klonk haar trillende stem niet zo sterk als ze had gehoopt.

'Het spijt me heel erg, er waren complicaties,' zei dokter Corbet.

Henya had het gevoel alsof de hele ruimte om haar draaide.

'Helaas is uw zoontje doodgeboren.'

Het nieuws boorde zich als een mes in haar hart, niet uit verdriet, maar omdat een stem in haar schreeuwde dat deze man loog. 'Niet waar,' snikte ze, geschokt door hoe hysterisch ze klonk. 'Ik hoorde hem huilen.'

'De pijnstiller speelt je parten,' beweerde de dokter. 'Hij leefde niet meer.'

'Laat me dan zijn lichaam zien!' brulde ze. 'Ik wil het zien.'

'Dat zou u geen goed doen,' antwoordde dokter Corbet met een zogenaamd bezorgde stem. 'Je hebt gezegd dat als het een jongen was, hij Valentin zou moeten heten, net als je vader. Hij werd met spoed gedoopt en zal nu begraven worden. Zijn ziel zal bij God zijn.'

'Nee!' gilde Henya. 'Ik wil hem echt zien.' Ze probeerde op te staan en verzette zich tegen de dokter die haar weer op de verlostafel terug wilde duwen.

'Zuster Regina!' riep hij. De forse helpster stormde naar binnen en duwde Henya met onverwachte kracht weer neer.

Dat gaf dokter Corbet de tijd om haar een kalmerend middel toe te dienen. Onmiddellijk verslapten haar spieren en gaf ze de strijd op. Ze verzette zich zelfs niet meer tegen haar extreme vermoeidheid, want plotseling deed niets, helemaal niets er meer toe.

Die middag, op een zonnige dag in september, stonden Jakob Joas en zijn nieuwe vriend Daku Schulz op het dek van de driemastlogger van Moritz Schmerler. De eigenaar nam zelf het roer over, maar zijn vrouw Vroni en huishoudster Kazumi, die beiden blijk gaven van geweldige zeilvaardigheden, waren ook aan boord. Het viel Jakob op dat de twee voormasten van de ruim vijftien meter lange logger neergeklapt konden worden en dat de kleine bezaan vergeleken met andere zeilschepen bijzonder ver naar achteren was geplaatst.

Eindelijk gingen ze voor anker en Moritz wees naar de turkooisblauwe zee: 'Hieronder ligt een van onze mosselbanken, die niet al te diep is. Dat is veiliger voor een eerste duik.'

Jakobs voelde een tinteling van opwinding toen de parelondernemer en Daku de duikpakken tevoorschijn haalden.

'Zo'n negentig jaar geleden presenteerde een kapitein uit West-Pommeren de eerste duikuitrusting. Mijn overleden grootvader kende hem persoonlijk,' vertelde Moritz.

'Destijds werden helmen gemaakt van gebogen ijzeren staven die bedekt werden met leer. Er was slechts één groot kijkvenster. De lucht werd naar beneden gepompt via een slang en afgevoerd – via een soort mantel van zeildoek.'

Jakob bewonderde de twee koperen helmen die uit een doos kwamen. Tot nu toe had hij dit soort dingen alleen gezien op de illustraties in zijn boeken. Elke helm had drie vensters die zicht naar voren, links en rechts mogelijk maakten.

'Weet je ook wie dit modernere type helm heeft uitgevonden?' vroeg hij aan de ervaren parelvisser.

'Dat weet ik wel!' zei Daku trots. 'Mijn vader heeft me verteld dat de in Duitsland geboren Brit Augustus Siebe deze uitgevonden heeft.'

Hij keek verwachtingsvol naar de glimlachende Kazumi en Moritz knikte goedkeurend. 'De eerste versie van zijn helm uit 1819 was aan de onderkant open om overtollige lucht te laten ontsnappen. Er waren problemen, want bij een verkeerde houding of als de luchttoevoer werd onderbroken, kon de helm vol water lopen. Ongeveer twintig jaar later ontwikkelde Siebe zijn duikhelm verder en combineerde deze voor het eerst met een dergelijk waterdicht pak.'

De grote overjas had drie openingen, een voor het hoofd en een voor beide handen. Er waren laarzen met loden gewichten in de zolen, waar je gemakkelijk in kon stappen. Daku liet Jakob zien hoe hij via de halsopening in het pak moest komen. De rand van de opening werd bovendien uitgerekt door Vroni en Kazumi.

'Het pak is waterdicht,' verzekerde Moritz hem. 'Het is gemaakt van stevige stof met een rubberen toplaag. Deze bescherming is bedoeld om onderwaterwerk in alle posities mogelijk te maken. Daarom is het belangrijk dat de gewichten gelijkmatig verdeeld zijn. Naast de zware schoenen zijn er ook op de borst en rug gewichten aangebracht. Verder is er een zitgewicht, een loodgordel, en zitten er balanceergewichten op de helm en het ademhalingsapparaat. De verzwaarde laarzen en loden gewichten zorgen ervoor dat de duiker onder water rechtop blijft.'

Jakob vroeg zich af hoe moeilijk het was om in dat pak over de bodem van de oceaan te bewegen. 'Hoeveel weegt dit ding?'

'Tussen de tachtig en honderd kilo in totaal,' zei Moritz, terwijl hij een ruwe schatting maakte. 'Maar onder water wordt het gewicht gecompenseerd. De lucht in het pak zorgt voor een zeker drijfvermogen. Dankzij de gelijkmatige gewichtsverdeling kun je in zo'n pak staand, zittend of liggend werken. De uitrusting is echter niet ontworpen om in te zwemmen: de duiker lóópt op de zeebodem.'

De helm werd nu op het nekstuk geschroefd, dat eveneens van koper was, en dat Moritz al op Daku's schouders had geplaatst.

'Bij het duiken wordt de opening tussen de helm en het schouderstuk vastgezet met drie schroeven, waardoor het goed afsluit. Het venster aan de voorkant wordt pas vlak voor het duiken dichtgemaakt,' legde Moritz uit, wijzend naar een deel van de helm. 'Hier zit een kraantje in waarmee je met de hand lucht kunt afvoeren. Te veel lucht in het pak kan ertoe leiden dat je zonder dat je het wilt naar boven komt. Bovendien kun je in een strak opgeblazen pak niet meer bewegen. Er is ook een automatisch ventiel. De slang die naar de pomp met de luchttoevoer hier aan dek leidt, noemen we de navelstreng.'

'Door de gebruikte of overtollige lucht te laten ontsnappen, kunnen we de hoeveelheid lucht in het pak regelen – en daarmee het drijfvermogen reguleren,' voegde Daku eraan toe via de opening aan de voorkant van de helm, die nog open was.

'Beslaan de vensters niet door de condens van het ademen?' vroeg Jakob, die zich zorgen maakte dat hij zonder iets te zien over de zeebodem zou moeten sjokken.

Moritz schudde echter zijn hoofd. 'Door de toevoer van verse lucht in de helm kun je dit voorkomen. Er is ook een terugslagklep, zodat het pak niet via de navelstreng leeggezogen kan worden als er problemen met de toevoer zijn.'

Als laatste gaf Vroni rubberen handschoenen aan de duiker.

'De handen mogen niet te lang aan zeewater worden blootgesteld.'

Toen was het de beurt aan Jakob om het tweede duikpak aan te trekken. Hij probeerde zich alles te herinneren wat Daku hem had laten zien.

Dat lukte vrij goed, en net voordat Moritz uiteindelijk het laatste venster aan de voorkant sloot, gaf hij zijn gast nog een laatste advies: 'Als je afdaalt, zal de toenemende waterdruk snel merkbaar worden in je oren. Door de helm kun je niet in je neus knijpen om de luchtdruk tegen te gaan. Als je van de druk in je oren af wilt, kan slikken enige verlichting geven. Jullie hebben allebei een veiligheids- en signaallijn en een afdaaltouw. De communicatie met ons hierboven doe je door aan het touw te trekken. Twee keer trekken betekent dat je omhooggetrokken wilt worden.'

Toen werden Jakob en Daku in het water gelaten. Het afdalingstouw voorkwam dat dit te snel gebeurde.

Jakob wist dat het tot gevaarlijke lichamelijke reacties kon leiden als je te snel werd opgetrokken. Gisteren vertelde Daku dat dat tot hevige gewrichts- en spierpijn, verlamming en, in het ergste geval, de dood kon leiden.

Eindelijk landde hij met zijn met lood verzwaarde laarzen op de zanderige bodem. Wat hij hierbeneden zag, had hij nog nooit eerder in zijn leven gezien. Hij had al met open ogen in de Beierse meren gedoken, ja, maar daar was alles eentonig grijsbruin.

Hier op de bodem van de Indische Oceaan leken hij en Daku een beetje op geesten in hun duikpakken, die zich in een soort ridderharnas onhandig door een turkooisblauwe mist voortbewogen. Het bruiste van het leven om hen heen. Jakob zag talloze vissen, waarvan sommige opvallend kleurrijk waren, en hij ontdekte ook een kleine rog, half verborgen in het zand. Verder zag hij een octopus die snel van kleur veranderde om op te gaan in zijn omgeving.

Hij ging achter Daku aan, die doelbewust grote mosselen uit de grond trok. In eerste instantie dacht Jakob dat het half begraven stenen waren. Hij gooide de grote schelpen in een net dat Moritz vanaf het dek van zijn logger had neergelaten.

Hoe langer Jakob toekeek hoe Daku schelpen verzamelde, hoe beter hij begon te begrijpen hoe hij ze kon onderscheiden van de zandbodem. En hoe meer mosselen hij zelf in het net gooide, hoe euforischer hij werd. Was Henya er maar. Hij had haar graag deze wondere wereld willen laten zien. Vanavond zou hij haar zeker over dit avontuur schrijven.

24

TOEN HENYA UIT HAAR ROES ONTWAAKTE, kwam de paniekerige gedachte onmiddellijk terug: waar is mijn kind? Ze ontdekte dat ze naar haar eigen kamer in het Huis der Parels was gebracht. Ursel Thomass en Jakobs moeder Alice Joas zaten aan haar bed met een droevige uitdrukking op hun gezicht. De ogen van Alice waren erg rood en ze keek alsof ze gehuild had.

Ze rouwde vast ook om het verlies van haar eerste kleinzoon.

'Heb je pijn?' vroeg ze met zwakke stem.

Henya schudde haar hoofd. 'Mijn zoon. Ik moet hem zien. Hoe hij er ook uitziet.'

'Hij is… er niet meer,' zei Alice moeizaam.

'Hebben jullie hem nog gezien?' wilde Henya weten, maar ze zeiden allebei van niet.

'Ik moet met die verpleegster van dokter Corbet praten,' zei Henya resoluut.

Ze had haar kind horen huilen, dat was geen verbeelding geweest. Een doodgeborene kon niet huilen. En als Corbet daarover had gelogen, om welke reden dan ook, kon ze niet vertrouwen op zijn woorden.

'Tot de tiende dag na de geboorte heb je rust en zorg nodig,' waarschuwde Ursel haar. 'Je mag gedurende deze periode niet werken.'

Henya wist al dat een jonge moeder zich tijdens deze traditionele rustperiode vooral helemaal aan haar pasgeboren kindje moest kunnen wijden. Maar als haar zoon werkelijk leefde – en dat voelde ze – dan zou hij deze belangrijke fase doormaken zonder zijn moeder. Door die gedachte kreeg ze tranen in haar ogen en ze herhaalde met trillende stem: 'Ik wil die verpleegster zien.'

'Ik zal vragen of ze hierheen komt,' zei Alice. 'Je kunt het huis niet verlaten. Als je te vroeg opstaat, is er een risico op kraamvrouwenkoorts – wat fataal kan zijn. Ik kan het niet verdragen na mijn kleinzoon ook jou nog te verliezen.'

'Zeg alsjeblieft dat ik haar echt moet spreken,' drong Henya aan.

Het ontging haar niet dat Ursel en Alice elkaar bezorgd aankeken. Ze nam aan dat ze allebei hun twijfels hadden door dokter Corbets bewering dat ze als rouwende moeder de realiteit ontkende. Ze had een bondgenoot nodig, iemand die haar zou geloven, iemand die bereid was voor haar eropuit te gaan terwijl zij rust moest houden.

'Kun je later Carli naar me toe sturen?' vroeg ze aan zijn moeder Ursel. En hoewel ze helemaal geen zin had om te eten, voegde ze eraan toe: 'Misschien kan mevrouw Hölzlmaier een broodje worst voor me maken?' Ze vroeg dit om de twee bezorgde vrouwen aan haar bed gerust te stellen. Als iemand trek had, kon diegene zich immers niet echt slecht voelen.

Er verscheen eindelijk een tevreden glimlach om Ursels mondhoeken. 'Ik zal het ze allebei vragen.'

Ze verliet de kamer en Jakobs moeder stond ook op en kneep ten afscheid in Henya's hand. 'Dokter Corbet is onze huisarts. Ik zal zijn verpleegster vragen bij je langs te komen,' beloofde ze.

'Bedankt, lieve Alice.'

Zodra de Engelse de kamer uit was, werd er op de deur geklopt en kwam Carli binnen.

Hij had ook roodomrande ogen. Het was ontroerend te zien hoeveel hij om haar gaf. Henya had altijd al broers en zussen gewild, en Carli voelde echt als een oudere broer voor haar.

'Henya, ik vind het zo erg,' begon hij terwijl hij op een van de twee stoelen bij het bed ging zitten en haar hand greep.

Maar ze onderbrak hem onmiddellijk met gedempte stem: 'Carli, er is iets niet in orde met dokter Corbet. Ik zweer dat ik mijn kind hoorde huilen.'

'Weet je het zeker?' vroeg hij. 'Zo'n bevalling is nogal wat.'

'Ja, ik twijfel daar echt niet aan,' antwoordde Henya vol overtuiging. 'Ik weet niet waarmee dokter Corbet mij heeft geïnjecteerd, maar ik raakte erdoor buiten bewustzijn. Volgens mij kan dat niet met een gewone pijnstiller.'

'Maar als je vaak bewusteloos was, kan het dan niet zijn dat je je het gehuil van de kleine hebt ingebeeld?' vroeg Carli.

Henya schudde krachtig haar hoofd. 'Ik heb echt niet gehallucineerd. Het is ook vreemd dat hij bleef weigeren om me in ieder geval één keer het kind te laten zien.'

'Maar stel dat je gelijk hebt en het kind nog leefde, waarom zou Corbet dan liegen?'

'Als het kind later is overleden, zou het kunnen dat hij een medische fout probeert te verdoezelen. Maar ik denk niet dat dat het is,' zei Henya.

'Jij vermoedt dat het kind nog leeft,' besefte Carl.

Ze knikte. 'Ik heb het altijd door als iemand tegen mij liegt. En ik voel me verbonden met mijn zoon. Ik zou het weten als hij echt niet meer leefde.'

'Maar waarom zou dokter Corbet jou je kind afnemen?' vroeg Carli weifelend. 'Waar zou hij het dan naartoe moeten brengen?'

'Dat weet ik nog niet,' zei Henya. 'Maar achteraf gezien is het heel vreemd dat hij mij wilde overhalen om hem de bevalling te laten doen in plaats van de vroedvrouw.'

'Hoe wil je het nu aanpakken?' vroeg Carli.

'Jakobs moeder zal de verpleegster van Corbet vragen bij me langs te komen. Ik hoop dat ik erachter kan komen of zij erbij betrokken was en ook liegt. Als Corbet zonder haar medeweten handelde, zou ze een belangrijke getuige kunnen zijn. Misschien heeft ze iets gemerkt waardoor ik te weten kom wat er gebeurd is.'

Carli knikte ernstig. 'Wat verwacht je van mij?'

'Misschien zou je dokter Corbet kunnen schaduwen?' Henya keek hem smekend aan. 'Ik weet dat je het druk hebt in de werkplaats. Ik mag echter de komende tien dagen niet uit bed. Maar als kleine Valentin daadwerkelijk nog leeft, telt elke minuut.'

'Natuurlijk help ik je, jij was er immers ook voor mij toen Rudi me chanteerde,' bracht Carli haar in herinnering. 'Ik hou je op de hoogte van eventuele ontwikkelingen. Maar vergeet alsjeblieft niet dat we er uiteindelijk toch achter kunnen komen dat je kleintje niet meer leeft.'

'Dan zal ik om hem rouwen. Ik zal geen domme dingen doen,' beloofde ze hem.

Ze was blij om haar goede vriend te horen zeggen: 'Ik ga posten bij de praktijk van dokter Corbet.'

'Jammer dat je onder water geen tekeningen kunt maken.'

Jakob zat met Daku op het dek terwijl Moritz terug naar de kust voer en Kazumi en Vroni de mosselvangst van die dag bekeken en sorteerden.

Tijdens hun duik hadden de twee jonge mannen een kleine haai en een grote schildpad gezien waarvan het schild begroeid was met mos. Jakob vond het geweldig om eindelijk enkele dieren uit zijn boeken in het wild te zien.

'Mooi dat je er zo van genoten hebt,' zei Daku glimlachend. 'Zelf let ik vooral goed op als er gevaar dreigt.'

'De haai had helemaal geen kwaad in de zin,' zei Jakob.

'Ja, in principe willen ze gewoon met rust gelaten worden,' antwoordde de Halbyawuru. 'Maar als je gewond raakt en de haai het bloed ruikt, kan het gevaarlijk zijn.'

Toen sprong hij op en wees naar de kustlijn. 'Ons huis staat daar.'

Moritz had ermee ingestemd om ze rechtstreeks naar de familie van Daku te brengen, aangezien Jakob hen vandaag toch wilde bezoeken.

'Bedankt voor de leuke dag,' zei hij toen hij afscheid nam van Vroni en Moritz, terwijl de logger kort aanlegde aan de kleine steiger.

'Wij vonden het ook fijn dat jij er was,' antwoordde Vroni. 'Tot vanavond.'

Jakob knikte en Daku wendde zich tot Kazumi: 'Wil je echt niet mee?'

Ze schudde glimlachend haar hoofd. 'Een andere keer graag. Ik heb vandaag nog te veel te doen.'

'Tot ziens, Daku,' zei Moritz, en hij maakte het zeilschip klaar om weer te vertrekken.

Het huis van de familie Schulz was nogal bescheiden vergeleken met dat van de Schmerlers, het had maar één verdieping en een plat dak.

'Het is niet erg groot, maar mijn vader heeft het zelf zo gebouwd,' legde Daku uit.

De man in kwestie wachtte hen glimlachend op het grote terras voor het houten gebouw op. De slungelige Rijnlander met de roodblonde bakkebaarden was zo te zien een jaar of veertig. Hij stond op uit een schommelstoel en schudde de hand van de metgezel van zijn zoon.

'Jij moet Jakob Joas uit München zijn, Daku heeft al over je verteld,' zei hij mompelend, met zijn pijp nog in zijn mond. Toen stelde hij zichzelf voor. 'Werner Schulz. Welkom in ons bescheiden hutje. Helaas is het niet te vergelijken met het chique huis van de Schmerlers.'

'Uw uitzicht op zee is anders minstens zo mooi,' antwoordde Jakob grijnzend.

Werner lachte en leidde de leerling-goudsmid het huis binnen.

Zijn vrouw Maya stond daar al te wachten met het eten. De donkerharige Yawuru-vrouw moest achter in de dertig zijn, maar ze zag er jonger uit. Ze keek Jakob stralend aan en wees naar de rijkelijk gedekte tafel.

'Ik hoop dat je een goede eetlust hebt.' In tegenstelling tot haar zoon had ze wel een accent, maar toch sprak ze heel goed Duits. Ze vroeg de drie mannen om te gaan zitten.

Er werd traditioneel Yawuru-eten geserveerd: niet alleen verfijnd gekruide kalkoen, maar ook gebakken vis, krabben en mangrovemosselen. Als bijgerecht was er brood dat *seed cake* werd genoemd. Maya serveerde er mirtethee met veel suiker bij.

'Echt heel lekker,' prees Jakob haar enthousiast terwijl hij nog een keer opschepte.

'Ik ben blij dat je het lekker vindt,' zei Daku's moeder.

'Is Maya een bekende naam bij uw volk?' vroeg hun jonge gast voorzichtig.

Ze knikte glimlachend. 'Ik weet dat er een volk in Midden-Amerika is dat zo wordt genoemd, en ook een Maia uit de Griekse mythologie, de dochter van de Titaan Atlas. Veel Europeanen denken eerder daaraan dan aan een Australische vrouw. Maar *maya* betekent in de Diyari-taal hier in de regio huis of thuis.'

'Dus de naam past perfect bij haar,' merkte Werner Schulz op, terwijl hij liefdevol glimlachte en de hand van zijn vrouw vastklemde. 'Ze zorgt altijd ervoor dat we ons thuis voelen.'

'En dat niet alleen,' zei zijn zoon. 'Mijn moeder maakt ook sieraden van schelpen en verdient er zelfs wat geld mee.'

'Daku zei dat je opgeleid wordt tot goudsmid?' vroeg Werner Schulz.

'Ja, mijn lievelingstante, Marie, heeft me alles over sieraden en parels geleerd voordat ik naar school ging, en elf jaar later ging ik in de leer bij haar jongere broer,' zei Jakob.

'Door het Australische goud ben ik eenentwintig jaar geleden hier terechtgekomen. Maar ik heb twee linkerhanden, ik ben niet goed in smeden, alleen in zoeken en verkopen,' zei Werner. 'Ik was ooit behoorlijk succesvol, maar zelfs het grootste fortuin zal uiteindelijk opraken als er niets meer bij komt.'

Het ontging Jakob niet dat er een bezorgde trek op het gezicht van de voormalige Rijnlander verscheen.

'We blijven elkaar steunen, papa,' zei Daku. 'Meneer Schmerler heeft gezegd dat ik ook mee mag op de logger. Hij lijkt veel vriendelijker en eerlijker dan meneer Fraser.'

'Je had Fraser niet voor gek moeten zetten in het bijzijn van zijn mannen, dan zou hij je het leven niet zo zuur gemaakt hebben,' antwoordde zijn vader.

'Ik kon er niet tegen dat hij een jonge duiker belachelijk maakte die lispelt,' mopperde Daku. 'Wat kan die jongen doen aan zijn spraakgebrek? Fraser zou het ook niet leuk vinden als mensen grappen maken over zijn Schotse accent.'

Plotseling vielen de schellen van Jakobs ogen. Ineens wist hij waarom hij het gevoel niet van zich af kon schudden dat er iets was met Vroni en haar vriendelijke stem. Hij begreep dat de vrouw van Moritz Schmerler niet de zus van koetsier Leonhard kon zijn.

25

HOPELIJK WORD IK NIET GEK.

Daar piekerde Henya over en ondanks de pijn die ze nog voelde, liep ze rusteloos door haar kamer. Door de zorgen om haar zoontje kon ze zich op geen enkele manier ontspannen. Ze was er gewoon zeker van dat de kleine Valentin nog leefde, en dat hij haar nodig had. Die gedachte bezorgde haar meer pijn dan de fysieke gevolgen van de bevalling.

Een klop op haar kamerdeur deed haar schrikken. 'Binnen!'

Het was Carli die de kamer binnenkwam en haar verbaasd aankeek.

'Mag je al opstaan?'

Ze was echter te gespannen om te antwoorden. In plaats daarvan vroeg ze haastig: 'Heb je iets ontdekt?'

De juwelier maakte een vaag gebaar. 'Ik ben in de praktijk van dokter Corbet geweest. Het viel me in dat ik wel iets tegen hoofdpijn zou kunnen vragen en dan een praatje kon maken over jou,' zei Carli.

'Is het gelukt?'

'Eerst was er nog een patiënt voor mij, dus ik wachtte. Toen kwam plotseling Jakobs moeder opdagen. Ze stond erop om privé met de verpleegster, zuster Regina, te praten. Ze gingen naar een zijkamer – en toen heb ik een groot risico genomen.'

Henya hield haar adem in. 'Wat heb je gedaan?'

'Door de medische dossiers gesnuffeld totdat ik dat van jou vond.'

Haar stem was nauwelijks hoorbaar toen ze vroeg: 'En had je tijd om het te lezen?'

'Ik ben gewoon aan het einde begonnen,' zei Carli.

'Wat stond er?'

Na een moment van aarzeling zei hij: 'Doodgeboorte, waarschijnlijk door zuurstofgebrek bij een te vroege bevalling.'

'Dat klinkt geloofwaardig,' zei Henya verdrietig, en de moed zonk haar in de schoenen.

'Misschien wel, maar er was nog steeds iets vreemds,' antwoordde Carli toen, en ze keek naar hem op alsof ze een elektrische schok had gekregen.

'Wat dan?'

'Het tijdstip waarop hij het dode kind zogenaamd aan begrafenisondernemer Amann heeft overgedragen,' antwoordde hij. 'Dat was slechts een uur na de geboorte en een kwartier na de nooddoop van pastoor Metz.'

'Stond er verder nog iets vreemds in het dossier?' vroeg Henya hoopvol.

'Dat weet ik niet,' zei Carli. 'Jakobs moeder en de verpleegster kwamen erg snel terug uit de kamer ernaast. Toen ik later dokter Corbet om het hoofdpijnmedicijn vroeg, viel mij ook iets aan hem op. Het leek alsof hij te veel had gedronken.'

Dat zou kunnen betekenen dat er iets was wat zijn geweten kwelde, dacht Henya. 'Heb je hem naar de geboorte gevraagd?'

'Ja, hij zei dat het een triest verhaal was. Maar dat een vroege bevalling altijd een gevaar is voor moeder en kind.'

Toen werd er geklopt en Sebastian Heiland gluurde naar binnen. Carli glimlachte vriendelijk naar de bediende.

'Mevrouw Joas wil u graag spreken,' zei Heiland met gefronst voorhoofd tegen Henya. 'Maar schikt dat wel?'

'Stuur haar alsjeblieft naar me toe,' haastte ze zich te zeggen.

'Wat heeft zuster Regina gezegd, Alice?' vroeg ze zodra Jakobs moeder de kamer binnenkwam.

'Niet veel,' antwoordde de Engelse spijtig. 'Ze zei dat de dokter alles nauwkeurig bijhield. Ze mocht geen gegevens prijsgeven. Toen wilde ze het gesprek heel snel beëindigen. Het leek wel alsof ze bang was. Haar handen trilden.'

'Ik wil nog een keer met haar praten,' kondigde Henya met een vastberaden uitdrukking aan. 'Ik ga haar zelf zoeken.'

'Pas over tien dagen, kind,' zei Alice bezorgd. 'Je brengt jezelf echt in groot gevaar als je geen rust neemt.'

Haar toekomstige schoondochter knikte, maar ze had allang besloten om de volgende ochtend vroeg naar de praktijk te gaan om zuster Regina persoonlijk te spreken. Het maakte haar niet uit of ze daarmee haar eigen gezondheid op het spel zette. Ze wilde geen tijd verspillen. Ze moest haar zoon vinden.

Toen Jakob tegen de schemering terugkeerde naar het huis van de Schmerlers, was hij buiten adem. Hij was vanaf Daku's huis helemaal hierheen gerend.

Kazumi zat in haar eentje op het terras en bladerde door een krant bij het licht van een petroleumlamp.

'Zijn Moritz en zijn vrouw binnen?' vroeg Jakob, terwijl hij naar adem hapte.

'Nee, ze wilden graag nog even naar het strand. Vandaag zou de trap naar de maan te zien zijn en ze wilden er samen naar kijken.'

Jakob wist niet wat een trap naar de maan was, maar hij rende meteen naar de kust.

De parelondernemer en zijn vrouw zaten hand in hand in het zand.

'Hoe was het met Daku?' vroeg Moritz goedgehumeurd. 'Kom bij ons zitten!'

Maar Jakob was te gespannen om het aanbod te accepteren.

'Het was heel interessant,' zei hij ademloos. 'Ik besefte daar ineens iets.'

Moritz keek hem ontsteld aan. 'Ja? Wat dan?'

'Ik weet nu waarom ik zo'n vreemd gevoel had toen we elkaar voor het eerst ontmoetten,' zei hij, terwijl hij zich tot de verbaasde vrouw wendde.

'En? Waar kwam dat door?' vroeg ze niet-begrijpend.

'Ten eerste omdat je niet past bij het beeld dat ik me door de verhalen gevormd heb van de zus van de koetsier. Vroni lispelde erg en sprak het Beiers dialect,' zei Jakob.

'In ruim zestien jaar kun je bepaalde gewoontes wel afleren,' antwoordde Moritz, die ongewoon paniekerig en onvriendelijk klonk.

'Misschien,' antwoordde Jakob kortaf en hij wendde zich weer tot de vrouw: 'Ik denk nog steeds niet dat jij Vroni bent. Je kwam me meteen zo bekend voor. Vooral je stem. Ik herinnerde mij die uit mijn kindertijd als heel vriendelijk. Ik ben er vrij zeker van wie je werkelijk bent.'

'Jakob, nu is het genoeg...' begon Moritz bars, maar zijn vrouw legde haar hand op zijn arm.

'Wie denk je dat ik ben?' vroeg ze.

Hij verraste zichzelf, de tranen sprongen in zijn ogen van emotie, en zijn stem veranderde toen hij zei: 'Hoewel het volkomen krankzinnig is, geloof ik dat jij mijn tante Marie bent. Toen ik klein was, heb jij me alles wat je wist over sieraden en parels geleerd.'

Moritz keek zijn vrouw ontsteld aan, maar ze knikte bemoedigend naar hem. Ze stond op, ging voor Jakob staan en legde haar hand op zijn schouder. Toen ze sprak, trilde ook haar stem.

'Het spijt me heel erg dat we ook tegen jou moesten liegen. Maar je hebt gelijk. Ik ben het echt: je tante Marie.'

Hij keek haar geschokt aan. Maar eigenlijk maakte het hem niets uit dat ze hem jarenlang voorgelogen hadden. Hij was gewoon blij dat hij zijn lievelingstante terug had: de vrouw die hem ertoe had aangezet deze carrière na te streven. Omdat hij voelde dat zij ernaar verlangde, omhelsde hij haar simpelweg.

'Toen we elkaar net ontmoetten was het voor mij erg moeilijk om je voornaam niet te gebruiken,' zei Marie ontroerd. 'Ik was zo blij om mijn kleine Jakob weer te zien. Nu zijn we je echt een uitleg verschuldigd.'

'Precies,' kwam Moritz tussenbeide in het gesprek. 'Het is een lang verhaal. Maar we hebben nog tijd tot de trap naar de maan zichtbaar is. Dus ga zitten!'

'Het begon natuurlijk allemaal met de verrassende terugkeer van Moritz uit Australië,' vertelde Marie terwijl ze met z'n drieën op het strand zaten. 'Ik was overweldigd door dat nieuws na twintig jaar. Moritz leefde nog en had zich ternauwernood kunnen bevrijden na vele jaren gevangenschap.'

'Jullie hereniging moet heel emotioneel zijn geweest,' zei Jakob. 'Als ik eraan denk dat Henya twintig jaar op mij zou moeten wachten...'

'Ja, het was heel moeilijk, we verlangden ontzettend naar elkaar en hadden het zo lang opgekropt, maar we mochten er natuurlijk niet aan toegeven,' zei Marie, terwijl ze haar man teder op de wang kuste.

'In het begin respecteerden we Maries huwelijk met Georg,' zei Moritz.

'Tot mijn moeder kwam vertellen dat mijn oom het nieuws van jouw dood had verzonnen,' zei Jakob.

'Precies, we zijn Alice vandaag de dag nog steeds dankbaar dat ze het risico heeft genomen ons erover te vertellen,' zei Marie. 'Denk je maar in: Georg Joas vervalste een passagierslijst om te kunnen beweren dat Moritz was verdronken. Alleen omdat ik Georg geloofde, accepteerde ik zijn aanzoek. Maar toen ik eenmaal wist dat mijn huwelijk op een leugen was gebaseerd, verliet ik hem. Op dat moment deed mijn reputatie er voor mij niet toe. Ik wilde gewoon weg bij hem.'

'Maar oom Georg en mijn vader gunden je geen vrede en bleven je lastigvallen in het Huis der Parels,' zei Jakob, want dat had hij van zijn leermeester gehoord.

Moritz knikte. 'Ja, de man van Marie was compleet door haar geobsedeerd. Maar daarmee dreef hij haar juist recht in mijn armen. We vluchtten samen naar mijn parelvissershuisje in het Bayerischer Wald, en daar werden we eindelijk weer geliefden.'

'Na tweeënhalf jaar kwam een privédetective ons echter op het spoor,' meldde Marie. 'Die had Georg uiteraard ingehuurd.'

'Nee,' zei Jakob beschaamd. 'Volgens mijn moeder was het mijn vader. Hij verafgoodde zijn oudere broer.'

'Dat klopt,' zei Marie. 'Ze nodigden me uit voor een gesprek in München in december 1873. Ik was vastbesloten nooit meer naar Georg terug te keren – zelfs al dreigde hij honderd keer mijn goede naam door het slijk te halen.'

Moritz' stem haperde toen hij het overnam: 'Martin Joas bedreigde Marie met iets wat zo ongelooflijk walgelijk en verkeerd was dat ik hoop dat hij er op een dag voor zal branden in de hel.'

Marie keek haar man ontsteld aan en hij verontschuldigde zich onmiddellijk bij Jakob: 'Neem me niet kwalijk dat ik dat zei. Hij is tenslotte je vader.'

'Misschien, maar ik heb allang geen illusies meer over zijn karakter.' Hij haalde diep adem. 'Wat heeft hij met je gedaan, tante Marie?'

'Het ging om een kennis van mijn man en je vader. Een opkomende uniformfabrikant met nauwe contacten bij het Ministerie van Oorlog, een zekere meneer Derkowski. Hij viel me vaak lastig en betastte me wanneer hij op bezoek was. Toen ik je oom Georg erover vertelde, zei hij alleen dat ik me niet zo afstandelijk moest opstellen, dat Derkowski een belangrijke zakenpartner was. Ik zou best lief tegen hem kunnen zijn.'

'Walgelijk,' gromde Jakob. 'Ik schaam me voor mijn familie.'

'Dat hoeft niet,' zei Marie nadrukkelijk. 'Je lijkt beslist op je lieve moeder. In ieder geval verdedigde ik mezelf en gaf Derkowski uiteindelijk publiekelijk een klap.'

'Midden op een Sint-Nicolaasfeest vertelde ze hem dat als hij haar nog een keer aanraakte, hij daar bittere spijt van zou krijgen,' voegde Moritz er met een trotse glimlach aan toe.

'Helaas werd dat mijn eigen ondergang,' mompelde Marie ernstig.

'Wat is er gebeurd?' vroeg Jakob nieuwsgierig.

'Derkowski's bank ging failliet. Hij kwam erachter dat zijn hele fortuin in rook was opgegaan,' legt Moritz uit.

'Heb je ooit gehoord van de populaire actrice Adele Spitzeder?'

'Ja, die grote bankfraudeur,' merkte Jakob op. 'Ze wilde onlangs zelfs sieraden bij ons bestellen. Maar toen de bazin aandrong op vooruitbetaling, zagen we Spitzeder niet meer terug. Ursel herinnerde zich dat veel klanten van deze dame, nadat ze vijftien jaar geleden failliet ging, zelfmoord pleegden – waaronder een zakenvriend van mijn vader.'

Moritz knikte. 'Daarmee moet ze Derkowski bedoeld hebben. Toen hij zich realiseerde dat hij zijn hele fortuin had verloren als gevolg van Adeles fraude, pakte hij een pistool en schoot zichzelf neer. Je vader vond hem.'

Marie knikte ernstig. 'Martin stal het wapen waarmee de zelfmoord was gepleegd van de dode man. De initialen van Derkowski waren in het parelmoer op de handgreep aangebracht, dus het was overduidelijk van hem.'

'Volgens mij ligt dat wapen nog steeds in vaders kluis,' zei Jakob geschokt.

'Ongetwijfeld,' antwoordde Moritz boos.

'Martin chanteerde me, zodat ik terug zou gaan naar zijn wanhopige, zieke broer Georg,' vervolgde Marie. 'Anders zou hij de politie vertellen dat hij me op de avond van de zelfmoord met het pistool uit Derkowski's huis had zien komen. Uiteindelijk wilde Martin ervoor zorgen dat de politie het pistool met Derkowski's initialen ergens in het Huis der Parels zou vinden. Ik had die man immers publiekelijk bedreigd.'

'Juist omdat het wapen was verdwenen en er geen zelfmoordbriefje aanwezig was, zag de politie Derkowski's dood aanvankelijk niet als zelfmoord,' zei Moritz.

'Mijn vader heeft dus gedreigd met de galg,' concludeerde Jakob verbijsterd.

'Ja, hij gaf ons tot nieuwjaar 1874, daarna moest ik terug zijn bij Georg – of zou ik de gevangenis in gaan. Het was een vreselijke tijd. Het dienstmeisje van mijn broer leed aan cholera en het werd al snel duidelijk dat ze het niet zou overleven. Die arme Vroni,' mompelde Marie schor.

'Toen ze op sterven lag, deed Carls koetsier Leonhard, de broer van Vroni, ons een ongelooflijk aanbod,' vervolgde Moritz. 'Hij was altijd een beetje verliefd op Marie geweest en zou alles hebben gedaan om haar van de gevangenis en de galg te redden.'

'Vroni en ik leken altijd op elkaar, ook al was haar haar veel roder dan het mijne,' herinnerde Marie zich.

'Daarom stelde Leonhard voor zijn zus onder mijn naam te begraven. De twee hadden verder geen familie meer. Mijn zogenaamde dood zou een einde maken aan de chantage van Martin. Moritz zou het land kunnen verlaten met de vermeende Vroni Staudinger, met mij dus.'

'Maar mijn moeder wist er niets van?' vroeg Jakob. Hij vond het geen fijn idee dat Alice al die jaren tegen hem had gelogen.

Marie schudde met een schuldbewuste uitdrukking haar hoofd. 'Het was hartverscheurend, maar we vonden het niet goed om haar ermee te belasten, omdat er dan nog meer leugens in hun huwelijk zouden komen. Daarom rouwde Alice met jou, net als zoveel anderen, om mij – bij het graf waar de arme Vroni eigenlijk ligt.'

'Er zijn maar vijf mensen die ervan afweten,' vertelde Moritz. 'Koetsier Leonhard, die op het idee kwam, wij tweeën, Maries broer Carl en zijn vrouw Ursula. Hoe meer mensen het zouden hebben geweten, hoe groter het risico dat alles door een fout aan het licht zou komen.'

Ondertussen had de goudgele maan zich langzaam boven het diepzwarte water bewogen en werd er een spectaculair fenomeen zichtbaar: haar stralen werden zowel in de zee als op het wad gereflecteerd, alsof er treden van licht naar de maan leidden.

'Dit is de beroemde "trap naar de maan", die alleen te bewonderen is als het vollemaan is, tussen mei en oktober – en alleen bij extreem laagwater. De zee heeft zich inmiddels meer dan tien meter teruggetrokken.'

'Adembenemend mooi,' zei Jakob ontroerd. Kon Henya dit ook maar zien!

'Ja, we wonen hier prachtig, maar onze heimwee naar München wordt elk jaar sterker. Helaas weten we dat we de prachtige stad aan de Isar waarschijnlijk niet meer zullen zien tijdens ons leven,' zei Marie weemoedig. 'Evenmin als onze families en oude vrienden.'

Ondanks het indrukwekkende natuurschouwspel werd Jakob overvallen door haatgevoelens. Door de verraderlijke zet van zijn vader en het pistool in diens kluis konden deze lieve mensen nooit volkomen gelukkig zijn. Wat onrechtvaardig!

26

TOEN HIJ DIE AVOND DE LOGEERKAMER binnenkwam, was Jakob nog steeds geschokt. Hij had Henya graag alles willen schrijven wat hij van Moritz en Marie had gehoord. Het stel had hem echter gevraagd om het alleen in een persoonlijk gesprek aan zijn verloofde te vertellen. Bij een brief was het risico te groot dat die in verkeerde handen zou vallen.

In plaats daarvan besloot hij eindelijk de rest van de brieven te lezen die zijn verloofde hem de afgelopen maanden had gestuurd.

Met elke regel voelde het meer alsof hij weer in zijn geboortestad München was. Hij kon maar al te goed begrijpen dat Moritz en Marie de stad zo erg misten – ondanks de schoonheid van de Australische westkust.

Uiteindelijk kwam hij bij een brief van het een-na-laatste weekeinde van maart.

München, zaterdag 23 maart 1889

Lieve Jakob!

Vergeef me dat ik zo slordig schrijf, maar mijn handen trillen te veel. Gisteren ontving ik een bericht dat ons leven compleet zal veranderen.

Ik schreef al dat het ultimatum voor de verkoop van het Bräuhaus aan de Kapuzinerplatz bijna afloopt. Fritz kwam daardoor op het idiote idee om het ontbrekende geld te winnen door middel van een groot kaartspel dat dokter Corbet gisteravond organiseerde in de achterkamer van zijn doktersprak tijk.

Fritz stond erop dat ik hem vergezelde – als geluksbrenger. Ik ben niet bijgelovig, dus ik geloof niet dat het door mijn aanwezigheid kwam, maar Fritz heeft in ieder geval gewonnen! De broers Thomass kunnen dus volgende week hun droombrouwerij kopen.

Het was echter zo benauwd in de achterkamer en door het spel wond ik me zo op dat ik zomaar flauwviel. Toen ik vervolgens in de praktijk van dokter Corbet weer bijkwam, vertelde hij me iets ongelooflijks: hij denkt dat ik drie maanden zwanger ben. Als alles goed gaat, word je in september vader, mijn liefste.

Nu was het zijn beurt om bijna flauw te vallen. Hij werd overmand door duizeligheid en zijn handen trilden. Een kind? En hij was nog wel zo voorzichtig geweest. Wat had hij Henya aangedaan? Haar reputatie zou volledig geruïneerd zijn.

Toen realiseerde hij zich met afgrijzen dat de bevalling misschien al wel achter de rug was. Die arme vrouw had de hele zwangerschap zonder hem moeten doorstaan!

Hij las verder.

Ik maakte me veel zorgen om de reputatie van de familie Thomass en was bang dat ik zelf uit het sociale leven verbannen zou worden. Maar toen ik het Carl senior en Ursel vertelde, reageerden ze heel anders dan ik had gevreesd. De baas zei dat we het gerucht moesten verspreiden dat jij en ik in januari al in het geheim getrouwd waren – in het huis van mijn vader in Frankfurt, want alleen op die manier konden we voorkomen dat pastoor Metz het plan zou dwarsbomen door het tegen te spreken. Als je niet weet dat ik in verwachting ben, zie je nog niets aan mijn buik. Later in de zwangerschap wil Ursel het gerucht verspreiden dat de arme getrouwde Henya Joas in haar eentje die negen maanden moet doorstaan, omdat haar nietsvermoedende echtgenoot pas in september een vast adres in Australië zal hebben. Mijn lieve Jakob, ik ben al vol liefde voor ons kind. Het spijt me zo erg dat ik je dit nieuws niet persoonlijk kon vertellen. Ik hou je op de hoogte van hoe het met ons allebei gaat.

Veel liefs,
Henya

Jakob las bezorgd de andere brieven door. Tot zijn opluchting ging het steeds goed met zijn verloofde. De klanten geloofden het verhaal over hun zogenaamde huwelijk. De laatste brief dateerde van begin juli en gelukkig had Henya veel vertrouwen in de toekomst: *Ik weet zeker dat we elkaar weer zullen zien en dat ons kind blij zal zijn met jouw komst.*

Alle brieven die zijn verloofde daarna had geschreven, waren nog onderweg naar Broome.

Hij besefte echter dat ze hem niet meer zouden kunnen bereiken. Hij wilde Henya morgen schrijven dat hij meteen naar huis zou gaan, naar München. Hij kon geen dag meer wachten: hij wilde zo snel mogelijk terug naar zijn verloofde en zijn kind.

Tante Marie en Moritz zouden zeker teleurgesteld zijn dat de voorgenomen zes maanden slechts twee dagen waren geworden. Hij besloot te kijken of ze nog wakker waren. Als dat het geval was, wilde hij hen onmiddellijk informeren over wat hij uit Henya's brief had vernomen.

'Natuurlijk moet je meteen naar haar toe.'

Gelukkig zaten zijn tante en haar man nog op het terras, en nadat hij hun over Henya's zwangerschap had verteld, begreep Marie helemaal dat hij zo snel mogelijk terug naar München wilde.

'Je hebt geluk,' zei Moritz. 'Vrijdag vertrekt er een schip met een grote lading mosselen naar Hamburg – via de kortere route door het Suezkanaal.'

De reis zou zeker nog twee maanden duren, maar zo hoefde Jakob in ieder geval niet weer helemaal naar Sydney te reizen.

'Ik moet er niet aan denken dat je vader erachter komt dat ze zwanger is,' zei Marie bezorgd.

Jakob had daar niet eens over nagedacht en ineens maakte hij zich nog meer zorgen. Vooral omdat hij nu wist waar zijn vader toe in staat was.

'Dit zou eigenlijk het juiste moment zijn om terug te keren en mijn achternicht te steunen,' zei Moritz, terwijl hij Marie met een gekwelde uitdrukking aankeek. 'Maar je wordt ten onrechte beschuldigd van moord en terecht beschuldigd van overspel en bigamie.'

'Bigamie?' vroeg Jakob, die plotseling een sprankje hoop kreeg.

'Ik bedoel dat Marie hier onder een valse naam met mij getrouwd is,' zei Moritz. 'Ze is nooit officieel gescheiden van Georg. En hij leefde nog toen we trouwden.'

'Dat realiseer ik me, maar dat is nu juist de oplossing voor het grootste probleem,' riep Jakob euforisch uit.

Marie en Moritz keken hem verward aan.

'In de herfst nadat je zogenaamd was gestorven, trouwde oom Georg met een rijke weduwe. Nadat ze allebei stierven, ging hun geld naar mijn vader. Het gaat sowieso niet goed met zijn bedrijf, maar als hij de erfenis zou moeten terugbetalen, zou hij geruïneerd zijn.'

'Aan wie zou hij dat dan moeten terugbetalen?' vroeg Moritz, die het duidelijk nog niet begreep.

'Voor haar huwelijk met oom Georg had die rijke weduwe, Amalie Mütze, haar neef als enige erfgenaam aangesteld. Na haar dood heeft hij aangevochten dat Georg alles erfde. Die zaak verloor hij echter.'

'De echtgenoot komt bij een erfenis natuurlijk vóór tweede- of derdegraads familieleden,' begreep Moritz, wiens broer en neef succesvolle advocaten waren.

Nu leek het tot Marie door te dringen waarom Jakob zo blij was met zijn kennis. 'Maar aangezien ik nog leefde toen Amalie Mütze en Georg trouwden, was hij zonder het te weten nog steeds met mij getrouwd. Zijn tweede huwelijk was dus ongeldig! Als dit aan het licht komt, zal Amalies neef volledige aanspraak maken op haar erfenis, omdat hij destijds het enige levende familielid was.'

'Precies. Dus als mijn vader zelfs maar met het idee speelt om jou als Marie Joas te ontmaskeren, zou dat automatisch betekenen dat hij de erfenis zou moeten terugbetalen. Dan zou hij geruïneerd zijn,' legde Jakob stralend uit. Soms kreeg iedereen toch wat hem toekwam!

Marie en Moritz keken elkaar geschokt aan. 'Maar dan zouden we toch weer naar huis kunnen,' zei Jakobs tante met tranen in haar ogen.

Moritz knikte blij. 'We zouden zelfs nu met Jakob mee kunnen reizen.'

'Maar hoe moet dat dan met het bedrijf?' vroeg Marie. 'Je kunt je levenswerk niet zomaar opgeven en al je werknemers laten zitten.'

Moritz wreef nadenkend over zijn kin. 'Volgens mij weet ik daar wel iets op.'

Marie en Jakob keken hem verbaasd aan.

Henya had die nacht de slaap niet kunnen vatten. Ze had urenlang liggen woelen en draaien. Telkens wanneer ze uiteindelijk wegdoezelde, schrok ze op door die ene gedachte: mijn zoon is daar ergens, misschien heeft hij me wel nodig!

Uiteindelijk gaf ze haar pogingen om te slapen op en kleedde ze zich aan. Ze wilde gewoon voor dokter Corbets praktijk wachten tot die open was voor de patiënten. Ze wist van Fritz dat de verpleegster, zuster Regina, er vaak al vroeg in de ochtend was. Waarschijnlijk had hij daar al vaak gebruik van gemaakt om hoofdpijnmedicijnen te halen na een nacht stappen.

Toen Henya bij zonsopgang het appartement uit sloop, waren zelfs huisbediende Sebastian Heiland en kokkin Franzi Hölzlmaier nog niet aan het werk.

Gedurende de tijd dat Henya voor de dokterspraktijk stond te wachten, had ze veel te veel tijd om te piekeren. Nog maar een week geleden had ze ernaar verlangd dat de zwangerschap snel voorbij zou zijn. Toen had ze natuurlijk aangenomen dat dat zou betekenen dat ze haar kind in haar armen kon houden. Wat was de realiteit anders.

Ze was blij dat de lange, forse verpleegster onverwacht vroeg aankwam. Ze staarde Henya geschokt aan.

'Goedemorgen, zuster Regina.' Ze deed haar best een glimlach te produceren.

'Mevrouw Joas!' riep de verpleegster. 'Wat doet u hier? U mag nog niet opstaan – in uw toestand.'

'Het verloop van de geboorte zorgt ervoor dat ik geen rust kan vinden,' antwoordde Henya naar waarheid. 'Was u erbij toen dokter Corbet mijn zoon doodverklaarde?'

Ze merkte duidelijk hoe ongemakkelijk het onderwerp voor de verpleegster was.

'Ik mag geen antwoord geven op die vraag,' zei die aarzelend en met een soort wanhoop in haar blik.

Henya gaf niet op en keek haar recht in de ogen. 'Dat betekent dat u mijn kwelling verlengt. Dan zal ik nooit rust vinden. Wilt u dat dan? Is een zwijgplicht zoveel waard?'

Regina zuchtte. 'Ik was er niet bij, de dokter vroeg me om de pastoor te halen. Daarom wist ik dat er complicaties waren. Hij laat de pastoor alleen komen als er gevaar is voor het leven van de moeder of het kind.'

'Is het gebruikelijk dat hij u wegstuurt als er zich complicaties voordoen?' wilde Henya weten. 'Heeft hij juist dan geen hulp nodig?'

'Niet als er geen enkele hoop meer is op overleven,' antwoordde de verpleegster met zwakke stem.

'Maar het tijdstip van overlijden... Hebt u mijn jongen horen huilen voordat u naar de pastoor ging?'

De verpleegster ontweek haar blik.

'Zuster Regina?'

Toen begon ze aarzelend te spreken: 'Ik...'

Net op dat moment, toen de muur van zwijgzaamheid rondom de verpleegster leek af te brokkelen, kwam dokter Corbet aan.

'Henriette!' snauwde hij bars. 'Wat doe je hier?'

'Ik wil de waarheid weten. Ik heb mijn zoon horen huilen,' riep Henya wanhopig, en ze klonk hysterischer dan ze wilde. 'Het was geen doodgeboren kindje.'

'Je was onder invloed van een pijnstiller,' beweerde de dokter. 'Het is onmogelijk om zoiets te beoordelen in jouw toestand. Je was jezelf niet. En volgens mij ben je dat nu ook niet. Zo snel na de geboorte mag je echt nog niet naar buiten.'

Wanhopig wendde Henya zich weer tot de verpleegster: 'Zuster Regina, hebt u hem horen huilen? Alstublieft!'

'Henriette,' blafte dokter Corbet, en hij klonk nu echt boos. 'Ga naar huis en naar bed. Als je niet de nodige rust neemt, laat ik je opsluiten in een inrichting, waar je thuishoort.'

Henya staarde hem vol afgrijzen aan. Toen maakten angst en wanhoop plaats voor een boos besef. 'U zou niet zo reageren als u niets te verbergen had.'

Bij het horen van deze beschuldiging pakte de dokter boos haar arm, maar ze trok zich onmiddellijk los.

'Raak me nooit meer aan!' snauwde ze.

Met tranen in haar ogen liep ze weg. Ze had deze slag misschien verloren, maar het zou de dokter berouwen dat hij haar de oorlog had verklaard! Zolang ze ademde, zou ze niet rusten. 'Ik geef niet op, ik geef niet op,' mompelde ze keer op keer tegen zichzelf alsof het een gebed was. Was ze gek aan het worden? Plotseling begaven haar knieën het, haar ademhaling ging gejaagd en moeizaam. Ze zakte op de grond en zocht met haar handen steun op de kasseien. In een oogwenk waren Corbet en zuster Regina bij haar.

'Ze moet naar een inrichting,' hoorde ze de dokter zeggen. Toen zakte ze weg in een diepe duisternis.

27

'BEDOELT U... DAT IK DE LEIDING krijg over uw bedrijf en de bijbehorende vloot?'

Daku Schulz keek geschokt naar Moritz Schmerler, Marie, Jakob en Kazumi. Die ochtend waren ze met z'n vieren al vroeg onverwacht op de veranda van het huis van zijn ouders verschenen.

'Ik was erg onder de indruk van je handelen tijdens de duik,' legde Moritz uit. 'Je kent je vak. Iemand als jij, die er al jaren in zit, zal zeker gerespecteerd worden door de andere duikers.'

'Je hoeft het niet in je eentje te doen,' voegde Marie eraan toe. 'Kazumi zal als gelijkwaardige zakenpartner naast je staan. Als je het kunt accepteren om met een vrouw samen te werken tenminste.'

'Nou en of,' zei Daku haastig, terwijl hij stralend naar de mooie Japanse vrouw keek. 'Het is alleen de vraag of uw zakenpartners en de duikers het zullen accepteren dat twee niet-Europeanen de bedrijfsvoering op zich nemen.'

'Jullie hebben het voordeel van de taal: je spreekt Duits, Engels en Yawuru,' legde Marie uit. 'Kazumi's moedertaal is Japans, maar ze spreekt ook Mandarijn, Engels en zelfs een beetje Duits.'

'Zowel op de duikers als op onze zakenpartners zullen jullie indruk maken,' zei Moritz vol overtuiging.

'De taal is een voordeel, maar we zijn ook nog erg jong. Zowel

Kazumi als ik zijn pas begin twintig,' zei Daku. Voor Jakob was deze uitspraak opnieuw een bewijs dat de Halbyawuru slim was. 'Maar ik heb een idee om dat op te lossen.'

'Ga je gang,' zei Moritz, met duidelijke nieuwsgierigheid.

'Mijn vader geniet een grote reputatie als voormalig goudhandelaar. Hij heeft veel gedaan voor de opbouw van Broome en is goed bevriend met de burgemeester. Zullen we hem als directeur aanstellen om de belangen van Schmerler Pearling te vertegenwoordigen? Kazumi en ik zouden dan nog steeds de bedrijfsvoering kunnen doen, maar hij is dan het gezicht van het bedrijf.'

'Erg slim,' zei Marie. 'Zo zouden we een reeds bekende en gerespecteerde sieradenexpert als boegbeeld hebben, en kunnen Kazumi en Daku in de loop der tijd het vertrouwen van klanten en duikers winnen.'

'Ik sta ook helemaal achter dit idee,' zei Kazumi. 'Mensen willen niet meteen respect tonen aan een Yawuru of een Japanse vrouw. Dat is nu eenmaal zo. Daku's suggestie geeft ons de tijd om ieders respect te verdienen onder de bescherming van zijn vader.'

'Nou, dan hebben jullie waarschijnlijk zojuist jullie eerste gezamenlijke zakelijke beslissing genomen,' antwoordde Moritz glimlachend. 'Heel vooruitstrevend, vind ik.'

'Mag ik mijn ouders halen om hun het goede nieuws te vertellen?' vroeg Daku, opgewonden door deze kans die hem in de schoot geworpen werd.

'Dat is zelfs noodzakelijk,' zei Moritz. 'Vrijdag moeten alle contracten rond zijn.'

'Ik kan nauwelijks geloven dat u dan al naar Hamburg vertrekt,' zei Kazumi verdrietig. 'Ik zal u erg missen.'

'Ja, kom zeker terug,' zei Daku, 'om te controleren of we alles goed doen.'

'Jullie kunnen ook eens naar München – op kosten van het bedrijf uiteraard,' stelde Moritz grijnzend voor.

'Volgens mij zou de mooie stad aan de Isar je wel bevallen,' zei Jakob, die zijn nieuwe Australische vriend maar al te graag aan zijn Henya zou willen voorstellen.

'Dat denk ik ook. Dan zou ik zelfs het thuisland van mijn vader kunnen leren kennen,' zei Daku vol verwondering. 'Ik had nooit gedacht dat ik Broome zou verlaten, laat staan Australië.'

'Het zou geweldig zijn om ons mooie huis aan vrienden te laten zien,' zei Marie, en Jakob zag tranen van vreugde in de ogen van zijn tante schitteren.

Net als hij kon ook zij niet wachten om naar huis te gaan. Hij wist dat de reis hem hoe dan ook te lang zou duren – niet alleen zijn geliefde Henya zou op hem wachten in München, maar ook hun eerste kind!

Henya werd wakker van een schel geschreeuw. Versuft opende ze haar ogen en zag dat ze zich in een witgepleisterde kamer bevond met meerdere ziekenhuisbedden.

Op het bed naast haar lag een oudere vrouw in een besmeurde nachtjapon, die keer op keer jammerde en in zichzelf mompelde: 'De beer, de beer, de beer...'

Henya was geschokt toen ze zag dat twee bedden verderop een vrouw, vastgebonden aan een frame, dwangvoeding kreeg. Een jongere verpleegster en een ferme verpleger gaven haar een bruinige pap. Het vreselijke geschreeuw moest van die patiënte afkomstig zijn.

In paniek vroeg Henya zich af of ze haar ook zouden dwingen de walgelijk uitziende pap te eten. Ze wilde rechtop gaan zitten om te zien hoe ze hier weg kon komen, toen ze tot haar schrik ontdekte dat ook zij aan het bed vastgebonden zat.

Ze begon te jammeren en trok tevergeefs aan haar boeien.

'De beer!' riep de oude vrouw in het bed naast haar weer.

Dit trok de aandacht van de eng uitziende verpleger en de jongere zuster.

'Henya,' klonk er op dat moment een wonderbaarlijk bekende stem uit de richting van de deur.

Ze draaide zich om en was opgelucht toen ze haar vader, Valentin, naast een heel jonge verpleegster zag staan.

'Papa!' riep Henya wanhopig. Was hij gekomen om haar te redden? Ze hoopte het met heel haar hart.

Haar vader snelde naar het bed en fluisterde dringend in haar oor: 'Luister goed naar me! Dokter Corbet heeft tegen de directeur van het gesticht gezegd dat je een gevaar was voor jezelf en anderen.'

'O, mijn hemel,' bracht Henya geschokt uit.

'Ik wilde er zijn voor je bevalling, dus ben ik gisteren uit Frankfurt vertrokken,' legde hij haastig uit. 'Maar toen ik in het Huis der Parels aankwam, hadden ze net ontdekt dat dokter Corbet je hier had laten opnemen nadat je je kindje had verloren. Schijnbaar heb je de bedrust verbroken en hem fysiek aangevallen.'

Henya begon te protesteren. De bewering dat haar kind dood was, kon niet worden bewezen en ze had zich alleen tegen zijn greep verzet en hem niet aangevallen. Maar haar vader legde zijn vinger op haar mond en fluisterde: 'Carl junior vertelde me al dat je je twijfels had bij het verhaal dat je kindje doodgeboren was. Gelukkig is hier momenteel de zoon van een vriend van mij op bezoek. Hij is een jaar geleden begonnen als assistent-arts in het psychiatrisch ziekenhuis in Frankfurt. Daar doen ze niet meer aan gedwongen voedingen en dwangbuizen. Hij is bereid om de verantwoordelijkheid voor je te nemen, zodat we je daarheen kunnen brengen.'

'Maar als mijn zoon nog leeft, is hij waarschijnlijk in München,' zei Henya verwonderd.

'Carli zal naar hem blijven zoeken, dat heeft hij al gezegd. Nu is het belangrijk dat je naar een menselijker gesticht gaat. Op deze plaats zou het alleen maar slechter met je gaan,' fluisterde haar vader dringend.

'Ik wil naar geen enkel gesticht,' zei ze boos.

'Eerst het een, dan het ander,' zei Valentin Schmerler waarschuwend. 'Het is nodig dat de directeur van het gesticht in Frankfurt een schriftelijke verklaring opstelt dat je geestelijke gezondheid in orde is. Dan kan dokter Corbet je niets meer doen. Als ik je nu ergens zou verbergen, dan word ik voor de rechter gesleept. Probeer je nu alstublieft normaal en kalm te gedragen.'

'Hoe dan?' fluisterde zijn dochter berustend.

'Je zou kunnen beseffen dat je verdriet je parten heeft gespeeld, maar dat je nu weer helder kunt denken,' adviseerde hij haar. 'Als je echt denkt dat je kind nog leeft, is het belangrijk om je vrijheid terug te krijgen. Wil je dat proberen?'

Henya knikte en probeerde de brok in haar keel kwijt te raken, terwijl de oude vrouw in het bed naast haar dwangvoeding kreeg.

Ondertussen wendde Valentin zich tot de jonge verpleegster bij de deur: 'Mijn dochter is klaar. Je kunt haar losmaken.'

Toen Henya opstond, gaf hij haar de pantoffels en de badjas die hij in een klein koffertje had meegenomen.

De verpleegster leidde haar door een gang die naar chemicaliën en voedsel rook. Uiteindelijk klopte ze op een deur en na een luid en duidelijk 'Binnen!' gingen ze een groot kantoor in waar twee heren op hen wachtten.

De een was een lange man van ongeveer midden twintig met een snor. Vanaf zijn linkeroog liep er een litteken over zijn hele wang. Henya vermoedde dat de jonge heer in het mooie pak tijdens zijn tijd bij een gewelddadige studentenvereniging een flinke wond had opgelopen.

De ander was een streng ogende arts van in de vijftig, in een witte jas, met een bril met metalen montuur en een volle baard.

'Henya, dit is directeur Grashey,' stelde haar vader hem voor.

'Hoe gaat het met u, mevrouw Joas?' vroeg hij, terwijl hij naar haar staarde als een roofdier naar zijn prooi.

'Beter. Ik besef nu dat dokter Corbet gelijk had,' beweerde ze. 'Het verdriet speelde me parten. Ik zou graag weer rust willen vinden – vlak bij mijn vader in Frankfurt.'

Ze was verrast hoe kalm haar stem had geklonken bij het vertellen van deze leugens.

'Uitstekend, uitstekend,' prees de directeur van het gesticht haar, zonder zijn strenge uitdrukking te veranderen. 'U bent op weg naar herstel.'

'Herinner je je mijn goede vriend notaris Eduard Alzheimer nog?' vroeg Valentin aan zijn dochter, terwijl hij naar de jongste van de twee artsen keek.

'Ja, hij bracht me vaak chocolade,' herinnerde Henya zich.

De jongeman glimlachte ondeugend.

'Dit is zijn zoon Alois,' liet Valentin haar weten. 'Hij heeft in Würzburg en Tübingen gestudeerd en is nu een uitstekende assistent-arts in de psychiatrie bij professor Sioli in Frankfurt. Hij zal zo vriendelijk zijn om ons daarnaartoe te vergezellen.'

'Aangenaam kennis te maken, dokter Alzheimer,' zei Henya, en het lukte haar zelfs om te glimlachen.

'Insgelijks, mevrouw Joas. In Affenstein zult u zeker snel weer beter worden,' zei dokter Alzheimer, met een licht Frankisch accent.

'Affenstein?' vroeg Henya verbaasd.

'De juiste naam is natuurlijk Instituut voor krankzinnigen en epileptici, maar in spreektaal wordt het vanwege de enorme omvang ook wel "het krankzinnigenkasteel" of Affenstein genoemd,' legde de jonge psychiater uit. 'Maar met apen heeft het niets te maken. De naam komt van een Weesgegroet-steen die op de berg zou hebben gelegen.'

De vriendelijke uitstraling van de jonge dokter Alzheimer beviel Henya. Deze man uit Frankfurt riep een gevoel bij haar op dat ze bij dokter Corbet niet had gekregen: vertrouwen. 'Ik kijk ernaar uit uw kasteel te zien, dokter Alzheimer.'

Door zijn keel te schrapen vestigde directeur Grashey de aandacht weer op zichzelf. 'Dan wens ik u gedrieën een veilige reis. Zorg goed voor de jongedame, collega Alzheimer! En schrijf me als het herstel vordert.'

'Zeker, professor Grashey,' beloofde Alois Alzheimer en hij schudde de directeur de hand ten afscheid. 'Bedankt voor de rondleiding door uw instelling. Ik zal collega Sioli alles erover vertellen.'

Toen ze weer in de sterk ruikende gang stonden, legde Valentin Schmerler aan zijn dochter uit wat ze nu moest doen: 'Zuster Ludmilla zal je helpen met aankleden, Carls koetsier Staudinger wacht buiten al op ons, hij brengt ons naar de trein. Daar nemen we met dokter Alzheimer de trein naar Frankfurt.'

'Durf je het aan om zoveel uren in de trein te zitten?' vroeg de jonge neuroloog aan Henya.

'De banken zijn in ieder geval comfortabel,' zei ze, terwijl ze bleef proberen een vrouw na te bootsen die haar best deed over haar verdriet heen te komen. 'Ik moet niet alleen fysiek eroverheen komen. Na de bevalling zijn vrouwen vaak een wrak. Een treinreis door een prachtig landschap en in goed gezelschap zal zeker helpen bij mijn herstel.'

De jonge dokter Alzheimer toonde opnieuw zijn karakteristieke glimlach, met een vriendelijke fonkeling in zijn ogen.

Vervolgens ging ze samen met de jonge verpleegster terug naar de vrouwenslaapzaal. Henya zweeg liever over het feit dat ze nog steeds erge pijn in haar buik had. Ze wilde onder geen beding nog een nacht of zelfs meerdere nachten op deze vreselijke plek doorbrengen.

Ondanks de hulp van zuster Ludmilla was het aankleden een marteling, en Henya moest haar uiterste best doen om haar gezicht in de plooi te houden.

Toen ze eindelijk met haar vader en dokter Alzheimer naar de uitgang mocht lopen, bad ze stiekem dat haar knieën het niet weer zouden begeven. Ze had het gevoel dat ze in een nachtmerrie zat.

Het pad naar de deur naar tijdelijke vrijheid leek eindeloos lang, zo moeizaam liep ze. Haar hart klopte hevig, ze was als de dood dat iemand zou roepen: 'Hier blijven!'

28

IN DE SCHEMERING ZAT JAKOB OP het dek van het stoomschip Elberfeld. Hij schreef in zijn dagboek, dat hij maar voor één doel bijhield: om het aan zijn Henya te geven als hij haar eindelijk weer zou zien.

De stoomboot was bijna honderd meter lang en deed dienst als een combinatieschip, wat betekende dat het zowel passagiers als vracht vervoerde. Dit keer zaten er een aantal kisten met mosselen bij van Schmerler Pearling. Ondanks hun heimwee naar München was het voor tante Marie en Moritz niet gemakkelijk geweest om het land achter te laten waar ze ruim veertien jaar samen hadden gewoond. Daku's vader, Werner Schulz, was totaal overweldigd geweest door het idee aan het hoofd te mogen staan van een bloeiend parelmoerbedrijf nadat zijn succes als goudhandelaar was afgenomen en ze financiële zorgen hadden. Hij en zijn vrouw Maya waren echter nog enthousiaster over het aanbod van Moritz om hun bescheiden bungalow in te ruilen voor het indrukwekkende strandhuis van de Schmerlers. Ze hadden er ook mee ingestemd om waakhond Hasso over te nemen.

De jonge parelduiker Daku was, hoewel Jakob maar kort in Broome was gebleven, bevriend met hem geraakt en hij hoopte dat ze elkaar echt nog eens zouden zien. In het dagboek voor zijn verloofde verhulde Jakob het feit dat Marie nog leefde en dat ze hem nu, samen met Henya's oudoom Moritz, naar München vergezelde. Het was waarschijnlijk beter om voorzichtig te zijn en het geheim niet zwart-op-wit te hebben. Als hij het dagboek kwijtraakte, zou iemand erachter kunnen komen dat Marie Joas onder de valse naam Veronika Schmerler reisde en dat ze bigamist was.

Lieve Henya,

Zoals al aangekondigd in mijn brief van gisteren, ben ik nu op de terugweg naar Hamburg met de stoomboot Elberfeld. Helaas kan ik niet met zekerheid zeggen wanneer we aankomen. Als alles goed gaat, zijn we ongeveer negen weken onderweg. Maar op de heenweg, de eerste vaart van dit schip, bleek dat de schroeven niet goed werkten en daardoor kwam het schip uiteindelijk veertig dagen te laat op haar bestemming.

De rederij, de Deutsch-Australische Dampfschiffs-Gesellschaft, werd pas vorig jaar opgericht door reders en kooplieden uit Hamburg. Met zes nieuwe stoomschepen van Duitse en Britse scheepswerven met een laadvermogen van bijna vierduizend ton willen ze een lijndienst van en naar Australië opzetten. De schepen halen een snelheid van elf knopen en bieden bovendien ruimte aan tweehonderd tussenpassagiers, vooral emigranten. Momenteel kunnen er echter maximaal vijftig passagiers op het tussendek. Op een gegeven moment zouden er maandelijks afvaarten moeten zijn.

Toen verscheen stuurman Hans-Gerhard Jensen naast Jakob om zijn pijp te roken. Hij was een betrouwbare, ervaren zeerob van tegen de vijftig met een zwartgrijze baard. Jakob, zijn tante Marie en Moritz waren die middag door hem en kapitein William Merrifield begroet. Nu herkende hij de jongeman uit München al: 'Goedenavond, meneer… Joas was het, toch?'

Jakob knikte. 'Goedenavond, meneer Jensen.'

Volgens zijn eigen verklaringen was de officier, afkomstig uit Glücksburg aan de Oostzee, altijd blij als hij de kans kreeg om in zijn moedertaal te praten.

'Een dagboek?' vroeg hij, wijzend naar het schrift waarin de leerling-goudbewerker zojuist had geschreven.

Hij knikte. 'Ik schrijf de belangrijkste dingen op, zodat mijn verloofde het kan lezen als ik terug ben in München.'

'Ik heb door de jaren heen veel passagiers met een dagboek aan boord gezien,' zei Jensen glimlachend. 'Voor de meeste emigranten is de reis naar Australië een unieke ervaring, en door aantekeningen te maken kunnen ze hun indrukken vastleggen. Maar sommigen doen dit ook om hun heimwee te verlichten, zo hebben ze een vaste routine voor de lange, eentonige dagen op zee. Sommigen hebben me zelfs verteld dat ze van plan zijn het te publiceren.'

'Hoe lang vaart u al?' vroeg Jakob.

Jensen dacht even na. 'Bijna dertig jaar geleden begon ik mijn eerste dienst als matroos – op het beroemde emigrantenschip Marco Polo. Het was een klipper, gebouwd in Canada in 1851, met een romp van licht hout – hij ging verdraaid snel. James Nicol Forbes was de kapitein. Hij kreeg de bijnaam Bully, omdat hij mensen soms heel slecht behandelde.'

Jensen onderbrak zijn verhaal kort omdat hij moest hoesten. Blijkbaar was hij een beetje verkouden. Ten slotte vervolgde hij: 'Die kerel stond bekend om zijn recordreistijden – hij maakte in 1852 de eerste reis van Liverpool naar Port Phillip Heads in slechts achtenzestig dagen. Destijds was dat echt een sensatie. Om zo snel te kunnen zijn, voer Forbes ver naar het zuiden, zodat hij kon profiteren van de sterke, ijzige Antarctische winden. Hij nam de risico's voor zijn passagiers voor lief. Tijdens die eerste reis braken de mazelen en griep uit. In de vrieskou resulteerde dit in de dood van eenenvijftig kinderen en twee volwassenen.'

'Wat erg. De zwakste mensen zijn altijd degenen die als eerste het slachtoffer zijn,' zei Jakob met een ongemakkelijk gevoel. Hij dacht meteen aan zijn eigen kind, dat waarschijnlijk inmiddels het levenslicht had gezien. Het was onvoorstelbaar dat hij ernstig ziek zou worden – of zelfs zou overlijden! 'Wat onverantwoord om mensen onder zulke omstandigheden te vervoeren!'

De stuurman knikte en ondanks zijn gehoest nam hij nog een trekje aan zijn pijp. 'Op de Marco Polo was er luxe voor de eersteklaspassagiers, maar op het tussendek werden de meesten ondergebracht in krappe en ongemakkelijke slaapruimtes. Het eten en de hygiëne waren ronduit slecht. Helaas waren er altijd veel sterfgevallen op zee. Ik heb het berekend: in mijn jonge jaren stierf één op de vijf kinderen en één op de zestig volwassenen tijdens de overtocht naar Australië. Helaas sterven er altijd mensen aan boord van de schepen.'

'Waarom waren het er toen zoveel meer dan nu?' vroeg Jakob, die blij was dat de omstandigheden verbeterd waren.

'Gebrek aan hygiëne en goede voeding was de voornaamste oorzaak. Op een gegeven moment ontdekten Kapitein Cook en zijn collega's dat de oorzaak van de vreselijke ziekte scheurbuik een gebrek aan vitamine C was. Sindsdien krijgen matrozen en passagiers onderweg sinaasappel-, citroen- en limoensap. Vandaar ook de zuurkoolvaten aan boord. Sindsdien zijn er geen doden meer gevallen door scheurbuik,' meldde Jensen, terwijl hij zijn pijp doofde omdat hij weer moest hoesten. 'Maar een probleem dat vandaag de dag nog steeds regelmatig voorkomt, is vervuild drinkwater. In het verleden vielen er vaak ratten en muizen in de open tonnen en verdronken ze. Gelukkig besefte men veertig jaar geleden dat cholera veroorzaakt wordt door vervuild drinkwater. Sindsdien zijn mensen voorzichtiger geworden, maar als ze een haven aandoen, wordt er soms nog steeds water uit vervuilde rivieren gehaald. Soms plunderen ratten en muizen 's nachts de voorraden in het ruim, zoals gezouten vlees, meel, suiker en gedroogde erwten. Daar laten ze dan ook uitwerpselen achter. Graan- en meelvoorraden worden vaak aangetast door snuitkevers. Dodelijke ziektes zoals dysenterie blijven een probleem. Gelukkig worden, vanwege het tekort aan zoet water, azijn en chloorkalk gebruikt om de houten dekken schoon te maken. Dit voorkomt ziektes – en verbetert de geur. Als je maandenlang op elkaars lip zit, ruikt dat uiteraard niet echt lekker, vooral omdat veel mensen onderweg toch moeten overgeven, omdat ze zeeziek zijn of aan iets ernstigs lijden.'

'Ja, dat kan ik me voorstellen,' zei Jakob, huiverend bij de gedachte aan de geur.

Maar Jensen had nog meer walgelijke details: 'De meeste passagiers hadden geen plek om zich om te kleden, ze droegen vaak de hele reis dezelfde kleding. Bij storm of 's nachts zaten ze opgesloten op het tussendek en mocht er geen licht aan, dit bemoeilijkte het naar het toilet gaan en er gebeurden allerlei ongelukjes. Bij slecht weer raakte het beddengoed vaak doorweekt, wat leidde tot griep en longontsteking.'

'U bent zeker niet nog een keer bij kapitein Bully ingescheept, hè?' vroeg Jakob.

'Mijn hemel, nee!' schreeuwde Jensen lachend. 'Daarna monsterde ik in 1861 aan op de Great Britain, een schip dat achttien jaar eerder te water was gelaten. Het was het eerste door stoom aangedreven passagiersschip met een ijzeren romp en in eerste instantie verreweg het grootste schip ter wereld. Ze werd oorspronkelijk gebouwd voor de Noord-Atlantische vaart, maar werd daarna vooral gebruikt als klipper voor emigranten. Waarschijnlijk vervoerde het meer dan vijftienduizend immigranten naar Australië. Toen de Great Britain in 1852 voor het eerst voor anker ging in Hobsons Bay, was de bevolking opgetogen. Ruim vierduizend mensen betaalden een shilling om het schip te mogen bezichtigen. Geen wonder, want de Great Britain was in alle opzichten gigantisch! Er waren hutten voor zevenhonderdvijftig passagiers en honderddertig bemanningsleden. Om ervoor te zorgen dat de reizigers altijd genoeg eten hadden, waren er zelfs stallen voor vee. Er waren veel dieren aan boord tijdens onze reis vanuit Melbourne: meer dan vijfhonderd kippen, tweehonderdvijftig eenden, honderdvijftig schapen, vijfenvijftig kalkoenen en ganzen, dertig varkens, een paar lammeren en ossen, en een melkkoe en een kalf.'

Toen werd de stuurman onderbroken in zijn enthousiaste verhaal. Moritz Schmerler snelde naar hem toe.

'Meneer Jensen, ik ben dringend op zoek naar de scheepsarts. Mijn vrouw is erg ziek. Ze heeft hoge koorts, hoofdpijn en overal pijn. Ze heeft ook overgegeven.'

Jakob werd onmiddellijk bevangen door grote bezorgdheid om zijn favoriete tante. Zou juist zij de volgende dode aan boord worden?

Na een overnachting in Bad Cannstatt, vlak bij Stuttgart, vertrokken Henya, haar vader en dokter Alois Alzheimer de volgende dag naar Frankfurt am Main.

Tijdens de treinreis van München naar Stuttgart zei dokter Alzheimer dat professor Hubert Grashey niet alleen de directeur was van het 'gesticht van München', maar ook de schoonzoon van Bernhard von Gudden, de psychiater die drie jaar geleden samen met koning Lodewijk II van Beieren dood werd aangetroffen.

'Grashey is een van de auteurs van het controversiële rapport over de mentale toestand van koning Lodewijk – waarin hij op 8 juni 1886 onbekwaam werd verklaard om te regeren,' zei dokter Alzheimer. Toen Henya dat hoorde, was ze nog blijer dat ze ontsnapt was aan de psychiatrische inrichting aan de oevers van de Isar.

Niettemin voelde ze zich een beetje ongemakkelijk toen ze, nadat de trein in Frankfurt was aangekomen, in een rijtuig stapten naar Grüneburg Park, waar het Instituut voor krankzinnigen en epileptici was gevestigd. Zou hun vermoeden echt kloppen en zou de directeur van deze instelling verklaren dat ze gezond was? Gespannen keek ze uit het raam terwijl het rijtuig richting het prachtige, sprookjesachtige gebouw reed. Ze had van Alois Alzheimer gehoord dat dit het grootste ziekenhuis in de stad was.

'Vorig jaar heeft dokter Sioli heeft de leiding overgenomen van professor Heinrich Hoffmann,' vertelde hij. 'U hebt vast wel over hem gehoord – of over hem gelezen. Hij is niet alleen bekend als psychiater, maar ook als auteur: hij schreef het kinderboek *Piet de Smeerpoets.*'

'O, dat las je mij altijd voor,' zei Henya glimlachend tegen haar vader.

Het gebouw zag er zo indrukwekkend uit dat ze niet verrast was door de benaming 'krankzinnigenkasteel'. De enorme kliniek met zijn neogotische gevel was vanaf de weg duidelijk zichtbaar. De oprit was omzoomd met bomen. Sommige patiënten wandelden pratend door het uitgestrekte park. In het licht van de septemberzon zag het landgoed er verrassend idyllisch uit. Hier vond je geen spoor van de griezelige sfeer van het psychiatrische gesticht in München.

'Duidelijk geen boeien of dwangbuizen,' zei Henya met een voorzichtige glimlach tegen dokter Alzheimer, terwijl de koetsier het voertuig tot stilstand bracht.

'Deze behandelmethode noemen wij *non restraint*. Het idee komt van de Engelsman John Conolly. *The treatment of the insane without mechanical restraints*,' zei de jonge neuroloog in goed Engels. 'Het boek stuitte aanvankelijk op nogal wat tegenstand; het werd ruim dertig jaar geleden gepubliceerd. Gelukkig was onze nieuwe directeur, dokter Sioli, helemaal overtuigd van de aanpak van Conolly toen hij hier een jaar geleden de leiding overnam. In plaats van dwangbuizen en verplichte voeding werd er veel meer zorg geboden. Aan dit beleid dank ik mijn positie hier. Vorig jaar moest mijn arme collega, dokter Sioli, alles alleen doen, met ruim tweehonderdvijftig patiënten!'

Henya's vader vroeg de koetsier op hem te wachten, en toen liepen ze samen met dokter Alzheimer over de grote oprijlaan, waarvandaan ze uitkeken op het kasteel en het park dat daaromheen lag, van wel zevenendertig hectare. 'Naast het park vind je grote moestuinen. Momenteel zijn we ook bezig met het opzetten van een timmerwerkplaats, een kleermakerij en een boekbinderij. In totaal kunnen we dan ongeveer een derde van de patiënten daar tewerkstellen.'

Uiteindelijk gingen ze het gebouw binnen en Henya merkte meteen dat het hier beter rook dan in de kliniek in München.

'We hebben ook een nieuwe badentherapie,' legde Alzheimer uit. 'Achter de administratie bevindt zich een apart gebouw dat niet alleen de keuken en de huiskamers, een vergaderzaal, een kapel en appartementen voor artsen en verpleegsters huisvest, maar ook ruime badkamers.'

In de lichte kamer die dokter Alzheimer aan Henya en haar vader liet zien, waren zes vrijstaande badkuipen geïnstalleerd. Er heerste een kalme, serene sfeer – meer een sanatorium dan een krankzinnigengesticht, dacht Henya. In drie van de baden lagen ontspannen ogende patiënten. Een verpleegster controleerde de temperatuur met een thermometer, vulde bij met warm water en verliet na een korte groet aan dokter Alzheimer de kamer.

Henya en haar vader hoorden nu van hem dat het badwater door het personeel constant op een temperatuur van ongeveer vierendertig graden werd gehouden.

'Dokter Sioli heeft deze behandeling geïntroduceerd. Toen hij de kliniek van zijn voorganger overnam, waren de hygiënische omstandigheden erbarmelijk,' vertelde Alzheimer. 'En als je wilde opruimen, kon dat niet zonder tegenstand en een hoop geschreeuw. Destijds huisvestte de instelling alleen mensen met zeer ernstige psychische aandoeningen. Ondanks de steun van sterke verpleegkundigen was je tijdens rondes op de drukke afdeling soms op jezelf aangewezen. De woede van de patiënten was echter niet verrassend.

Hun opname was uitsluitend gericht op veiligheid; een deel van hen was als vee op stro vastgeketend, liggend of staand in hun eigen uitwerpselen.'

Henya huiverde. Ze moest er niet aan denken op zo'n onmenselijke manier te worden opgesloten.

'Dankzij de baden is er veel veranderd,' meldde dokter Alzheimer. 'Vandaag de dag mogen de patiënten hier in de badkuipen tot rust komen – als het nodig is zelfs urenlang.'

'Zijn de waterkosten niet extreem hoog?' vroeg Henya's vader.

'We besparen weer op het linnen, dat de patiënten vroeger scheurden,' klonk op dat moment een stem achter hen.

Henya draaide zich om en zag een glimlachende heer in een doktersjas. De slanke man van midden dertig had een donkere, volle baard. Alois Alzheimer vertelde hun dat dit directeur dokter Emil Sioli was, aan wie hij vervolgens uitlegde: 'Dit is Henriette Schmerler met haar vader. Hij is advocaat hier in Frankfurt, zijn dochter werkt als sieradenverkoopster in München. Helaas verloor ze een paar dagen geleden haar eerste kind door een doodgeboorte. Natuurlijk was ze in het begin nogal verdrietig, maar uit onze gesprekken hier in de trein kreeg ik de indruk dat ze zich snel herstelt.'

'Gecondoleerd met dat grote verlies,' zei dokter Sioli meelevend. 'En wat brengt u bij ons?'

'We willen Henriette graag geestelijk gezond laten verklaren door een gekwalificeerde deskundige,' zei Henya's vader. 'De dokter in München maakte zich zorgen omdat ze zo vreselijk verdrietig was na de doodgeboorte.'

'Nou, laten we dan even rustig praten,' stelde dokter Sioli glimlachend voor.

Henya probeerde wanhopig het trillen van haar handen te verbergen. Ook al leek de directeur van het gesticht op het eerste gezicht vriendelijk, ze wist dat het gesprek dat volgde over haar vrijheid zou beslissen – en over de kans om naar haar zoon te zoeken!

29

MARIE WAS ER ERNSTIG AAN TOE. De scheepsarts, dokter Peters, vermoedde dat ze een ernstige griep had. Hij kon niet veel voor de arme vrouw doen; haar lichaam moest de strijd zelf aangaan. Hij had het niet met zoveel woorden gezegd, maar het was beslist niet zeker dat ze de ziekte zou overleven. Jakob stond bezorgd bij de reling en keek uit over zee. Hij kon niet eens in zijn dagboek schrijven, omdat hij zijn angst voor zijn tante niet durfde te uiten.

Toen kwam Moritz aan dek. Hij zag er vermoeid uit. Waarschijnlijk wilde hij een frisse neus halen, want hij had dag en nacht aan het bed van zijn grote liefde gezeten.

'Nog steeds geen verbetering?' vroeg Jakob, hoewel de uitdrukking van de parelondernemer dat al duidelijk maakte. Moritz schudde zijn hoofd. 'Ze mag gewoon niet sterven. Ze hebben ons vanaf 1849 twee hele decennia afgenomen. We zouden onze oude dag samen moeten kunnen doorbrengen. Marie wilde zo graag München nog een keer zien.'

Jakob schrok van de tranen in Moritz' ogen.

'Waarom kon je destijds niet meer weg uit Australië?' vroeg hij ter afleiding. 'Carl Thomass heeft me verteld dat de rentmeester van je overleden oom de schuldige was.'

Moritz knikte. 'Ja, Brendan Gerrard, een meedogenloze schoft.

Waarschijnlijk was hij geschokt dat er maanden na de dood van Ernst Schmerler ineens een neef opdook. Hij had zichzelf tot nieuwe eigenaar verklaard en had al zakengedaan onder de naam Schmerler Pearling. Bovenal wilde hij de Yawuru-duikers niet langer fatsoenlijk betalen, hoewel dat voor mijn oom altijd wél belangrijk was geweest. Kort na mijn onverwachte verschijning kregen we ruzie.'

'En toen kwam je door zijn toedoen in de gevangenis terecht?'

'Ja, ik wist wel dat hij geen brave was, maar ik onderschatte zijn criminele inslag. Een grote fout, ik had veel voorzichtiger moeten zijn,' zei Moritz, alsof hij het zichzelf nog steeds kwalijk nam. 'De tweede nacht nadat ik in Broome was aangekomen, liet hij me in elkaar slaan en ontvoeren. Tot op de dag van vandaag weet ik niet hoe Gerrard het voor elkaar heeft gekregen, maar onder de naam van de een of andere boef heeft hij me in een strafkolonie in Adelaide, Zuid-Australië, weten te krijgen. Je snapt wel wat hij met de echte Hugo Meyerhoff heeft gedaan; die ligt vast ergens begraven.'

'Dus toen moest je verder als de dief Hugo Meyerhoff?' vroeg Jakob.

'Inderdaad, vijftien jaar lang. Dwangarbeid in de wegenbouw en in kopermijnen,' zei Moritz. 'Toen ze me na mijn tweede ontsnappingspoging bijna doodsloegen met een zweep, besloot ik het niet meer te proberen. Ik legde me neer bij mijn lot.'

'Hoe ben je uiteindelijk weggekomen?'

'Dat heb ik aan een Duitser te danken, Carl Mücke,' zei hij. 'Marie en ik hadden hem in 1847 ontmoet, kort voor de revolutie. Hij pleitte destijds ook voor politieke veranderingen en schreef artikelen waarin hij het scholenbeleid in Pruisen op de korrel nam. In Frankfurt was hij lid van de nationale onderwijscommissie, waar hij traditionele scholen volledig veranderde. Hij publiceerde tevens boeken die begrijpelijk waren voor de gewone man.'

'Het is erg jammer dat zijn inspanningen voor meer democratie en volkseducatie destijds mislukten,' zei Jakob spijtig.

'Ja, het was zo frustrerend dat Mücke besloot te emigreren. Eind november 1847 vertrok hij met zijn gezin en enkele hoogopgeleide vrienden met het schip de Prinzessin Luise naar Adelaide. Ze kwamen daar eind maart 1848 aan.'

'Hoe heeft hij je bevrijd?' vroeg Jakob.

'We ontmoetten elkaar in 1865 tijdens een groot kerkelijk evenement in Adelaide. Twee medegevangenen en ik zouden helpen bij de opbouw daarvan. Na zijn aankomst in Australië werd Mücke predikant, maar wel met een zeer liberale instelling. Het was ruim vijftien jaar geleden dat we elkaar voor het laatst hadden gezien. Ik moet toegeven dat ik hem niet meteen herkende, gelukkig hij mij wel.'

'En kon hij de bewakers er toen van overtuigen dat u niet Hugo Meyerhoff was?' vroeg Jakob.

'In eerste instantie niet,' antwoordde Moritz. 'Gelukkig was Mücke inmiddels zeer invloedrijk. Hij had de Duitse Lerarenfederatie opgericht en campagne gevoerd voor een staatsschoolsysteem. Hij en zijn aanhangers verzetten zich er ook tegen dat Duitsers in Australië niet mochten stemmen. Hij richtte zijn eigen krant op en bleef achter zijn eisen staan. In 1857 werd zijn goede vriend Friedrich Kirchauff uit Sleeswijk verkozen tot lid van de wetgevende vergadering van Zuid-Australië. Die mocht als tweede getuige optreden, omdat ook hij mij persoonlijk kende. Hij had ook deelgenomen aan onze revolutie in 1848. Met zijn hulp konden we begin 1866 eindelijk bewijzen wie ik werkelijk was, omdat Kirchauff een foto bezat waarop we samen te zien waren.'

'Dus toen ben je meteen naar huis gegaan?'

Moritz schudde treurig zijn hoofd bij de herinnering.

'Een collega van mijn broer uit Mannheim zat ook in de vriendenkring van Mücke. Via hem kwam ik erachter dat Marie inmiddels met een andere man was getrouwd en dat mijn grootmoeder Amalie was overleden. Mijn ouders waren gezond, maar behoorlijk arm door de verwoesting van de zoetwaterparelbanken in Oelsnitz.

Daarom besloot ik eerst het parelmoerbedrijf van oom Ernst terug te krijgen, omdat mijn vader recht had op de winst. O, kijk!'

Jakob keek in de richting waarin Moritz wees en zag een beest van zo'n tien meter lang net onder het wateroppervlak.

'Een bultrug,' zei Moritz, waarmee hij Jakobs vermoeden bevestigde.

Het enorme dier zwom naast het schip alsof hij er een wedstrijdje van wilde maken. Plotseling sprong het gigantische zoogdier uit het water en draaide rond in de lucht – ondanks zijn omvang met een verbazingwekkende gratie – zodat Jakob niet alleen zijn gehavende zwartgrijze rug en enorme voorvinnen kon zien, maar ook zijn gegroefde witte buik. Toen de walvis het water weer raakte, werden de twee mannen er onmiddellijk aan herinnerd dat hij enkele tonnen woog, omdat hij zo'n grote golf veroorzaakte dat ze werden overspoeld door een witte nevel van druppels en volledig doorweekt waren.

'Zijn ze altijd zo speels?' vroeg Jakob zich af, terwijl hij het water uit zijn haar schudde.

'Ja, dat werd een van mijn duikers helaas fataal,' vertelde Moritz. 'Zijn beademingsslang raakte verstrikt in de vin van een speelse bultrug. Op een gegeven moment scheurde die en werd de luchttoevoer afgesloten, waardoor de arme man naar beneden zonk. Toen we hem van de bodem haalden, leefde hij al niet meer.'

'Hoe heb je Schmerler Pearling teruggekregen nadat je was vrijgelaten?' vroeg Jakob, die nieuwsgierig was naar het vervolg van Moritz' verhaal.

'Gelukkig heeft Mücke een advocaat voor mij betaald,' zei de parelondernemer. 'Aangezien Gerrard geen al te beste reputatie had en zich aan veel dingen schuldig maakte, heb ik uiteindelijk de zaak gewonnen. Dat was echter nog maar het begin. Ik moest het bedrijf volledig reorganiseren. Gerrard had de duikers een hongerloon betaald, en sommigen van hen zelfs mishandeld. De dag nadat ik de zaak had gewonnen, vond men hem: vastgebonden in een mangrovemoeras, half opgegeten door zoutwaterkrokodillen. Toen hij geen macht meer had, wilden sommige mensen waarschijnlijk wraak nemen en gaven ze hem volkomen weerloos ten prooi aan de krokodillen.' Jakob huiverde in zijn vochtige kleren terwijl hij naar de walvis in de verte bleef kijken, die een metershoge fontein opspoot: de warme condens uit zijn longen die in contact kwam met de koele zeelucht.

'Nadat ik aanzienlijke veranderingen had doorgevoerd zodat iedereen weer een passend loon kreeg, wilde ik eindelijk terug naar huis,' aldus Moritz. 'Ik had dus een absoluut betrouwbare rentmeester nodig. Dat werd uiteindelijk een Nederlandse zeeman die zeer gerespecteerd werd door de duikers. Hoewel hij al vijftig was, was hij nog steeds erg energiek en stond hij midden in het leven. Zijn naam was Geert Dik en hij kwam hier in 1850 aan vanuit Amsterdam. Bij hem was ik er absoluut zeker van dat hij het bedrijf zou leiden zoals ik zou willen en dat hij mijn ouders regelmatig hun aandeel zou geven.'

'En toen vertrok je eindelijk naar München,' zei Jakob glimlachend.

'Ja, maar het was een verschrikkelijke overtocht. De stormen waren zo hevig dat ik twee keer van schip moest wisselen,' herinnerde Moritz zich. 'Je weet al hoe ik, tegen de verwachting in, weer samenkwam met Marie.'

Daar was het weer: die grote bezorgdheid in zijn ogen.

'Wat is er met die Nederlandse bedrijfsvoerder gebeurd?' vroeg Jakob door. Hij besefte dat het antwoord Moritz niet op zou vrolijken toen die droevig zei: 'Twee jaar nadat ik met Marie naar de westkust van Australië was teruggekeerd, stierf hij aan koorts.'

Op dat moment kwam de scheepsarts naar hen toe, en zijn blik voorspelde niet veel goeds.

'Ik denk dat we een geestelijke bij uw vrouw moeten roepen,' zei hij met een grafstem.

Dat kon gewoon niet waar zijn!

Met elke meter dat het rijtuig vanaf het treinstation van München het Huis der Parels op de Marienplatz naderde, werd Henya zenuwachtiger. Had Carli inmiddels al nieuws over haar vermiste kind?

Valentin Schmerler, die naast haar zat, kneep bemoedigend in haar hand. Hij moest de bezorgde blik van zijn dochter hebben opgemerkt.

Ze was enorm opgelucht dat de directeur van het gesticht in Frankfurt, Sioli, na een intens gesprek had bevestigd dat ze volledig bij haar verstand was. Na het hartelijke afscheid van de vriendelijke dokter Alzheimer haalde haar vader haar over om eerst een nacht rust te nemen in haar ouderlijk huis.

'Morgenochtend gaan we samen naar München. Ik blijf daar tot je je wat beter voelt. Bovendien wil ik die dokter Corbet ook weleens op zijn nummer zetten,' had Valentin gezegd.

Kort voor sluitingstijd kwamen ze aan bij juwelierszaak Carl Thomass, waar ze hartelijk werden verwelkomd door Bärbel, Sebastian Heiland en Carli. De laatstgenoemde had zijn beste jas aan.

'Waar ga je naartoe?' vroeg Henya.

'Sebastian en ik wilden net naar begrafenisondernemer Amann gaan,' zei Carli.

'Is er iemand overleden?' vroeg Henya geschokt.

'Nee, maar er is naar verluidt iets verdachts naar voren gekomen over de vermeende doodgeboorte van jouw kind,' antwoordde Carli, en de woorden woord 'naar verluidt' gaven zijn beste vriendin meteen een sprankje hoop.

'Wat?' bracht ze uit met haperende stem.

'Ik ben vanmiddag bij pastoor Metz langsgegaan om hem te vragen naar de details van de nooddoop,' meldde Carli. 'Hij vertelde iets heel vreemds. Dokter Corbet had het kind in een doek gewikkeld, waardoor alleen zijn voorhoofd zichtbaar was. Als reden gaf hij aan dat het kind zo misvormd was dat hij jou de aanblik had willen besparen.'

'Maar hij heeft mij de kleine helemaal niet laten zien,' antwoordde Henya geïrriteerd. 'En hoe zou hij nu misvormd kunnen zijn?'

'Dat maakt het zo verdacht,' zei Carli. 'Omdat het kind helemaal ingebakerd was, had het evengoed een levend kind kunnen zijn – of zelfs een pop. Toen besefte hij dat het voorhoofd er vreemd kunstmatig had uitgezien. Daarom heeft Sebastian een afspraak voor me gemaakt met begrafenisondernemer Amann, om half zeven. Hij moet het hele lichaam hebben gezien toen hij het aflegde.'

'Ik ga mee,' zei Henya haastig.

En haar vader voegde eraan toe: 'Ik ook. Misschien is het goed om een advocaat als getuige erbij te hebben.'

'Als je meegaat, Henya, zal ik tegen Leonhard zeggen dat hij het rijtuig moet voorrijden,' zei Carli. 'Eigenlijk wilden we die kilometer naar de Augsburger Strasse lopen, maar in jouw toestand…'

Henya ging er niet tegenin. Ze had nog steeds moeite met lopen en ze wilde de mannen niet ophouden onderweg naar de begrafenisondernemer.

Een half uur later zaten ze in de vergaderruimte van Karl Amann. De roodharige man van midden dertig was merkbaar verrast dat ook een jonge vrouw en een advocaat de juwelier vergezelden.

'Hebt u het kind Valentin Joas gezien voor de begrafenis?' vroeg Carli.

'Ja, natuurlijk,' antwoordde de begrafenisondernemer, terwijl hij over zijn rode snor streek.

Henya vocht tegen de tranen.

'Ik heb het begraven in een klein kistje.'

'Hoe zag het kindje eruit?' ging Carli verder.

Amann keek hem wezenloos aan. 'Hoe hij eruitzag? De uitslag van de mazelen was duidelijk zichtbaar op het lichaam en gezicht, als u dat bedoelt. Ik heb het onmiddellijk na zijn dood afgelegd.'

'Mazelen?' riep Henya's vader vol ongeloof. 'Bij een pasgeborene?'

'Hij was minstens een week oud,' wierp de begrafenisondernemer tegen, tot grote verbazing van de aanwezigen. 'Ik denk dat het arme kind besmet is geraakt in het weeshuis, waar de mazelen de afgelopen winter helaas erg heersten.'

'In het weeshuis?' vroeg Valentin Schmerler. 'Volgens mij hebben we het niet over hetzelfde kind. Wanneer hebt u de jongen begraven die aan de mazelen stierf?'

Henya stond op het punt flauw te vallen toen Karl Amann antwoordde: 'Op 4 februari. Dokter Corbet vroeg mij eerst of ik al de mazelen had gehad. Dat was zo en daarom mocht ik naar het weeshuis komen en de arme jongen ophalen. Ik vond het verschrikkelijk. Eerst laten zijn ouders het kleintje gewoon achter in een mandje voor de deur, en dan sterft hij daar aan deze vreselijke ziekte. Ik herinner me dat de dokter ook erg verdrietig was. Hij had al adoptieouders voor de kleine gevonden.'

'Dat... dat was zeven maanden geleden?' stamelde Henya verdoofd.

Haar vader vroeg met een sceptische frons: 'En die vondeling heette toevallig ook Valentin Joas?'

'Op dat moment niet. Er waren geen documenten. Daarom heb ik het anoniem in gewijde grond begraven. Een paar dagen geleden kwam dokter Corbet eindelijk achter de naam van de moeder die hem in de steek had gelaten. Ze moet toch een naam hebben opgegeven. Daarom bekostigde hij zelf een eenvoudig kruis voor het kind – met de naam Valentin Joas erop.'

Henya, haar vader, Carli en Sebastian keken elkaar geschokt aan. Wat had de dokter met háár kind gedaan? En waarom?

'Ik wil dokter Corbet onmiddellijk spreken,' gromde Valentin Schmerler.

'Hij is vast niet meer in de praktijk,' zei Carli, 'maar mijn broer heeft zijn huisadres waarschijnlijk wel.'

30

'FRITZ, WEES EENS EERLIJK: HEEFT DOKTER Corbet gokschulden?'

Carli's jongere broer keek hem wezenloos aan. De jonge brouwer was er zichtbaar van onder de indruk dat hij plotseling samen met Henya en haar vader voor zijn slaapkamerdeur was verschenen. 'Waarom wil je dat weten?'

'Omdat hij een ander kind dan dat van Henya heeft begraven en haarzelf in een instelling wilde opsluiten,' snauwde zijn broer hem ongewoon fel toe.

Fritz keek haar schuldig aan en gaf toen schaapachtig toe: 'Hij had schulden bij Huber. Diens mannen hijgden hem in de nek. Maar hij heeft eergisteren alles terugbetaald.'

Geleidelijk aan begonnen de puzzelstukjes in elkaar te vallen. 'Corbet had het over een stel op het Bal der Parels, dat hij hun de boodschap had moeten brengen dat ze op natuurlijke wijze geen kinderen konden krijgen. Volgens mij heeft hij mijn zoon voor veel geld ter adoptie afgestaan.'

'Zoiets zou hij nooit doen,' antwoordde Fritz vol overtuiging. 'Corbet was altijd zo blij als een kind bij elke succesvolle geboorte. Hij heeft een klein hartje.'

'Misschien op sterkwater in een pot op zijn kast,' antwoordde Henya's vader spottend.

'Heb je zijn huisadres?' vroeg Carli aan Fritz.

'Ja, dat heb ik,' gaf hij toe. 'Maar ik ga mee. Jij bent zo boos dat je hem nog wat zou aandoen.'

'Misschien moeten we alles aan agent Lehner vertellen en hem meenemen?' opperde Carli.

'Ik ben bang dat we dan niets uit de dokter zullen krijgen,' zei Valentin Schmerler. 'Ik denk dat het raadzaam is om met z'n drieën te gaan. Henya, omdat het haar betreft, Fritz, op wie Corbet vertrouwt, en ik ga mee als advocaat.'

Carli leek niet blij met dat voorstel. 'Dan wacht ik beneden voor het huis, die man is tot alles in staat.'

Zelfs de pas bevallen Henya kon lopend naar het appartement van Dominik Corbet. Volgens Fritz bevond het zich namelijk op Marienplatz 5, op de eerste verdieping. Ze hoefden zich niet lang af te vragen of hij thuis was, want toen ze voor de deur stonden, zagen ze hem juist over het door gaslampen verlichte plein aan komen lopen.

Toen hij Henya herkende, schrok hij zichtbaar.

'Henriette, wat doe jij weer op vrije voeten?'

'De directeur van het psychiatrische ziekenhuis in Frankfurt heeft bevestigd dat ik geestelijk volkomen gezond ben,' antwoordde Henya, trillend van onderdrukte woede.

'Precies. De vraag rijst: waarom hebt u mijn dochter in de plaatselijke instelling laten opnemen? Verkeerde diagnose? Of was er een andere reden?' Valentin bemoeide zich ook met het gesprek. 'Mijn naam is Valentin Schmerler, advocaat uit Frankfurt.'

'Omdat ze een bedreiging voor zichzelf was,' snauwde dokter Corbet, en Henya rook alcohol. 'Dat ze nu al zo snel na de geboorte buiten rondloopt, is totaal onverantwoord. Bovendien voelde ik me door haar bedreigd. Dat is nu ook het geval. Laat mij er meteen doorheen.'

Deze zin was gericht aan Carli, die opzettelijk de toegang van de dokter tot de voordeur blokkeerde.

Maar in plaats van zich te bewegen blafte de juwelier: 'Het is geen wonder dat ze buiten zichzelf is, ze hoorde haar kind tenslotte huilen, voordat je zei dat het doodgeboren was.'

'Dat heeft ze zich verbeeld, de pijnstillers...' schreeuwde Corbet met schelle stem.

'Sinds wanneer raak je bewusteloos van pijnstillers?' antwoordde Henya boos. 'Wat hebt u mij werkelijk toegediend, dokter Corbet?'

'Ik wil naar mijn vader. Zonder hem ga ik niet meer in op deze absurde beschuldigingen. Hij is advocaat. Laat me erdoor, anders haal ik de rijkswacht erbij,' dreigde de zwetende dokter, terwijl hij de kraag van zijn overhemd wat losser trok.

'Prima, dat waren we toch al van plan,' zei Carli onbewogen.

'Dominik, leg ons alles nu eens rustig uit en...' Fritz probeerde zijn kaartmaat te kalmeren, maar toen onderbrak Henya's vader hem: 'Waarom heb je een naamloos, achtergelaten kind uiteindelijk de naam Valentin Joas laten geven?'

Het feit dat dit aan het licht was gekomen, leek dokter Corbet hevig te schokken. Hij maakte een jammerend geluid en deed geschrokken een stap achteruit.

'Hebt u mijn kind verkocht?' vroeg Henya. 'Vanwege die vervloekte gokschulden van u?'

In plaats van te ontkennen deed de bleke dokter nog een stap achteruit, als een in het nauw gedreven dier.

Henya stapte dreigend op hem af. 'Bij wie is mijn kind nu? Zeg het me eindelijk.'

Toen gebeurde alles heel snel. Met een vreemde blik in zijn opengesperde ogen stak Corbet zijn hand in zijn jaszak – en haalde een pistool tevoorschijn.

'Ben je gek geworden?' hoorde Henya haar vader zeggen. Tijd om te schreeuwen had ze niet eens. Een schot weergalmde tussen de muren van de gebouwen op de Marienplatz.

Het lichaam was in een stuk zeildoek genaaid. Aanvankelijk had de scheepstimmerman een geïmproviseerde kist in elkaar willen zetten, maar toen kreeg ook hij griep en sindsdien lag hij koortsachtig in zijn hut. Kapitein William Merrifield had Moritz gemeld dat een andere vrouw er nu ook last van had.

Bij het levenloze lichaam was ook ruwijzer en lood gedaan om het eerder te laten zinken. Jakob keek met vochtige ogen toe terwijl matrozen een plank op de reling plaatsten, het lichaam erop legden en het bedekten met een Duitse vlag.

De majestueuze zonsopgang achter hen en het goede weer pasten veel beter bij iets romantisch dan bij de morbide sfeer van deze begrafenis op zee. Vervolgens werd het ene uiteinde van de plank omhooggebracht, zodat het lichaam naar beneden gleed en in het water verdween. Een van de matrozen had de vlag vastgehouden zodat deze aan boord bleef. Het ingepakte lichaam verdween door het gewicht langzaam uit het zicht.

Toen richtte hij zijn blik op Moritz, die ook geschokt was.

'Het ging zo snel,' mompelde Jakob. 'Gisteren stonden we hier aan de reling en vermaakten we ons prima.'

Nu kwam ook Marie naar hen toe.

'Lieverd, je moet rusten,' berispte Moritz zijn vrouw.

'Maar ik heb geen koorts meer en het wordt daarbeneden erg benauwd,' antwoordde zijn vrouw, die strikt genomen niet eens met hem getrouwd was. 'Ik wilde ook de laatste eer betonen aan de stuurman. Hij was zo aardig. Wat is die griep verraderlijk. Gisteren dacht ik ook dat ik dood zou gaan.'

Omdat alle symptomen van Marie zo snel waren verdwenen, tot grote opluchting van Jakob en Moritz, besloot de scheepsarts, dokter Peters, haar ziekte af te doen als 'kortstondige griep'.

'Gelukkig daalde de koorts net toen pastoor Wiedenmann bij je kwam voor de laatste sacramenten.' Moritz kuste haar liefdevol op het voorhoofd. 'Je zou bijna bijgelovig worden.'

'Ik denk dat "gelovig" een betere term zou zijn, aangezien er een geestelijke bij betrokken was,' antwoordde Marie. Haar glimlach vervloog echter meteen weer toen ze angstig naar de plek keek waar Jensens lichaam was gezonken. Langzaam werd het opgeslokt door de donkere diepte.

'Meneer Jensen vertelde me over zijn eerste reis en zei dat er veel mensen aan boord stierven,' meldde Jakob met omfloerste stem. 'Nu is hij zelf dood. Op de een of andere manier kan ik het niet helemaal geloven.'

Stuurman Hans-Gerhard Jensen had plotseling dezelfde symptomen gekregen als Marie de dag ervoor: hoge koorts, braken, hoofdpijn en overal pijn, maar al snel werd bij hem een ernstige longontsteking vastgesteld, waaraan hij binnen zeer korte tijd bezweek. Tot nu toe had Jakob het geluk gehad dat hij slechts twee begrafenissen had bijgewoond. Op zesjarige leeftijd die van zijn lievelingstante Marie, maar hij had haar teruggekregen, en een jaar later die van zijn oom Georg, die altijd nogal onaangenaam tegen hem was geweest. Verder leefden al zijn kennissen en familieleden nog – zelfs zijn grootouders in Engeland en Nördlingen verkeerden in uitstekende gezondheid.

'Ja, we vinden het moeilijk om ons voor te stellen dat het leven een keer stopt,' zei zijn tante. 'Het besef van de dood is er altijd geweest. Gelukkig voelen we dan tenminste geen ziekte en pijn meer.'

'Jij hebt echter nog een heel leven voor je, jongen,' zei Moritz om Jakob op te vrolijken. 'Je vrouw wacht thuis op je met een heel lief kindje.'

'Hebben jullie nooit kinderen gewild?' vroeg Jakob na een korte aarzeling.

'Om precies te zijn was dat geen optie, omdat we wilden wachten tot Moritz terugkwam uit Australië om te trouwen,' zei Marie. 'Toen hij vermist werd en later dood werd verklaard, had ik er vaak spijt van dat ik vóór zijn vertrek niet buitenechtelijk zwanger was geworden. Dan had ik in ieder geval een prachtige herinnering aan mijn ware liefde gehad. Toen we elkaar weer ontmoetten, was ik al ruim boven de veertig.'

'En mijn oom Georg wilde geen kinderen?' vroeg Jakob.

'Ja, maar volgens zijn arts kon hij geen kinderen verwekken,' vertelde Marie. 'Eerlijk gezegd was ik daar niet echt rouwig om. Hij was zo ongeduldig en vaak boos op mij, dus hoe zou hij dan reageren op een kind dat in het begin veel zou huilen?'

'Dat zou vast niet makkelijk zijn geweest. Oom Georg leek in veel dingen erg op mijn vader,' herinnerde Jakob zich. 'En die was vroeger nogal ongeduldig met mij. Maar mijn moeder vocht altijd als een leeuwin, zodat hij me in ieder geval geen harde klappen gaf.'

Marie keek nadenkend in de richting waar ze heen voeren. 'Nou, Martin zit nu ergens aan de andere kant van de wereld en heeft geen idee dat zijn verleden hem zal inhalen.'

'En ook niet dat zijn vrouw hem evenals zijn zoon vaarwel zal zeggen. Want dat zal mijn moeder doen als ze erachter komt wat hij je écht heeft aangedaan. Ik zal het haar persoonlijk vertellen,' voegde Jakob er met vastberaden woede aan toe.

'Hé, hebben jullie ook de indruk dat veel mensen hier vreemd naar mij kijken?' vroeg Marie bezorgd.

Jakob keek om zich heen en besefte dat zijn tante gelijk had. Verschillende bemanningsleden en passagiers die bij de begrafenis op zee aanwezig waren geweest, keken boos in haar richting. De bijeenkomst viel uiteen nadat de ceremonie was afgelopen en een van de vrouwen siste in het voorbijgaan naar Marie: 'Heks!'

Nu vertoonden ook enkele anderen dreigend gedrag.

Moritz sloeg beschermend zijn arm om zijn vrouw heen. 'Ik breng je naar de hut.'

'Ik ga mee,' zei Jakob – voor het geval ze zouden worden aangevallen.

Henya had altijd gedacht dat zelfmoord met een pistool slechts een heel klein rood gaatje in het hoofd achterliet. Nu had ze echter op een verschrikkelijke manier ondervonden dat wanneer een mensenleven op die manier vernietigd werd, ook een groot deel van de schedel werd weggeblazen. Hoewel ze zich zo snel mogelijk had afgewend, lagen er overal op de straat bloed, stukjes bot en hersenen rondom het levenloze lichaam. Dokter Corbet was uit het leven gestapt voor hij de verantwoordelijkheid moest aanvaarden voor de ontvoering van een kind en een illegale adoptie. De gebeurtenissen leken in een waas aan Henya voorbij te trekken, haar oren suisden nog steeds van het luide schot dat de arts vlak voor haar had afgevuurd. Carli was weggelopen om politieagent Hannibal Lehner op te halen, die op nummer 2 woonde. Hij onderzocht het lichaam, terwijl Henya's vader hem in juridisch waterdichte bewoordingen uitlegde wat er was gebeurd. Lehner vroeg Carli om snel naar het politiebureau te gaan om versterking te halen.

Uiteindelijk kwam Henya weer bij haar positieven en besefte ze waar het gejammer en gesnik vandaan kwamen dat ze de hele tijd als in de verte had gehoord: Fritz was in complete shock. Hij huilde bitter over de onverwachte zelfmoord van zijn kaartmaatje. Ze zag dat hij onder de bloedvlekken zat.

Toen ze naar beneden keek, realiseerde ze zich dat ze zelf helemaal de volle laag had gekregen. Ze begon te beven en voelde een diepe walging, omdat ze bedekt was met de lichaamsvloeistoffen van de man die haar gedrogeerd had tijdens de geboorte van haar kind, vervolgens tegen haar had gelogen en haar uiteindelijk in een psychiatrische inrichting had laten opsluiten. De man die in het geheim haar kind had verkocht om zijn gokschulden af te lossen.

Toen Carli eindelijk met twee andere politieagenten aankwam, wendde Valentin Schmerler zich meelevend tot zijn met bloed bespatte dochter.

'Gaat het, Henya?' vroeg hij, terwijl hij haar een geruststellende knuffel gaf. De vertrouwde geur van haar vader maskeerde de scherpe lucht van buskruit en bloed. Ze voelde zich meteen wat veiliger en uiteindelijk kwamen de tranen.

'Ik weet dat je iets vreselijks hebt gezien, maar die man zou niet meer gelukkig zijn geweest, geloof me,' probeerde haar vader haar te troosten.

'Maar nu is er niemand meer die weet aan wie hij mijn zoon heeft verkocht,' riep ze wanhopig.

'We komen er wel achter,' beloofde Carli terwijl hij buiten adem naast haar kwam staan. 'Ik zal niet rusten voor we het weten.'

'Als het nodig is, betaal ik een privédetective,' kondigde haar vader aan.

Maar Henya's wanhoop wilde niet verdwijnen. De adoptie was illegaal, dus er zou niets op schrift staan. Haar maag kromp pijnlijk samen. Hoewel ze wist dat haar kleine Valentin nog leefde, wist ze ook dat hij overgeleverd was aan een familie die illegale adoptie niet schuwde. Ze zou haar zoon waarschijnlijk nooit meer zien.

31

TOEN JAKOB MET ZIJN TANTE MARIE en Moritz Schmerler bij hun hut aankwam, hapte hij naar adem. Met witte verf was het woord HEKS op de deur geschreven en ervoor lag een kip zonder kop.

'Waarom doen ze dit?' vroeg Moritz boos.

'Het is altijd zo geweest dat mensen bij epidemieën op zoek gaan naar een zondebok,' zei Marie droevig. 'Dit keer was ik helaas de eerste zieke. Mijn felrode haar telt ook mee. Helaas was het zo dat Vroni Staudinger veel roder haar had dan ik. Toen ik haar identiteit moest overnemen, begon ik mijn haar te verven met henna. Uit gewoonte ben ik dat blijven doen, nu wordt dat waarschijnlijk mijn ondergang.'

'Ze kunnen niet écht denken dat elke vrouw met rood haar een heks is,' zei Moritz boos.

'Maar wel een roodharige die een ziekte verspreidt,' antwoordde Marie.

Op dat moment benaderde kapitein William Merrifield hen aan de overkant van de scheepsgang met een bezorgde uitdrukking op zijn gezicht. Hoofdschuddend keek hij naar de puinhoop voor de hut.

'Daar was ik al bang voor. Ik hoorde al geruchten met onzinnige beschuldigingen,' meldde hij in het Engels. 'Ik moet u echt mijn excuses aanbieden, mevrouw Schmerler. Dit mag niemand aan boord van mijn schip overkomen. Maar er zijn meerdere mensen ziek en er is een jonge zeeman uit Rusland spoorloos verdwenen. Dat alles is voor sommige passagiers en bemanningsleden zo beangstigend dat ze vreselijk bijgelovig reageren.'

'Is matroos Kirsanov verdwenen? Wat verschrikkelijk. Hij was zo vriendelijk tegen ons en vertelde ook iets over zijn thuis in Sint-Petersburg, aan de haven. Hij hielp ons met onze bagage toen we aan boord kwamen. Ondanks het feit dat hij heel erg hoestte.'

'Nu weet ik het weer,' zei Jakob, die zich plotseling iets realiseerde. 'Dus niet jij, maar Sergey Kirsanov was de eerste zieke aan boord.'

'Ik had geen idee dat de man griep had,' zei de kapitein. 'Ik ga meteen naar hem op zoek, misschien is hij ergens in elkaar gezakt.' Hij wees naar de kip zonder kop en de beschilderde deur. 'Ik zal ervoor zorgen dat dit onmiddellijk wordt opgeruimd. En ik zal ook iemand sturen om jullie hut te bewaken.'

'Ik wil graag helpen met zoeken,' bood Jakob aan.

Kapitein William Merrifield knikte goedkeurend. 'Goed, kom dan maar met mij mee, jongeman. We zullen met een ploeg op zoek gaan.'

Henya lag op de bank in de woonkamer van de familie Thomass onder een wollen deken. Hoewel ze nog steeds in shock was en buikpijn had van de zorgen om haar zoontje, troostte ze de totaal wanhopige Fritz.

'Die vervloekte gokschulden. Dominik was vroeger zo'n goede, verantwoordelijke dokter. En nu...' zei hij met trillende stem. 'Mij wacht net zo'n einde. Ik heb ook geld geleend van Huber, idioot die ik ben.'

'Maar in tegenstelling tot Corbet besef jij wel dat je een probleem hebt,' legde Henya uit. 'Mijn oudoom August leed vele jaren geleden ook aan een gokverslaving. Hij overwon het door zich op drie dingen te concentreren: parelvissen, huizen bouwen en zijn dochtertjes.'

'Dus jij vindt dat ik parelvisser moet worden?' antwoordde Fritz, en eindelijk was op zijn gezicht weer een glimp van zijn bekende ironische grijns zichtbaar.

Henya glimlachte ook. 'Dat niet per se, maar misschien vind je het wel leuk om een gezin te stichten.'

Toen werd er op de deur van de woonkamer geklopt en haar vader stak zijn hoofd om de deur.

'Meisje, ik heb Alice een telegram gestuurd, ze wacht nu buiten. Kun je het aan om bezoek te ontvangen?'

'Natuurlijk,' zei ze haastig. Jakobs moeder zou immers van alles op de hoogte zijn.

Alice Joas kwam met betraande ogen binnen en omhelsde Henya voorzichtig. 'O, mijn arme kleine meisje.'

Nadat haar toekomstige schoonmoeder tegenover haar in een fauteuil was gaan zitten, begon Henya: 'Alice, je kleinzoon, hij...'

'Hij leeft, ik weet het. Valentin heeft het me al verteld,' zei Alice. 'Ik kan er gewoon niet bij dat Dominik zoiets verschrikkelijks heeft gedaan. Hij was vroeger zo'n goede dokter. Maar achteraf begrijp ik het beter. Hij was laatst dronken bij ons thuis en wilde heel graag met Martin praten. Toen ik ze koffie bracht, hadden ze ruzie en stond de kluis open. Waarschijnlijk benaderde hij Martin voor geld en wilde hij meer.'

'Dat zou best eens kunnen. Dat heeft hij een paar weken geleden bij mij ook geprobeerd,' zei Fritz, en verbitterd voegde hij eraan toe: 'Zo zijn wij gokkers nu eenmaal.'

'Henya, je vader voelt zich er wel schuldig over, maar hij moet vanwege een urgent geval drie dagen naar Frankfurt,' meldde Alice uiteindelijk aarzelend. 'Hij durft het je nauwelijks te vertellen. Vind je het goed als hij weggaat en ik hem zolang vervang?'

'Natuurlijk,' zei Henya meteen.

Ze was ontroerd dat Alice ook rekening hield met haar vader. Ze had een aantal plannen waar Valentin haar misschien geen toestemming voor zou geven. Daarvoor moest ze andere bondgenoten vinden. Alice zou hem gaan vertellen dat hij naar Frankfurt kon vertrekken en Fritz ging iets te eten halen. 'Kun je Carli en Sebastian bij mij langssturen?' vroeg Henya. 'Ik wil iets met ze bespreken.'

Zodra ze met beiden tegenover haar in de comfortabele fauteuils zaten, wist Henya dat ze de juiste mensen voor zich had om naar haar zoon te zoeken, omdat ze zelf al met allerlei ideeën kwamen.

'We wilden pastoor Metz bezoeken om hem te vragen naar nachtelijke doopsels van geadopteerde kinderen,' meldde huisbediende Sebastian. 'De nieuwe ouders geven hun adoptiekind meestal een nieuwe naam.'

'Wat een goed idee,' zei Henya.

'Het liefst zou ik in Corbets praktijk willen inbreken om naar aanwijzingen over de adoptieouders te zoeken,' zei Carli.

'Daarom wilde ik jullie graag spreken,' zei Henya. 'Ik weet een manier om dat te doen zonder in te breken.'

Jakob bevond zich benedendeks op het stoomschip Elberfeld, in het gedeelte waar de lading werd gestuwd, inclusief de kist met mosselen van Schmerler Pearling voor een klant in Bad Frankenhausen, in het noorden van Thüringen. Er moest inmiddels een stevige wind staan, want zelfs de zwaarste kisten hierbeneden schoven een beetje heen en weer.

Op bevel van kapitein William Merrifield had de groep zoekers, bestaande uit vier matrozen en Jakob, zich over het schip verspreid. Hij had de leiding over het vrachtruim en had nu alle hoeken ervan uitgekamd zonder enig spoor van de Russische matroos te vinden. Maar plotseling hoorde hij een schrapend geluid en sprong op van schrik. Terwijl hij naar de bron van het geluid zocht, zag hij dat het afkomstig was van een muis die aan het hout van een kist knaagde.

Het kleine dier merkte hem op en keek hem met zwarte kraaloogjes aan, maar maakte geen aanstalten om te vluchten.

Hij had graag de muis willen tekenen, maar daar was nu geen tijd voor. Hij moest de kapitein laten weten dat de vermiste Russische matroos zich niet in het ruim bevond. Toen hoorde hij in de verte een gedempte schreeuw.

'Sergey!'

Dat kwam zo te horen uit het ruim met voorraden aan de andere kant.

'Misschien teken ik je later nog,' zei Jakob tegen de muis, waarna hij zich in de richting van het geroep haastte.

Hij vond de oudere matroos die de naam geroepen moest hebben tussen twee grote tonnen. Toen hij naast hem kwam staan, zag hij Sergey Kirsanov liggen, half op een omgevallen meelzak. Hij hijgde en jammerde en bovendien zweette hij hevig. Vanwege zijn extreem vuile en stinkende broek ging Jakob ervan uit dat de jonge matroos bezweken was uit zwakte en daar al dagen lag. 'Vertel jij het de kapitein?' vroeg de oudere matroos aan Jakob. 'Dan haal ik dokter Peters, Sergey heeft al dagen niet gedronken.'

'Ik ga meteen.' Hij rende weg.

Hopelijk kon de Rus nog gered worden. Zoals hij eruitzag, leek zijn toestand echter heel ernstig. Het bericht dat hij de eerste persoon aan boord was geweest met griep zou nu in ieder geval snel de ronde doen en dan zou de storm van haat jegens Marie waarschijnlijk weer gaan liggen.

Toen Jakob op de brug aan kapitein Merrifield vertelde waar Sergey had gelegen en hoe hij eraan toe was, kreeg hij alleen maar een knikje en een kort: 'Bedankt, Joas.'

Toen keek hij weer bezorgd naar de horizon. Jakob volgde zijn blik en de angst sloeg hem om het hart: de hemel zag zwartblauw als inkt en daarvoor raasde een helderwitte kolom voort, die wolken en water met elkaar verbond.

'Een cycloon. Een heel heftige.'

Jakob hoorde de somberheid van een doodvonnis in de woorden van de kapitein.

Toen Henya de volgende ochtend met Carli Thomass op Marienplatz nummer 5 aankwam, keek ze met een beklemd gevoel naar de grond. De straatstenen leken volledig te zijn schoongemaakt door de politie. Ze haalde diep adem en belde aan bij het nummer met het naamplaatje CORBET. Maar zelfs na meerdere pogingen deed er niemand open.

'Misschien slaapt zijn vader nog,' zei ze angstig.

'Misschien is hij al naar een cliënt of naar de rechtbank,' zei Carli.

'Zijn jullie op zoek naar advocaat Josef Corbet?' vroeg een vrouw die naast hen was verschenen met een bezem.

Henya knikte. 'Ja. Weet u misschien waar hij is?'

'Hij is afgereisd naar het Zwarte Woud,' zei de vrouw. 'Maar hij wordt ieder moment thuis verwacht, omdat zijn zoon... onverwacht is overleden. De advocaat moet nu dus de uitvaart en de nalatenschap regelen.'

'Bedankt voor uw hulp,' zei Henya, en ze klonk gefrustreerd. Alweer een doodlopende weg!

'Zullen we dan naar pater Metz gaan?' stelde Carli voor, nadat ze een paar stappen opzij hadden gezet zodat de vrouw de bladeren op het trottoir kon opvegen.

Maar voordat Henya antwoord kon geven, zag ze een bekende, massieve vrouw naar het gebouw lopen.

'Zuster Regina!' riep ze.

'Goedemorgen, mevrouw Joas, fijn dat u weer op de been bent,' zei ze toen Henya en Carli naar haar toe kwamen. 'Ik wilde even kijken hoe het met dokter Corbet gaat, hij is niet op komen dagen in de praktijk.'

'Hij komt niet meer terug,' zei Henya tegen de verpleegster. 'Hij heeft zich gisteravond hier voor het huis van het leven beroofd.'

Zuster Regina kromp ineen alsof ze een klap had gekregen.

'Door al die mannen die naar de praktijk kwamen om geld te eisen,' mompelde ze na een geschokte stilte. 'Ze hebben hem zelfs een keer in elkaar geslagen.'

'Inderdaad, hij had gokschulden,' zei Carli. 'Daarom heeft hij de zoon van mevrouw Joas verkocht. We hebben nu bewijs dat het kind in het betreffende graf al in februari is overleden.'

Zuster Regina knikte nadenkend, haar ogen vochtig.

'Weet u misschien welke patiënten geen kinderen konden krijgen?' vroeg Henya. 'In december had hij het over een stel. Misschien zijn zij in aanmerking gekomen voor adoptie.'

De verpleegster schudde haar hoofd. 'De dokter liet zich zelden over zulke dingen uit. Over het algemeen had hij veel geheimen. Ik zou het echt zeggen als ik er iets van wist. Ik had je graag eerder geholpen, want je had gelijk: ik heb je kindje ook horen huilen. Het had echter ook gekund dat het overleden was als gevolg van een medische fout tijdens of na de geboorte. Ik was bang dat de vergunning van dokter Corbet zou worden ingetrokken. Ik was afhankelijk van hem. Mijn vader is ziek en ik heb het geld nodig voor zijn medicijnen. Na de dood van Corbet zal het echt moeilijk worden, maar ik hoef in ieder geval niet langer te zwijgen.'

Henya werd overmand door medelijden met de vrouw. 'Het spijt me heel erg van uw vader,' zei ze oprecht.

'Bedankt,' mompelde zuster Regina. Toen kwam ze plotseling tot een besef, haar blik werd alert. 'Ik heb nog steeds de sleutel van de praktijk. Misschien kunnen we de patiëntendossiers doorzoeken op informatie voordat ze deze van me afnemen.'

Henya en Carli keken elkaar aan alsof ze door de bliksem getroffen waren. Dit was een stap in de goede richting.

32

MET ZIJN DRIEËN DOORZOCHTEN ZE DE medische dossiers in dokter Corbets praktijk. De verpleegster had een bordje op de deur gehangen met de tekst *Gesloten wegens overlijden*, zodat ze tijdens hun zoektocht niet werden gestoord.

'Dit zou het kunnen zijn!' riep Carli uiteindelijk. 'Hier staat: "Patiënt werd geïnformeerd over de mogelijkheid tot adoptie vanwege vermoedelijke onvruchtbaarheid", opgetekend in november vorig jaar.'

'Dat klopt precies,' zei Henya opgewonden. 'Hoe heet die vrouw?'

Carli sloeg twee bladzijden om en verstijfde. 'Dit bestaat gewoon niet.'

'Wat is er aan de hand?' vroeg Henya.

Maar voordat Carli antwoord kon geven, schrokken ze van het geluid van een sleutel in de deur van de praktijk.

Een man van midden zestig, met grijs haar en gekleed in een duur pak, kwam binnen en staarde geschokt naar het drietal. 'Wat doet u hier?'

'Ik ben de assistente van dokter Corbet, Regina Müller. Mag ik vragen wie u bent?' De verpleegster ging in de aanval om tijd te winnen.

'Ik ben zijn vader. Josef Corbet, advocaat. Aan het bordje op de deur te zien, bent u al op de hoogte van de dood van Dominik.

Waarom zijn deze twee hier dan de dossiers aan het doorzoeken?' vroeg hij, terwijl hij zijn ogen tot spleetjes kneep.

'Dat was mijn idee. Neemt u mij niet kwalijk, meneer Corbet,' haastte Henya zich te zeggen. 'Ik ben onlangs behandeld door uw zoon en heb dringend mijn medische gegevens nodig voor een nieuwe arts.'

'Aha, en waarom is het dan ook nodig alle andere dossiers door te nemen?' vroeg de advocaat achterdochtig.

'Het was verkeerd gearchiveerd, maar hier is het,' zei zuster Regina haastig, terwijl ze Henya haar dossier overhandigde.

'Prima, bedankt,' zei Carli gejaagd, en hij nam haar bij de arm. 'Kom op, Henya. We gaan.'

Maar de advocaat versperde hun de weg. 'Vertrek gerust, maar wel nadat u mij het tweede dossier overhandigt dat u zojuist in uw zak hebt gestopt.'

Verdorie, dacht Henya, hij had het gezien!

Carli sloeg met zijn handpalm tegen zijn voorhoofd, haalde het dossier uit zijn zak en overhandigde het aan de vader van de overleden dokter. 'Hoe kon ik dat nu vergeten?'

Pas toen liet de advocaat hen door.

Terwijl Henya en Carli zich naar buiten haastten, hoorden ze Josef Corbet zeggen: 'En wat u betreft, mevrouw Müller...'

Henya hoopte dat de verpleegster niet in de problemen zou komen.

'Verdraaid, we waren zo dichtbij en nu heeft hij het dossier van ons afgepakt,' zei ze boos terwijl ze met Carli op straat liep.

'Maar ik heb gezien aan welke dame dokter Corbet voorgesteld heeft om adoptie te overwegen vanwege vermoedelijke onvruchtbaarheid,' zei Carli.

'Hoe heet ze dan?' vroeg Henya opgewonden.

'Je kent haar wel, ze is een vaste klant,' legde Carli uit. 'Barones Charlotte von Grafenstein.'

'Lieve hemel, dat is verschrikkelijk,' fluisterde Henya ontsteld. 'Hoe kan ik haar aanspreken, als eenvoudige verkoopster? De familie van haar man heeft zelfs ergens een kasteel. Iedereen zal zeggen dat de kleine het bij hen veel beter heeft.'

'Dat kan zo zijn, maar het is en blijft illegaal. In ieder geval moeten we haar vertellen dat Corbet haar geen weeskind, maar jouw zoon ter adoptie heeft aangeboden,' zei Carli. 'Ik denk niet dat ze het weet.'

'Ik zal natuurlijk wel naar haar toe gaan,' verduidelijkte Henya. 'Maar ik geloof er eigenlijk niet in dat ze Valentin vrijwillig aan mij terug zal geven. Ze zal dol op hem zijn geworden in de dagen dat hij bij haar was. En ik weet hoe ze is uit de winkel. Als ze eenmaal ergens haar zinnen op gezet heeft...'

'Misschien moeten we wachten tot je vader weer terugkomt,' opperde Carli. 'Of we vragen politieagent Lehner of hij ons wil vergezellen. Dat zou meer indruk maken.'

Maar Henya schudde haar hoofd. 'Als we meteen naar een advocaat of de politie gaan, zal ze in de verdediging schieten en niet eens naar mijn versie van het verhaal luisteren.'

Carli fronste. 'Hm, laten we in ieder geval eerst naar Carlos gaan en chique kleding lenen. Misschien neemt ze ons dan serieus.'

Henya knikte, ook al dacht ze niet echt dat het iets zou opleveren.

Terwijl zij en Carli in het rijtuig van de familie Thomass naar het huis van de Von Grafensteins reden, keek Henya zenuwachtig uit het raam. Dankzij de hulp van Carlos Hierneis zagen ze er zelf uit alsof ze van adel waren, maar de sieradenverkoopster voelde zich een beetje een bedrieger. Barones Charlotte wist in ieder geval dat ze deze kleding nooit zou kunnen betalen, en ze zou zeker beseffen dat ze zich dat voor haar kind ook nooit zou kunnen veroorloven. Terwijl de Von Grafensteins hem alles konden geven. Henya was volkomen onder de indruk toen ze het huis van twee verdiepingen zag. Het was tegenover Schloss Nymphenburg gebouwd en had een prachtige oprit. Carl senior had haar verteld dat de toenmalige burgemeester van Nymphenburg hier had gewoond toen het net was gebouwd en dat hij jaren van dit koninklijke uitzicht had genoten. Het lichtgroen geschilderde, barok ogende gebouw paste perfect bij de omringende cavalierwoningen die het kasteel omzoomden. Ondanks al deze pracht was het een andere gedachte die Henya nog meer buikpijn en duizeligheid bezorgde: ergens binnen deze adellijke muren bevond zich hoogstwaarschijnlijk haar zoontje.

'Ik wens jullie veel succes,' zei Leonhard Staudinger nadat hij het rijtuig tot stilstand had gebracht en ze waren uitgestapt.

Met knikkende knieën liep ze naast Carli richting de voordeur en hij belde aan.

Een heel jonge dienstmeid deed de deur open en keek het tweetal verbaasd aan. 'Ja?'

'Mijn naam is Carl Thomass, ik ben de juwelier van uw werkgever en dit is het hoofd van de verkoop, mevrouw Joas. We moeten met barones Von Grafenstein spreken over een zeer dringende kwestie.'

'Een ogenblik, alstublieft,' antwoordde het meisje. Ze draaide zich om en verdween het huis in.

Na korte tijd keerde ze terug. 'Volg mij, alstublieft!'

Henya's hart klopte wild toen het dienstmeisje hen meetroonde langs prachtige Perzische tapijten en olieverfschilderijen naar een zeer ruime salon met een kroonluchter.

Barones Charlotte von Grafenstein stond op van een bank voor de grote open haard en wees naar twee fauteuils. Door de ramen had je een adembenemend uitzicht op het slot zelf en op het waterbassin met de fontein in het park.

'Meneer Thomass, mevrouw Joas, wat een ongewone verrassing,' zei de barones enigszins nadrukkelijk. 'U hebt me nieuwsgierig gemaakt. Neem plaats.'

'Bedankt,' zei Henya, maar haar stem was zo dik dat ze zich nauwelijks verstaanbaar kon maken.

'Hoe gaat het?' vroeg de edelvrouw. 'Dus u hebt de geboorte goed doorstaan? Wij hebben ook eindelijk een nakomeling. Bestaat er een grotere vreugde dan zo'n lief kindje?'

'Ik...' mompelde Henya, maar haar stem stierf weg.

'Daarom zijn we hier,' zei Carli in haar plaats. 'U kent dokter Corbet. Hij zorgde voor mevrouw Joas tijdens de bevalling, maar diende haar verdoving toe. Toch heeft ze haar kind horen huilen. Corbet beweerde later echter dat het doodgeboren was.'

'O, wat erg,' zei barones Charlotte, en het medeleven in haar stem klonk oprecht.

'Bedankt,' antwoordde Carli, 'maar dokter Corbet heeft een kind van onbekende afkomst dat zeven maanden geleden is overleden en anoniem was begraven de naam gegeven van het zoontje van mevrouw Joas. Begrafenisondernemer Amann was er getuige van.'

'Wat een vreselijk verhaal,' zei de edelvrouw met een twijfelende blik. 'Waarom zou wijlen dokter Corbet zoiets hebben gedaan?'

'Hij had enorme gokschulden en zag waarschijnlijk geen andere optie dan geld te verdienen door een kind te verkopen,' legde Carli haar vermoedens uit.

Charlotte von Grafenstein kneep sceptisch haar ogen tot spleetjes. 'En nu insinueert u dat wij uw kind van hem hebben gekocht?'

'We weten dat hij u heeft geadviseerd een kind te adopteren,' zei Henya uiteindelijk. 'En dat u oorspronkelijk het kind wilde opnemen dat in februari voor het weeshuis werd achtergelaten. Maar helaas stierf dat kindje aan de mazelen.'

'Het is inderdaad een vreemd toeval dat dokter Corbet nét wanneer u dat van u kwijtgeraakt bent een pasgeboren kind voor ons vond,' gaf de barones toe. Henya voelde een sprankje hoop, maar toen zei Charlotte: 'Alleen gaat uw theorie mank.'

'Op welk punt dan?'

'Wij hebben dokter Corbet nooit meer betaald dan de normale medische kosten,' zei de barones. 'Wij hebben alleen de notaris betaald die de adoptie afhandelde. Ik ben er zeker van dat noch hij, noch het weeshuis waar het kind vandaan kwam, Corbet een som geld heeft gegeven. Wat zouden ze daarmee opschieten? We hebben ook de geboorteakte van het kind uit het weeshuis.'

Toen hoorden ze vanaf de bovenverdieping een kreet van een zuigeling. Het geluid verscheurde Henya. Ze voelde zich onmiddellijk teruggevoerd naar de dag dat haar kindje werd geboren. Instinctief wist ze dat het haar zoon was die ze hoorde! De drang om naar hem toe te rennen en hem in haar armen te nemen was zo ongelooflijk groot dat ze het bijna niet kon weerstaan.

'De jongen huilt,' bracht ze uiteindelijk uit. 'Wilt u niet even bij hem kijken?'

'Dat doet de voedster,' antwoordde Charlotte von Grafenstein met een milde glimlach. 'Waar hadden we het ook alweer over? Dokter Corbet had geen reden om ons uw kind te geven, omdat het hem geen enkel financieel voordeel opleverde.'

'Toch denk ik dat hij heeft gelogen over de afkomst van het kind,' snauwde Carli, met duidelijke frustratie en woede.

'U beschuldigt hem van veel leugens, maar laten we eerlijk zijn: ook u hebt zich niet aan de waarheid gehouden,' zei de edelvrouw, terwijl ze Henya doordringend aankeek. 'U noemt uzelf mevrouw Joas, maar ik heb uit verschillende bronnen vernomen dat u niet getrouwd bent voordat uw verloofde naar Australië is vertrokken. Uw kind zou dus buitenechtelijk zijn geweest.'

Carli en Henya keken even geschokt.

'Hou dat in gedachten als u overweegt om u met uw complottheorieën tot de rechterlijke macht te wenden,' zei Charlotte von Grafenstein waarschuwend. Toen stond ze abrupt op en belde het meisje. 'Ik wens u alle goeds toe, u bent nog jong en uw verloofde komt ooit terug. Adelheid zal u uitgeleide doen.'

Henya had het gevoel dat ze in een nachtmerrie zat en volgde Carli met knikkende knieën naar het rijtuig. Ze besefte nu dat geen enkele rechtbank ter wereld haar haar zoon zou teruggeven. Niemand zou haar geloven, en zelfs als ze dat wel zouden doen, zouden ze haar ervan kunnen beschuldigen egoïstisch te zijn omdat ze haar kind een grote toekomst bij de Von Grafensteins wilde ontnemen. Diep vanbinnen was ze zelfs bang dat daar een kern van waarheid in zat. Toch was de pijn dat ze gescheiden was van haar kleine Valentin ondraaglijk. Ze voelde haar vechtlust afnemen en ervoer voor het eerst eenzelfde leegte en wanhoop die Carli had gevoeld toen hij op het dak had gestaan om zich van het Huis der Parels te werpen.

33

NOVEMBER WAS TOT NU TOE ONGEWOON mild geweest, maar die middag was het bitterkoud en Henya rilde. Ze was veel te dun gekleed. Op deze woensdagmiddag liep ze, zoals ze gewoonlijk eigenlijk alleen in het weekeinde deed, de zes kilometer van de Marienplatz naar Schloss Nymphenburg. Ze was altijd een uur en een kwartier onderweg. Ze wilde daar toch nog een keer gaan wandelen. Natuurlijk maar om één reden: ze hoopte een glimp van haar zoontje op te vangen. Dolgraag zou ze willen zien dat hij vrolijk lachte, dat het goed met hem ging bij de Von Grafensteins. Tot nu toe was dit haar echter niet gelukt. Het gezin leek in de weekeinden het huis niet te verlaten. Alleen de heer Von Grafenstein had ze een paar keer zien vertrekken en aankomen in het rijtuig. Maar nooit zijn vrouw Charlotte met het kind.

Aanvankelijk vergezelden Carli en Sebastian haar op haar uitstapjes, waarschijnlijk uit angst dat ze zichzelf iets zou aandoen. Inmiddels hadden ze echter meer vertrouwen en lieten ze haar zelfs in haar eentje het huis verlaten. Carli, haar goede, beste vriend Carli, wilde niet van opgeven weten en had familieadvocaat König ingeschakeld. Maar hij had Henya's eigen angsten bevestigd. Omdat in de geboorteakte stond dat het kind eind augustus geboren was en het dus noch het kindje kon zijn dat in februari was overleden, noch

Henya's zoon, die in september werd geboren, maakte Henya geen enkele kans bij een rechtszaak. Afgezien van haar moederinstinct was er geen bewijs dat het geadopteerde kind van Charlotte von Grafenstein de kleine Valentin was. Toch twijfelde ze er geen moment aan.

Misschien zou ze vandaag meer geluk hebben en hem in ieder geval een keer kunnen zien, ook al nodigde het weer niet echt uit om het prachtige huis met de grote open haard te verlaten. Op deze sombere woensdagmiddag had Ursel haar een middag vrij gegeven. 'Er komen met dit weer nauwelijks klanten, dus Bärbel redt het prima alleen. Doe eens iets leuks voor jezelf, je hebt de laatste tijd zo hard gewerkt.'

In feite had Henya de afgelopen twee maanden geprobeerd om vrije tijd zoveel mogelijk te vermijden en zichzelf af te leiden met de dagelijkse verkooppraatjes, zodat ze niet zou gaan piekeren. Net als de wandelingen naar Nymphenburg was het gewoon bedoeld om te voorkomen dat ze gek zou worden door het gemis van haar zoon.

In de winkel had ze gezien hoe twee stelletjes door Cupido's pijlen waren getroffen. Kleermaker Carlos Hierneis was bijna elke dag om allerlei onbeduidende redenen naar de juwelierszaak gekomen. In eerste instantie was dat misschien uit bezorgdheid om Henya, maar gaandeweg werd steeds duidelijker dat hij kwam om de jonge verkoopster Bärbel Stadlbauer te zien. Zij keek op haar beurt altijd hoopvol naar de winkeldeur en straalde van oor tot oor als hij binnenkwam. Bovendien praatte ze het liefst de hele dag over de 'ongelooflijk getalenteerde' Carlos. Hij had Bärbel nu twee keer mee uit genomen en er gingen al geruchten over een bruiloft binnen de familie Thomass.

Henya was nog blijer voor Eugen. Emmy Schoellhorn had haar verloofde aan de kant gezet en de jongste zoon van Thomass opgebiecht dat ze ook gevoelens voor hém koesterde.

Nu kon hij dus eindelijk zijn 'origineel' in zijn armen nemen.

Als het om Henya's eigen grote liefde ging, Jakob, voelde ze zich vooral heel schuldig. Als zij niet hoogzwanger naar de brouwerij was gerend, had dokter Corbet hun kind nooit in handen gekregen. Met pijn in het hart had ze Jakob alles wat haar was overkomen verteld in een brief aan het adres van Moritz Schmerler in Australië. En naarmate de tijd verstreek, groeide haar angst dat hij haar schuldig zou achten aan het verlies van hun zoon.

Eindelijk trok het geluid van een naderend rijtuig haar uit haar gedachten. Het voertuig kwam vlak naast haar tot stilstand.

'Hallo, Leonhard,' zei ze, verbaasd de koetsier van de familie Thomass te zien. Was hij haar gevolgd?

De vraag werd beantwoord toen Carli de deur van het rijtuig opengooide. 'Henya, Maria Theresia is in de winkel,' riep hij. 'Ze wil je graag zien. De directeur van het weeshuis wil dit jaar een liefdadigheidsevenement organiseren en de prinses wilde jou vragen om met ideeën te komen.'

Eigenlijk had Henya van de gelegenheid gebruik willen maken om eindelijk eens op een doordeweekse dag het huis van de Von Grafensteins te observeren. Maar door de gedachte aan de weeskinderen aarzelde ze geen moment en stapte bij Carli in het rijtuig. Sinds ze het verhaal had gehoord over het achtergelaten kindje dat vervolgens aan de mazelen was gestorven, had ze nog meer medelijden met die arme kinderen. Hoewel de pijn van het verlies van haar eigen zoon haar bijna het leven kostte, zou Valentin in ieder geval nooit iets tekortkomen bij de Von Grafensteins, in tegenstelling tot zoveel andere jongens en meisjes. Op de terugweg naar de Marienplatz probeerde ze dus vast een pakkend thema te bedenken voor het evenement.

Maria Theresia, die net de sieraden afrekende die ze had gekocht, was erg blij Henya in de juwelierszaak te zien. 'Het is fijn dat u weer op de been bent, ik leef mee met uw verlies.' Ze fluisterde haar met gedempte stem toe: 'Ik weet wat u doormaakt.'

Henya wist waarom de prinses vandaag – net als zijzelf – geheel in het zwart gekleed was.

Maria Theresia's twaalfde kind, Dietlinde, die vorig jaar werd geboren, was onlangs overleden. Het arme meisje had maar één jaar mogen leven.

'Gecondoleerd met uw verlies,' fluisterde Henya ontroerd. Een moment lang hielden de schoondochter van de Beierse prins-regent en de verkoopster zwijgend elkaars hand vast, verenigd in het vreselijke verdriet een kind te moeten missen.

'Heeft iemand u al verteld waarom ik hier ben?' vroeg Maria Theresia uiteindelijk.

Henya slaagde erin te glimlachen. 'Ja, en ik heb al een thema voor de inzamelingsactie bedacht.'

De prinses keek haar gretig aan.

'"Hoop schittert als een diamant".'

'Dat… is prachtig,' zei Maria Theresia, zichtbaar ontroerd. Henya vermoedde dat ze er ook hoop uit putte voor zichzelf om ooit nieuwe vreugde in haar leven te vinden na het verlies van haar dochtertje.

'Hebt u tijd om met mij mee te gaan naar de directeur van het weeshuis? Hij wil deze keer graag eerder betrokken worden bij de plannen.'

'Natuurlijk,' haastte Henya zich te antwoorden.

Henya mocht met de prinses meerijden in de koets. Vroeger zou ze dat geweldig hebben gevonden, maar sinds de kleine Valentin haar was ontnomen, kon een vleugje geluk nauwelijks door de zwarte cocon van verdriet dringen die zich de afgelopen twee maanden om haar heen had gevormd.

Volgens Maria Theresia stond het gemeentelijk weeshuis sinds 1819 aan de Findlingsstrasse.

'Nou, "Vondelingenstraat" is in ieder geval een passende naam,' antwoordde Henya, die erin slaagde de glimlach van de prinses te beantwoorden.

'De Orde van de Engelse Vrouwen zorgt sinds 1861 voor weeskinderen. Dat is een katholieke vrouwenvereniging uit de zeventiende eeuw,' vervolgde de prinses. 'Vandaag de dag zijn ze nog steeds overwegend katholiek. Ik weet niet of dat nu echt goed is, want ze accepteren alleen katholieke kinderen.'

Henya werd onmiddellijk overmand door medelijden met de kinderen die niet welkom waren in het weeshuis. 'Wat oneerlijk, andere kinderen hebben ook hulp nodig.'

'Waarschijnlijk gaat het volgend jaar veranderen,' zei de prinses vol vertrouwen. 'Dan verhuist het gemeentelijk weeshuis naar Neuhausen. Ze betrekken dan een nieuw gebouw, in de stijl van oude Beierse barokke kloosters, vlak bij het Nymphenburg-kanaal. Er moet ruimte zijn voor tweehonderdvijftig kinderen.'

Hoewel Maria Theresia haar verwachtingsvol aankeek, had Henya deze keer moeite om terug te glimlachen. Het woord 'Nymphenburg' herinnerde haar aan haar kleine Valentin, die daar immers woonde.

'"Hoop schittert als een diamant",' herhaalde de directeur van het weeshuis, dat hij samen met zijn vrouw leidde. 'De schittering van de tentoongestelde diamanten herinnert ons eraan dat wezen ook mogen hopen op een schittering van geluk – prachtig! Dit zal onze rijke gasten er zeker toe aanzetten genereuze donaties te doen. Mevrouw Joas, u redt voor de tweede keer veel kinderlevens met uw ideeën!'

'Dank u wel,' zei Henya ontroerd.

Haar blik dwaalde langs de talrijke foto's van groepen kinderen die aan de muur van het kantoor van de directeur hingen. Plotseling barstte ze in tranen uit vanwege de complimenten die ze had gekregen. Ze had zichzelf steeds de schuld gegeven van de ontvoering van haar zoontje, waardoor ze haar tranen in gezelschap altijd bedwongen had. Ze had immers het recht niet om anderen tot last te zijn. Op dat moment kwam het er echter beschamend genoeg allemaal uit. Hoe hard ze er ook tegen vocht, ze kon niet stoppen met snikken. De directeur keek haar ontsteld aan, niet wetend wat hij moest doen. De prinses knikte begrijpend, gaf Henya een duur uitziende zijden zakdoek en kneep troostend in haar hand.

'De arme vrouw heeft twee maanden geleden een doodgeboren kind gebaard,' legde Maria Theresia uit aan het hoofd van het weeshuis, die vervolgens een benepen 'O' uitbracht.

'Zo zit het niet helemaal,' flapte Henya eruit. 'Ik heb mijn kind op een andere manier verloren.'

De prinses en de weeshuisdirecteur keken haar verbaasd aan. Op aandringen van Maria Theresia begon ze te vertellen wat er de afgelopen maanden met haar was gebeurd. Ze wist niet waarom, maar dit keer liet ze geen enkel detail weg, hoe klein ook. Het leek bijna een bekentenis toen ze zei: 'Natuurlijk heeft barones Von Grafenstein gelijk: ik heb een zonde begaan door een buitenechtelijk kind te baren. Maar het gemis van mijn zoon doet nog steeds pijn.'

Ten slotte schraapte de directeur van het weeshuis zijn keel. Toen onthulde hij iets waardoor zowel Henya als de prinses verstijfde: 'Over de doden niets dan goeds, dat weet ik allemaal, maar ik moet zeggen dat ik de laatste tijd een ongemakkelijk gevoel kreeg bij dokter Corbet. Hij was stafarts tijdens de oorlog met Frankrijk en moet de ergste verwondingen hebben gezien tijdens de Slag bij Sedan. Tot overmaat van ramp verloor hij ook zijn vrouw. Sindsdien was hij niet meer zichzelf. Altijd hing er een lichte geur van alcohol om hem heen en had hij een onduidelijke, bijna paniekerige manier van spreken. En mijn lieve mevrouw Joas... of juffrouw Schmerler, die beste dokter heeft maar één keer een geboorteakte van ons ontvangen. Dat was die van de naamloze vondeling in februari. Dit jaar hebben wij geen zuigelingen ter adoptie afgestaan. Ik zou dat in elke rechtbank ter wereld getuigen. Dat document is vervalst. Waarschijnlijk heeft hij het document van februari als opzet gebruikt.'

Henya hield haar adem in. Nu had ze het definitieve bewijs. Haar moederinstinct had haar niet bedrogen: het door de Von Grafensteins geadopteerde kind was hun zoon Valentin! Maar helaas zei haar instinct haar ook dat deze kennis haar niets zou opleveren. Ze zou de kleine niet terugkrijgen.

'Dat is echt ongelooflijk,' zei de prinses geërgerd.

Henya kon geen woord uitbrengen.

'Vindt u ook niet, juffrouw Schmerler?' vroeg Maria Theresia.

'Ik klamp me liever niet té veel vast aan de vriendelijke steun van de directeur,' zei Henya. 'Anders loopt het wellicht weer uit op een teleurstelling. Een rechter zou beslist van mening zijn dat de kleine Valentin het veel beter heeft bij de Von Grafensteins dan bij een zondig stel als Jakob en ik. Mijn gevoelens voor het kind interesseren hem niet.'

De prinses schudde haar hoofd en zei glimlachend: 'Vergeet niet, lieve Henriette, dat hoop schittert als een diamant.'

34

HOEWEL MARIA THERESIA HAAR HAD VERZEKERD dat ze zich niet voor haar tranen hoefde te schamen, had Henya haar verschillende keren haar excuses aangeboden.

Met het rijtuig werd ze teruggebracht naar de Marienplatz.

'Ik kijk uit naar onze ontmoeting morgen,' riep de prinses haar na toen Henya uitstapte voor het Huis der Parels. Ze was blij dat ze afleiding vond in een taak waarmee ze andere kinderen in ieder geval kon helpen. Morgen wilde ze met Carl Thomass en Otto en Carlos Hierneis spreken.

Toen kwam Carli vanuit de winkel naar haar toe en zwaaide opgewonden met een envelop. 'Jakob heeft geschreven.'

Haar knieën begonnen onmiddellijk weer te knikken. Eindelijk! Misschien had hij haar toch vergeven.

'De brief vanuit Australië heeft er bijna twee maanden over gedaan,' zei Carli terwijl hij hem aan haar gaf. Henya scheurde de envelop met trillende vingers open, vouwde het papier uit en begon te lezen:

Broome, begin september 1889

Lieve Henya,

Bedankt voor je brief, al las ik die veel te laat: pas nadat ik bij oudoom Moritz was aangekomen. Wat een heerlijk en ongelooflijk vreugdevol nieuws: we krijgen een kind! Henya, jij maakt mij de gelukkigste persoon ter wereld. Als je brief mij eerder had bereikt, zou ik allang bij je zijn geweest, mijn liefste. Nu denk ik voortdurend aan het feit dat je de moeilijke periode van de zwangerschap en ook de bevalling zonder mij hebt moeten doorstaan. Vergeef me, mijn engeltje! Ik bid dat het goed met jullie gaat. Je krijgt de hartelijke groeten van je oom Moritz, een heel aardige man. Dankzij hem kan ik met de Duitse stoomboot Elberfeld, die vrijdag vertrekt, naar huis reizen. Ik hoop dat het schip snel is, we nemen namelijk de kortere weg door het Suezkanaal (kost zo'n tienduizend gulden aan doorvaartvergoeding!). Indien nodig schep ik de kolen eigenhandig, zodat ik sneller in Hamburg ben en dan op de trein naar jou kan stappen!

Wees dus niet ongerust als je geen antwoord hebt gekregen op je andere brieven, want dat komt doordat ik al onderweg naar Europa ben. En ik beloof je één ding: ik heb ook een geweldige verrassing voor de familie. Wie weet haal ik de post en deze brief zelfs nog in. Hoe dan ook: ik hou van je!

Je Jakob

'En, wat schrijft hij?' vroeg Carli ongeduldig.

'Hij is sinds begin september onderweg hierheen,' fluisterde Henya opgewonden.

'O,' zei haar beste vriend geschokt. Tot haar schrik keek hij erg bezorgd.

'Wat is er? Ben je niet blij?' vroeg ze.

'Zeker weten.' Tevergeefs deed hij een poging blij verrast over te komen, maar hij loog overduidelijk.

'Carli!' zei ze ongewoon hard tegen hem. 'Vertel me meteen wat er aan de hand is!'

'Ik... ik heb een maand geleden van onze goudleverancier gehoord dat er hevige cyclonen zijn geweest,' gaf hij aarzelend toe. 'Een Duits schip dat van Australië naar Europa reisde, is helaas gezonken.'

'Wat was de naam van dat schip?' vroeg Henya toonloos, haar lippen plotseling gevoelloos.

'Dat heeft hij niet gezegd,' legde Carli uit. 'Maar meneer Reeken komt woensdag weer langs. Dan vraag ik het hem. Misschien hoor ik het al eerder.'

'Goed, zeg tegen de anderen dat ik over een uur terug ben,' zei Henya.

'Wat ben je van plan?' vroeg hij bezorgd. 'Je gaat toch geen domme dingen doen, hè?'

Ze schudde heftig haar hoofd. 'Natuurlijk niet. Ik zal niet dezelfde fout maken als je tante Marie en het slechtste nieuws geloven. Ik ga nu naar Jakobs moeder, misschien weet zij meer.'

'Wil je dat ik meega?' vroeg Carli zorgzaam.

Ze gaf hem een zusterlijke kus op de wang. 'Ik zal goed voor mezelf zorgen, dat beloof ik.'

'Het spijt me zo.' Henya streelde de hand van Alice.

'Misschien is er helemaal niets met hem gebeurd,' zei ze met trillende stem. 'Er reizen wel meer Duitse schepen van Australië naar Europa en terug. Zijn schip hoeft dus helemaal niet te zijn gezonken.'

Toen werd de deur opengegooid zonder te kloppen en beiden sprongen van schrik op.

'Wat doet zíj hier?' Jakobs vader wendde zich boos tot zijn vrouw toen hij Henya zag.

'Er is iets vreselijks gebeurd,' zei Alice aarzelend.

'Ik weet dat ze die bastaard heeft verloren. Dat gebeurt nu eenmaal als je in je negende maand nog steeds rondrent,' merkte Martin Joas spottend op, en Henya voelde een ongekende woede in zich opkomen. 'Ik wil eigenlijk iets heel anders weten,' zei hij tegen zijn vrouw. 'Heb jij het pistool uit de kluis gehaald? Het is weg.'

Alice keek hem wezenloos aan. 'Nee, wat zou ik nu met een pistool moeten?'

'Wie anders zou het weg hebben kunnen nemen?' blafte hij. 'Alleen jij en ik kennen de combinatie.'

'De kluis was laatst open toen je dokter Corbet geld gaf,' bracht ze hem in herinnering. 'Hij was zelfs een moment lang alleen in de kamer toen jij een telegram aannam.'

Even verdween de woede uit de blik van de lakenhandelaar. 'Verdorie, je hebt gelijk. Eerder smeekte hij nog om een wapen, omdat zijn schuldeisers hem bedreigden.'

'En nu heeft hij zichzelf neergeschoten met jouw pistool?' vroeg Alice met afgrijzen in haar ogen.

Henya's gedachten gingen echter al veel verder.

'Hebt u geld aan meneer Corbet gegeven?' vroeg ze. 'Veel?'

Hij keek haar aan met een blik die overliep van haat. 'Wat maakt jou dat uit?'

Inmiddels begon zijn vrouw echter ook vragen te stellen. 'Het maakt míj uit. Heb je hem erg veel geld gegeven? Is dát de reden waarom je ons tweede meisje hebt ontslagen en het rijtuig hebt verkocht?'

Henya sprong boos op van haar stoel en Martin Joas deed zelfs een stap achteruit. 'Hebt u dokter Corbet geld gegeven om de dood van mijn kind in scène te zetten en hem te laten adopteren?'

'Martin, zeg dat dat niet waar is!' schreeuwde Alice, maar haar stem brak.

'Corbet had gelijk, dat gespuis is gek geworden,' snauwde haar man.

'Als er iemand hier gek is geworden, bent u het wel!' schreeuwde Henya zo hard dat ze vanaf de straat te horen was. 'Ik vroeg me al af wat dokter Corbet voor motief kon hebben om zoiets vreselijks te doen. U was het die van ons kind af wilde. U werd zo verteerd door haat dat u Corbet geld hebt gegeven om een kind te ontvoeren en aktes te vervalsen. U bent degene die gek is. Ik walg van u.'

Tot haar schrik verscheen er een grijns op het gezicht van Martin Joas. 'Kleine heks! Je kunt mooi niets bewijzen, elke rechtbank ter wereld zal het kind aan fatsoenlijke en rijke ouders gunnen, in plaats van aan uitschot zoals jij.'

'Martin!' riep zijn vrouw en ze sprong op van haar stoel. 'Ik heb veel te lang mijn ogen gesloten voor je gedrag. Luister goed naar me, want dit is de laatste keer in mijn leven dat ik met je praat: ik verlaat je. Morgen laat ik mijn spullen ophalen. Kom op, Henya, ik wil hier weg, nu!'

Terwijl ze wegliepen, draaide Alice zich nog één keer om naar haar man. 'Overigens: Jakob was op de terugweg vanuit Australië. Een van onze schepen is gezonken in een cycloon. Maar waarschijnlijk heb je liever dat je zoon dood is dan dat hij gelukkig is met deze vrouw. Je bent gek geworden.'

Buiten op de stoep haalden beide vrouwen diep adem.

'Kind, ik kan niet onder woorden brengen hoezeer dit alles me spijt,' zei Alice diep getroffen.

'Het is niet jouw schuld,' zei Henya. 'Waar wil je nu naartoe?'

'Naar mijn zus Elise. Ik heb er vaak over gedacht om Martin te verlaten. Daarom heb ik al een hele tijd kleding en wat geld bij haar thuis liggen.'

'Goed.'

'Elise zal op dit moment nog wel aan het lesgeven zijn. Ze woont ook op de Marienplatz. Denk je dat ik bij de juwelier mag wachten tot ze thuiskomt?'

'Natuurlijk,' verzekerde Alice' toekomstige schoondochter haar onmiddellijk.

Nadat ze Alice Joas naar de juwelierszaak had gebracht, zei Henya tegen Carli en Bärbel dat ze naar de Frauenkirche wilde gaan om te bidden voor Jakobs veilige terugkeer. Met tranen in haar ogen liep ze richting de kathedraal. Het gebouw was van baksteen, had drie beuken en was ruim honderd meter lang en veertig meter hoog. De noord- en zuidtoren met hun bijzondere uiendaken waren elk bijna honderd meter hoog en al van ver zichtbaar. Zoals Henya van Carli had gehoord, dateerde de Onze-Lieve-Vrouwekathedraal, de volledige naam van de kerk, gedeeltelijk uit het einde van de vijftiende eeuw. Sinds 1821 zetelde de aartsbisschop van het district hier.

Binnen was maar weinig opsmuk en het interieur leek dan ook vrij eenvoudig in vergelijking met de talrijke weelderige barokke kerken in Beieren. Hierdoor oogde het gebouw nog indrukwekkender en krachtiger. Hier vond je maar weinig afbeeldingen van Bijbelse taferelen, maar de overvloed aan licht dat de kerk binnenstroomde had een mystiek effect. Henya merkte tot haar verbazing dat ze helemaal alleen leek te zijn in de enorme kathedraal, iets wat vrij ongebruikelijk was op dit tijdstip. Ze kwam bij het altaar en keek op naar de figuur van Jezus aan het kruis. Voor het eerst in haar jonge leven betrok ze het lijden op het gezicht van de man daarboven op zichzelf. Ze was niet doodgemarteld, maar het gemis van haar geliefde kind en de zorgen om Jakob veroorzaakten een diepe pijn in haar hart. Was God, de almachtige Schepper van de wereld, werkelijk zelf mens geworden om te lijden en zelfs te sterven? Of was het een verhaal dat keer op keer werd verteld door talloze kunstenaars in talloze variaties? Henya dacht dat ze de boodschap begreep. Degene die geleden had, getuigde dat er altijd een weg terug naar het licht was en leek te zeggen: *je bent niet alleen, zelfs nu niet!*

Toen hoorde ze de kerkdeur opengaan. Waarschijnlijk kwam er iemand anders binnen om te bidden. Ze voelde echter een rilling over haar rug lopen, alsof er iemand naar haar keek. Instinctief draaide ze zich om en zag een lange, slanke gestalte zich door het gangpad naar het altaar haasten, recht op haar af. Omdat de deur nog niet helemaal gesloten was, leek de figuur aanvankelijk erg donker. Pas toen het licht van voren op hem viel, besefte ze dat het een blonde man was. Plotseling ging Henya's ademhaling onregelmatig en haar ogen vulden zich met tranen, omdat ze wist wie er was binnengekomen.

'Jakob!' riep ze, en toen begon ook zij te rennen.

Zijn dierbare gezicht, waarover nu tranen van vreugde stroomden, zijn prachtige, vertrouwde lichaam – hij kwam steeds dichterbij, en uiteindelijk vielen ze eindelijk weer in elkaars armen. Voor het eerst in acht weken nam de pijn af en voelde Henya weer iets van geluk.

Ze kusten elkaar met al het verlangen dat elf maanden lang was opgekropt en wilden elkaar niet meer loslaten.

Maar op een gegeven moment kwamen de duistere gedachten over haar verloren kind weer naar boven, en ze wist dat ze aan Jakob moest bekennen wat hun door haar schuld was ontnomen.

'Moeder en Carli zeiden dat ik je hier kon vinden,' meldde hij. 'Ze wilden me nog iets belangrijks vertellen, maar ik wilde alleen maar jou zien...'

Zij onderbrak hem door aarzelend te zeggen: 'Ja, ik ben bang dat ik je iets vreselijks moet vertellen, mijn liefste.'

'Ik weet het al, we hebben ons zoontje verloren,' zei hij met een zachte en oneindig droevige stem. 'Ik ontmoette onze vriend Adalbert de kunstenaar bij aankomst op het treinstation. Het kostte hem moeite om het me te vertellen. O, mijn arme engel, en dat heb je allemaal alleen moeten doormaken. Eerst was ik onvoorzichtig en toen heb ik je achtergelaten. Dat zal ik mezelf nooit vergeven.'

Gaf hij nu zichzelf de schuld? Henya kon haar oren niet geloven.

'Maar...'

'Kom alsjeblieft met me mee naar de juwelierszaak,' onderbrak hij. 'Ik ben niet in mijn eentje teruggekeerd uit Australië. Het oude familiegeheim is eindelijk opgelost.'

Henya keek hem vragend aan. Wat kon hij in vredesnaam bedoelen?

35

AAN DE ARM VAN HAAR VERLOOFDE ging Henya de juwelierszaak binnen die in de ruim veertien maanden sinds haar aankomst haar thuis was geworden. Het duurde even voordat ze besefte wat zich daar op dit moment afspeelde: Carl Thomass lag in de armen van een vrouw wier haar zo helderrood was dat de kleur onmogelijk natuurlijk kon zijn – en hij huilde! Henya had de patriarch nog nooit eerder zien huilen en voelde zich erg opgelaten nu ze getuige was van deze scène. Het vreemde was dat zijn vrouw Ursel vlak bij hen stond, met vochtige ogen glimlachend. Ze leek helemaal niet jaloers.

'Jij bent vast Henya,' zei een mannenstem naast haar. Ze draaide zich om en keek in het goedaardige gezicht van een man met zwarte en grijze krullen, dat vol lachrimpels leek te zitten. Zijn donkere ogen fonkelden toen hij zichzelf voorstelde: 'Ik ben je oudoom Moritz.'

'O, wat fijn om u te ontmoeten,' riep ze uit, terwijl ze de krachtig ogende man de hand schudde.

Dan moest de vrouw met het rode haar Vroni zijn. Dat verklaarde waarom koetsier Leonhard de verkoopruimte binnenkwam, stralend als een kind in een snoepwinkel. Maar waarom zou Carl senior zijn voormalige dienstmeisje huilend omhelzen?

'Drie op één dag, dat is gewoon te veel,' snoof Alice Joas. Henya begreep best dat zij het niet droog kon houden. Ze had net haar zoon teruggekregen. Maar wat bedoelde ze met 'drie op één dag'?

'Waar is Bärbel gebleven?' vroeg Henya aan Carli, die een bordje op de deur hing met de tekst: *Vanwege familieomstandigheden tot morgen gesloten.*

'Vader heeft haar naar huis gestuurd,' legde Carli fluisterend uit. 'Hij staat op het punt iets bijzonders te vertellen. Je zult verbaasd zijn wie de roodharige dame is.'

'Lieve mensen,' begon Carl Thomass senior op dat moment plechtig. 'Alleen jullie mogen weten dat vandaag een van de gelukkigste dagen van mijn leven is. Drie lieve mensen kwamen dezelfde middag bij ons terug. Mijn leerling Jakob, mijn beste vriend Moritz Schmerler – en mijn geliefde zus Marie.'

Henya kon haar oren niet geloven. Ze keek vol ongeloof naar Jakob. Hij sloeg zijn arm om haar heen en fluisterde haar glimlachend toe: 'Ik had je een verrassing beloofd. In Broome heb ik ons raadsel kunnen oplossen.'

'Carli, Alice en Henya,' zei Carl senior, 'jullie zijn de enigen in de kamer die ons grootste familiegeheim niet kenden. En voorlopig vertellen we het aan niemand anders, behalve aan Henya's vader. Marie, het is het beste als je zelf vertelt hoe alles gegaan is.'

Henya hield haar adem in, zo opgewonden was ze toen ze hoorde hoe het de vrouw vergaan was wier kamer ze had overgenomen en wier geheimen ze al maanden probeerde te achterhalen.

Toen alle anderen al naar de tweede verdieping waren gegaan om de drievoudige thuiskomst te vieren, bleven Henya en Jakob samen in de juwelierszaak achter, terwijl koetsier Leonhard op de achtergrond de champagneglazen opruimde.

Jakob was verbijsterd en boos over wat Henya hem had onthuld. 'Dat betekent dat mijn vader niet alleen mijn tante Marie heeft gechanteerd om vijftien jaar lang onder een valse naam te verdwijnen, maar dat hij ook een gokverslaafde arts heeft betaald om ons kind door vreemden te laten adopteren. Daarmee heeft hij jou door een hel laten gaan.'

Henya streelde meelevend zijn betraande wang. 'Het spijt me heel erg.'

'Vind je het erg voor míj? Hij heeft jóú in een psychiatrische inrichting gestopt. Dat vuile varken.'

Op dat moment bonkte iemand luid op de buitendeur. Ze sprongen allebei geschrokken op. Door het raam zag Henya dat Rudi Gehrke voor de deur stond.

'Wat wil die nu weer?' verzuchtte ze, en met tegenzin opende ze de deur.

'Is Fritz er ook?' vroeg Rudi zonder te groeten. Hij duwde Henya ruw opzij om de winkel binnen te gaan. 'Die schurken zijn vandaag niet in de brouwerij.'

'De drie broers zijn vandaag met Emmy Schoellhorn naar Zürich,' legde Henya uit. 'Dus je kunt weer vertrekken.'

'Zeg maar dat ze er spijt van zullen krijgen als ze mijn aanbod om het pand te kopen niet accepteren,' siste hij met onduidelijke stem. Hij kwam zo dichtbij dat Henya de alcoholwalm in zijn adem kon ruiken.

'Niet alleen zijzelf lopen gevaar, maar ook degenen die dicht bij hen staan. In dat geval halen ze zich een geweldige vete op de hals, dat beloof ik hun.'

Bij het woord 'vete' verloor Jakob, die het hele gesprek boos had aangehoord, zijn zelfbeheersing.

Met een kreet viel hij Rudi aan en duwde de totaal verraste man de winkel uit. Buiten timmerde hij de man die Carli eens had afgeperst in elkaar. Hoewel de laatste uiterst gespierd was, net als zijn voormalige baas, de Beierse Hercules, maakte hij geen enkele kans tegen de razernij van de atletisch gebouwde goudsmid.

‘Weet je wat ik doe met die vervloekte vete van jou?’ schreeuwde Jakob, waarna hij hem vuistslag na vuistslag gaf. ‘Dit en dit en dit!’

Henya schreeuwde en greep haar woedende verloofde vast met de hulp van Leonhard, die op het woeste gebrul af was gekomen.

‘Hou op, lieverd!’ riep ze, en toen hij haar aankeek alsof hij weer bij zinnen kwam, vervolgde ze rustiger, maar niet minder dringend: ‘Het gaat je niet om hem.’

Op dat moment besefte Jakob ook dat hij de woede die hij voelde voor zijn vader op een ander aan het botvieren was. Gelukkig had deze persoon het in ieder geval verdiend, dacht Jakob, die zelf niet begreep hoe hij zich zo had kunnen laten gaan. Normaal gesproken was hij tegen geweld. Terwijl hij en Henya met de koetsier terugliepen naar de winkel, stond Rudi Gehrke op, veegde het bloed van zijn neus en riep: ‘Daar zul je spijt van krijgen.’

Maar niemand luisterde naar hem. Henya deed de deur weer dicht en ging met haar verloofde aan de verkooptafel zitten, terwijl Leonhard verderging met opruimen.

‘Het spijt me dat het me niet is gelukt onze jongen terug te krijgen,’ zei ze zachtjes.

‘Hoe had je dat in je eentje kunnen bewerkstelligen?’ vroeg Jakob verbitterd. ‘Als ik niet was weggegaan, zou dit allemaal niet zijn gebeurd.’

‘Hou nu eens op jezelf de schuld te geven,’ onderbrak Marie hem, die bij hen was komen kijken. ‘Er is maar één schuldige die ons aller leven heeft verwoest. En jij, Henya, denk niet langer dat je geen recht hebt op je kind. De liefde van een moeder is veel meer waard dan een groot huis en veel geld.’

‘Volgens mij heeft Marie gelijk,’ zei Leonhard, en de twee glimlachten naar elkaar met een samenzweerderige uitdrukking, zoals ze vroeger zo vaak hadden gedaan. Ze hadden immers met succes samen haar identiteit verwisseld.

Op dat moment hoorden ze buiten een rijtuig aankomen.

Aangetrokken door het geluid snelde Leonhard naar de etalage om in de avondschemering naar buiten te kijken.

'Wat een schitterend voertuig,' riep hij enthousiast uit. 'Ah, de prinses. O, ik dacht dat haar dochtertje gestorven was. Wie is dat kleintje dat ze bij zich heeft?'

Bij die woorden verstijfde Henya. Als een slaapwandelaar opende ze de winkeldeur en ging naar Maria Theresia, die met een stralende glimlach naar het Huis der Parels liep. De prinses hield een zuigeling in haar armen. In het gouden licht van de avondzon deed het beeld denken aan een piëta. Henya deed een stap dichterbij zodat ze beter zicht kreeg op het schattigste gezicht ter wereld, met een paar grote helderblauwe kijkers.

'Jakobs ogen,' zei ze alsof ze in trance was, terwijl ze zich er slechts zijdelings van bewust was dat ze snikte.

'Even voorstellen: dit is de kleine Valentin. We hebben het erg gezellig gehad in het rijtuig vanuit Nymphenburg. Maar nu wil hij graag naar zijn moeder toe,' zei de prinses vrolijk.

'Mag... mag ik hem vasthouden?' Henya kreeg de woorden nauwelijks over haar lippen.

'Dat mag niet alleen, dat moet zelfs,' antwoordde Maria Theresia.

Toen wiegde Henya eindelijk haar zoon in haar armen. Ze kuste hem en was ervan overtuigd dat ze nog nooit een heerlijker geur had geroken dan die van zijn hoofdje.

Toen laaide de angst weer op. 'Tot wanneer mag ik hem bij me houden?'

'Nou, als hij opgegroeid is tot een man, zult u hem waarschijnlijk moeten laten gaan. Maar tot die tijd kunt u hem vasthouden,' zei de prinses met een knipoog. Serieuzer voegde ze eraan toe: 'Charlotte von Grafenstein begon meteen na uw bezoek aan dokter Corbet en de geboorteakte te twijfelen. Het kostte dus weinig moeite om hen ervan te overtuigen het juiste te doen. Bovendien ging het door omstandigheden niet zo moeilijk, want dokter Corbet sprak ook in andere opzichten waarschijnlijk niet de waarheid: de barones is nu zelf in verwachting.'

Ondertussen waren ook Marie, Leonhard en Jakob de winkel uit gekomen. Toen Henya zich omdraaide met haar breedste glimlach ooit en Jakob het kindje in haar armen zag, keek hij helemaal beduusd. 'Is dat...?' bracht hij buiten adem uit.

'Inderdaad, dat is onze zoon. En vanaf nu is hij voor altijd bij ons.'

Dat was het moment waarop Jakob Joas flauwviel. Gelukkig konden Marie en Leonhard hem nog net opvangen.

'Mannen...' verzuchtte de prinses.

Henya en Jakob zaten dolgelukkig bij hun slapende zoon op het bed, onder het schilderij van het huis aan het riviertje in het Bayerischer Wald. Er werd zachtjes geklopt en ze lieten snel Marie binnen.

'Ik wilde nog even naar jullie kleintje kijken,' zei Jakobs tante een beetje verlegen.

'Als je wilt, mag je hem wel vasthouden,' bood Henya aan.

'Echt waar?' Marie pakte het kind voorzichtig aan.

'Wat ben je mooi, kleine Valentin,' zei ze geëmotioneerd.

Jakob keek Henya vragend aan, en nadat ze had geknikt, wendde hij zich tot zijn tante: 'Henya wil Ursel vragen om meter te worden voor haar kant van de familie. Ik wilde vragen of jij dat voor mij zou willen doen?'

Marie keek hen beiden ontroerd aan. Haar ogen vulden zich met tranen en ze kon alleen maar knikken. 'Vind jij het ook goed, Henya?' zei ze uiteindelijk. 'Je kent me nauwelijks.'

'Heb je enig idee,' antwoordde de jonge moeder glimlachend, 'hoe vaak ik hier bij dit schilderij heb gestaan en met je gepraat heb? Bovendien heb ik je dagboek gelezen. Aan de ene kant leerde ik je daardoor kennen, aan de andere kant leverde het ook veel raadsels op.'

'Waarschijnlijk heb je niet durven dromen dat ik je op een gegeven moment zelf zou vertellen hoe het precies zat,' zei Marie, terwijl ze glimlachend de kleine Valentin over de wang streelde.

'Vooral niet dat we 's avonds met Jakob en onze zoon op jouw oude bed zouden zitten,' voegde Henya eraan toe.

'Wie weet komen er binnenkort nog meer kinderen bij,' opperde Marie.

Maar Henya en Jakob schudden ernstig het hoofd.

'In de nabije toekomst niet. Henya heeft nog voortdurend nachtmerries over de bevalling,' onthulde Jakob. 'Dat moet eerst slijten. Bovendien zijn we erg gelukkig met onze Valentin.'

'Dat kan ik heel goed begrijpen,' zei Marie. 'Allebei.'

Toen werd er nog een keer op de deur geklopt. Toen Henya 'binnen' zei, gluurde Sebastian Heiland de kamer in.

'Neem me niet kwalijk, juffrouw Schmerler, maar Carlos Hierneis is in de salon. Hij heeft gehoord dat uw verloofde terug is en vraagt of u met hem wilt praten over het ontwerpen van uw trouwjurk.'

'Nu?' riep Henya verbaasd uit. Het was negen uur in de avond!

'Nou, de familietamtam werkt nog perfect,' zei Marie, waarop Henya en Jakob in lachen uitbarstten.

Jakob stond alleen bij het met sneeuw bedekte graf van zijn vader, in slipjas en met een hoge hoed op. Na zijn terugkeer uit Australië was alles tot een climax gekomen. Twee dagen na de aankomst van zijn zoon in München verscheen Martin Joas dronken voor de juwelierszaak. Hij had gehoord dat hun zoontje weer bij hen woonde, en dat had hij blijkbaar niet kunnen verdragen. Hij had luidkeels om zijn vrouw geroepen en gedreigd met de ergste gevolgen als Henya en Jakob daadwerkelijk zouden trouwen. Toen was Marie de winkel uit gestapt. 'Nu heeft het zelfmoordwapen waarmee je mij hebt gechanteerd een nieuwe zelfmoord mogelijk gemaakt. Een bittere zaak, hè?' zei ze.

Martin Joas had een geschokte kreet geslaakt bij het zien van de vrouw met felrood haar die naar zijn weten dood was. Hij was achteruitgeweken en werd door een rijtuig geraakt. Het ongeluk had hij overleefd, maar daarna was hij geestelijk zo in de war dat hij naar een psychiatrische inrichting werd gestuurd. Hij stierf daar al na een week aan de griep.

'Nou, pa, ik wilde alleen maar zeggen dat ik je vergeef. De haat heeft je echt gek gemaakt. Maar onze zoon zal nooit jouw naam dragen,' sprak hij in de stilte boven het graf waar Martin Joas in lag.

'Moritz Schmerler heeft me geadopteerd, dus je enige kleinzoon zal de naam doen voortleven die je zo haatte. Er is veel mogelijk met een advocaat als schoonvader. Ik hoop dat je eindelijk rust hebt gevonden. En nu ga ik trouwen.'

Uiteindelijk ging hij naar het altaar als Jakob Schmerler. En zo gebeurde het dat zijn mooie bruid zelfs na de kerkelijke plechtigheid nog steeds haar eigen achternaam droeg.

Na de plechtigheid werd het huwelijk gevierd in de brouwerij van de gebroeders Thomass aan de Kapuzinerplatz.

Jakob wiegde zijn huilende zoon in zijn armen. Waarschijnlijk was het grote huwelijksfeest te luidruchtig voor de kleine. De bruidegom liet zijn blik tevreden over de gasten dwalen. Zijn moeder Alice, die nu weduwe was en zich weer Derbishire noemde, praatte met Marie en Ursula, haar beste vriendinnen. De vader van de bruid, Valentin Schmerler senior, zat ook bij hen aan tafel, en uit de verliefde blikken die hij en Alice elkaar toewierpen, concludeerde Jakob dat de achternaam van zijn moeder binnenkort ook Schmerler zou zijn.

Fritz en Ludwig Thomass zaten aan een tafel voor vijf personen met bierpullen voor hun neus. Ze waren in een geanimeerd gesprek verwikkeld, al was het waarschijnlijk eerder gekibbel, terwijl schilder

Adalbert Aumüller, Sebastian en Carli over kunst praatten.

Nadat Jakob en Henya de eerste dans voor hun rekening hadden genomen, walsten ook de andere koppels over de dansvloer op de klanken van de kleine muziekgroep. Eugen danste met zijn 'origineel' Emmy, Carlos met zijn verloofde Bärbel en kokkin Franzi zwierde met koetsier Leonhard over de vloer, met wie ze zeker serieuze bedoelingen had.

Henya zat aan een hoektafel met Jakobs adoptieve vader Moritz, Carl senior, diens jongere broer Wolfgang en psychiater Alois Alzheimer.

Ze was geraakt door het feit dat de jonge dokter na haar bezoek aan het psychiatrische asiel in Frankfurt per brief nog had geïnformeerd naar haar toestand. Deze dokter bekommerde zich echt om het welzijn van zijn patiënten! De psychiater was erg blij toen hij van haar vader hoorde dat Henya haar zoon terug had. En aangezien dokter Alzheimer haar uit het gesticht had gered, had Jakob er onmiddellijk mee ingestemd de dokter uit te nodigen voor de bruiloft.

Nu bespraken hij en Henya de moderne psychiatrie met de andere heren.

Wat was Jakob trots op zijn bruid. In haar droomjurk, die Carlos gemaakt had van wit kant, met een heel smalle taille en een sneeuwwitte sluier over haar hoofd, leek zijn vrouw op een sprookjesprinses, maar ze was ook een heel intelligente dame met wie je inspirerende gesprekken kon voeren. Ze merkte zijn blik op en glimlachte naar hem. Hij werd onmiddellijk overmand door een diep verlangen. Omdat ze elke avond minstens één keer de liefde bedreven, reageerde zijn lichaam altijd onmiddellijk op haar.

Omdat de kleine Valentin in zijn armen uit volle borst bleef huilen, gaf Jakob Henya uiteindelijk een teken dat hij het kind mee naar buiten zou nemen voor wat frisse lucht.

Buiten kalmeerde de kleine eindelijk. Plotseling klonk er een verschrikkelijk luide knal in de brouwerij. De ruiten braken – en er kwam rook uit de ramen. Een explosie! Jakob was in shock. Zijn familie! Hij dacht onmiddellijk aan het dreigement van Rudi Gehrke.

Epiloog

13 september 1899

MÜNCHEN LIET ZICH NIET VAN ZIJN zonnige kant zien toen Jakob Schmerlers langverwachte gast Daku Schulz uit het verre Australië arriveerde. Jarenlang had de goudsmid gehoopt zijn vriend weer te zien, in de hoop hem de 'mooie stad aan de Isar' te laten zien. Toen Jakob zich op woensdag 13 september 1899 door koetsier Leonhard echter naar het treinstation liet brengen om Daku op te halen, regende het al dagen onafgebroken. Het was zelfs hoogwater in München.

Toen Daku uit de trein stapte, zorgde hij voor enige opschudding onder voorbijgangers op het perron. Geen van hen had ooit eerder een man met een sepiakleurige huid in zo'n duur pak gezien.

'Ik had verwacht je vrouw Henya te ontmoeten,' zei Daku op weg naar het rijtuig.

'Ze wacht in het Huis der Parels; daar is ze al twee weken niet meer weggegaan,' meldde Jakob. 'Deze keer wil ze geen risico nemen. Het wordt een thuisbevalling. De verloskundige is al alert.'

'Dus je wordt voor de tweede keer vader?' vroeg Daku, terwijl hij zijn helderwitte tanden bloot lachte. 'Ik dacht dat Henya bang was om opnieuw te bevallen vanwege de slechte herinneringen.'

'Dat klopt, maar tien jaar geleden hebben we niet goed opgelet,' vertelde Jakob. 'Nu weer niet, maar we kijken erg uit naar de kleine.

Onze zoon Valentin kan haast niet wachten om voor zijn kleine broertje of zusje in de bres te springen. Op tienjarige leeftijd beschouwt hij zichzelf al als een echte volwassene. Maar dat is niets vergeleken met jouw vijf kinderen.'

In zijn brieven had Daku hem altijd op de hoogte gehouden van de kinderen die hij en zijn vrouw Kazumi hadden gekregen: Moritz Marius was negen, Werner Jakob was acht, Kylie was zes, Wiebke was vier, en de jongste, Roger, was twee.

'Het is ongelooflijk dat je het bedrijf van Moritz zo succesvol hebt weten te leiden, ondanks al die kinderen van je,' zei Jakob.

'Ja, hij en Marie kunnen echt genieten van een mooi pensioen,' zei Daku.

'Genieten wel, maar écht ontspannen kunnen ze niet. Nu zijn alle zonen uit het gezin Thomass getrouwd, op Carli na, dus er komen voortdurend nakomelingen bij,' aldus Jakob. 'En omdat oma Ursel wat last begint te krijgen van ouderdomskwaaltjes, zorgt Marie in haar plaats goed voor de kinderen in het Huis der Parels. Carl senior heeft Moritz er ook van overtuigd om actief te worden in de poli tiek.'

Ze kwamen bij de uitgang van de stationshal en de Duitser reikte de Australiër de paraplu aan die hij voor hem had meegebracht.

'Het lijkt wel een moesson,' zei Daku grijnzend.

In de stromende regen haastten ze zich naar het rijtuig, waar Daku nieuwsgierig werd bekeken en welwillend werd begroet door Leonhard Staudinger, die inmiddels eenenzeventig jaar was.

'Schreef je tien jaar geleden niet dat de koetsier snel met pensioen wilde?' vroeg Daku toen ze het rijtuig in stapten.

'O, Leonhard is net als onze kokkin Franzi, zonder werk zouden ze zichzelf niet zijn,' veronderstelde Jakob. 'Maar ze zijn zeven jaar geleden in ieder geval eindelijk met elkaar getrouwd. Leonhard wil graag blijven totdat Thomass senior een auto koopt. Die oude makker wil beslist nog een keer daarin rijden.'

'Nou, eindelijk leer ik de kokkin en alle anderen in dat Huis der Parels van jou kennen. Vijf verdiepingen – dat moet echt een wolkenkrabber zijn,' grapte Daku.

Jakob grijnsde. 'Niet echt, de Frauenkirche torent met zijn twee uivormige koepels boven alles uit. Maar die bekijken we later. Fritz stond erop dat je eerst een echte Thomas-pils moest proberen.'

'Dat doe ik zelfs helemaal vrijwillig,' zei Daku.

'Wat een hondenweer!'

Op de Marienplatz regende het onafgebroken en Henya sloot huiverend de gordijnen in de bibliotheek van de familie Thomass.

Ze zuchtte en wreef over haar buik, die erg hard was. Het kon niet lang meer duren voordat de bevalling zou beginnen. Maar ze had alles zo geregeld dat ze dit keer niet afhankelijk zou zijn van buitenstaanders. Marie Schmerler, wier zesenzeventigste verjaardag ze in januari hadden gevierd, was de afgelopen twee weken steeds vlak bij Henya gebleven, zodat de zwangere vrouw in geval van nood nooit alleen zou zijn.

Uit nostalgie wilde ze het kind in de oude kamer van Marie ter wereld brengen. Zij, haar man Jakob en hun tienjarige zoon Valentin woonden op de derde verdieping, in het voormalige appartement van de schilder Adalbert Aumüller. Op zijn oude dag had hij zijn ware liefde gevonden en hij was naar Toscane verhuisd om bij een Italiaanse wijnmaker te gaan wonen. Hij had heel graag gewild dat Jakob zijn atelier over zou nemen. De kamer inspireerde hem zeker om naast zijn werk als goudsmid voortdurend nieuwe schilderijen te maken. Tegen zijn eigen verwachtingen in verkocht hij al snel zijn eerste doek en twee jaar geleden had een galeriehouder in Schwabing Jakobs werken zelfs tentoongesteld. Henya was echt heel trots op haar man.

Toen kwam Marie de bibliotheek binnen. 'Riep je mij?' vroeg ze met een bezorgde blik.

‘O nee, excuus,’ zei Henya. ‘Ik mopperde alleen maar wat op het weer.’

‘O ja, het houdt maar niet op met regenen. Zoveel water valt er maar eens in de eeuw,’ verzuchtte Marie. ‘De overstromingen van de Isar en de Inn zijn bijzonder ernstig. Vooral de Neumüller- en Montgelas-dammen werden zwaar getroffen. Leonhard hoorde dat de nieuwe waterkrachtcentrale ook beschadigd was.’

‘Ludwig denkt dat het nog erger had kunnen zijn,’ zei Henya. ‘Gelukkig stond het niveau in de ondergrondse opslagtanks na een droge zomer en een winter met weinig sneeuw waarschijnlijk laag, zodat in ieder geval een deel van het regenwater op natuurlijke wijze wordt opgevangen.’

Op dat moment hoorden ze de sleutel in het slot van de deur van het appartement.

‘Mam, ik ben het,’ riep Henya’s zoon Valentin, die terug was van school. ‘Ik heb visite voor je meegenomen.’

Henya en Marie keken elkaar verbaasd aan. Zou het mevrouw Mück zijn, de vroedvrouw?

Maar toen ze de gang in stapten, stond daar een indrukwekkende man van midden dertig, in een mooi pak, met een snor en een ronde bril op, naast hun goudblonde zoon Valentin.

‘Dokter Alzheimer,’ begroette ze de psychiater met het litteken op zijn gezicht, en ze kneep hartelijk in zijn hand. ‘Wat fijn u weer te zien.’

‘Het genoegen is geheel aan mijn kant,’ zei hij met zijn karakteristieke grijns. ‘Ik was op bezoek bij professor Kraepelin in de plaatselijke instelling. Toen dacht ik: ik kan niet terugkeren zonder u eindelijk weer te bezoeken. Ik heb uw geweldige zoon al ontmoet.’

‘Wilt u misschien een kopje koffie?’ vroeg Marie.

‘Met koekjes?’ stelde Valentin voor. ‘Ik heb ze zelf gemaakt met Franzi, dat is onze kokkin.’

‘Dat klinkt erg goed.’ Dokter Alzheimer glimlachte en liet Sebastian zijn jas en de natte paraplu van hem overnemen.

'Mijn vader zei dat u nu getrouwd bent en kinderen hebt,' zei Henya terwijl ze samen in de bibliotheek gingen zitten. 'Hoe hebt u uw vrouw ontmoet?'

Alois Alzheimer glimlachte bij de herinnering. 'O, dat was eigenlijk best avontuurlijk, maar helaas ook een beetje triest. Ik ontmoette haar iets meer dan zeven jaar geleden in Algerije, maart 1892. Ik was zevenentwintig jaar. De neuroloog Wilhelm Erb had me via een telegram gevraagd naar de woestijn te komen. Daar zat de diamanthandelaar Geisenheimer uit Frankfurt met zijn vrouw en hun vijfjarige dochter vast in een oase. Vader en dochter waren ernstig ziek. Ik stelde vast dat hij last had van progressieve verlamming, een ernstige hersenziekte. Hij leed aan acuut geheugenverlies en zijn ogen reageerden niet meer normaal.'

'En het kind?' vroeg Henya meelevend.

'De kleine Marion kreeg hoge koorts als gevolg van een diffuse infectie. Ik wilde ze allebei in Heidelberg behandelen, maar we bereikten slechts de zuidkust van Frankrijk. Geisenheimer stierf in Saint-Raphaël, en zijn zesjarige dochter overleed twee maanden later. Voor het eerst twijfelde ik over mijn beroep.'

'Wat verschrikkelijk voor de moeder,' mompelde Henya, toen de vreselijke herinneringen aan de bewering van dokter Corbet dat haar kindje doodgeboren was, weer naar boven kwamen.

'Ja, de arme Cecile was natuurlijk diepbedroefd,' zei Alois Alzheimer. 'Ik voelde me verantwoordelijk en was er voor haar. In eerste instantie in professionele hoedanigheid, maar later begonnen we meer voor elkaar te voelen. Cecile bekeerde zich van het joodse tot het protestantse geloof, zodat we in februari 1895 voor de kerk konden trouwen. Het was de hoogste tijd: Cecile was al zwanger van onze eerste dochter Gertrud. Een jaar later werd onze zoon Hans geboren. Nu is de derde onderweg. Bij u zal de kleine waarschijnlijk wel snel komen.'

Alsof het een teken was, kreunde Henya geschokt. De weeën waren begonnen!

'Ah, heerlijk vol van smaak!'

Fritz en Eugen waren erg trots dat Daku Schulz hun vers getapte bier prees. Ze zaten met Jakob in de brouwerij van de gebroeders Thomass op de Kapuzinerplatz, terwijl het buiten pijpenstelen bleef regenen. 'Geen wonder dat de brouwerij zo succesvol is. Jakob schreef me er al over.'

'Drie jaar geleden hebben we in de herfst de arbeidsomstandigheden verbeterd,' legde Eugen trots uit. 'De linksgeoriënteerde tak van onze familie drong erop aan: mijn vrouw Emmy, Henya, Marie, Moritz en mijn vader Carl. Daarom zijn onze brouwers lid van een vakbond. Dat geldt niet voor de ongeschoolde arbeiders, reparateurs en vervoerders.'

'Hoe zijn de arbeidsomstandigheden dan?' vroeg Daku geïnteresseerd, die verantwoordelijk was voor het personeel van de Schmerlers in Broome.

'Er wordt maximaal tien uur per dag gewerkt en op zondag werken we van vier uur tot twaalf uur in de ochtend,' zei Eugen.

'Alleen als het nodig is, werken we op zondagmiddag,' voegde Fritz eraan toe en Eugen zei: 'Elk derde weekeinde van de maand krijgt een werknemer zesendertig uur vrij.'

'En wat bedraagt het salaris van de brouwers?' vroeg Daku.

'Het weekloon bedraagt eenentwintig mark voor zesenzestig tot zeventig uur werk,' antwoordde Eugen, en zijn broer voegde er niet zonder trots aan toe: 'Bovendien is er elke dag zeven liter gratis bier beschikbaar.'

Jakob was blij dat Fritz zich zo inzette voor de familiebrouwerij. Sterker nog: hij gokte al tien jaar niet meer. De zelfmoord van dokter Corbet was destijds waarschijnlijk een waarschuwing voor hem geweest.

'De concurrentie is vast jaloers op jullie succes,' zei Daku, die in zijn brieven aan Jakob had verteld hoe vijandig sommige andere parelbedrijven in Broome tegenover hem stonden. Hij wist dus hoe het was om geconfronteerd te worden met jaloerse mensen.

'Ja, een van Fritz' voormalige uitgaansvrienden wilde heel graag deze locatie van ons afpakken,' zei Eugen met bitterheid in zijn stem. 'Tien jaar geleden verstopte hij een bom in het pand, en die ging af op de bruiloft van Jakob en Henya.'

'Ah ja, dat heeft Jakob me geschreven,' zei Daku. 'Maar het was zo slecht in elkaar gezet dat niemand gewond raakte.'

'Precies,' bevestigde Fritz. 'De bom vernietigde alleen een biervat en twee ruiten. De gasten kwamen met de schrik vrij.'

'Maar iedereen stonk vreselijk naar rook en bier,' herinnerde Jakob zich glimlachend, terwijl hij terugdacht aan de opluchting die hij had gevoeld toen hij weer de brouwerij in was gerend en beseft had dat geen van de bruiloftsgasten gewond was geraakt.

'Je schreef ook dat die Rudi Gehrke destijds niet in hechtenis werd genomen omdat er geen bewijs tegen hem was,' zei Daku boos.

Eugen knikte. 'Dat klopt. Maar de vrouwen – Emmy, Henya en Marie – hebben een bezoek aan Gehrkes echtgenote gebracht, Konstanze von Coden, die van adel is. Ze was enorm boos toen ze hoorde wat haar man had gedaan. Sindsdien houdt hij zich rustig, omdat zijn hele fortuin van haar familie is. Ze zal hem het vuur wel aan de schenen hebben gelegd.'

Op dat moment klopte een man opgewonden op het raam van de brouwerij. Hij was zo natgeregend dat Jakob hem niet meteen herkende.

'O, het is Sebastian,' zei hij, toen Fritz de deur had geopend en hem binnen had gelaten.

'Meneer Schmerler,' hijgde de huisbediende buiten adem. 'Het is zover. De weeën zijn begonnen!'

'O, lieve hemel,' riep Jakob uit, terwijl zijn hart sneller begon te kloppen. 'Kom op, Daku, Leonhard staat met het rijtuig klaar.'

Jakobs tweede kind zou ter wereld komen en deze keer mocht Henya niet alleen zijn. Er mocht hun niets overkomen.

Op de tweede verdieping van het Huis der Parels was het een opgewonden bedoening toen Carli, Jakob en Daku naar binnen stormden. Franzi liep haastig de voormalige kamer van Marie binnen met handdoeken en kommen water.

Jakob snelde naar zijn vrouw toe, die op bed lag.

'Is het erg?' vroeg hij bezorgd.

'Het gaat nog goed,' bracht ze hijgend uit. 'Maar waar is mevrouw Mück? Ze zou hier vandaag vanaf twee uur vanmiddag zijn om de wacht te houden.'

'De Max Joseph-brug is ingestort. En de Prinzregenten-brug is ook niet meer stabiel,' legde Carli uit. 'Ik denk niet dat de verloskundige er op tijd zal zijn.'

Henya keek haar man met een vleugje paniek aan. 'Wat nu, Jakob?'

Hij was zelf volkomen wanhopig. Door die vervloekte overstroming stond zijn vrouw opnieuw alleen voor een gevaarlijke bevalling.

'Rustig maar,' hoorde hij plotseling een stem met een Frankisch accent. Hij zag Alois Alzheimer in een hoek van de kamer staan. Door alle spanning had hij hem nog niet eerder opgemerkt. Hij had zijn jasje uitgetrokken en zijn mouwen opgestroopt. 'Tijdens mijn studie heb ik ook lessen gynaecologie gevolgd. Het komt wel in orde.'

'Dat is goed,' gromde Henya, haar gezicht vertrokken van de pijn. 'Ik wilde eigenlijk geen dokter erbij. Maar dit verandert de zaak. Ik heb alle vertrouwen in u.'

'Nou, met zo'n compliment móét ik wel mijn best doen,' zei de psychiater lachend en hij begon zijn handen te wassen. 'Dit keer zal alles goed gaan!'

Dokter Alzheimer had gelijk gekregen. Kort voor middernacht zaten Henya en Jakob dolgelukkig op het bed in Maries kamer. Hun tienjarige zoon Valentin was aan hun voeten in slaap gevallen nadat hij meer dan een uur nieuwsgierig en verliefd naar zijn pasgeboren zusje had gekeken. Zijn ouders waren diep geraakt door de schuchtere en behoedzame manier waarop de jongen het gezichtje van de pasgeborene had gestreeld.

Ze hadden besloten hun dochter Louise Anna Marie te noemen, maar terwijl hij haar voorhoofd bleef kussen, mompelde Jakob liefdevol: 'Lulu, kleine, lieve, mooie Lulu.'

'Nou, volgens mij heeft onze dochter al een bijnaam,' zei Henya met een blije glimlach. Toen klopte iemand voorzichtig op de deur en even later verscheen Carli om de hoek.

'Ik wil jullie geluk niet verstoren, maar het alleen een beetje groter maken,' zei hij met een verlegen glimlach. 'Het nieuwe briefpapier is gearriveerd.'

Trots liet hij het Henya zien, en ze keek er verheugd naar.

De laatste tijd was er sprake geweest van een zorgwekkende afname van het aantal klanten bij juwelierszaak Thomass als gevolg van de toenemende concurrentie. Toen Henya dit terloops aan Maria Theresia had verteld, kwam de prinses meteen met een idee: ze zou haar echtgenoot, prins Lodewijk van Beieren, vragen om juwelier Thomass eindelijk officieel tot hofleverancier te benoemen. Natuurlijk zou dat nieuws voor een ware stormloop van klanten zorgen.

Op het briefhoofd stond nu in zwart-wit:

CARL THOMASS, JUWELIER
HOFLEVERANCIER VAN ZIJNE KONINKLIJKE HOOGHEID
PRINS LODEWIJK VAN BEIEREN

'Nu staat niets jou een gouden toekomst in de weg, kleine Lulu,' zei Henya dolgelukkig.

Om de geboorte te vieren had Carl Thomass senior bevolen alle lichten in het Huis der Parels aan te steken, ook in de juwelierszaak. En wie weet, dacht Henya, misschien staat er op dit moment wel iemand voor de etalage, betoverd naar de schitterende sieraden te staren, gefascineerd door de glans van geluk, hier in het Huis der Parels.

Belangrijkste personages

Familie Schmerler
Henriette Julia 'Henya' Schmerler **(* 21 juni 1871 in Frankfurt am Main), sieradenverkoopster**
Valentin, geadopteerde Schmerler, geboren Finkenzeller (* 11 februari 1845 in Mannheim), Henya's vader, advocaat in Frankfurt

Familie Joas
Jakob Lorenz Joas **(* 23 november 1868 in München), leerling-goudsmid**
Alice Joas, geboren Derbishire (* 23 juli 1841 in Eccles, Engeland), Jakobs moeder, getrouwd met:
Martin Joas (* geschat 1834 in Memmingen), koopman, Jakobs vader, broer van:
Johann Georg Joas (* 10 juni 1823 in Baldingen bij Nördlingen, † 3 februari 1875), lakenhandelaar, vanaf 25 mei 1855 getrouwd met:
Maria Ursula 'Marie' Joas, geboren Thomass (* 3 februari 1823 in Memmingen, † 23 januari 1874 in München), sieradenverkoopster, Jakobs tante

Familie Thomass

Johann Carl Thomass (* 30 mei 1824 in Memmingen), goudsmid, eigenaar van de juwelierszaak

Ursula 'Ursel' Thomass, geboren Holzapfel (* 6 juli 1829 in München), zijn vrouw

Carl Otto August 'Carli' Thomass (* 2 januari 1860 in München), goudsmid, zoon van Carl en Ursel Thomass

Ludwig Emil Thomass (* 11 januari 1862 in München), ingenieur en bierbrouwer, zoon van Carl en Ursel Thomass

Friedrich 'Fritz' Gottlob Thomass (* 4 juni 1865 in München), zoon van Carl en Ursel Thomass

Eugen Thomass (* 26 maart 1869 in München), bierbrouwer, zoon van Carl en Ursel Thomass

Otto Friedrich Hierneis (* 5 februari 1833 in München), meestertassenmaker, kleermaker en hofleverancier, echtgenoot van Anna, de jongste zus van Carl Thomass senior

Karl 'Carlos' Hierneis, (* naar schatting 1867 in München) kleermaker en zakenman, zoon van Otto en Anna Hierneis

Theodor Hierneis (* 4 oktober 1868 in München), chef-kok, zoon van Otto en Anna Hierneis

Franziska 'Franzi' Hölzlmaier, geboren Kreutner (* 21 maart 1825 in München), kokkin

Leonhard Staudinger (* 12 oktober 1826 in München), koetsier

Sebastian Heiland (* 21 november 1854 in München), huisbediende

Elise Kolb (* 30 mei 1823 in München), sieradenverkoopster, bijna met pensioen

Barbara 'Bärbel' Stadlbauer (* 24 november 1871 in München), sieradenverkoopster

In München

Dokter Dominikus 'Dominik' Corbet (* 26 april 1845 in Eichstädt, Midden-Franken), huisarts

Regina Müller (* 20 april 1855 in München), verpleegster, dokter Corbets assistent

Adele Vio (* 9 februari 1832 in Berlijn als Adelheid Spitzeder) actrice, volkszangeres en fraudeur

Maria Theresia van Oostenrijk-Este (* 2 juli 1849 in Brno, vandaag Brno in Tsjechië, voorheen Moravië), Aartshertogin van Oostenrijk-Este, Habsburgse prinses, echtgenote van prins Lodewijk

Rudolf 'Rudi' Heinrich Gehrke (* 18 mei 1863 in Bärnau), barjongen

Hans Steyrer, 'de Beierse Hercules' (* 24 juni 1849 in Allach), slager, herbergier, sterke man

Adalbert Aumüller (* 18 september 1850 in München), schilder

Dokter Hubert Grashey (* 30 oktober 1839 in Grönenbach in de Allgäu), directeur van het psychiatrisch ziekenhuis München

In Broome, Australië

Moritz Schmerler (* 11 januari 1825 in Oelsnitz), parelhandelaar in Australië, Henya's oudoom

Veronika 'Vroni' Schmerler, geboren Staudinger (* 3 januari 1825 in München), Moritz' vrouw, oudere zus van Leonhard, de koetsier

Daku Schulz (* 8 mei 1869 in Broome, regio Kimberley), parelduiker

Werner Schulz (* 17 augustus 1847 in Bingen), goudhandelaar, Daku's vader

Maya Schulz (* 26 januari 1850 in Broome, Australië), Daku's moeder

Kazumi Mikimoto (* 11 december 1867 in Toba, provincie Shima, de huidige prefectuur Mie), huishoudster van de familie Schmerler

In Frankfurt am Main
Dokter Alois Alzheimer (* 14 juni 1864 in Marktbreit, Neder-Franken), arts in opleiding in het asiel voor krankzinnigen en epileptici in Frankfurt am Main
Dokter Emil Sioli (* 29 juli 1852 in Gut Lieskau nabij Halle an der Saale), psychiater en directeur van bovengenoemde instelling

Aan boord van de Elberfeld
William Merrifield (* 12 mei 1839 in Brighton, Engeland), kapitein
Hans-Gerhard Jensen (* 28 maart 1840 in Glücksburg, Oostzee), stuurman
Sergey Kirsanov (* 24 februari 1871 in Sint-Petersburg), matroos

Dankwoord

NET ALS BIJ ONZE VORIGE ROMANS kregen we veel steun bij ons schrijven en onze research. Genealoog Daniel Riecke wist opnieuw de geboortedata van de belangrijkste historische figuren uit deze roman te achterhalen. In feite zijn alle familierelaties van de families Thomas en Hierneis gebaseerd op de werkelijkheid. Bij de families Joas en Schmerler hoefden we de onze fantasie slechts een paar keer te gebruiken vanwege gebrek aan gegevens.

Dr. Dorit Kupka, Jana Scheunert en Martina Resch kwamen opnieuw met goede feedback en veel suggesties voor het verhaal.

Ook het prachtige omslagontwerp van Johannes Wiebel inspireerde ons. We zijn erg blij dat audio-uitgever Hörbuch Hamburg Media/Osterwold Audio wederom onze vaste spreker Uta Simone heeft gekozen voor deze nieuwe trilogie.

Nogmaals dank aan onze agent Anna Mechler, redacteur Greta Frank, redacteur Kerstin von Dobschütz, Andrea Müller, de programmamanager bij Piper Verlag. Ook dank aan Sven Diedrich, Elisabeth Wiedemann en Hinako Yukawa van de licentieafdeling.

Een boek als dit zou niet geschreven kunnen worden zonder de steun van vrienden en familie.

Voor Eva-Maria Bast waren haar vijf geweldige kinderen en haar man Thomas van grote hulp en vreugde.

Jørn Precht kon opnieuw een beroep doen op Erika Precht, Elias en Marlis Konradi, Karin Friesch, Birgit Weber, Jasmin Gurewitz, Noée en Mario Mahler, Martina Sturm, de Precht-Aicheles en Hilde, Albert en Andreas Bühler.

Beste lezer, wij hopen dat je veel plezier hebt gehad tijdens je tweede reis in de wereld van parels en dat je ook naar het derde deel uitkijkt. *Galiya!* (Yawuru voor 'Tot ziens!')

Hartelijke groet,
Eva-Maria Bast en Jørn Precht, alias Charlotte Jacobi

Bronnen

Ahmed, Arshi: *Diverse Aboriginal Australian Names For Boys And Girls – Names influenced by diverse Aboriginal dialects and languages*: https://www.momjunction.com/articles/aboriginal-baby-names-for-girls-and-boys_00403052

Berger, Manfred: *Marie Therese von Österreich-Este (1849 – 1919).* In: Biographisch-Bibliographisches Kirchenlexikon (BBKL). Band 24, Bautz, Nordhausen 2005, blz. 1054-1059.

Braum, Dagmar: *Vom Tollhaus zum Kastenhospital. Ein Beitrag zur Geschichte der Psychiatrie in Frankfurt am Main.* Hildesheim 1987.

Conolly, John: *The treatment of the insane without mechanical restraints. Middlesex Lunatic Asylum at Hanwell.* Publication date 1856, Cambridge 2013.

Craveri, Benedetta: *Marie Antoinette und die Halsbandaffäre.* Berlijn 2015.

de Saint-Rémy, Jeanne: *Rechtfertigungsschrift der Gräfin von Valois de la Motte.* Andreae, Frankfurt am Main 1790.

Engel, Franz: *Die Influenza-Epidemie in Egypten im Winter 1889/90: Nach Gesammelten ärztlichen u.a. Berichten.* Berlin & Heidelberg 1893 (Nieuwe druk: Springer 2013), blz. 5.

Faszination Glashütte: *Koch, Robert.* Van: https://watch-wiki.org/index.php?title=Koch,_Robert_(1)

Görl, Wolfgang: Der Hoflieferant möge bleiben. *Süddeutsche Zeitung*, München 31. August 2018. https://www.sueddeutsche.de/muenchen/traditionsgeschaeft-der-hoflieferant-moege-bleiben-1.4112455.

Hacke, Axel: Der Elefant fürs Büro. Uit: *Der Spiegel*. Hamburg 1 januari 1997.

Hagenbeck, Carl: Von Elefanten und der Münchener Drachenpanik. Uit: *Von Tieren und Menschen*. Leipzig 1967, blz. 170. http://www.zeno.org/nid/20007988974

Hosokawa, Komei: *Classified Yawuru dictionary*. Broome 1998.

Hosokawa, Komei; *Dixon, Robert M.W. (uitg.): The Yawuru language of West Kimberley: a meaning-based description. Outstanding grammars from Australia*, Broome 2011.

Hunze, Michael: *Die Entwicklung der Psychiatrie als akademisches Lehrfach an der Ludwig-Maximilians-Universität München bis zur Eröffnung der Psychiatrischen Universitätsklinik 1904, Dissertation zum Erwerb des Doktorgrades der Medizin an der Medizinischen Fakultät der Ludwig-Maximilians-Universität zu München.* München 2010.

Immigration Museum: Journeys to Australia. Victoria 2022. https://museumsvictoria.com.au/immigrationmuseum/resources/journeys-to-australia/

Jensen, Jens Christian: *Carl Spitzweg*. München 2007.

Jürgs, Michael: *Alzheimer – Spurensuche im Niemandsland.* München 1999.

Sterz, Maximilian: *Georg Kandlbinder*. München 2022. https://www.muenchenwiki.de/wiki/Georg_Kandlbinder

Kludas, Arnold: *Die Geschichte der deutschen Passagierschiffahrt. Band I: Die Pionierjahre von 1850 bis 1890 (= Schriften des Deutschen Schiffahrtsmuseums, Band 18).* Hamburg 1989.

Kneuper, Elsbeth: *Mutterwerden in Deutschland. Eine ethnologische Studie. Forum Europäische Ethnologie, Band 6*. Hamburg 2004.

Kunkelmann, Julia: So findest du heraus, welcher Schmuck zu dir passt! München, 27 oktober 2016. https://www.instyle.de/fashion/welcher-schmuck-zu-welchem-typ

Lernet-Holenia, Alexander: *Das Halsband der Königin*. Hamburg/Wenen 1962.

Liedtke, Rüdiger: *111 Orte in München die Geschichte erzählen*. Tweede oplage. Keulen 2015, blz. 136.

Lunz, M.A.: Einiges über die Influenza-Epidemie in Moskau 1889. In: *Deutsche Medizinische Wochenschrift 16*, Nr. 18. Berlin 1890, blz. 378-380.

Mathy, Helmut: *Die Halsbandaffäre. Kardinal Rohan und der Mainzer Kurfürst*. Mainz 1989.

Maurer, Konrad und Ulrike: *Alzheimer – Das Leben eines Arztes und die Karriere einer Krankheit*. München 1998.

Merkur.de: Als Maronimann längst eine Institution. München, 23 december 2012. https://www.merkur.de/lokales/freising/maronimann-laengst-eine-institution-2676311.html

Möckl, Karl: *Maria Theresia, Königin von Bayern*. In: *Hamann, Brigitte (uitg.): Die Habsburger. Ein biographisches Lexikon*. Wenen 1988, vanaf blz. 348.

Moser, Thorsten: *Hans Steyrer: Bayerischer Herkules*. Norderstedt 2011.

Müller, Kristiane; Urban, Eberhard: *Carl Spitzweg – Beliebte und unbekannte Bilder nebst Zeichnungen und Studien ergänzt durch Gedichte und Briefe, Zeugnisse und Dokumente*. Stuttgart 1995.

Müller von Königswinter, Wolfgang: *Schlittschuhlaufen*. Düsseldorf 2022. https://www.gedichte-lyrik-online.de/schlittschuhlaufen.html

Münchener Eislauf-Verein von 1883 e. V.: *Vereins-Chronik*. München 2022. https://www.mev-1883.de/unser-verein/vereins-chronik

Nester, Thomas u.a.: *Das Juni-Hochwasser 2013 in Österreich*. In: *Hochwasser und keine Ende! Statusberichte, aktuelle Vorhaben, neue*

Planungswerkzeuge, Fachtagung 3. und 4. Juli 2014 in Obernach, Lehrstuhl und Versuchsanstalt für Wasserbau und Wasserwirtschaft der Technischen Universität München. München 2014. Vanaf blz. 89.

Pixley, Norman S., C.M.G.: Presidential Address: Pearlers of North Australia. The Romantic Story of the Diving Fleets. Read at the Annual Meeting of the Royal Historical Society of Queensland, 23 september 1971. In: *Journal of the Royal Historical Society of Queensland*, Brisbane, Qld. 1972. https://espace.library.uq.edu.au/view/UQ:209190

Pook, Lizzie: *Moonlight and the Pearler's Daughter*. New York 2022.

Precht, Jørn: *Das Geheimnis des Dr. Alzheimer*. Tweede oplage. Meßkirch 2022.

Precht, Jørn: *'Wenn diese Wände sprechen könnten …' Draaiboek voor een panoramische film, geregisseerd door Nicolas Ehret. Gebaseerd op historische feiten. Advies definitieve versie: Carmen Lötsch, Volker Ilgen en Dr. Wolfgang Reinbold*, Offenburg mei 2022.

Schneck, Peter: Wochenbett. Uit: *Werner E. Gerabek, Bernhard D. Haage, Gundolf Keil, Wolfgang Wegner (uitg.): Enzyklopädie Medizingeschichte*. Berlijn/New York 2005, blz. 1501.

Schneider, H.; **Husslein, P.**; **Schneider K.T.M.**: *Die Geburtshilfe*. Derde oplage. Heidelberg 2006, hoofdstuk 37.2.2, blz. 709.

Schrappe, O.: Psychiatrie in Würzburg und Psychiatrische Universitätsklinik Würzburg in den letzten 5 Jahrzehnten. In: Gerhardt Nissen, Gundolf Keil (uitg.): *Psychiatrie auf dem Wege zur Wissenschaft. Psychiatrie-historisches Symposium anläßlich des 90. Jahrestages der Eröffnung der 'Psychiatrischen Klinik der Königlichen Universität Würzburg'*. Stuttgart 1985. Vanaf blz. 65 .

Statenvertaling: Openbaring 21:21, https://www.statenvertaling.net/bijbel/open/21.html

Till, Wolfgang; **Weidner, Thomas**: *Typisch München*. Eerste oplage. Münchner Stadtmuseum/Edition Minerva. München 2008, blz. 150-151.

TRAVELBOOK.de Axel Springer SE: Der Ort, aus dem die schönsten Perlen der Welt kommen. Berlijn 2022. https://www.travelbook.de/orte/broome-westaustralien-perlen-und-die-treppe-zum-mond
Ulrichs, Friederike: Marie Therese von Österreich-Este – Die letzte bayerische Königin, mustergültige Ehefrau und Landesmutter. München, 27 mei 2021. https://schloesserblog.bayern.de/geheimnisse/marie-therese-von-oesterreich-este-die-letzte-bayerische-koenigin-mustergueltige-ehefrau-und-landesmutter
von Willmann, Leo: *Handbuch der Ingenieurwissenschaften in fünf Bänden*. Derde uitgave. Leipzig 1900, blz. 668.

Lees binnenkort ook van Charlotte Jacobi

De parelfamilie – Stralende liefde

1924: De jonge Luise, beter bekend als Lulu, wil voor zichzelf opkomen in een door mannen gedomineerd beroep en het juweliersambacht leren. In de beroemde juwelierszaak Thomass aan de Marienplatz in München krijgt ze de kans om haar droom waar te maken. Maar de gokverslaving van de nieuwe eigenaar dreigt het bedrijf ten onder te brengen. Te midden van de wilde, optimistische sfeer van de jaren twintig vindt Lulu inspiratie en bedenkt ze nieuwe plannen en ideeën voor de eens zo succesvolle parelfamilie. Maar de concurrentie slaapt niet… Zal ze erin slagen het traditionele bedrijf te redden?

Lees ook *De patisserie*

Twee families, een onmogelijke liefde en een gevaarlijk geheim

Als ze met haar familie naar de Elzas verhuist, kan de negentienjarige Ida Tritschler niet wachten om haar nieuwe stad te ontdekken. In Straatsburg openen de Tritschlers een patisserie, op een steenworp afstand van hun grootste rivaal: patisserie Picard. Ida is vastbesloten de nieuwe taartenkoningin van de stad te worden, maar de Picards zitten niet op concurrentie te wachten. Tot overmaat van ramp wordt Ida verliefd op zoon Lucien en ontdekt ze dat de rivaliteit tussen hun families veel verder gaat dan alleen de bakkerij. Lukt het Ida en Lucien om hun families bij elkaar te brengen?

Lees ook

CHARLOTTE JACOBI
OP ZOEK NAAR GELUK
DE PATISSERIE
Twee families, het noodlot en hun zoektocht naar geluk
ROMAN
CHARLOTTE JACOBI
OP ZOEK NAAR GELUK

CHARLOTTE JACOBI
EEN NIEUW BEGIN
DE PATISSERIE
Een land in oorlog, een verdeelde familie en een gevaarlijke liefde
ROMAN
CHARLOTTE JACOBI
EEN NIEUW BEGIN
DE PATISSERIE